FOLIO POLICIER

Craig Holden

Route pour l'enfer

Traduit de l'américain
par Jean Esch

Gallimard

Titre original :
THE LAST SANCTUARY

Craig Holden est considéré comme l'une des révélations du thriller américain contemporain. Son talent a été salué par nombre de ses confrères, dont Tony Hillerman et James Crumley.

À mes parents,
Frederick et Carolyn Holden

Tu dois croire à ce couple qui, sitôt son pique-nique achevé, s'aime à même la terre humide, sous les acclamations des sages et minuscules créatures de l'herbe.

Tu dois croire aux pierres qui marquent le chemin, comme ce jour où tu as quitté ta maison pour toujours, et où ce monde froid ne t'a pas acceptée.

Tu dois croire que toi et moi sommes ce couple.

Tu dois croire que toi et moi, nous chantons, sages et minuscules, et que, s'il le fallait, nous mangerions des pierres pour continuer.

Richard Hugo
tiré de *Glen Uig*

It's the end of the world as we know it
And I feel fine.

R.E.M.

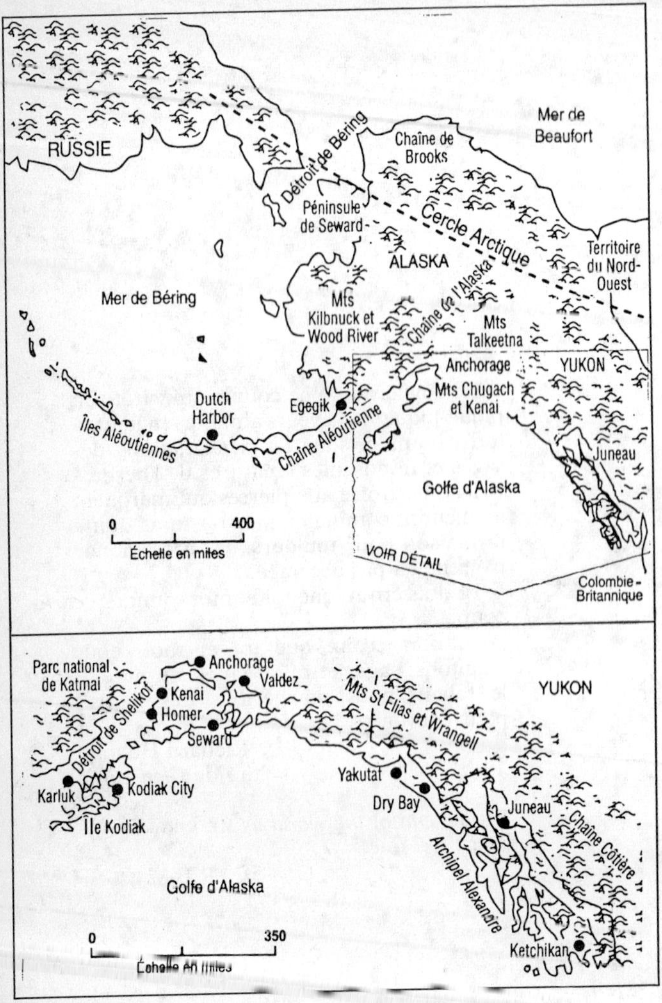
RUSSIE
Détroit de Béring
Mer de Beaufort
Chaîne de Brooks
Péninsule de Seward
Cercle Arctique
ALASKA
Territoire du Nord-Ouest
Mer de Béring
Mts Kilbnuck et Wood River
Chaîne de l'Alaska
Mts Talkeetna
Anchorage
YUKON
Mts Chugach et Kenai
Egegik
Dutch Harbor
Îles Aléoutiennes
Chaîne Aléoutienne
Juneau
Golfe d'Alaska
0
400
Échelle en miles
VOIR DÉTAIL
Colombie-Britannique
Parc national de Katmai
Anchorage
Valdez
Kenai
Homer
Seward
Mts St Elias et Wrangell
YUKON
Détroit de Shelikof
Yakutat
Dry Bay
Karluk
Kodiak City
Île Kodiak
Juneau
Chaîne Côtière
Archipel Alexandre
Golfe d'Alaska
0
350
Ketchikan

Alaska

NORD-OUEST

1

En entendant le bruit pour la première fois, une sorte de vrombissement irrégulier dans les profondeurs du moteur de sa Pontiac, le choc écœurant du métal chaud contre le métal, Joe Curtis comprit, instinctivement, qu'il avait un gros problème. Il connaissait bien les voitures, et par conséquent, il connaissait bien celle-ci aussi. Mais pour la même raison, et d'autres (il était à la fois optimiste et quelque peu fataliste), il se persuada qu'il suffirait d'une réparation au besoin, et qu'il pourrait dans tous les cas faire tenir la vieille J2000 de treize ans — un modèle de 82 qui affichait plus de 200 000 kilomètres au compteur — jusqu'à la côte ouest, sa destination finale, puis régler le problème une fois là-bas. D'ailleurs, comme si sa foi était suffisante, le vrombissement s'arrêta, au bout d'une minute ou deux.

Il roulait sur la I-94, à 150 kilomètres à l'ouest de Fargo, dans le Dakota du Nord, à mi-chemin de Bismarck. Il avait trois cents dollars en poche, et il espérait que cette voiture — une épave qu'il avait achetée quatre cent cinquante dollars et retapée à bas prix, mais impeccablement, y compris la peinture — pourrait se revendre sur la côte mille cinq cents dollars, ou au moins mille dollars, c'est-à-dire plus qu'il n'en fallait pour rentrer à la maison à Detroit par l'avion, avec son frère Terry. Même s'il ne parvenait pas à la revendre, son frère et lui pourraient toujours faire le trajet en voiture, en quelques jours.

C'était la quatrième fois que Terry Curtis tentait de quitter la maison, et la quatrième fois que son frère cadet lui courait après. Mais cette fois-ci, Terry avait fichu le camp loin, très loin de Seattle, presque 4 000 kilomètres, en croyant, peut-être, que cette distance l'empêcherait de rentrer, et que, quoi qu'il arrive, il ne pourrait pas appeler à l'aide, car de toute façon personne ne viendrait.

Près d'une ville baptisée New Salem, 80 kilomètres après Bismarck, le bruit réapparut, avec plus de force, plus de rage. Bang, bang, bang... au point de faire trembler le volant. Joe roula vers le bas-côté et s'arrêta pour écouter. Son estomac se noua à l'idée d'une panne, perdu ici au milieu de nulle part, aussi éloigné de chez lui que de Terry, plus de mille cinq cents kilomètres dans chaque direction. Il avait besoin de la voiture pour aller jusque là-bas, et besoin de la voiture, ou de l'argent qu'elle lui rapporterait, pour ramener son frère chez eux. Conclusion, il devrait demander à quelqu'un d'y jeter un œil. Il repartit en accélérant doucement, sans dépasser le 60 à l'heure, et roula sur le bas-côté avec ses feux de détresse allumés.

Auparavant, Terry n'était jamais allé plus loin que Nashville, il y a dix-huit mois de cela ; il voulait alors se lancer dans l'industrie de la musique country. Finalement, il s'était retrouvé sans un sou, s'était fait expulser de sa chambre d'hôtel payable à la semaine, et avait vécu dans la rue pendant quinze jours, en compagnie d'une sale bonne femme nommée Edie, jusqu'à ce qu'on l'arrête pour vagabondage et le jette dans une cellule — le temps que les policiers inspectent son portefeuille et préviennent sa famille. Joe avait parcouru le millier de kilomètres d'une seule traite, versé la caution de remise en liberté de son frère et donné son accord pour que cet argent soit transformé en amende ; après quoi, il avait obligé Terry à conduire pour rentrer à la maison, le soir même, sans s'arrêter. En tout, le voyage n'avait pas duré plus de vingt-quatre heures et Terry le fils prodigue avait réintégré le grenier qu'il occupait, gracieusement, dans la maison de ses parents, là où il avait presque toujours vécu au long de ses vingt-sept années d'existence, exception faite de ces voyages avortés.

Joe avait vu et entendu Terry dire lui-même aux gens, avec un petit sourire en coin qui se voulait suffisant, mais paraissait surtout pathétique, qu'il était un cinglé de première. Personne ne l'avait jamais contredit.

Juste après le panneau indiquant NEW SALEM, PROCHAINE SORTIE, au moment où Joe empruntait la bretelle de dégagement en ralentissant à 50 km/heure, il entendit comme un coup de fusil, sentit un frémissement parcourir le châssis de la voiture et le moteur rendre l'âme sous lui. Dans le rétroviseur, tandis que la voiture descendait la pente en roue libre, sans bruit, il vit une longue traînée luisante d'huile, de graisse et d'essence se répandre derrière lui sur la chaussée blanche et brûlante. Le véhicule se vidait rapidement de tout son sang.

Il donna un coup de pied dans la poussière du Dakota et observa le garagiste au ventre maculé de cambouis qui mâchonnait un cigare éteint.

— Bordel, j'avais l'intention de vendre cette bagnole, dit Joe. Je l'ai retapée, j'ai refait le circuit électrique, j'ai installé la stéréo, j'ai changé le carbu, j'ai tout réglé. J'ai même remplacé un morceau du châssis et un culbuteur. Vous voyez le truc ?

Le plus rageant, c'était qu'une autre voiture l'attendait chez lui à Detroit, devant son immeuble, une Ford Taurus de 86.

Le garagiste acquiesça.

— Vous avez fait du bon boulot, on dirait. Vous voulez qu'on la répare ?

Huit cents dollars de réparation, avait-il estimé.

— J'ai pas les moyens, répondit Joe. Et ça en vaut pas la peine. J'en aurais tiré mille dollars.

— Mille dollars, fit le garagiste, avec un petit sourire.

Joe ôta ses lunettes de soleil et regarda autour de lui, la petite ville morne et la prairie qui s'étendait au-delà, et il secoua la tête. Se retournant vers le garagiste, il vit dans son regard la réaction qu'avaient les gens en découvrant ses propres yeux, dont la pâleur surprenait toujours. Ils étaient d'un gris particulier, ni gris ardoise, ni gris bleu. Leur couleur se rapprochait de l'argent, presque comme du métal poli. Et ils avaient la brillance de l'acier neuf.

— Vous savez quoi ? dit le garagiste. Vous poussez jusqu'à Billings, là où la 94 rejoint la 90, y a toujours un tas de camions qui filent vers l'ouest, pour rejoindre la côte. Si j'étais à vot' place, un jeune gars comme vous, vous savez c'que j'ferais ?

Il marqua un temps d'arrêt et enchaîna :

— J'essaierais de tirer le maximum de cette caisse et j'finirais mon voyage en stop. Faites-vous transporter, mon gars. Hé, avec un peu de bol, vous tomberez p't-être sur un bahut qui vous emmènera à destination. Un type seul, costaud comme vous, y a aucun danger. Et comme ça, vous dépensez pas vot'fric.

— Combien je pourrais tirer de cette voiture ?

— J'vous en donne cent cinquante dollars, de la main à la main.

— Cent cinquante ?

Joe ricana. Il se retourna et observa la bretelle d'accès au bout de la route secondaire sur laquelle il se trouvait, à moins d'un kilomètre. Faire du stop ? Il en avait déjà fait, pour effectuer de petits trajets, à l'époque où il effectuait ses classes à Fort Benning, en Géorgie. Dans le Sud, ce n'était pas facile, mais il l'avait fait. Et il avait aimé cette sensation, ces inconnus, certains étaient bizarres, inquiétants ou intéressants, certains muets, d'autres plus généreux en paroles, et même du portefeuille parfois, s'arrêtant pour offrir un déjeuner ou une bière à un soldat. Mais Joe ne portait plus l'uniforme. Et la route de plaine serait une vraie fournaise au mois d'août. Mais ces considérations n'avaient pas d'importance.

Il envisagea les autres options : dépenser son argent pour rentrer chez lui et refaire toute la route avec la Taurus, ou bien quémander à droite et à gauche et emprunter de quoi acheter deux billets d'avion aller et retour. Ou encore, appeler le vieux d'ici et réclamer son aide. Mais il ne supportait pas l'idée de rebrousser chemin, et demander quoi que ce soit au vieux, ce serait encore pire. Alors, il prit sa décision.

Il s'adressa au garagiste :

— Je vous la laisse pour deux cent cinquante dollars.

Ils se mirent d'accord pour deux cents.

Lorsqu'il quitta enfin les plaines pour pénétrer dans les contreforts des Rocheuses près de Bozeman, dans le Montana, Joe avait faim. Le voyage s'était transformé en une pénible succession de petits trajets à travers cette immensité infinie et poussiéreuse. Des sauts de puce à chaque fois, des gens d'humeur revêche, dont la générosité se limitait à un « Montez » indifférent, 100 kilomètres de route en silence, et puis « Vous êtes arrivé », ou bien « C'est là que vous descendez ». Jamais au bon endroit pour manger un morceau. Il lui avait fallu trente heures et une nuit glaciale passée à trembler au bord de la route, simplement pour finir de traverser le Dakota du Nord et parcourir la moitié du Montana, avec juste deux repas avalés sur le pouce et quelques biscuits rances qu'il gardait dans son sac en cas de besoin. Il serait mort de soif également s'il n'était pas tombé sur une mare d'eau de pluie sous un pont près de Billings. Il ignorait quel poison contenait cette eau, et il l'imaginait en train de ravager son organisme, mais il n'avait pas eu le choix.

Ce soir-là, à la sortie de Bozeman, il déboursa trente dollars pour une chambre. Le lendemain matin — deux jours s'étaient écoulés depuis que sa voiture avait rendu l'âme —, il attendit une heure sur le bas-côté de la route qui allait vers le nord, et quand il regarda au loin l'étendue du Montana, presque cinq cents kilomètres encore jusqu'à la frontière, les contreforts des montagnes basses qui ondoyaient et disparaissaient dans la brume, là-bas, tout là-bas à l'ouest, plus loin qu'on ne pouvait l'imaginer, une sorte de panique s'empara de lui ; il eut un tel pressentiment d'échec, la certitude d'avoir commis une erreur, de ne pas pouvoir trouver assez d'argent pour ramener Terry à la maison, que cela devint physique. Son estomac se noua, il sentit ses jambes flageoler et fut pris de vertiges. Les plaies rouge écarlate qu'il avait aux chevilles depuis la guerre l'élançaient. La sueur coula sur son front ; l'air sembla s'épaissir. Alors, il s'assit et s'amusa à lancer des cailloux dans la poussière.

Mais quelques minutes seulement s'écoulèrent avant qu'une vieille Chevrolet Nova, surélevée par de gros pneus à l'arrière et peinte de manière grossière avec de l'apprêt gris, ralentisse et s'arrête sur le bas-côté. Peut-être aurait-il plus de chance dans les montagnes, se dit Joe. Il balança son sac sur son épaule et se précipita.

— Merci ! lança-t-il par la vitre du passager.

Une femme le regarda. Elle portait un T-shirt blanc trop large, avec un bandana rose noué autour du cou. Joe crut tout d'abord qu'elle était très jeune, jusqu'à ce qu'il regarde ses yeux assombris par le mascara et bordés, aux coins, de soupçons de rides, qui se creusaient quand elle plissait les yeux. Ils étaient d'un très joli vert, légèrement en amande. Elle sourit. Il lui donnait dans les trente ans.

— Vous faites du stop ? Vous aviez pas le pouce levé.

— Je commence à fatiguer, répondit-il. Je vais vers l'ouest. À Seattle.

Elle se tourna vers le chauffeur, un type squelettique vêtu seulement d'un short découpé dans un jean, avec des lunettes de soleil, qui se pencha pour regarder Joe à son tour.

— C'est là qu'on va, dit-il d'une voix rauque. Mais pas tout de suite.

— J'ai besoin d'y arriver rapidement, dit Joe. Vous me déposerez où vous voulez.

Le conducteur l'observa de la tête aux pieds pendant encore quelques secondes, bizarrement. Puis il dit :

— Je m'appelle Rick. Montez.

Joe ouvrit la portière arrière et s'assit au bord de la banquette, les pieds encore posés sur le sol. Rick régla son rétroviseur de façon à voir Joe sans se retourner.

La femme brisa le silence.

— Moi, c'est Kari ; ça rime avec Atari.

— Moi, c'est Joe.

— Joe, dit-elle. Ce cher vieux Joe.

Joe ôta ses lunettes noires. Rick l'observait dans le rétroviseur. Kari se tourna sur le côté en s'adossant contre la portière pour le regarder, elle aussi.

— Super, les yeux, commenta-t-elle.

— Tu comptes laisser la portière ouverte ? demanda Rick.

Joe hésita encore un instant, avant de se décider. Ils avaient quelque chose de bizarre ces deux-là : le type pâle et nerveux, et la femme qui voulait paraître coriace sans y parvenir. Premièrement, elle avait des dents parfaites, Joe l'avait remarqué. Il faisait très attention aux dents, ayant lui-même une incisive légèrement de travers sur le devant, du côté droit ; elle dépassait un peu et appuyait contre sa lèvre. Il avait appris depuis longtemps à ne pas ouvrir la bouche quand il souriait. Et la plupart des gens ignoraient l'existence de cette dent. Ses parents n'avaient jamais eu les moyens de la faire redresser, et il en avait toujours éprouvé de la gêne.

Elle avait une peau parfaite également, et ses cheveux ondulés, tombant sur ses épaules, étaient d'un roux foncé stupéfiant. Ils avaient presque des reflets noirs, et on avait envie d'y plonger son regard pendant des jours. Joe n'avait jamais vu des cheveux pareils.

Il jeta son sac de toile sur la banquette et ferma la portière.

Le type et la fille n'étaient pas très bavards, ce qui convenait parfaitement à Joe. Il préférait voyager en silence, et regarder à travers la vitre les collines céder la place aux montagnes, jusqu'à ce que, rapidement, ils gravissent la longue route escarpée qui montait vers la ligne de partage des eaux des Rocheuses, derrière laquelle tous les cours d'eau coulaient vers l'ouest, vers le Pacifique.

Alors qu'ils entamaient la descente vers le fond de la vallée, là où se nichait la ville de Butte, au loin apparut un nuage d'orage en forme d'enclume qui se trouvait certainement à plus de cent kilomètres, mais qu'on apercevait distinctement, dans toute sa splendeur, s'élevant à des milliers de mètres au-dessus de la plaine. À cet instant, Joe sentit se dissiper une partie de sa colère due à ce périple forcé. Il aimait voyager. Il avait toujours adoré les voitures, il aimait les bricoler, et il avait l'impression d'avoir toujours voyagé, ici et là, alors que c'était faux. Il n'avait que 25 ans, deux ans de moins que Terry, mais il avait déjà son appartement et un boulot ; il pouvait même, s'il le voulait, aller boire des coups au foyer local des VFW[1], parce qu'il en faisait partie, il avait fait la guerre à l'étranger. Mais parfois, il se demandait s'il ne passait pas à côté de la vraie vie, s'il ne devrait pas traverser le pays comme ça, en voiture, au lieu de se battre tous les jours uniquement pour payer les factures, ce qui, il y a deux mois encore, voulait dire pointer tous les matins à l'ébénisterie Monarch, à huit heures, jusqu'à ce que quelqu'un agite la baguette magique du dégraissage et commence à foutre les gars à la porte. Ils ne s'étaient pas totalement débarrassés de Joe, car ils savaient qu'il était bon, mais il était tout en bas de l'échelle, et cela s'était traduit par une réduction de son temps de travail, vingt heures par semaine seulement, une perte de salaire et toutes ces conneries. Presque toutes les économies qu'il avait réussi à amasser y étaient passées. Heureusement, il se faisait un peu d'argent à côté en réparant des voitures ici et là, en achetant des épaves qu'il retapait pour les revendre ensuite, avec un petit bénéfice, juste assez pour continuer à vivre.

Aussi, une part de lui-même était excitée par cette occasion qui lui était offerte de s'échapper pendant une semaine ou deux, en réclamant des vacances qu'il n'avait pas encore méritées, de retirer ses dernières économies de la banque, pour simplement rouler en voiture. Mais dans l'on

1. VFW : Veterans of Foreign Wars. (*N.d.T.*)

semble, il éprouvait surtout de la colère, furieux de gâcher cinq jours de vacances peut-être, ou même dix, ça dépendait, de dépenser le peu d'argent qui lui restait de côté, et d'être obligé — même si cela pouvait lui procurer du plaisir — d'effectuer ce voyage parce que Terry, encore une fois, une fois de plus, foutait tout en l'air, parce qu'il fallait toujours quelqu'un pour venir le ramasser.

La première fois avec Terry, il y a presque sept ans de cela, Joe n'avait alors que dix-huit ans, il n'était pas encore allé à l'armée, il n'avait rien vu du monde, il n'avait pas connu les emmerdes, comme cela devait lui arriver plus tard la même année. Un des camarades de chambre de Terry avait téléphoné d'Indianapolis, où Terry vivait depuis quatre mois, en disant que quelqu'un ferait bien de rappliquer. Terry avait perdu la boule, il cassait tout, il avait complètement disjoncté.

Le vieux, comme les garçons appelaient leur père, l'homme qui les avait adoptés, jura d'un ton bourru, comme il l'avait toujours fait, et déclara qu'il préférait mourir plutôt que de lever le petit doigt pour aider ce petit salopard camé. La vieille dame se contenta de secouer la tête en se lamentant. « Faudra bien qu'il grandisse. On peut pas toujours être là. »

Joe essaya de convaincre le vieux de lui prêter sa voiture, en promettant de payer lui-même les frais d'essence. Le vieux finit par céder. Terry était dans un sale état quand Joe arriva sur place, défoncé à la cocaïne, avec la gueule de bois, fumant cigarette sur cigarette, mais ses mains tremblaient tellement qu'il avait du mal à en allumer une avec le mégot de la précédente.

Joe proposa de l'argent aux camarades de chambre pour payer les dégâts, mais ceux-ci refusèrent. « On veut juste que tu l'emmènes loin d'ici. » Alors, ils repartirent vers le nord, et en chemin, ils prirent une chambre dans un motel ; là, Joe traîna Terry sous la douche et l'obligea à y rester pendant une heure, jusqu'à ce que l'eau soit froide et que Terry se mette à trembler, les lèvres bleuies. Joe se coucha avec lui sur le lit, Terry sous les draps, Joe au-dessus, habillé ; il passa un bras et une jambe autour de son frère et le tint serré contre lui en attendant que les tremblements cessent, jusqu'à ce que Terry s'endorme. Il dormit pendant douze heures d'affilée.

Bien avant la tombée de la nuit, la vieille Nova leur fit traverser à tous les trois la ville de Missoula, le grand col à l'ouest du Montana qui conduisait à Wallace dans l'étroite vallée de l'Idaho, juste avant la frontière de l'État de Washington. Une bonne journée de route.

Ce soir-là, dans la chambre de motel, Joe était assis par terre à côté du lit, et il regardait la télé. Rick avait d'abord hésité quand Kari avait suggéré que Joe pourrait dormir par terre, mais elle lui avait murmuré quelque chose à l'oreille, il lui avait répondu de la même façon et avait finalement donné son accord. Pour l'instant, Rick était sorti, Kari prenait une douche, et Joe se demandait ce qu'il ferait en arrivant enfin à Seattle. Même avec sept jours d'avance, il savait que deux billets d'avion coûteraient 500 dollars, soit à peu près la somme qu'il avait en poche. Mais d'ici à ce qu'il arrive là-bas, impossible de savoir ce qui lui resterait, et ils devraient encore vivre pendant ces sept jours, ou trouver de l'argent en plus pour les billets. Il ne pouvait pas compter sur une contribution de la part de Terry, que ce soit de l'argent, une voiture, ou même une bonne idée. Ce serait à lui, Joe, de se débrouiller pour trouver, dans une ville inconnue, ce dont ils avaient besoin.

Il n'avait jamais demandé de carte de crédit, car il ne voulait pas avoir de dettes, même si les gars au boulot lui avaient dit que n'importe qui pouvait en demander une, et maintenant il comprenait qu'il avait été stupide. Dès son retour, il se ferait tatouer sur la poitrine ce slogan publicitaire : « Ne partez pas sans elle. » Évidemment, pensa-t-il, il pourrait essayer de soutirer un peu d'argent au vieux, en jurant de le lui rendre très vite. Mais il s'en savait incapable.

Dans la fraîcheur de l'air conditionné, il avait commencé à sentir dans sa tête des éclairs de douleur qui s'amplifiaient rapidement, pour devenir si violents, si aigus maintenant, sous son crâne et le long d'une ligne qui passait au-dessus de son oreille droite, qu'il pouvait seulement fermer les yeux, agripper le bord de la table et attendre, en essayant de rester conscient. La sueur coulait sur son visage ; il avait la mâchoire endolorie à force de serrer les dents. Mais cela ne dura que cinq minutes, et bientôt, la douleur fut suffisamment atténuée pour être à la merci d'un cachet d'aspirine. C'est alors que sa vue commença à se troubler, à tel point qu'il ne distinguait plus les détails sur l'écran de télé devant lui, mais là encore, ça ne dura que quelques minutes.

Ces phénomènes ne l'étonnèrent pas. Deux fois par semaine grosso modo, depuis quatre ans, il lui arrivait la même chose, depuis la guerre dans le désert du Moyen-Orient. Les plaies écarlates qui formaient un anneau bien net autour de ses chevilles, et qui parfois se rouvraient et saignaient, constituaient elles aussi un souvenir de cette campagne ; des symptômes de cette maladie floue baptisée Syndrome de la Tempête du Désert. Mais Joe connaissait des potes soldats, là-bas chez lui, et ailleurs, qui avaient écopé de trucs plus graves que des maux de tête, des troubles de la vue ou quelques plaies aux chevilles. Bien plus graves. Certains de ces types étaient morts, d'autres handicapés à vie, ou ils souffraient de maladies graves, chute du système immunitaire, d'énormes plaies qui ne cicatrisaient pas, des saignements de tous les côtés, un tas de symptômes bizarres qui surgissaient.

L'eau de la douche s'arrêta. La porte de la salle de bains s'entrouvrit d'une quinzaine de centimètres, mais seule de la vapeur en sortit, pas de Kari. Joe entendit des couinements, tandis qu'elle essuyait le miroir embué. D'où il était assis, il s'aperçut qu'il pouvait voir l'intérieur de la salle de bains, de biais ; il voyait le lavabo et le miroir. Et lorsque celui-ci s'éclaircit un peu, il distingua l'image légèrement floue de Kari, mais pas plus bas que les épaules. Sans bruit, il se leva pour aller s'asseoir sur le lit, d'où il apercevait la totalité du reflet, légèrement embué, mais sans équivoque. Il fut pris de vertige en découvrant le corps de Kari. Elle n'était pas très grande, 1,65 m peut-être, et sous ses vêtements amples — le T-shirt et le vieux pantalon de treillis —, elle paraissait flasque et sans formes, or, il s'apercevait qu'elle avait des hanches et des seins bien ronds, et une certaine fermeté aussi.

Bon Dieu. Il bandait si fort qu'il craignait de faire sauter sa braguette.

Elle ouvrit un peu plus la porte. Joe la regarda s'essuyer, se frictionner d'abord la tête, puis faire glisser la serviette sur son ventre plat, et se contorsionner pour sécher l'arrière des cuisses. Le miroir s'éclaircit un peu plus. Ses poils pubiens semblaient plus clairs que ses cheveux. Elle y passa ses doigts à deux reprises pour les faire gonfler, et Joe fut comme enivré.

Soudain, il entendit la porte de la chambre s'ouvrir. Il tourna rapidement la tête vers l'écran de la télé, en faisant semblant d'être captivé par cette publicité pour aliments canins qu'il avait déjà vue des centaines de fois.

— Joe, Joe, bo bo, banana banna fo fo, fit Rick.

Il s'assit sur le lit, sans même jeter un regard à Kari dans la salle de bains, donna une grande tape sur le pied de Joe et déclara :

— Faut qu'on parle.

Joe acquiesça.

— Tu sais parler, au moins ? demanda Rick.

— Ça veut dire quoi ?

— Tu parles pas beaucoup, dit Rick. Depuis ce matin, je parie que t'as même pas dit vingt mots.

Joe haussa les épaules.

— Quelque chose te tracasse ?

Joe acquiesça de nouveau.

— T'as des problèmes ?

— Oui.

— O.K., fit Rick. T'en fais pas, mec. Désormais, tu fais partie du Rick et Kari show. Nous, on s'éclate, on se balade et on trouve toujours des nouveaux trucs. Demain soir, on débarque en ville. Et tu as besoin de fric.

Il avait dit ça comme ça, de but en blanc.

— Hein ? fit Joe.

Il se redressa légèrement sur le lit.

— Du blé. Du pognon, mec. T'en as besoin ?

— Putain, oui. Tu peux pas imaginer.

— Oh, que si, Joe. Je sais ce que c'est, vieux.

— Mais pourquoi ? Je veux dire, pourquoi me poser cette question ?

— Je sais comment t'en faire gagner.

— Combien ?

— Combien il te faut ?

Sans hésitation, Joe dit :

— Cinq cents dollars.

Et sans hésitation, Rick répondit :

— Pas de problème. Si le truc marche, tu les auras.

Cette fois, les antennes de Joe se dressèrent.

— Quel truc, Rick ? De quoi on parle, au juste ?

Rick sourit. Les antennes, ça le connaissait. Il avait tout un système radar ultra-perfectionné dans la tête.

— Tu t'es fait coffrer.

Joe l'observa, les yeux étroits aux cils noirs, presque des jolis yeux pour un homme, et la bouche pincée, dure, le cou décharné, veiné. Il acquiesça.

— Je le savais, dit Rick. Je l'ai senti. T'as fait de la taule ?

— Non, pas vraiment. Condamné avec sursis et une amende. C'était il y a longtemps.

Rick sourit et secoua la tête. Joe ne voyait aucune raison de s'étendre sur le sujet. Si ce type envisageait de monter un...

Rick dit :

— Le truc dont je te parle est sans risque. Aucune raison de se faire coffrer. Je suis pas un crétin. C'est un truc super simple... J'ai quelques affaires par ici dans le Montana, et dans l'Idaho. Et je connais un type dans le coin, tu vois ? Il faut que je lui parle. Il me doit du fric. Et quand j'irai lui parler, j'aimerais bien avoir quelqu'un avec moi. Un type comme toi. Le genre costaud, tu vois. Quelqu'un devant qui on réfléchit à deux fois avant de l'entuber.

— J'ai pas le droit de me battre.

— C'est ce que je dis ! s'exclama Rick. Ce machin-là, ou ça se passe sans qu'il y ait d'histoires, ou je laisse tomber. De toute façon, je l'ai déjà dans le cul. Ça vaut plus la peine de plonger pour ça. Voilà ce que je te propose : même si ça marche pas et si je récupère pas ce qu'il me doit, je te refilerai quand même cent dollars, pour le déplacement.

— Sans crimes.

— Je t'explique, dit Rick. Ce type voudra pas me filer ce qu'il me doit. Je le sais. Alors, je vais me servir. L'astuce, tu vois, c'est que même si je lui pique tout ce qu'il a, vu la raison pour laquelle il me doit du fric, il peut rien faire. Il appellera pas les flics. Tu vois le genre d'affaires.

— C'est quoi ? demanda Joe.

De la drogue, pensa-t-il. Ou de la marchandise volée peut-être. Ça pouvait être n'importe quoi.

Kari sortit de la salle de bains enveloppée dans une serviette. Elle adressa un sourire à Joe ; son joli sourire parfait, grâce à l'orthodontie. Tandis que Joe les regardait alternativement, elle et Rick, il constata une chose qu'il n'avait pas remarquée jusqu'alors : elle avait peur. Il y avait du désespoir dans la façon dont elle le regardait, de la supplication même. Elle voulait qu'il reste. Aucune preuve concrète ne lui permettait de l'affirmer, mais il le savait. Il le lisait dans ses yeux. Elle avait besoin de quelque chose.

— La question, dit Rick, c'est : est-ce que tu veux vraiment que je te le dise ?

La réponse, ils le savaient l'un et l'autre, était non.

Plus tard, après avoir dîné et s'être promené, en réfléchissant à cette occasion qui lui était offerte, aux risques aussi, Joe se faufila à l'arrière du motel et compta le nombre de fenêtres jusqu'à la chambre, puis s'approcha sans bruit et se dressa sur la pointe des pieds pour jeter un coup d'œil à l'intérieur et voir s'il pouvait en apprendre un peu plus. Mais au lieu de surprendre Kari et Rick en pleine discussion, en train de partager des secrets, il les vit tous les deux allongés sur le lit, nus, Kari couchée sur le ventre, tournant le dos à la fenêtre, et Rick couché sur elle. Il avait enfoui une de ses mains dans les cheveux de Kari, et prenait appui sur l'autre. Il allait et venait en elle, en donnant de grands coups de reins, et il lui disait des choses à voix basse, que Joe n'entendait pas à cause de la soufflerie du climatiseur. Quand Kari tourna la tête vers la fenêtre, Joe fut frappé par la passivité de son visage. On aurait dit qu'elle rêvait, l'esprit ailleurs, nullement excitée ; elle ne laissait échapper aucun bruit. Il y avait en elle quelque chose de triste qui déteignit sur Joe en la regardant.

Rick la tira par les cheveux, et elle grimaça. Il cria quelque chose, alors Kari se décolla du matelas, à quatre pattes, en projetant ses fesses vers lui ; ses seins lourds ballottaient, de plus en plus vite, plus violemment, jusqu'à ce que Rick, lâchant les cheveux, lui saisisse les hanches à deux mains pour la plaquer contre lui et, les yeux fermés, il jouit en poussant un cri que Joe entendit malgré la climatisation et la fenêtre fermée.

Joe s'assit sous la fenêtre et tendit l'oreille, tandis que quelqu'un applaudissait dans la chambre voisine. Après quelques minutes passées dans l'obscurité, il se releva et regarda de nouveau à l'intérieur de la chambre. Rick et Kari étaient tous les deux agenouillés maintenant, toujours nus, à côté du lit, face à face, leurs mains jointes, la tête baissée dans une sorte de prière commune. C'étaient peut-être des cinglés de Dieu, pensa Joe ; pourtant, ils ne ressemblaient pas aux croyants qu'il connaissait.

Mais peu importait désormais. Joe était ferré, et il le savait. Il voulait ces cinq cents dollars. Il voulait sauver ce qui se transformait en désastre, il voulait régler cette affaire en beauté, mettre Terry dans un avion et rentrer à la maison, et il voulait agir seul, tout arranger. Il arrangeait toujours les choses. C'était son rôle dans la vie. Réparer. Ils le savaient à l'armée. Dans les usines où il avait travaillé, et les propriétaires de l'atelier de menuiserie où il travaillait maintenant, ils le savaient tous. Il était capable de tout réparer, si on lui donnait les bons outils et le temps. C'était son truc. Et il sauverait ce voyage, d'une manière ou d'une autre.

La lumière de la chambre était éteinte quand ils le laissèrent entrer. Un peu plus tard, il les entendit murmurer dans le noir.

2

Allongée à plat ventre sur un promontoire de roche calcaire striée, chauffé par le soleil, sur le versant sud du mont Evans, aux abords de Cœur d'Alene, dans l'Idaho, l'agent Leanne Red Feather avait l'œil collé à une lunette Unitron 20 × 60 fournie par le gouvernement. Elle cherchait à apercevoir des armes, et particulièrement des armes de gros calibres, illégales, le genre qui tirait sept ou huit cents balles à la minute. Et des explosifs aussi. Elle était preneuse.

Elle observait le ranch d'un type répugnant nommé Big Bill Cooper, qui mesurait moins d'1,60 m et pesait ses 150 kg, et aurait mérité, pour cette simple raison, pensait Leanne, d'être emmené de force quelque part et abattu. Mais elle s'abstint de toute remarque, car l'homme allongé à ses côtés, Ed Simmons, récemment muté et nommé responsable de l'agence locale du bureau fédéral des Alcools, Tabacs et Armes à feu, l'ATF, à Boise, son supérieur immédiat désormais, n'était sans doute pas loin des 120 kg lui-même.

Le ranch de Big Bill, là où il vivait, s'étendait

à moins d'un kilomètre devant eux, en contrebas. Bill en personne était en train d'extraire sa masse du siège passager d'un pick-up blanc arrêté dans l'allée derrière la maison. La lunette de Leanne saisissait chaque bourrelet de graisse écœurant.

— Vous êtes ici depuis combien de temps ? demanda Simmons. Il observait lui aussi le ranch, avec une paire de jumelles.

— Deux semaines, par intermittences.

— Et toujours rien ?

— Pas même un petit calibre .22.

— Et merde ! Vous en pensez quoi ?

— J'en pense qu'il ne fait rien transiter par ici. Elle abaissa la lunette pour jeter un regard à Simmons, qui transpirait tellement que c'en était inquiétant.

— Mais ça ne veut pas dire qu'il a les mains propres, ajouta-t-elle.

Les renseignements qu'avait reçus Leanne étaient maigres, mais assez précis cependant pour l'amener à croire que Big Bill avait repris le trafic d'armes, et s'était constitué un joli stock à écouler. Privée temporairement de supérieur, elle s'était confié elle-même pour mission de fureter dans les parages, à la manière des indigènes. Et à force de flairer, elle avait repéré une piste. Elle connaissait cette odeur. C'était sa façon de fonctionner : elle repérait des pistes avec son odorat, et elle les suivait. Elle avait toujours procédé ainsi, et au bout du compte, elle avait presque toujours raison. En outre, c'était ce qu'elle préférait, suivre à la trace, comme un limier, un sale renégat de l'économie de marché qui avait des quantités obscènes de sang sur les mains et d'argent dans les poches.

— Vous perdez votre temps, dit Simmons.

Sa priorité, avait-il déclaré, était de déterminer quelles enquêtes, parmi toutes celles en cours, méritaient d'être poursuivies, et d'affecter les agents de Boise à quelques tâches essentielles.

— S'il passe à l'action, on sera au courant, ajouta Simmons. (Il se remit en position assise et essuya la sueur sur les oculaires des jumelles.) Et surtout, on saura où. C'est ça qui compte. Je me fous de savoir comment il passe ses journées.

— Je pense malgré tout...

— Je vous donne encore un jour, déclara Simmons. Ensuite, vous rappliquez à Boise.

Elle savait qu'il ne se passerait rien demain, mais elle répondit simplement :

— À vos ordres.

— Tôt ou tard, on aura du nouveau. Et on le coincera, ajouta Simmons en guise d'encouragement, avec un plissement d'yeux qui se voulait être un sourire. En attendant, vous pourrez vous occuper d'autre chose.

Elle pensait à tous ces gens qui étaient morts, tués par les armes que vendait Big Bill, à ses collègues tombés sous les rafales d'une mitrailleuse calibre .50 il y a environ deux ans, sur le domaine de Koresh, à Waco —, une arme qui, avant d'arriver chez les « Davidiens », était passée entre les mains, pensait-on, de Bill Cooper en personne ; quand elle pensait à tout ça, elle sentait le goût de la haine dans sa bouche, comme si elle mâchait un morceau de papier d'aluminium.

Malgré tout, qu'elle soit d'accord avec Simmons ou pas, elle savait que c'était un bon agent. Venu du bureau de Kansas City, il avait été transféré ici et nommé responsable de l'agence locale, après avoir participé, en tant que membre de l'ATF, à l'enquête sur l'attentat de l'immeuble fédéral d'Oklahoma City en avril, il y avait de cela quatre mois et demi. Nul n'ignorait que les fédéraux, le FBI, l'ATF et les Douanes avaient tous brillé dans cette affaire.

De retour à la pension où elle louait une chambre à la semaine, Leanne téléphona chez elle, à Boise. C'était occupé ; elle attendit un quart d'heure et essaya de nouveau, sans plus de succès. Vingt minutes plus tard, ça sonna enfin. Au bout de la huitième sonnerie, un homme décrocha.

— Ouais ?

— Calvin ? C'est moi.

— Ah, salut. Tu fais quoi ?

— Je te pose la même question.

— Rien. Rien du tout. Je regarde la télé.

— Il t'a fallu neuf sonneries pour répondre ?

— J'étais aux chiottes.

— Tu regardais la télé aux chiottes ?

— Hé...

— Bon, bon... (Calvin était son frère, son cadet de quatre ans.) Je voulais juste m'assurer que tu allais bien.

— Ça va, répondit Calvin. Tu rentres quand ?

— Bientôt, apparemment. Dans un jour ou deux. J'ai plus rien à faire ici.

— À la prochaine, alors, dit Calvin.

Et il raccrocha avant qu'elle ait le temps d'ajouter quoi que ce soit. Leanne n'aimait pas le ton de son frère, et elle ne lui faisait pas confiance. Depuis l'âge de 11 ans, le petit Calvin n'avait cessé de subir des cures de désintoxication, à cause de l'alcool et de diverses substances prohibées, et depuis l'âge de 16 ans, il faisait de fréquents séjours en prison. Il y a tout juste six semaines, Cal avait fini de purger sa première grosse peine : six mois au pénitencier de Deer Lodge, au nord de Butte dans le Montana, pour coups et blessures. Au cours d'une bagarre dans un bar, à Havre, il avait frappé un homme sur la tête avec une bouteille de bière, si violemment que celui-ci était resté dans le coma pendant deux jours. Aujourd'hui encore, presque un an après les faits, Leanne savait que l'homme n'était pas entièrement remis et ne le serait jamais. Son œil et son oreille gauche ne fonctionnaient plus correctement.

Aussi, quand Cal était sorti de prison, Leanne l'avait installé chez elle, à Boise, pour l'aider à prendre un nouveau départ, lui offrir un toit pendant qu'il cherchait du travail. En vérité, c'est seulement en apprenant que sa sœur, agent fédéral, avait décidé de l'accueillir, que la commission de mise en liberté conditionnelle avait accepté de le laisser sortir. Il n'était pas content de devoir vivre avec elle, c'était évident. Mais il savait aussi que si sa sœur ne l'avait pas recueilli, il aurait purgé un an de prison en plus.

Et Leanne se réjouissait de l'avoir auprès d'elle. Cal était un chouette garçon, la plupart du temps. Enfant, il était gentil, adorable. Et il avait conservé ce bon côté. Hélas, il avait des problèmes avec tout ce qui modifiait la chimie de son cerveau : l'alcool, la marijuana ou les inhalations de solvant, qui lui avaient d'ailleurs valu son premier traitement, à 11 ans. Dès qu'il était un peu « parti », Cal se transformait en saloperie d'Indien méchant. Elle le savait. Plusieurs fois, elle avait tenu le rôle de la victime.

Leur père, Jimmy Red Feather, était un pur

Amérindien, moitié Gros Ventre, moitié Flathead ; leur mère, Anna Willingham de son nom de jeune fille, était une Anglo-Saxonne de Billings, fille d'un éleveur de bétail nommé Les Willingham. Cette femme blanche prénommée Anna avait fait la connaissance de Jimmy Red Feather par une journée d'automne, lors de la vente aux enchères de bétail de Billings, et un mois plus tard, elle l'avait suivi vers l'ouest, à travers le Montana, jusqu'à la réserve des Flathead.

Ironie du sort, des années plus tard, bien après que Jimmy et Anna se furent séparés, c'est Anna la Claire, comme on la surnommait, qui était restée dans la réserve, dans une horrible petite caravane couleur jaune pisse, alors que Jimmy, lui, était parti vivre ailleurs, d'abord à Butte, à l'époque où on pouvait encore se faire engager par Ananconda Copper, puis à Missoula, et enfin, près de la petite ville touristique de Whitefish. Leanne et Cal s'étaient retrouvés ballottés entre Jimmy et Anna, mais Leanne se souvenait surtout de la réserve, où elle avait vécu le plus longtemps, avec sa mère, au milieu d'un petit groupe de maisons minables, plantées sur un terrain boueux à la sortie d'Arlee. Il y avait là des oncles et des tantes, évidemment, mais surtout des tantes, des parentes de Jimmy qui aidaient à élever les enfants, qui leur apprenaient quelques mots de salish, qu'on leur interdisait de prononcer ailleurs qu'en présence des personnes âgées.

Mais surtout, Leanne se souvenait du dénommé Guts. Wolf Guts précisément, lui avait-il dit lors de leur première rencontre, quand elle avait huit ans. Ce n'était pas un Flathead. Quelqu'un avait dit, un jour, que c'était un Apache du Dakota du Sud, mais elle n'avait jamais su si c'était vrai, ni même s'il y avait des Apaches dans le Dakota. Quoi qu'il en soit, Guts avait été l'ami de Jimmy Red Feather autrefois, et celui-ci lui avait, paraît-il, sauvé la vie, lorsque Guts était passé à travers la glace friable sur la Blackfoot River. Conclusion, Guts avait plus ou moins adopté Leanne et Calvin, même si Calvin ne voulait pas entendre parler de lui. Leanne, en revanche, passait le plus de temps possible avec Guts ; assise à ses côtés, elle le regardait sculpter le bois ou confectionner des leurres pour la pêche, elle écoutait ses histoires. Son arrière-grand-père, qu'il avait connu, affirmait-il, était encore gamin avant qu'apparaissent les réserves, et il lui avait raconté ces histoires. Guts s'en souvenait. En été et en automne, elle le suivait dans ses randonnées, jusque dans les Mission Mountains couronnées de neige, qui bordaient la réserve à l'est, et c'était là, quand elle avait huit ou neuf ans, que Guts lui avait appris à suivre des traces.

Il lui apprit à distinguer les empreintes des cerfs, des élans, des coyotes et des ours, à évaluer la fraîcheur d'une empreinte, et la vitesse à laquelle se déplaçait un animal. Es passaient beaucoup de temps assis à attendre, pour voir ce qui allait apparaître. Et Leanne était toujours stupéfaite de voir surgir les animaux.

« Le silence est la meilleure méthode, lui répétait Guts. Tu ne seras jamais aussi futée ni aussi rapide que ta proie. Ta seule chance, c'est de ne pas te faire repérer. À partir de ce moment-là, c'est l'animal qui commettra l'erreur, pas toi. »

Bien qu'elle n'ait jamais acquis la patience de Guts, incapable de rester immobile aussi longtemps que lui, incapable de résister à l'envie de ramper dans les fourrés pour chercher et suivre des traces fraîches, elle avait retenu les leçons de la traque, mieux que tout le reste.

Cal, lui, appelait ça différemment. Il avait élargi la catégorie et appelait ça « poursuivre les gens ». Juste avant qu'elle parte pour Cœur d'Alene, la semaine dernière, Cal et Leanne avaient encore eu une violente dispute dans son salon. Elle lui avait demandé de faire un peu de rangement dans la maison, de ne pas vivre dans le foutoir. Elle ne supportait pas de voir des gens s'avilir de cette façon. Cela faisait d'ailleurs partie du problème plus général de Calvin, se disait-elle ; c'était une question d'amour-propre.

— Ça recommence ! beugla-t-il. T'es toujours après moi. Toujours en train de me harceler et de m'emmerder ! Va te faire foutre !

— Quel mal y a-t-il à faire un peu de ménage ?

— Aucun, Leanne. Y a aucun mal à ça. Le problème, c'est de recevoir des ordres à trente et un an !

— Fais-le sans que je te le demande.

Il secoua la tête. Sa colère était disproportionnée.

— Tu comprends rien ! Tu comprends rien à ma vie ! Tu es complètement coincée, arriviste, tu lèches le cul de ce gouvernement qui entube les Indiens, et tu veux m'apprendre à être quelqu'un de bien, toi qui as épousé un Blanc !

Leanne demeura estomaquée. Tout ça parce qu'elle lui avait demandé de faire un peu de ménage ? De plus, elle avait divorcé depuis un an et demi.

— Cal, répondit-elle, notre mère était blanche.

— Elle est devenue indienne. Et Papa était indien. En ce qui me concerne, je suis indien à cent pour cent. Et toi, hein ? Comment tu te considères ?

— Comme un être humain.

— Tu parles ! cracha-t-il, et il claqua la porte de sa chambre.

Elle avait été obligée de partir ; elle risquait de louper son avion.

Et présentement, alors qu'il venait de lui raccrocher au nez, Leanne s'aperçut qu'elle n'avait pas dit à Calvin qu'elle l'aimait. Et cela la tracassait. Car c'était une chose, se dit-elle, qu'il avait besoin d'entendre en ce moment.

3

Terry lui apparut en rêve avant l'aube ; ses mains lacérées et ensanglantées se tendaient vers Joe, l'expression de son visage semblait dire : j'ai besoin de toi, frangin. Dans son rêve, Joe avait de la fièvre, il sentait qu'il transpirait, il avait le visage congestionné. Ils travaillaient ensemble sur une voiture, Joe était penché sous le capot, Terry lui tendait les outils. Mais il les inondait de sang, à cause de ses blessures, et Joe ne pouvait pas les tenir. L'un après l'autre, les outils lui glissaient entre les mains et dégringolaient bruyamment dans le trou noir béant à la place du moteur.

Il avait reçu le coup de téléphone il y a une semaine maintenant ; une fille qui n'avait même pas donné son nom, elle avait attaqué en disant que Terry était très malade et qu'il se trouvait dans une clinique gratuite, sous perfusion ou un truc comme ça, il était complètement déshydraté et ne pouvait plus respirer.

— Où êtes-vous ? lui demanda Joe.

— Chez nous. On partage une piaule.

— Est-ce qu'il travaille ?

— Il a bossé. Mais plus maintenant. Il est malade.

— Il a de l'argent ?

— Pas beaucoup, répondit la fille.

— Il faut que je lui parle.

Et le lendemain, Terry l'avait appelé ; il avait l'air dans un sale état, et quand il se mit à pleurer, Joe devina la suite.

— Et si je te payais un billet d'avion pour que tu rentres à la maison ? proposa-t-il.

— Je peux pas, répondit Terry. J'arrive même pas à marcher, Joe. J'ai un abcès au poumon, et ma jambe est complètement foutue.

— Qu'est-ce qui s'est passé ?

— On m'a agressé.

— Pour quelle raison ? Qu'est-ce qu'on peut bien te voler ?

— J'en sais rien. Un type m'a sauté dessus dans la rue et m'a tabassé. Il m'a pété la jambe et une côte.

— Tu as la jambe cassée ?

— Ouais, plus ou moins. J'ai un plâtre maintenant. Mais pendant trois jours, je suis resté comme ça, jusqu'à ce que Lori trouve un endroit qui nous accepte.

— Bon sang, pourquoi tu n'es pas allé aux urgences à l'hôpital ?

— J'aime pas ces endroits.

— Et donc, tu t'es trimbalé pendant trois jours avec des fractures.

Et ainsi de suite. Les différentes versions ne cadraient pas. Tout d'abord, la fille au téléphone n'avait pas parlé de l'agression et des fractures de Terry. N'aurait-elle pas commencé par là, logiquement ? Pourquoi parler seulement de la déshydratation ? Et pourquoi attendre plusieurs jours pour se faire soigner ? Quoi qu'il en soit, Joe savait que s'il envoyait un billet d'avion, Terry le revendrait aussitôt pour se faire quelques dollars. Et il savait que la seule chose à faire, c'était de ramener Terry à la maison. On pouvait mourir d'un abcès au poumon, et Dieu sait ce qui s'était réellement passé, pourquoi on l'avait tabassé, ce qu'il avait pu faire comme conneries, ou attraper comme maladie. Avec Terry, il fallait toujours lire entre les lignes, et chaque fois que Joe avait eu l'impression de dramatiser, et s'était dit que ça ne pouvait pas être si grave que ça, il s'était trompé. D'une manière ou d'une autre, c'était toujours pire.

En s'éveillant de son rêve, Joe vit, par la fenêtre, s'élever la faible lumière rouge de l'Idaho.

Une heure plus tard, ils étaient habillés, ils avaient fait leurs bagages ; Joe et Rick portaient tous les deux un jean, un T-shirt et des bottes.

— Alors ? fit Rick.

— Tu as parlé de cent dollars, quoi qu'il arrive, dit Joe.

Rick réfléchit un instant, puis demanda :

— Tu les veux maintenant ? Comme avance ? O.K.

De sa poche, il sortit un rouleau de dollars, d'où il tira un billet de cent qu'il tendit à Joe.

— Eh bien, allons-y, dit Joe.

— Bravo, dit Rick.

Pendant que Joe et Kari chargeaient la voiture, Rick se rendit à la borne téléphonique, de l'autre côté de la rue, pour passer un coup de fil, puis s'empressa de monter en voiture pour donner le signal du départ. À l'ouest de Cœur d'Alene, au lieu de prendre la direction de l'État de

Washington, Rick quitta l'autoroute et roula vers le nord, avant de bifurquer vers l'est, en longeant la périphérie de la ville. Rapidement, il reprit la direction du nord en empruntant une grande route à quatre voies qui tournait le dos à la ville et s'enfonçait dans la campagne. Ils roulèrent pendant un quart d'heure avant de prendre une route plus étroite et de s'arrêter devant un snack.

— Café pour tout le monde, déclara Rick. C'est ma tournée.

Rick téléphona de nouveau en utilisant l'appareil situé à l'extérieur du snack, avant d'entrer. En l'observant de l'intérieur de la voiture, Joe se dit qu'il y avait certainement quelqu'un d'autre dans le coup, que Rick avait d'autres personnes qui travaillaient pour lui. Il appelait pour avoir des renseignements concernant le type à qui il voulait parler. Mais si quelqu'un d'autre était impliqué, de quel genre d'affaire s'agissait-il ? Allons, c'était peut-être un coup de fil sans importance, un copain de Rick qui connaissait le type que Rick voulait rencontrer, et qui savait où on pouvait le trouver. Joe réfléchissait. Il était encore temps de laisser tomber. Mais il resta assis. En regardant la nuque de Kari, ses boucles de cheveux roux aux reflets noirs.

Après que Rick fut ressorti du snack et eut distribué les cafés, ils restèrent garés où ils étaient, Un pick-up blanc les dépassa. Rick le regarda s'éloigner, puis il redémarra dans son sillage. Joe apercevait parfois la camionnette devant eux, au loin ; elle apparaissait et disparaissait de nouveau dans un virage. Le mot FORD était inscrit en grosses lettres rouges sur le hayon. Apparemment, deux hommes étaient assis à l'avant.

Quand le café de Joe eut suffisamment refroidi

pour qu'il puisse le boire à petites gorgées, Rick ralentit, avant de bifurquer brutalement sur le parking en graviers d'une épicerie-quincaillerie isolée, ornée de publicités en tous genres : alimentation, nourriture pour le bétail et outillage.

— Perfecto, dit Rick en s'adressant à Kari.

Joe s'aperçut alors que le pick-up Ford était là lui aussi, garé devant l'entrée de la boutique. D'ailleurs, c'était le seul autre véhicule sur le parking. Au moment où Rick passait devant le pick-up, Joe vit un type énorme, coiffé d'un Stetson blanc, serré dans un jean, avec des bottes de cow-boy noir et blanc, s'extirper par la portière du passager. L'obèse jeta un coup d'œil dans leur direction en se dirigeant vers la boutique. Puis il disparut, car Rick avait fait le tour du bazar pour venir se garer à proximité d'une rampe de chargement en bois conduisant à une double porte fermée par une chaîne.

— Prends le volant, dit-il à Kari.

Un vent léger s'était levé, suffisamment fort néanmoins pour agiter l'air étouffant. Dans le coffre, Rick prit un coupe-vent en Nylon rouge qu'il enfila par-dessus son T-shirt jaune, bien que la température ait déjà atteint les 30 degrés.

— Allez, viens, dit Rick. Ne dis rien surtout. Tu restes près de moi.

— C'est le type du pick-up qu'on vient voir ?

— Que je viens voir. Toi, tu restes près de moi et tu la fermes.

— Tu vas lui parler dans la boutique ?

Rick s'arrêta et se tourna vers Joe.

— Tu me laisses faire ce que j'ai à faire, pigé ?

Joe n'aimait pas la tournure que prenaient les événements. Le coup des cinq cents dollars commençait à sentir mauvais. Il n'aimait pas le changement d'attitude de Rick. Il n'aimait pas le fait que Rick ait appelé quelqu'un d'autre, car apparemment, Rick ne lui avait pas tout dit. Mais maintenant, ils étaient là. Que pouvait-il faire ? Fuir ? Il s'imagina filant comme un lapin, pour traverser à toutes jambes le parking vide jusqu'à la route et retourner ensuite en ville. Plusieurs kilomètres de marche avant d'arriver quelque part. Et ensuite ? Il se retrouverait dans la même situation. De plus, il avait le billet de cent dollars de Rick dans sa poche. Il se retourna vers Kari, assise au volant. Elle aussi le regardait.

En entrant dans le bazar, Joe observa brièvement l'homme qui conduisait le pick-up ; celui-ci regardait droit devant lui jusqu'à présent, mais il avait tourné la tête vers eux. Rick voulait peut-être laisser ce type en dehors du coup, c'est pourquoi il avait l'intention de coincer l'obèse dans un coin de la boutique pour discuter avec lui. Ça pouvait se comprendre.

C'était une vieille boutique, avec un plancher et un comptoir en bois, un immense présentoir pour les cigarettes et seulement cinq allées pour l'alimentation. Deux paquets de Merit étaient posés sur le comptoir, derrière lequel une vieille femme était assise, occupée à lire le journal.

— Salut, les gars ! lança-t-elle.

L'obèse était quelque part au fond de la boutique, invisible. Joe commença à s'engager dans une allée, mais Rick le retint par la manche.

— Reste ici.

— Mais le type...

— Vous désirez, messieurs ? demanda la vieille femme.

Rick sortit de sa poche une paire de gants en coton blanc et les enfila, en prenant soin de les coincer sous les poignets élastiques de son coupe-vent. Joe comprit alors qu'on lui avait menti, il s'était fait avoir ; le pire était à craindre. Il voyait ce qui allait se passer, mais ces visions semblaient survenir presque en même temps que les événements eux-mêmes. Comme si les images qui défilaient dans sa tête étaient projetées aussi dans le monde extérieur, comme s'il était une sorte de projecteur qui pouvait uniquement montrer les scènes, sans être capable de les modifier.

— Prenez un sac et foutez le fric de la caisse dedans, ordonna Rick.

— Hein ? fit la vieille femme.

— Prenez un sac en papier... (Il en saisit un sur le comptoir et le tendit brutalement à la femme...) et foutez tout le fric dedans ! Toute la caisse !

— Je ne... Virgil ! cria-t-elle. Virgil !

Joe sentit son visage se paralyser. Il avait des picotements au bout des doigts et de la langue, comme cela lui arrivait parfois quand il courait trop vite et manquait d'oxygène. Un goût métallique envahit sa bouche.

— Rick... Nom de Dieu !

S'emparant d'une boîte de conserve sur le comptoir, Rick l'abattit sur le crâne de la vieille femme, qui s'écroula. Il se tourna vers Joe.

— T'avise pas de bouger de là, surtout !

Penché au-dessus du comptoir, il frappa rageusement avec sa main gauche sur les touches de la vieille caisse enregistreuse, pour essayer de l'ouvrir, mais il ne regardait pas la caisse, ses yeux balayaient la boutique. Finalement, une sonnette retentit, et le tiroir de la caisse s'ouvrit.

Alors qu'il fourrait les billets dans un sac, un homme surgit, armé d'un fusil.

— Bouge pas, mon gars, dit l'homme.

Lui aussi était âgé ; il devait s'agir de Virgil, le mari de la vieille. Il tenait son fusil à mi-hauteur, coincé sous son bras, comme s'il n'avait pas la force de l'épauler pour viser. Son dos était tout voûté, il portait des lunettes. Il avait une moustache grise.

Sans la moindre hésitation, sans même prendre la peine de regarder le vieil homme, Rick fit jaillir dans sa main un pistolet. C'était un semi-automatique quelconque, en acier, une arme de prix. Joe n'aurait su dire où Rick l'avait cachée jusqu'alors. Rick tira, Touché au ventre, le vieil homme bascula à la renverse, laissant échapper son fusil qui tomba bruyamment sur le plancher.

Joe croyait avoir crié en entendant la détonation. Ses oreilles bourdonnaient si fort qu'il n'entendait plus rien d'autre. Il constata que Rick tenait son arme inclinée horizontalement pour tirer, et non pas droite, de façon normale.

Joe fit un pas vers la porte. Rick pointa son pistolet sur lui.

— Je plaisante pas.

Au moment où il disait ça, un homme franchit la porte en courant. C'était le conducteur du pick-up Ford. Lui aussi avait une arme à la main, un gros pistolet semi-automatique qu'il tenait de manière experte, comme quelqu'un qui sait s'en servir, une main refermée autour de la crosse, l'autre placée en dessous. Mais il n'eut même pas l'occasion d'analyser la scène, car Rick, qui s'attendait sûrement à cette intervention, s'était accroupi, l'arme pointée sur la porte éclairée par le soleil, dans laquelle s'encadrait l'homme, et il tira à trois reprises.

Le type s'effondra et resta immobile sur le sol. Il tenait toujours son arme dans son poing. Il y eut un moment de silence.

Joe était agenouillé à l'extrémité du comptoir ; l'atmosphère était embrumée par la poudre brûlée et les odeurs de soufre et de cordite. Tel un poisson pris dans un filet, il ouvrit la bouche pour avaler l'air, trop épais pour qu'on puisse le respirer normalement. Malgré tout, il s'obligea à se relever. Sans doute s'était-il baissé instinctivement au moment où le conducteur entrait en courant et où Rick ouvrait le feu. Il était un peu étourdi, mais ses pensées étaient claires, comme si sa tête était une bulle de verre remplie d'hélium. L'intérieur de la boutique était plus éclairé. La lumière du jour se déversait par la porte ouverte, qui battait dans la brise.

Joe se dit qu'il pourrait sauter sur Rick et mettre fin à ce cauchemar, dont il craignait qu'il ne soit pas terminé. Mais Rick tenait le pistolet pointé devant lui, au cas où d'autres personnes décideraient de faire irruption dans la boutique. Joe savait qu'il ne ferait pas trois pas avant que Rick ne l'abatte lui aussi.

Rick déposa le sac contenant l'argent sur le comptoir et, tenant son arme levée contre son visage, il s'enfonça dans la boutique en avançant à pas feutrés. Joe se tourna vers la porte ouverte et, alors qu'il envisageait de fuir encore une fois, un nouveau coup de feu le fit sursauter, puis un deuxième, beaucoup plus puissant, et différent. Suivis d'un autre, semblable au premier, provenant de l'arme de Rick. Joe constata qu'il s'était de nouveau agenouillé près du comptoir.

Rick revint, déposa son arme sur le comptoir et continua de vider la caisse. Ceci fait, il arma le chien du pistolet et pointa le canon sur la vieille femme allongée au sol.

Joe fut stupéfait et horrifié par ce geste, bien plus, d'une certaine façon, que par le meurtre des hommes. Abattre une vieille femme inconsciente, c'était un signe de folie profonde qu'il ne pouvait comprendre.

— Non ! dit-il.

Il se releva.

— Elle nous a vus, dit Rick.

— Ne fais pas ça.

— Elle nous a *vus* !

— Elle ne se souviendra plus. Ne fais pas ça.

Joe avait sur lui un solide couteau. Il envisagea de menacer Rick, mais une fois de plus, il se dit qu'il n'avait aucune chance contre une arme à feu.

Soudain, l'homme qui gisait dans l'encadrement de la porte, sur qui Rick avait tiré trois fois, poussa un cri et tapa du pied sur le plancher. Après avoir été touché, il était resté totalement immobile, comme mort, mais soit il reprenait conscience, soit il s'agissait des derniers soubresauts de son agonie. Quoi qu'il en soit, cela mit fin à la discussion au sujet de la vieille femme. Sans un regard pour elle, ni pour Joe, Rick marcha vers le mourant et lui tira une balle dans le front.

Joe se sentit hurler encore une fois.

L'homme fut saisi de spasmes, ses jambes et ses bras s'agitèrent, ses bottes de cow-boy raclèrent le plancher en bois. Le sang jaillissait de sa tête.

Rick se tourna vers Joe, glissa son arme dans

la poche de son coupe-vent, replia le haut du sac en papier et dit :

— Surveille la porte. Si quelqu'un entre, tu gueules.

Sur ce, il disparut de nouveau au fond de la boutique.

Joe regarda dehors, l'air inondé de soleil, la route et les collines bleu vert de l'Idaho. Cours, se dit-il. S'il fichait le camp maintenant, en prenant ses jambes à son cou, il disparaîtrait et Rick n'aurait pas le temps de le chercher partout.

Mais toutes ces personnes abattues, Bon Dieu ! Putain de merde. Il contempla le mort dans l'encadrement de la porte, son sang qui pénétrait dans le bois du vieux plancher. Derrière le comptoir, la vieille femme était couchée en boule. Joe referma le tiroir de la caisse et se pencha vers elle. Elle respirait encore, mais très faiblement. Joe reporta alors son attention sur le vieil homme, qui se trouvait dans un état beaucoup plus critique. Son ventre saignait abondamment, et un filet de sang coulait au coin de sa bouche. Il était parcouru de tremblements, ses yeux étaient fixés sur le vide. Il allait mourir, Joe en était convaincu. Le temps que les secours arrivent, il serait mort. À moins qu'ils n'arrivent immédiatement...

Joe avisa un téléphone à pièces fixé au mur, près de la porte. Il jeta un regard vers le fond de la boutique, sans apercevoir Rick. Mais il remarqua autre chose : une paire de bottes de cowboy, en peau de serpent, semblait-il, qui dépassait d'une des allées. Il s'en approcha. Les écailles formaient des motifs noir et blanc. Les bottes étaient aux pieds de l'obèse, qui gisait sur le dos.

Il avait été tué de deux balles, une dans son ventre énorme et une autre dans l'œil. Joe ne regarda que brièvement le visage ensanglanté et, à la vue de la mare de sang qui s'étalait autour de la tête, il fut obligé de détourner le regard. À côté d'une des mains de l'homme se trouvait un gros revolver argenté à crosse de nacre.

Joe revint vers le téléphone à l'entrée de la boutique et le décrocha.

Ayant composé le numéro de la police, il attendait qu'on lui réponde lorsqu'il entendit le bruit des bottes de Rick marteler le plancher, alors il raccrocha.

— Tu vas pas le croire ! dit Rick. Y avait que des cacahouètes dans la caisse, mais le vieux devait se préparer à faire son dépôt de la semaine. Vise-moi ça !

Il brandit un petit coffre rempli de liasses de billets de vingt et dix dollars attachés, et de piles de billets de cinquante, et même de cent, en vrac.

— Au moins deux mille dollars, dit Rick en déposant le coffre dans les mains de Joe. Allez, viens.

Ils quittèrent la boutique, contraints d'enjamber le cadavre du conducteur du pick-up, et firent le tour pour rejoindre Kari et la voiture qui les attendaient derrière.

— Magne-toi le cul, baby, dit Rick. On a décroché le gros lot. Retrouve-moi devant.

Il balança tout dans le coffre de la voiture : le sac en papier avec l'argent, le petit coffre-fort, le coupe-vent et les gants. Il fit signe à Joe de s'asseoir à l'arrière, claqua la portière et repartit vers le devant de la boutique en courant.

Kari démarra et fit marche arrière ; le temps

qu'elle contourne le bazar, Rick tenait à la main un gros attaché-case. La portière du pick-up blanc était ouverte côté conducteur. Rick balança également l'attaché-case dans le coffre.

— Tu conduis, dit-il à Joe.

Kari enjamba le siège pour passer à l'arrière. Au moment où ils repartaient, une autre voiture entra sur le parking, conduite par une femme, avec deux enfants à ses côtés.

— Baissez-vous ! s'écria Rick. Merde !

Kari et lui baissèrent la tête.

Lorsqu'ils eurent rejoint la 90, Rick demanda à Joe de s'arrêter. Il descendit de voiture et farfouilla dans le coffre pendant plusieurs minutes. Joe entendait des bruits sourds, et il vit Rick lancer un sac de marin dans un petit étang au bord de la route.

Rick déposa ensuite le coffre-fort et le sac en papier marron sur le siège avant. Et il dit à Joe :

— Tu gardes le volant. J'ai des trucs à faire. Et tu essaies de repérer une bagnole qu'on pourrait piquer. Faut se débarrasser de celle-ci le plus vite possible.

Joe les conduisit vers l'ouest, à 80 km/heure. De temps à autre, il jetait un coup d'œil au coffre et au sac en papier posés à côté de lui sur le siège, en pensant à ce qu'ils contenaient. Il ne voulait pas de cet argent. Il fallait qu'il se sépare de ces deux-là, mais il craignait désormais qu'ils l'en empêchent. Ils étaient dingues.

— Tu avais tout manigancé dès le départ, dit Joe au bout d'un moment. Il fallait me le dire !

— C'est le destin, répondit Kari. (Elle se pencha en avant, par-dessus le dossier.) Quand on t'a vu, Rick a deviné que tu serais super. Tu te rends compte de tout ce qu'il peut voir, les visions qu'il a ? Il savait que tu serais là, et que tu avais besoin d'aide. Rick a un don, Joe.

Ensuite, ils roulèrent en silence, pendant que Rick comptait l'argent.

Joe avait de l'or dans les mains. Bois, métal, moteurs, fils électriques... on aurait dit qu'il était capable de faire fonctionner tout ce qu'il touchait. Il sentait le souffle des matériaux inanimés, il percevait leur force vitale. Les objets lui parlaient par l'intermédiaire de ses mains. À dix-huit ans seulement, tout juste sorti de l'école, il était entré — à 9,50 dollars de l'heure — dans l'atelier où le vieux avait travaillé pendant vingt-cinq ans. Là, il apprit l'usinage du métal, le maniement du tour et de la presse, la fabrication d'outils et de matrices, mais après seulement six mois, il s'aperçut que ce métier n'exigeait aucun savoir-faire.

Il apprit par lui-même à changer une boîte de vitesses, dans la rue. Il suffisait de monter deux roues sur le trottoir, de s'allonger par terre et de se glisser sous la voiture. Le vieux et ses copains, assis sur la véranda, le regardaient faire, et ils l'admiraient, autant qu'ils étaient capables d'admirer quoi que ce soit. « Carrément couché à plat ventre ! » commentaient-ils. « Il démonte la boîte et il la sort par en dessous. » Il installait ensuite la nouvelle boîte et retournait s'allonger sous la voiture, en utilisant des poutres et des parpaings pour coincer la boîte et la maintenir en place, le temps de serrer les boulons. Il avait changé des dizaines de boîtes de vitesses de cette façon. Pendant quelque temps, il s'était trouvé un bon petit boulot annexe, à deux cents dollars la pose, plus les pièces.

Les « parents » les avaient adoptés quand Joe avait deux ans et demi, et Terry presque cinq ; leur vrai père avait disparu, leur mère, à ce qu'on leur avait dit, était une ivrogne et une pute irrécupérable. Pendant un an, l'assistance publique les avait placés dans différentes familles d'accueil, jusqu'à ce que le vieux et sa femme débarquent. Ils voulaient adopter un bébé de sexe masculin, mais en voyant les deux frères, la vieille femme avait fondu en larmes, comme Terry le raconta à Joe des années plus tard, et le vieux n'avait pas su dire non, alors que, Terry le savait bien, malgré son jeune âge, le vieux ne voulait pas deux enfants, et il ne voulait rien de plus de six mois.

Pour pouvoir le façonner à sa guise, dit Terry. Mais moi, j'étais déjà taillé dans le marbre.

Malgré tout, Terry et lui leur étaient redevables, pensait Joe. La vieille dame les avait aimés de son mieux. Le vieux, lui, n'avait jamais exprimé beaucoup de sentiments, mais ils avaient toujours eu un toit, de quoi manger et se vêtir, ce qui représentait une sorte d'amour. Joe avait toujours su qu'il était le fils préféré, déjà quand il était petit, et il l'était resté jusqu'à l'âge adulte. C'était une chose dont Terry et lui n'avaient jamais discuté, mais elle était toujours là, dans l'air, avec une sorte de culpabilité lancinante.

À huit ans, Joe devint enfant de chœur à l'église St Michael. Il aimait aider les vieux prêtres, tenir l'ostensoir ou porter les cierges, sans être obligé de parler ni se sentir gêné. Les « parents » étaient fiers de lui. C'étaient de bons catholiques.

Au lycée, c'était un athlète, fullback dans l'équipe de football, et très bon joueur ; il avait toujours été puissant au niveau des bras, des épaules et du cou, et c'était important, quand vous remontiez le terrain au centre, d'avoir assez de force pour percuter un type de votre taille, ou même plus costaud, et continuer à avancer, à courir, jusqu'à ce que votre casque heurte le sol. Il avait joué au base-ball aussi ; il était capable d'envoyer la balle à plus d'un kilomètre. Il aimait rester planté sur la plaque du batteur et regarder fixement le lanceur, sans jamais le quitter des yeux, tandis que la balle passait en hurlant. Il ai mait écouter le bruit la première fois, même si ça signifiait prendre une pénalité, il aimait le sifflement du cuir. Ensuite, il attendait de passer au lancer et il marquait le point. Il était doué. Il aurait pu obtenir une bourse pour la fac, disait son entraîneur, ou jouer dans une bonne équipe de seconde division, mais son métier l'attendait.

Au bout d'un moment, Rick déclara :

— On va pouvoir aller bouffer maintenant.

— Vous voulez vous arrêter pour manger ? dit Joe.

— Et tu viens avec nous, dit Rick. On va faire des folies.

Il avait fini de compter l'argent ; ils avaient raflé 2 200 dollars, ce qui faisait un peu plus de 700 dollars par personne.

— Je veux rien, dit Joe.

— Même pas le fric ? demanda Rick en riant.

— Non merci.

— Tu crois que tu es quitte pour autant ? Tu crois que tu peux nous planter là comme si t'étais pas dans le coup ? Toi et moi, on avait un plan, mon vieux. T'étais partant. D'accord, ça s'est passé un peu différemment que tu le croyais, mais ça reste notre plan. Kari nous a entendus en parler, pas vrai ?

Il se tourna vers elle. Dans le rétroviseur, Joe la vit hocher la tête. Elle lui jeta un regard et s'empressa de détourner les yeux.

— Alors, viens pas nous raconter que t'étais pas au courant. On est deux contre un, si tu veux aller par là. Et tu me connais maintenant. Tu sais ce que ça signifie. Ça signifie que la seule solution pour toi, c'est d'éviter de te faire pincer, pour commencer, et de te planquer. Et pour ça, il te faut du fric. Alors prends ce putain de pognon et ferme-la.

Quelques minutes plus tard, à la périphérie de Spokane, ils arrivèrent en vue d'un relais routier, dont le parking était rempli de voitures.

— À la bouffe, dit Rick. Arrête-toi là.

Joe s'exécuta. Il ralentit et emprunta la voie de dégagement. Mais il savait qu'il devait agir rapidement s'il voulait retrouver sa liberté. Il suffisait qu'ils le laissent seul quelques minutes, et il ficherait le camp ; il disparaîtrait.

Il s'aperçut alors qu'il n'avait plus qu'à traverser les plaines de l'État de Washington, puis les Cascades. À la fin de la journée, il pouvait atteindre Seattle, avec tout l'argent dont il avait besoin. Ironie du sort, il se demandait si cela avait encore de l'importance.

4

Leanne était de retour dans les montagnes juste avant l'aube, installée au milieu d'un éboulis de roches, à l'orée d'une forêt, d'où elle apercevait distinctement le ranch de Bill. Elle s'était dit que Bill déciderait peut-être de partir très tôt, avant qu'on vienne le surveiller, mais tandis que le ciel s'éclaircissait et que rien ne bougeait, là-bas dans le ranch, Leanne comprit qu'elle s'était trompée.

Malgré tout, après que la faible lueur rougeoyante du ciel eut cédé la place à l'aube, et lorsque le petit jour se leva véritablement, accompagné de piques de soleil qui, jaillissant pardessus une crête à l'est, s'abattirent sur le tapis de la vallée, elle fut heureuse d'avoir assisté à ce spectacle et se réjouit d'avoir fait le trajet. Elle se sentait chez elle ici, dans les montagnes, loin des villes et des gens, dont la plupart l'avaient toujours laissée indifférente, malgré ses efforts.

Ce genre d'excursions la plongeait immanquablement dans des ruminations sur sa vie la vie banale d'une femme divorcée vivant dans un appartement exigu en ville et occupant un bureau vitré semblable à tous les autres. Voilà presque dix ans qu'elle travaillait pour les fédéraux, et, à force, elle n'y faisait presque plus attention. Mais quand elle revenait dans les montagnes, là où elle avait grandi, et qu'elle pouvait faire le bilan, replacer sa vie dans une perspective plus large, voir ce qu'elle avait dû abandonner pour fuir la pauvreté de la réserve, et le peu qu'elle avait finalement obtenu en retour, elle était démoralisée et agacée par ce triste constat, et ne parvenait plus à le chasser de son esprit. Installé en elle, il l'élançait comme une carie, exigeant qu'on le titille, jusqu'à ce qu'elle rentre chez elle et retombe dans la routine. Alors ses pensées s'apaisaient.

À huit heures, elle redescendit en ville pour avaler un petit déjeuner. De retour dans sa chambre, elle appela chez elle. Une fois de plus, comme lorsqu'elle avait téléphoné hier, la ligne resta occupée pendant une vingtaine de minutes. Et cela l'inquiétait. Si, en appelant une fois par jour, à n'importe quel moment, elle tombait sur des conversations de vingt minutes, combien d'heures Cal passait-il au téléphone ? Il ne connaissait personne à Boise. Il n'avait aucune raison d'appeler qui que ce soit dans le Montana.

La colère commençait à monter en elle, lorsque la sonnerie du téléphone retentit enfin.

— Quoi encore ? grogna Cal.

Elle attendit.

— Qu'est-ce que tu veux ? demanda-t-il.

Sa voix tremblait.

— Cal, c'est moi. Leanne.

— Oh, merde. Leanne, je...

Elle attendit.

— Cal ?

— Ouais ?

— Tu veux me dire ce...

— Rien. Tout va bien, Leanne.

— Il se passe quelque chose, Cal. Ne me raconte pas d'histoires au moins ! (Elle l'entendait respirer bruyamment au bout du fil ; il reprenait un peu son calme.) Tu es très énervé, dit-elle.

— Tu es très énervé, répéta-t-il en l'imitant.

— Je ne suis pas ton ennemie, Cal. Ne t'en prends pas à moi

— Désolé.

— Tu veux bien me raconter ?

— Non. Dis-moi, qu'est-ce qui se passe au niveau de ma conditionnelle si je fous le camp ?

— Où ?

— N'importe où. Peu importe. Qu'est-ce qui se passera ?

— Tu violeras la loi. Ils te rattraperont, et tu retourneras en prison.

— C'est tout ? Pas de condamnation supplémentaire ?

— Peut-être, répondit Leanne. Ça dépend. Tu purgeras au moins la fin de l'ancienne peine, j'imagine. Un an de plus.

— À condition qu'ils me retrouvent.

— Ils te retrouveront.

— C'est toi qui le dis.

— Je le sais. Je vois ça tout le temps. Tu te crois plus malin que le système ? Tu crois que tu es plus rapide que les signaux électroniques des lignes téléphoniques ? Non, Cal. Personne ne l'est. Et d'ailleurs, pourquoi veux-tu t'en aller ? Tu viens juste de t'installer. Vivre avec moi ce n'est quand même pas la prison ! Ne me dis pas ça.

Non. C'est simplement que... rien. Tu rentres quand ?

— Aujourd'hui sans doute. C'est cuit ici.

— O.K.

— Tu ne fais rien avant mon retour, d'accord ? Promis ?

— Ouais.

— Je ne plaisante pas. Serment du sang ?

Même Cal ne pouvait briser un serment du sang. Ils s'étaient mis d'accord là-dessus il y a longtemps, quand ils n'avaient pas encore douze ans.

Mais elle parvint uniquement à lui arracher un « peut-être ».

— À très bientôt, dit-elle. Je t'aime.

Pas de réponse. Elle raccrocha.

Presque au même moment, le téléphone sonna, et elle décrocha rapidement, en pensant que Cal voulait ajouter quelque chose. Elle lui avait donné le numéro. Mais il s'agissait d'un inspecteur de police de Cœur d'Alene qui savait qu'elle était en ville, et pour quelle raison.

— Leanne, dit-il, vous n'allez pas le croire.

Il lui raconta alors le drame qui s'était produit dans un bazar, à une vingtaine de kilomètres au nord de la ville, une chose horrible, vraiment, mais relativement banale malgré tout, si ce n'est qu'un individu nommé Big Bill Cooper avait été pris, apparemment, entre deux feux, et tué, avec son chauffeur.

Leanne s'adossa contre le mur de plâtre et s'y laissa glisser, jusqu'à ce qu'elle se retrouve assise par terre. Elle sentit son visage s'enflammer et son estomac se soulever ; elle crut même qu'elle allait vomir. C'était un sale coup. Ce n'était pas la pire des choses, certes, le genre de connerie susceptible de foutre en l'air sa carrière, mais c'était quand même moche. Laisser filer son type pour qu'il aille se faire tuer pendant qu'elle s'empiffrait. Dans cette guerre constante qu'elle livrait pour prouver ce dont elle était capable, cela représentait une sévère défaite.

À l'époque où elle était à la fac, elle avait travaillé l'été pour la police tribale, en commençant par des tâches de bureau, puis le standard, mais par la suite, alors qu'elle préparait avec succès un double diplôme de criminologie et de biologie à l'université du Montana, elle impressionna suffisamment quelques personnes pour qu'on l'autorise à aller sur le terrain et à acquérir ainsi des connaissances pratiques dans le domaine des procédures policières. Aussi, quand après avoir décroché son diplôme et travaillé pendant encore deux ans — à temps plein cette fois —, pour la police tribale en tant qu'inspectrice et légiste, elle sollicita un poste au Trésor, par l'intermédiaire du bureau local de l'ATF à Boise, elle possédait assez d'expérience en plus de son diplôme pour que sa demande reçoive un accueil favorable. Pourtant, alors que l'entretien avec le responsable de l'époque s'était relativement bien passé, elle sentait chez lui un sentiment d'animosité, et elle lui avait finalement demandé quel était le problème. « Aucun », lui avait-il répondu ; mais elle avait compris en lui faisant part de sa volonté de passer l'examen d'entrée au Trésor. Le responsable local avait secoué la tête.

« Pourquoi ? demanda-t-elle.

— Vous n'êtes pas obligée de passer l'examen. Vous appartenez à une minorité, et vous êtes une femme par-dessus le marché.

— Et alors ?

— Alors, ça fait partie de la politique d'intégration des Douanes et de l'ATF. Contrairement à vos collègues blancs de sexe masculin qui doivent se classer dans les meilleurs trente pour cent, vous, vous avez trois ans pour passer l'examen. On appelle ça une nomination de Programme A. Félicitations.

— Je ne veux pas de ces trois ans, répondit-elle. Je veux passer l'examen tout de suite.

— Impossible. C'est le règlement. Si vous voulez travailler pour le gouvernement, faudra vous y habituer. »

Au centre de formation de Glynco, dans les locaux du département du Trésor situés sur le vieil aéroport de Glynn County, à la périphérie de Brunswick, en Géorgie, Leanne dut affronter la même attitude de la part de la majorité des hommes, qui savaient qu'elle était là grâce au Programme A. Elle ne leur en voulait pas. Malgré tout, elle se comporta comme elle le devait, et finit par gagner un peu de liberté. Après le centre de formation et huit semaines supplémentaires d'enseignement, on la renvoya à Boise pour quelques mois d'apprentissage sur le terrain, avant qu'elle ne retourne à Glynco pour y suivre des cours plus spécialisés, dans des domaines tels que les armes automatiques, les explosifs ou les incendies criminels. À Boise, avant même d'apprendre beaucoup de choses sur son métier, elle comprit que ses collègues guettaient le moindre prétexte pour la virer ; elle n'était pas et ne serait jamais protégée par l'esprit de corps ; sa première grosse erreur serait aussi sa dernière.

C'était vrai à l'époque, il y a dix ans, et même si elle avait fait ses preuves depuis, même si le responsable local de Boise, après l'avoir d'abord engagée à contrecœur, lui avait offert une promotion, en avouant qu'il n'aurait jamais pensé qu'elle devienne un agent aussi brillant, Leanne savait que c'était toujours vrai. L'ATF était, dans son ensemble, pour le meilleur et pour le pire, une organisation de péquenots blancs. Certes, en cas de fusillade, elle n'aurait voulu personne d'autre pour la couvrir ; et elle avait une confiance absolue dans leurs jugements d'enquêteurs. Malgré tout, elle le savait, ils n'hésiteraient pas à lui faire la peau si jamais l'occasion se présentait.

L'inspecteur de la police d'État de l'Idaho, Ry Hickey, détestait ces appels, ces saloperies de morts inutiles, tout ça parce qu'un pauvre minable était incapable de faire son boulot. Mais pour une fois, il y avait un témoin, au moins pour la voiture. Une femme, Sue Green, était arrivée sur les lieux, avec ses deux gamins, juste au moment où le coupable s'enfuyait. Son dîné, un garçon prénommé Pete, dix ans et demi, avait tout vu :

— Une Chevrolet Nova grise, m'sieur l'officier. 1971 ou 72.

— Comment tu sais ça, petit ?

— Il est dans sa période voiture, expliqua sa mère. Vous connaissez les enfants, quand ils se passionnent pour une chose, ils apprennent tout. En ce moment, Pete a la passion des voitures.

— Les voitures gonflées, précisa Pete.

— Cette Nova, c'en était une ?

— Oui, m'sieur. Une des dernières. Après, il y a eu toutes ces histoires comme quoi fallait économiser l'énergie. Mais la Nova SS de 71, elle en bouffait de l'essence, avec son double carburateur et...

— Ah bon ? Et tu dis qu'elle était grise ?

— Ouais, un gris pourri. C'était pas vraiment de la peinture. Un truc moche, comme... (le garçon hésita ; il regarda autour de lui) comme ça ! dit-il en désignant une rampe en bois qui descendait d'une porte située sur le côté du bazar, peinte en gris. Mais en plus clair, ajouta-t-il, et pas aussi brillant.

— De la peinture d'apprêt, dit quelqu'un.

Hickey se retourna et découvrit Leanne Red Feather, un agent de l'ATF venu de Boise pour enquêter ici sur une affaire mystérieuse dont elle n'avait pas voulu parler, depuis plusieurs jours déjà. Ça le rendait furieux quand les fédéraux ne le tenaient pas au courant d'une affaire qui se déroulait sur son territoire. Et voilà maintenant qu'ils débarquaient sur les lieux d'un crime tout neuf, alors que personne, à sa connaissance, ne les avait prévenus. Mais cette fille venait d'une réserve des environs de Missoula, dans le Montana, et même s'il n'avait pas de tendresse particulière pour les Indiens, s'il ne leur faisait pas forcément confiance, Hickey lui accordait le bénéfice du doute : c'était une indigène. Au moins, elle ne ressemblait pas à certains connards d'agents fédéraux venus de Californie, de Salt Lake City ou de Denver, qu'il avait rencontrés.

Et elle était plus mignonne, avec ses yeux foncés, sa bouche ourlée et ses longs cheveux couleur de terre. Elle avait un visage large, comme son nez, ce qui lui conférait une certaine force, sans nuire à son charme. En outre, remarqua Hickey, elle remplissait parfaitement son Levi's.

— Pardon ?

— Il veut parler d'une peinture d'apprêt, dit Leanne. Vous savez, ce truc que les gens mettent sur leur voiture, mais après, ils n'ont pas forcément le courage de finir le boulot.

— Oui, je vois, répondit Hickey, dont le visage s'éclaira. Je vois très bien. Bobby ?

Un des adjoints du bureau du shérif du comté de Kootenai s'approcha, en gardant les yeux fixés sur le corps de Virgil Hyat, recouvert d'un drap, que l'on sortait de la boutique sur une civière pour le conduire vers la fourgonnette du médecin légiste. Sa femme était déjà partie à bord d'une ambulance. Elle avait un os brisé à la mâchoire et souffrait d'une contusion bénigne, mais elle s'en tirerait sans dommages. Enfin, façon de parler, étant donné que son époux et associé depuis quarante-trois ans était mort. Les corps des deuxième et troisième hommes, celui d'un certain William Harwood Cooper, surnommé Big Bill par ses amis et sa famille, et connu par les gens du coin comme un des hommes les plus riches et les plus généreux de la région, et celui de Kyle Greene, un de ses employés, étaient toujours allongés à l'intérieur.

— Alors, ça donne quoi, Ry ? demanda l'adjoint du shérif.

— Il se pourrait qu'on ait la description de la bagnole.

Hickey répéta l'histoire du gamin.

— Si on connaissait le numéro de la plaque et la direction, dit l'adjoint, on n'aurait plus qu'à la cueillir

— L'ouest, dit le gamin.

— Hein ?

— Là-bas, c'est l'ouest, non ?

Il désigna le bout de la route.

— Exact.

— Et c'étaient des plaques de l'État de Washington. Bleu et blanc.

— Bon sang, fiston. Tu mériterais une médaille !

Hickey s'éloignait déjà.

— Diffusez le signalement dans le coin, rapido. Et appelez-moi la police de la route de l'État de Washington ! lança-t-il. Peut-être qu'il a pris la 90, et il a pas beaucoup d'avance sur nous. Je veux pas que ce salopard nous file entre les doigts.

Quelques secondes après, un policier en uniforme tendit à Hickey un téléphone de voiture.

— La police de la route de Washington, monsieur. Un certain officier Melrose, de Spokane.

Hickey prit le téléphone.

— Dick Melrose ?

— Qui est à l'appareil ?

— Ry Hickey, je suis près de Cœur d'Alene.

— Hé, salut, Ry. Qu'est-ce qui se passe ?

— Une saloperie de triple meurtre. Apparemment, un salopard de chez vous a buté un vieux commerçant de chez nous, une huile locale et son chauffeur, il y a environ une heure. Cambriolage à main armée. Je vous fais le topo.

Dick Melrose écouta le résumé, puis raccrocha et donna aussitôt l'alerte à ses hommes.

Leanne Red Feather dénicha un téléphone, elle aussi, et composa un numéro à Boise. Plusieurs personnes de là-bas, et principalement son patron, Ed Simmons, attendaient qu'elle leur explique comment elle avait perdu la trace de Bill Cooper, juste un matin, et pourquoi, comme un fait exprès, ce même matin, Cooper avait réussi à aller se faire descendre. Ensuite, après les avoir mis au courant, elle retournerait à l'intérieur du bazar pour examiner à nouveau le cadavre de Big Bill. Celui-ci avait quitté discrètement son ranch, très tôt apparemment, avant qu'elle arrive sur place. Pendant qu'elle surveillait les lieux, il était déjà parti, et ensuite, pendant qu'elle prenait son petit déjeuner, il était ici et se faisait buter. Et cela, non pas le fait qu'il soit mort, mais le fait qu'elle n'ait pas été là, lui était insupportable.

5

Rick Agullana et Kari Downs avaient trouvé Dieu. Le problème, ils le savaient bien, c'était que n'importe qui pouvait le trouver. Certes, il fallait voyager un peu, car il avait émigré vers le nord, en Alaska, mais les indications n'étaient pas difficiles à suivre : en partant d'Anchorage, vous preniez d'abord la nationale 1, vers l'est, en longeant le Turnagain Arm, cette grande bande de terre de 90 kilomètres qui s'avançait sur la mer, et vous suiviez la route qui contournait la pointe au sud. Après avoir bifurqué avant Seward, pour emprunter la Sterling Highway qui remontait vers Soldotna, à l'ouest, il fallait redescendre vers le sud, en traversant les marécages broussailleux du Kenai National Moose Range et en longeant l'extrémité ouest de la péninsule de Kenai, dans la direction de Homer, mais sans aller jusque-là. Peu après le petit village de pêcheurs de Kasilof, sur une route de graviers qui menait vers l'est, vers le centre de la péninsule, les montagnes de Kenai et le glacier Harding, vous rouliez pendant une vingtaine de kilomètres, en prenant d'autres routes de terre, en passant devant des maisons de bardeaux, peintes grossièrement, des cabanes en contreplaqué encore plus petites, ou même, parfois, une maison de rondins taillés à la hache, des chenils de malamutes ou de huskies aux abois, devant des prairies endormies où des élans paissaient au milieu des épaves agonisantes de vieux camions et autoneiges rouillés.

Jusqu'au dernier embranchement, un sentier de terre marqué par une pancarte ENTRÉE INTERDITE en lettres rouges sur fond blanc, qui conduisait, à huit cents mètres de là, au camp surnommé Sanctuaire.

L'endroit ne payait pas de mine : trois longs dortoirs en contre-plaqué, dont chacun abritait trente personnes sans problème, jusqu'à quarante-cinq en cas de besoin ; un groupe de cabanes plus petites et plus agréables ; quelques huttes au bord de la rivière et, au centre, une salle de rassemblement construite en tôle ondulée clouée sur des rondins. C'était le temple. Le terrain était en terre et en graviers. Les chiens y couraient en liberté avec les jeunes enfants, du printemps jusqu'à la fin de l'automne, lorsqu'il commençait à neiger trop fortement.

Dieu vivait ici.

Un homme-dieu, du moins, mais aussi près de Dieu qu'on pouvait l'être dans l'esprit des membres de la Famille. D'ailleurs, la plupart des membres l'appelaient Père, et on le trouvait de plus en plus souvent dans un des trois dortoirs, dans la petite salle à manger collective miteuse et fonctionnelle, avec ses murs vert pâle et son sol recouvert d'une moquette sale, assis à la longue table en linoléum provenant d'une quelconque cantine d'école, là-bas dans l'Idaho. Lui, l'homme saint, restait assis là, incongru, le dos légèrement voûté, le front et le nez constellés de gouttes de sueur, le ventre saillant. Évidemment, il ne restait pas seul. Des filles entraient et sortaient, lui murmuraient des questions auxquelles il répondait en hochant ou en secouant la tête. Il parlait rarement quand ce n'était pas nécessaire et, jusqu'à ces derniers temps, il ne venait presque plus dans les dortoirs. Habituellement, ses disciples allaient le voir, à l'église ou dans sa cabane, seuls ou en groupes, selon ses désirs.

Fut un temps où il côtoyait quotidiennement la Famille ; il vivait même avec eux ; il aimait être entouré de toutes ses femmes, tous ses enfants, il jouait avec eux sur le plancher, il riait comme n'importe quel père. Mais dernièrement, les soucis étaient devenus plus pesants, les bonnes paroles plus difficiles à trouver. Le bonheur qu'ils étaient venus chercher ici les avait abandonnés encore une fois. Père avait besoin de temps et de solitude pour réfléchir, élaborer un plan, organiser leur troisième déplacement en moins de cinq ans, leur dernier exode certainement.

Bientôt, Père et sa Famille reprendraient la route, vers l'ultime Sanctuaire. Il serait beaucoup plus difficile, alors, de trouver Dieu. Aucune route ne conduisait à ce nouveau Sanctuaire, ni à rien d'autre dans un rayon de 800 kilomètres. C'était un endroit seulement accessible par air ou par eau, tant il était situé loin en bordure de la péninsule de l'Alaska, près de l'océan, à l'ouest du parc national de Katmai, dans la direction des îles Aléoutiennes. Il y avait des montagnes et un bord de mer, où les bateaux de pêche de la Famille pouvaient accoster. Les membres de la Famille qui travaillaient dans les conserveries l'été, afin de gagner de l'argent pour tous, pourraient continuer d'exercer leur activité. Les bateaux les conduiraient aux usines sur l'île de Kodiak, ou même jusqu'à Chignik ou Dutch Harbor. Ou alors, qui sait ? peut-être la Famille prospérerait-elle au point d'acheter sa propre conserverie, et de la faire fonctionner sous la direction de Dieu.

Il avait toujours rêvé de l'apocalypse, disait Père à ses femmes. Enfant, il se réveillait la nuit en hurlant à cause des horreurs dont il avait été témoin, tâtonnant autour de lui dans le lit qu'il partageait avec sa mère, jusqu'à ce qu'il sente sa chaleur et s'y blottisse, sans se soucier du fait que ses cris n'avaient pas réussi à la réveiller. Au début, c'est elle qui lui donna le courage de repousser les démons, d'anticiper la mort finale. Plus tard, ce seraient d'autres femmes, des dizaines. Et toujours, il remportait ces combats, pour Dieu, pour son peuple. Mais il savait qu'à la fin viendrait l'apocalypse.

« J'ai besoin de vous. De vous tous, disait-il en étendant ses bras pâles et frêles. Il n'y a que vous qui me rendez heureux. » C'était pour cette raison qu'il venait dans les dortoirs, pour les voir, pour s'imprégner de son objectif, pour rassembler les forces dont il avait besoin afin de poursuivre la série d'opérations destinées à les protéger, à les armer, à les financer, et à les conduire vers leur terre promise.

À vingt-sept ans, Rick se trouvait déjà à la frange du Conseil interne, ce petit groupe d'hommes qui dirigeaient la Famille, les seuls, en plus de Père, autorisés à prospérer financièrement.

Rick avait toujours pensé que Père avait l'air d'un crétin avec ses cheveux bruns frisés qui gonflaient sur ses oreilles et dans sa nuque. En outre, Père portait des lunettes de style aviateur, aux verres jaunes, des chemisettes à fleurs, des jeans et des sandales. La tenue typique du ringard, de la mauviette, le genre de type qu'on écrase dans la rue, qu'on n'hésite pas à arnaquer et à menacer — il suffit d'un rien, pour obtenir tout ce qu'on veut.

Il ressemblait à ça, mais Rick l'avait vu, habité par le feu, lorsqu'il prêchait, chantait ou conseillait, ou mieux, lorsqu'il était en colère et complotait une vengeance ou une attaque. Dans ces moments-là, il était rempli de vie et de force, fougueux comme aucun autre homme ne l'avait sans doute jamais été. Alors, il ressemblait à un Dieu tel qu'on l'imaginait. Père était également appelé Amon Ka'atchii, un nom qui venait de la Terre, disait-il, à l'instar de leur foi, cette foi qui les unissait au sein d'un groupe soudé. Une Famille. Ils étaient les Amonites.

Rick avait fait quelques recherches en secret. Père Amon avait commencé dans la vie sous le nom de Fred Haines, né à Tucson dans l'Arizona, en août 1944, fils d'une coiffeuse et d'un mécanicien automobile qui partit se faire tuer lors de la Deuxième Guerre mondiale un peu plus tard, s'offrant le privilège de devenir un des derniers Américains à mourir dans ce conflit. Mais Père cessa d'être Fred Haines lorsqu'il devint Dieu, Amon, Père, il y a de cela dix ans.

Voilà deux ans que Rick Agullana avait été recruté par la Famille. Au début, ce n'était qu'un petit groupe d'une vingtaine de fidèles qui survivait en quémandant et logeait dans une église délabrée située dans un quartier misérable de Bellevue, dans l'État de Washington ; le petit groupe était ensuite passé à cent cinquante personnes, à l'époque de son séjour de quatre ans dans les montagnes du nord de l'Idaho. À présent, Amon possédait des églises dans trois États, et environ quatre cents disciples, répartis entre l'église de Bellevue, une autre à Berkeley, et ce noyau de fidèles qui approchait les deux cents personnes ici, au Sanctuaire, dans l'isolement et la beauté de l'Alaska. La place commençait à manquer pour les accueillir tous dans ces bâtiments, quand la saison de la pêche prenait fin, que les conserveries fermaient et que tout le monde rentrait pour l'hiver.

Mais cet endroit qu'ils avaient trouvé pour fuir les intrus, la police, les agents fédéraux, les fonctionnaires du fisc, et qui leur semblait idéal il y a deux ou trois ans, n'offrait plus une protection suffisante. Des routes y menaient désormais, et les routes apportaient toujours des ennemis.

Amon Ka'atchii était un homme très recherché. Mais finalement, se disait Rick, ils étaient tous recherchés, pour une raison ou pour une autre.

Presque un mois plus tôt, au début du mois d'août, une partie du Conseil s'était réunie et, cette fois-ci, Rick avait été invité. Il y avait un problème, lui avait-on dit. Mais aussi une occasion à saisir. Une occasion qui nécessitait un spécialiste. Or, Rick était un spécialiste, ils le savaient. Et ils avaient besoin de lui, une fois de plus.

Dans sa jolie cabane, Amon Ka'atchii l'avait appelé « Mon fils » et avait posé sa main sur la tête de Rick. Ils étaient quatre dans la pièce : Père, Rick, l'homme qu'ils appelaient Deacon, le « diacre » — avocat d'Amon, 1,92 m, mince, avec des cheveux très blancs bien qu'il fût encore jeune, et qui s'absentait souvent pour traiter des affaires, numéro deux après Amon dans la hiérarchie de l'organisation, stratège qui avait prédit l'ascension de Père —, et enfin, il y avait frère Omaha. Âgé de quarante ans, Omaha était un Noir à la peau claire, costaud, originaire de Los Angeles, comme Rick — c'était d'ailleurs là qu'Omaha l'avait découvert par une journée d'été décisive, alors que Rick arnaquait des touristes pour s'acheter les doses de crack dont il avait besoin pour vivre.

Omaha avait tout de suite deviné que Rick était différent, disait-il, un type possédant des talents que l'organisation n'avait pas forcément envie de reconnaître, mais qu'elle pourrait, devrait, utiliser. La Famille grandissait rapidement, et ce développement, ce pouvoir, faisaient naître une opposition. Cette opposition rendait nécessaires différents types de force. Parmi ces forces nécessaires figurait celle de Rick, la force de la rue, la force de l'esprit froid et calculateur, de l'animal qui réagit sans pitié et sent le danger avant même qu'il se produise. Omaha fit en sorte qu'après une brève période de formation dans l'église de Berkeley, Rick soit muté directement au Sanctuaire d'Alaska, tout récent alors, et placé sous la tutelle directe de Père lui-même.

Frère Omaha et la Famille furent bons pour Rick, bons avec lui ; grâce à leur amour, ils transformèrent le petit escroc, le braqueur camé, en un homme pétri de respect et d'esprit. Un homme de pouvoir.

— Tu comprends de quoi il s'agit ? dit Deacon.

Rick acquiesça, mais Deacon poursuivit malgré tout.

— Une opportunité se présente, et Père Amon ne veut pas la laisser échapper.

— Une occasion en or, déclara Père. Tu étais avec nous dans l'Idaho, fiston, n'est-ce pas ?

Rick sentit son visage s'empourprer devant cette ignorance, mais il ne dit rien ; il se contenta de secouer la tête.

— Eh bien, il y a là-bas un type qui s'appelle William Cooper. Il vend des armes.

Mais Omaha avait déjà tout raconté à Rick le matin même. Le type en question était surnommé Big Bill.

— Un gros Blanc infect, dit-il. Il nous a baisés une fois dans une affaire de terrain, frère Rick.

Big Bill Cooper était un ancien sergent des Marines, propriétaire de ranch, agent immobilier raté, grossiste en marijuana à l'occasion et surtout, trafiquant d'armes, c'était comme ça qu'il avait amassé sa fortune. La Famille lui avait déjà acheté des armes, à l'époque où le Sanctuaire était près de Moscow, dans l'Idaho, essentiellement des fusils et des pistolets, en grosses quantités, mais aussi quelques pièces un peu spéciales. Malheureusement, il avait fallu presque tout abandonner lorsqu'ils avaient émigré vers le nord.

— Apparemment, Père ou Deacon ont appris que Big Bill venait de mettre la main sur du matériel sérieux, le genre de jouets dont Père rêverait, avant de s'en aller d'ici. Des gros trucs.

— Gros comment ?

— Des lots de M-16, modèle militaire. Quelques mitrailleuses M-60 sur pied, du 7,65. Et surtout, tiens-toi bien, des espèces de putains de roquettes ou un machin comme ça. Tu imagines ?

Rick émit un sifflement.

— Big Bill est un Golden Meaner, ajouta Omaha.

Rick comprenait. La Golden Mean Society, la société « du juste milieu », s'étendait à travers l'ouest du Montana, l'Idaho et dans quelques coins de l'État de Washington et de l'Oregon. Il savait qu'il en existait une branche importante par ici aussi. Question argent, les Golden Meaners ne faisaient confiance qu'à l'étalon or ; pour eux, la monnaie papier ne valait rien. Ils ne l'utilisaient pas et ne l'acceptaient pas. Cette façon de voir valait aussi pour les armes en tous genres, que, selon eux, tout un chacun avait le droit de posséder. Quant aux impôts, principalement les impôts sur la propriété et tout impôt sur le revenu supérieur à quelques pour cent, ils constituaient des crimes abominables, perpétrés par le gouvernement. C'est pourquoi les Golden Meaners étaient souvent la cible du fisc, des douanes, des services secrets et de l'ATF. Tout cela, ajouté au fait qu'ils partageaient la plupart des opinions, sinon religieuses, du moins politiques d'Amon Ka'atchii, les rendait très proches de la Famille.

— Mais ça veut dire qu'on doit transporter de l'or sans se faire repérer, jusqu'au 48e, lui faire passer la frontière et rapporter la marchandise ici.

Omaha haussa les épaules pour montrer qu'il n'avait aucune idée de la manière dont ils allaient procéder.

— Combien d'or ?
— Environ dix kilos.
— Pas mal.
— Oui, sauf qu'il faut traverser deux frontières avec.

Mais présentement, au cours de la réunion, en écoutant Deacon raconter les choses, tout s'arrangeait déjà dans l'esprit de Rick. Ils expédieraient Deacon et quelques autres en avion, et ils enverraient Omaha et un autre type avec l'or, en voiture. L'entrée au Canada ne poserait aucun problème, et lorsque viendrait le moment de retourner sur le territoire U.S., ils trouveraient un moyen de faire entrer l'or séparément, à pied peut-être, en franchissant les montagnes. Ou bien ils paieraient un routier pour le passer en douce.

Après avoir remis l'or à Big Bill, ils prendraient livraison immédiate des armes, qui seraient déjà emballées dans des caisses quelque part, puis ils loueraient un camion et transporteraient la marchandise vers le nord, jusqu'à la pointe de l'Idaho, où sur certaines routes, sur certaines propriétés jouxtant la frontière, ils pourraient, contre rémunération, pénétrer au Canada sans passer par les postes frontières. Ensuite, ils emprunteraient la transcanadienne, direction le Yellowhead Highway et la ville côtière de Prince Rupert, séparée par un simple petit détroit du sol américain de la pointe de l'Alaska et d'un chapelet d'îles baptisé l'archipel Alexander.

Là, près de Prince Rupert, se trouvait un petit quai de pêche privé, où il était possible de louer du matériel de chargement, sans qu'on pose de questions, et de l'utiliser discrètement la nuit. Pendant ce temps, ils prendraient le plus gros des deux bateaux de pêche de la Famille, qui servaient actuellement au large de Homer, et ils mettraient le cap vers le sud en longeant la côte, jusqu'à Ketchikan, un voyage de 1 300 kilomètres rien que dans un sens.

Quand tout serait prêt, le bateau franchirait la limite des eaux internationales, embarquerait les armes et rebrousserait chemin discrètement. C'était la partie la plus risquée de l'opération, mais des centaines d'îles minuscules parsemaient la côte de chaque côté et le capitaine du bateau était capable de les contourner de nuit sans lumière.

— Et pour les transporter jusqu'ici ? demanda Rick. Comment vous allez faire ?

— Inutile, répondit Deacon.

Père sourit.

— Les armes iront directement au nouveau Sanctuaire. On ne verra même pas le bateau.

Ils étaient fréquemment surveillés, d'une manière ou d'une autre.

— Mais nous avons un autre problème, ajouta Père, et en disant cela, il regarda fixement Rick dans les yeux, de son regard inflexible, le regard qui paralysait. Père ne cillait jamais. Un jour, Rick avait compté quarante-cinq secondes entre deux battements de cils. Il ne comprenait pas comment quelqu'un pouvait faire ça.

— Les armes vont nous coûter cent cinquante mille dollars, en lingots et dollars canadiens. Il faut ajouter quinze ou vingt mille pour le transport. Nous partons pour le nouveau Sanctuaire au printemps, le plus tôt possible après le dégel. Nous avons retenu le terrain en versant des avances, mais nous devons encore une grosse somme. Le coût de ce déménagement sera gigantesque, car il faut transporter toute la Famille, et nous aurons besoin de planques pour les vivres et le matériel.

Jusqu'à cet instant, Rick avait cru qu'il ferait partie de l'équipe qui emporterait l'or et reviendrait avec les armes. Mais un éclair d'intuition le détrompa, et il comprit ce qui allait se passer. Les revenus étaient en baisse. Il n'était pas facile de gagner sa vie en Alaska ; du moins, la vie à laquelle Rick était habitué. La pêche et le boulot dans les conserveries n'étaient rien d'autre que des boulots, justement. Sans grand bénéfice. À Seattle, dans l'Idaho, il le savait, la Famille avait réussi à se remplir les poches, en envoyant les femmes chercher le fric, en utilisant toutes les combines possibles. Mais ici, c'était rude. Et filer cent cinquante mille dollars à un type qui les avait entubés jadis, c'était dur à accepter.

— Je comprends, Père, dit-il. Ce n'est pas un problème.

— Tu es sûr de tout comprendre ?

— Comment est-ce qu'il conserve son or ? demanda Rick.

Père sourit, car c'était la bonne question. Il se tourna vers Deacon.

Celui-ci répondit :

— Il loue un emplacement dans le coffre d'une banque à Cœur d'Alene. Il le transporte lui-même, sous la protection d'un homme armé ou deux. Il n'a pas de raison de s'inquiéter.

— Jusqu'à présent, dit Rick. Personne n'en saura jamais rien.

— C'est la condition absolue, dit Deacon d'une voix sifflante, inquiétante. L'échange aura lieu bien au nord de la ville, dans une grange qu'il possède. Ensuite, l'un de nous le suivra ; on aura un téléphone portable pour que tu puisses garder le contact à tout moment. Tu sauras exactement où il se trouve, jusqu'à ce que tu prennes le relais. Dès que tu l'auras dans le collimateur, la personne qui le suivait disparaîtra. Tu te retrouveras tout seul. Ça ne peut pas se faire autrement. C'est plus sûr.

Rick acquiesça.

Deacon enchaîna

— Tu dois agir avant qu'il arrive en ville. Tu devras saisir la première occasion qui se présente, ou en provoquer une. À toi de décider.

Rick avait des démangeaisons dans le cuir chevelu. Il pouvait à peine attendre. Deux ans ici dans la brousse, avec juste une semaine ou deux tous les trois mois à Anchorage pour s'amuser, un petit boulot de temps à autre à Seattle. Mais maintenant, bordel, c'était de l'or, c'était le paradis, un grand moment de spectacle improvisé en direct. Bon Dieu, sûr qu'il allait adorer ça.

Ce soir-là, après le dîner et une séance de prière dans l'église, Père et Deacon remontèrent dans l'obscurité grandissante le chemin de terre menant à l'entrée du camp. C'était une belle soirée d'août, l'air chaud était rempli des bons parfums de la terre.

Père dit :

— Je sais qu'on raconte que je suis fou de prendre autant de risques pour des armes.

— Vous n'avez pas à vous soucier de ça.

— Il serait faux de croire qu'on cessera de nous importuner une fois là-bas. Et pas uniquement le gouvernement. Tu sais ce qui peut se passer dans la nature. Des villages entiers décimés par des maraudeurs. Des fous paramilitaires. Nous devons être inattaquables.

Deacon ne répondit pas. Ils avaient déjà eu cette conversation bien des fois et il n'y avait rien à ajouter. La décision avait été prise. Amon voulait de la grosse artillerie, il aurait de la grosse artillerie. Il devait simplement surmonter ses petits moments de doute.

— Tu crois que ça ne marchera pas ?

— Vous savez bien ce que je crois, dit Deacon. Vous avez misé sacrément gros sur lui.

Il parlait de Rick.

— J'aurai une autre discussion avec lui, dit Père. Je lui parlerai de la fille à ce moment-là. Tout d'abord, il insistera pour travailler seul. Puis il réfléchira. Question couverture, rien ne vaut une femme. Les couples franchissent facilement les frontières. Et je m'arrangerai pour qu'il ait carte blanche avec elle, pour qu'elle soit totalement à lui pendant la mission. Il ne pourra pas résister.

— Il nous faut quelqu'un d'absolument digne de confiance, dit Deacon. Rick fera le boulot, mais ensuite, la route est longue jusqu'ici. Avec lui, tout peut arriver. Il faut une personne solide, physiquement aussi bien que mentalement. Elle sera peut-être obligée de récupérer et de ramener elle-même le chargement.

— J'ai déjà choisi, déclara Père.

— Ah bon ?

Deacon s'étonnait de cette décision unilatérale.

— Kari Downs, dit Père.

Deacon s'étonna de nouveau. Kari Downs n'était pas seulement une des épouses actuelles de Père, c'était aussi une de ses préférées.

— Vous faites un sacrifice, dit Deacon. Vous êtes un homme saint.

— C'est trop important pour hésiter, dit Père. Premièrement, elle n'aura qu'une envie, revenir, et elle saura qu'elle ne peut pas revenir si elle échoue. Quand je lui en ai parlé, aujourd'hui, elle a pleuré pendant une heure, en me suppliant de changer d'avis. (Père hocha la tête.) Elle tuera s'il le faut pour revenir. Mais il y a une autre raison, et c'est de ça dont je voulais te parler. L'information me vient de Berkeley.

— J'écoute.

— Des hommes se sont présentés là-bas, pour enquêter. Avec de l'argent plein les poches. Ils sont entraînés, apparemment.

Père voulait dire par là qu'il s'agissait de déprogrammeurs professionnels, des opposants aux sectes qui kidnappaient les membres des églises pour les enfermer ensuite dans des pièces et les matraquer mentalement, aussi longtemps qu'il le fallait pour broyer leurs esprits.

— Ils la recherchent ?

— Oui. Et un de ces imbéciles vient par ici.

Deacon acquiesça.

— C'est pourquoi je veux l'envoyer ailleurs. Ce sera une façon de la cacher, et j'ai confiance en elle.

Deacon acquiesça de nouveau.

— Si vous êtes sûr de vous.

— Je dirai à Rick que s'il réussit, et si elle lui plaît, je la lui donnerai. Elle pourra devenir sa première épouse.

Deacon s'arrêta de marcher.

— Vous parlez sérieusement ?

Père haussa les épaules.

— Je ne sais pas. Ça fait quatre ans maintenant qu'elle est avec moi. Le moment est peut-être venu de changer.

Deacon fut surpris une fois de plus. Ils continuèrent à avancer, côte à côte, et quand ils furent hors de vue de l'église, Deacon alluma une fine cigarette de marijuana et la passa à Père, qui semblait en avoir rudement besoin.

6

Ce n'était pas véritablement un relais routier, juste un restaurant situé au bord de l'autoroute, même si la moitié de la clientèle était composée de routiers. La nourriture paraissait un peu meilleure que la bouffe grasse servie généralement sur les routes. Joe et Kari entrèrent les premiers, pendant que Rick bricolait dans la voiture. Elle commanda deux bières, sur ordre de Rick. Joe, qui avait pris son sac à bandoulière avec lui, car il voulait garder ses affaires à portée de main, commanda juste un café. Rick entra à son tour avec son gros sac marin noir et, sans même un regard en direction de Kari et Joe, se rendit directement dans les toilettes pour hommes. Avant qu'il n'en ressorte, Joe s'excusa, prit ses affaires et sortit par une porte grillagée derrière, qui donnait sur une sorte de petit jardin en terre, au-delà duquel s'étendait un vaste champ de blé doré. Ici, le relief était légèrement vallonné, mais ce n'étaient que des champs de céréales, immenses et infinis comme les prairies du Dakota. Joe n'aimait pas cette sensation de vide, cette absence de limites. Il aimait avoir quelque chose autour de lui, une ville ou des montagnes, peu importe.

Il alla s'asseoir à une des tables de pique-nique derrière le restaurant et sentit le souffle d'une douce brise, sans pouvoir l'apprécier. Il craignait de ne pas pouvoir apprécier grand-chose avant longtemps. Ses mains tremblaient légèrement. Ses chevilles étaient en feu ; il sentait enfler ses blessures rougies. Il remarqua la présence de plusieurs semi-remorques sur le parking. Deux camionneurs discutaient, en crachant dans la poussière.

— Hé, Joe !

Kari sortit à son tour par la porte de derrière et lui sourit.

— Alors, demanda-t-elle, tu tiens le coup ?

Joe haussa les épaules.

— On avait besoin de ce fric, nous aussi, dit-elle. Notre mission doit se poursuivre. Mais Dieu est toujours là pour subvenir à nos besoins, même de manière mystérieuse.

— Dieu..., répéta Joe, en contemplant cet océan de blé. Tu le connais depuis combien de temps ? Je parle de Rick.

— Deux ou trois ans.

— Il a déjà fait un truc pareil ?

— Je ne sais pas ce qu'il a fait. Je devine ce qu'il a été obligé de faire. C'est un être d'une grande spiritualité.

— Spiritualité ?

— Oui.

— Je ne te comprends pas. (Joe la regarda fixement, si longtemps qu'elle ne put soutenir son regard et détourna la tête en rougissant.) Que fais-tu avec lui ? Tu n'es pourtant pas une ordure, toi.

— Lui non plus n'est pas une ordure.

— Si.

— C'est un des enfants de Dieu. Et tu ne sais pas qui je suis.

— Si.

Joe était en colère, mais il n'éleva pas la voix. Il sentait cette rage au fond de lui, enveloppée d'une membrane qui l'empêcherait de bouillonner et de remonter à la surface. Il parlait d'un ton calme, comme il le faisait toujours.

— Tu as des dents parfaites, et il y a aussi ta façon de t'exprimer. Tu as des jolis cheveux. Il fait quoi ton père dans la vie, médecin ou un truc comme ça ?

Kari sembla stupéfaite ; elle resta bouche bée un instant, les yeux légèrement écarquillés. Puis elle les ferma et sourit, en secouant la tête.

— Mon père, répondit-elle sans ouvrir les yeux, est mon sauveur. Tu veux parler de mon papa ? Non, il n'est pas médecin, mais tu as raison, il gagne très bien sa vie. Ça fait des années que je ne l'ai pas vu. Et il y a longtemps que ce n'est plus mon père. (Elle ouvrit enfin les yeux et le regarda.) Tu as deviné à cause de mes dents ?

Joe jeta encore un regard en direction des chauffeurs de poids lourds qui bavardaient et crachaient, avant de revenir au visage de Kari. Comme dans la chambre de motel la nuit précédente, il vit cette requête muette dans ses yeux, une sorte de supplication. Il cherchait un moyen de lui demander ce que ça signifiait, sans poser la question directement, une moyen d'aborder le sujet de façon détournée, lorsqu'elle lui demanda :

— Comment ça se fait que tu es si calme ?

— Quoi ? répondit-il par réflexe, car il comprenait ce qu'elle voulait dire et savait qu'elle avait raison. Ses entraîneurs sportifs disaient qu'il n'avait pas de tension artérielle. En vérité, il avait appris depuis longtemps à paraître calme, à contenir sa peur et sa nervosité, à ne présenter aucune aspérité en surface. À écouter simplement. Le vieux était un nerveux. Aussi loin qu'il s'en souvienne, Joe l'avait toujours entendu pousser des jurons, vu lancer des objets dans la maison, claquer des portes ou donner des coups de poing dans les murs. Un jour, quand Joe avait sept ans, il avait même fallu conduire le vieux aux urgences avec trois os de la main cassés. Une autre fois, il avait brisé un miroir avec sa tête et récolté dix-sept points de suture. Aussi loin qu'il s'en souvienne, Joe s'était juré, surtout en voyant que Terry prenait la même habitude d'exploser quand quelque chose allait de travers, de ne jamais être comme ça ; il avait choisi l'autre extrême, en s'obligeant à garder le contrôle de soi. Au bout d'un moment, il n'eut plus besoin de se forcer. Son self-control ne le quittait pas.

— Et tu sais un tas de choses, on dirait, ajouta Kari. Tu es bizarre comme type. Dans le bon sens, je veux dire. Tu as des yeux vachement bizarres aussi, et des mains puissantes. (Elle lui prit sa main posée sur la table et la serra dans la sienne.) Et rugueuses. C'est des bons signes tout ça.

Il ne put que hausser les épaules, avant de demander :

— Qu'est-ce qu'on va faire ?

— Écoute, Joe. Si je te disais que tu as raison au sujet de Rick, et que j'avais envie de le plaquer ? On a termine ce qu'on devait faire ensemble et il me fait peur. J'ai envie de m'enfuir.

— Maintenant ? demanda-t-il, un peu méfiant face à ce changement brutal.

— Ce n'est pas ce que tu avais l'intention de faire ?

— Peut-être, dit-il. Seul.

— Je ne pourrais pas partir avec toi, dis ? Tu ne peux pas trouver quelqu'un qui nous emmène, vite ?

Même si ce discours, ce changement de camp et ce déplacement de complicité lui paraissaient un peu forcés, Joe sentit malgré tout son moral remonter, car, pour la première fois, il entrevoyait peut-être un moyen de s'extraire du terrible pétrin dans lequel il se débattait. Si elle choisissait vraiment de se ranger de son côté, il était alors possible qu'elle le soutienne face à Rick, au cas où ils seraient arrêtés et devraient faire une déposition. Peut-être même que, après en avoir discuté tous les deux, ils décideraient de se livrer à la police pour raconter ce qui s'était réellement passé et rejeter la faute sur Rick — c'était le responsable. D'un autre côté, si elle voulait juste se servir de lui pour fuir, pour disparaître, ça lui convenait également. Car elle avait raison : le plus important dans l'immédiat, c'était de ficher le camp d'ici, de plaquer Rick sans qu'il le sache.

— Tu veux partir maintenant, comme ça ?

— Il faut quand même que je retourne à l'intérieur, pour voir ce qu'il fabrique, dit-elle. Laisse-moi une minute. Je vais recommander des bières, et je trouverai un prétexte pour ressortir. Guette mon retour. Et tiens toi prêt. Tu as ton fric sur toi ?

— Oui.

Il avait fourré l'argent dans son sac, à contrecœur. Avec l'intention de le remettre dans la voiture, en douce, quand Rick aurait le dos tourné.

— J'ai le mien, moi aussi. Ça nous permettra de faire un bon bout de chemin.

Elle se leva.

— On ne devrait pas prendre ce fric, dit Joe. Il vaudrait mieux le laisser. Le rendre à Rick.

— Écoute, Joe, dit-elle en se rasseyant. Il faut se barrer d'ici rapidement, si on veut avoir une chance. Sans argent, on est foutus. Je n'ai rien d'autre sur moi. Et je sais que tu n'as pas grand-chose, toi non plus. Alors, ne perdons pas de temps, O.K. ? On parlera du fric plus tard.

Elle se releva et disparut à l'intérieur.

D'un pas nonchalant, Joe se dirigea vers les routiers et leurs camions. Il s'arrêta à distance respectable, de façon à ne pas entendre ce qu'ils disaient. Quand l'un des deux remarqua sa présence et regarda dans sa direction, il dit :

— Je vais vers l'ouest et...

— Désolé, ordres de ma société, répondit un des deux. J'ai pas le droit de prendre des stoppeurs. Si j'me fais piquer, j'suis viré.

Mais son collègue lui adressa un clin d'œil, accompagné d'un petit mouvement de tête. Joe comprit. Il se retourna vers la table de pique-nique à l'arrière du restaurant, mais Kari n'était pas encore ressortie. Alors, il fit le tour du semi-remorque et s'assit sur le marchepied du côté passager, laissant pendre sa tête entre ses genoux. Il ressentait une sorte de nausée. Aspirant à grandes bouffées l'air sec de l'Ouest en été, il essaya de réfléchir une fois de plus à ce qui s'était passé, de comprendre comment il s'était retrouvé impliqué dans cette histoire, comment il était possible qu'on le considère comme complice. Et pourtant, c'était bien le cas. Il revoyait le cadavre en travers de la porte. Il voyait les bottes de l'obèse, le visage ensanglanté, la mare de sang, épais et noir, autour de sa tête sur le plancher. Il voyait Rick frappant sauvagement la vieille femme ; peut-être l'avait-il tuée, elle aussi.

Cinq ans plus tôt, à vingt ans, sa période d'essai terminée, Joe sentit qu'il manquait quelque chose, ou peut-être qu'il lui manquait quelque chose, alors il s'engagea dans l'armée. Terry se moqua de lui et le traita de dingue. Le vieux refusa de lui adresser la parole, il réagit comme si Joe avait trahi quelque chose de fondamental. L'arrangement était le suivant : l'armée assurerait sa formation et, au bout de quelques années, quand il aurait fait son temps, ils paieraient ses études dans un établissement d'enseignement professionnel s'il voulait poursuivre son apprentissage. Joe n'imaginait pas qu'il pourrait être envoyé au combat.

L'armée sut reconnaître le don qu'il avait dans les mains. Après sa période de classes à Fort Benning et la préparation militaire avancée, durant laquelle il se distingua, il fut directement affecté à l'école de mécanique de l'armée.

Quelques mois plus tard, la guerre de George Bush au Moyen-Orient commença. Joe, alors âgé de vingt et un an, n'était pas encore totalement habilité, mais à cause de ce talent et de ses excellents résultats lors de la préparation militaire, il fut affecté à une petite compagnie d'as de la mécanique qui devait accompagner la 197e brigade d'infanterie motorisée de Fort Benning — elle-même était affectée temporairement à la 24e division motorisée.

Bien que n'étant pas soldat de première ligne, Joe fut choisi pour faire partie des forces spéciales qui pénétrèrent dans le sud de l'Irak, là où le pire ennemi était le sable. Il obstruait les filtres, les batteries, les carburateurs, il pénétrait dans les réserves de carburant. Joe et les autres mécaniciens démontaient, nettoyaient et remontaient les machines le plus vite possible. Ça ne devait être que ça : de la maintenance.

Mais là-bas, dans ce désert chaud comme un four, Joe allait voir des choses que peu d'hommes avaient vues, ignorant la guerre moderne. Il n'y avait rien sur la route de la Tempête du Désert : aucune construction, aucune population civile, uniquement du sable brûlé de tous côtés. Le plus simple, c'était de larguer des bombes à fragmentation qui explosaient et dispersaient des débris brûlants dans un large périmètre, tranchant et estropiant tout ce qu'ils rencontraient sur leur chemin. Parfois, un hélicoptère de combat survolait en rase-mottes les troupes pathétiques de Saddam Hussein, enfoncées dans les tranchées, répandant une sorte d'essence pulvérisée qui flottait sous forme de gouttelettes microscopiques et saturait l'air. Et puis, juste avant de repartir à toute vitesse, l'hélico balançait par le cul une petite fusée incendiaire au milieu de ce nuage de particules. Lorsque la fusée explosait, l'essence s'enflammait en une fraction de seconde, faisant jaillir un mur de flammes visible à trente kilomètres de là, qui aspirait tout l'oxygène du sol et faisait tout griller dans les parages.

Joe le mécanicien, qui suivait à la traîne ce déploiement de force, découvrait ces scènes plus tard : les bunkers souterrains éventrés par les bombes incendiaires, les toits arrachés par le souffle de l'explosion, les corps carbonisés des soldats irakiens, dont certains avaient implosé, dispersés au hasard sur le sable. Joe allait voir et revoir sans cesse des scènes semblables, ou des corps écartelés, éviscérés par la violence des éclats d'obus, aussi bien américains qu'irakiens.

Mais il s'était passé autre chose dans ce désert. À deux ou trois reprises, la nuit, tous les hommes avaient eu les yeux qui brûlaient et coulaient, comme si une menace invisible, surgie du désert obscur, s'était jetée sur eux sans bruit. Quelques gars avaient commencé à s'étouffer. D'autres poussaient des hurlements et s'aspergeaient d'eau. Joe était resté allongé sur le dos, en fermant fort les yeux, jusqu'à ce que la brûlure disparaisse. Des rumeurs affirmèrent que c'était du gaz neurotoxique, ou des bactéries, ou alors un truc bidon destiné à leur foutre la trouille, mais il n'y eut jamais le moindre commentaire officiel.

Tout cela l'avait tellement secoué que, parfois, Joe croyait qu'il ne pourrait pas continuer comme ça. Mais il tint le coup : il travaillait, il réparait, sans se plaindre, sans discuter, en obéissant aux ordres. Durant toute l'expédition, et de retour à la base au pays, jusqu'à ce qu'il ait fait son temps, il demeura un bon soldat. Plus tard, au siège des vétérans d'Ann Arbor, il reçut des traitements pour ses symptômes, et l'aide d'un psychiatre également, mais rien de tout cela ne lui semblait très utile, et il cessa de s'y rendre.

Il entendit s'ouvrir la portière du conducteur et le chauffeur se hisser dans la cabine. Joe se dressa sur le marchepied et se tourna de nouveau vers le restaurant. Kari venait juste de ressortir.

— Hé ! lui cria Joe en agitant le bras.

L'apercevant enfin, elle se mit à courir. Elle transportait un sac marin et la grosse mallette que Rick avait récupérée dans le pick-up après le carnage. Bizarre, se dit Joe. Déséquilibrée à cause du poids, elle avait du mal à la soulever, si bien que la mallette traînait presque par terre.

Le chauffeur se pencha pour ouvrir la portière du côté passager.

— Faut que je retourne vite fait à l'intérieur, pour pisser. Vous allez où ?

— À Seattle.

Joe lança son sac à bandoulière sur le siège.

— C'est votre jour de chance, dit le chauffeur. Avec leur foutue interdiction de prendre des auto-stoppeurs... Bordel, c'est pour ça que je bosse en indépendant. C'est chouette d'avoir quelqu'un à qui parler, pas vrai ?

Joe acquiesça.

— Je ne suis pas seul...

Le sourire du chauffeur s'envola.

— Écoutez, mon vieux...

— C'est une femme. On veut juste s'en aller d'ici.

En voyant Kari approcher du camion, l'homme retrouva le sourire. Joe se pencha pour attraper l'attaché-case, qui pesait au moins dix kilos, estima-t-il, et le déposer à l'intérieur. Puis il lui prit le bras et la hissa à bord du camion d'un seul coup. Le chauffeur redescendit et se dirigea vers le restaurant.

— Alors, fit Kari, dis-moi où on va.

— Le type nous emmène jusqu'à Seattle.

— Et ensuite, l'Alaska. C'est là qu'il faut aller.

— Ah bon ? C'est là que tu vis ?

Elle ne répondit pas. Après un moment de silence, elle dit :

— Rick va me chercher. J'ai piqué ce truc en douce, mais il ne va pas tarder à s'en apercevoir.

— Pourquoi as-tu fait ça ? Ce qu'on veut, c'est lui échapper, non ? Et toi, tu embarques la mallette. Il y a quoi à l'intérieur ?

— Je ne sais pas.

— C'est ce que Rick voulait récupérer ?

— Je ne sais pas. Il ne m'a rien dit.

— Alors, pourquoi...

Joe s'interrompit lorsque le chauffeur ouvrit sa portière et remonta à bord. Il fit vrombir plusieurs fois l'énorme moteur diesel, avant de démarrer enfin.

Quelque part dans ce paysage vallonné, Joe entendit des sirènes ; deux voitures peut-être. Bien que lointain, ce son lui fit l'effet d'un glaçon dans la nuque. Son cœur s'emballa. Il sentit la main de Kari se refermer sur la sienne.

Le semi-remorque effectua un demi-tour et, alors qu'ils roulaient vers la sortie du parking, le chauffeur s'exclama :

— Hé, regardez ça ! Quelqu'un a de gros emmerdes, on dirait.

Joe, qui avait gardé la tête baissée, mais toujours aux aguets, se redressa. Là-bas devant la Nova, Rick était entouré de deux voitures noires banalisées et d'une voiture de patrouille de la police routière dont le gyrophare tournoyait. Rick était appuyé contre le capot de la Nova, les jambes écartées. Un type en costume le palpait de haut en bas, tandis qu'un deuxième braquait une arme sur sa tempe. Un policier en uniforme se tenait en retrait, fusil à la main.

Joe avait le souffle coupé. Sa gorge s'était refermée. Il n'entendait que le bruit de l'énorme moteur diesel et des changements de vitesse, tandis que le camion roulait vers la voie d'accès, en accélérant. Il sentit l'odeur familière de la graisse et de l'huile. Une madone en plastique blanc priait sur le tableau de bord poussiéreux. Les ongles de Kari s'étaient plantés dans sa peau, jusqu'au sang.

Curieusement, remarqua Joe, Rick s'était changé. À la place du jean et du T-shirt jaune, il portait maintenant une chemise blanche sans col et un costume gris. Ce n'était plus le même homme.

Le petit coffre-fort vide reposait sur le capot de la voiture, à côté d'un autre sac marin noir.

Joe entendit de nouveau des sirènes, plus proches cette fois ; à ce stade, les flics ne prenaient plus la peine d'arriver discrètement. Il vit une voiture de patrouille débouler de l'autoroute, et juste derrière celle-ci, une deuxième, qui arrivait à toute allure sur la voie opposée. La circulation s'était arrêtée.

Joe s'enfonça dans son siège et se tourna vers Kari, blanche comme un linge. Il reporta son attention droit devant lui, à travers le pare-brise, tandis qu'ils laissaient derrière eux le restaurant. La première voiture de patrouille fonçait vers eux sur la voie d'accès. La sirène hurlait, si fort que le chauffeur du camion se boucha l'oreille avec sa main gauche. Joe regarda la voiture de police approcher, prêt à accepter tout ce qui allait se passer.

Mais la voiture bifurqua simplement sur le bas-côté, les croisant sans ralentir pour pénétrer sur le parking du restaurant. La deuxième voiture de patrouille l'imita.

Joe eut l'impression de ne recommencer à respirer qu'au bout de cinquante kilomètres.

— Voyons si j'ai bien compris, dit Ry Hickey, qui s'était déplacé jusqu'ici afin d'interroger ce salopard, comme il l'appelait. Tu es d'accord pour qu'on reprenne depuis le début ?

Leanne Red Feather était assise dans un coin, au fond de cette petite pièce des locaux de la police de la route à Spokane, et elle écoutait. Venue en voiture avec Hickey, elle s'était invitée à l'interrogatoire, sachant qu'en contrepartie, elle devrait faire un petit geste ensuite, mais c'était normal. En vérité, elle n'était pas censée se trouver là. Quand elle avait appelé Simmons, celui-ci lui avait ordonné de boucler l'enquête sur Cooper et de rentrer au bercail. Eh bien, se dit-elle, c'était exactement ce qu'elle faisait en ce moment.

Le salopard, Rick Damschroeder, originaire de Bellevue, dans l'État de Washington, à en croire son permis de conduire, acquiesça comme un gentil garçon. Voilà deux heures maintenant qu'il était enfermé dans cette pièce exiguë et étouffante ; ils l'avaient informé qu'il était libre de s'en aller, car il n'était pas en état d'arrestation pour le moment, toutefois, ils lui seraient reconnaissants pour l'aide qu'il pourrait leur apporter. Et le salopard n'avait rien trouvé à redire ; il n'avait pas cessé de parler depuis ce moment-là. Il était même d'accord, déjà, pour retourner dans l'Idaho s'ils le désiraient, où le procureur du comté de Kootenai se tenait prêt à remplir les blancs du mandat d'arrêt, dès que Hickey l'appellerait pour lui fournir les détails.

Mais avant cela, Hickey, Melrose et Leanne avaient besoin de savoir, et rapidement, de quoi il retournait.

Le type avait sans doute perdu deux kilos à force de transpirer. Leanne avait cette même impression en tout cas, et pourtant, elle avait eu l'occasion de retourner dans les bureaux climatisés à plusieurs reprises, pendant que Hickey et Melrose reprenaient l'interrogatoire au début. Ils avaient alterné, se relayant ; Hickey jouait le gars sympa qui apportait du thé glacé et des Coca. Damschroeder, lui, s'en tenait à son histoire qui semblait cohérente.

Il restait assis sur sa chaise, avec sa chemise qui n'était plus très blanche collée sur sa peau par la sueur, les mains posées sur la table devant lui, triturant un morceau de papier.

Hickey enchaîna :

— Tout ce que tu sais sur ce type, c'est son prénom : Joe. Pas de nom de famille.

— C'est un rusé, dit Rick.

— Un rusé ? répéta Hickey.

Dick Melrose était adossé contre le mur, les bras croisés, si bien qu'ils étaient maintenant quatre dans la pièce et la température grimpait encore.

— Oui, un arnaqueur, dit Rick. Un escroc. Il m'a piégé. Moi, je voulais juste rentrer chez moi. C'est tout. Rien d'autre. Je vous l'ai dit, je faisais du stop dans le Montana. Il m'a pris hier soir, à la sortie de Missoula. Il avait l'air bizarre, un peu effrayant, avec ses yeux de dingue. Mais bon, j'avais pas le choix. Un peu après minuit, on s'est arrêtés au bord de la route et on a dormi jusqu'au lever du jour.

— Toi, tu distribuais des tracts religieux.

— Je faisais mon travail de missionnaire. Là-haut dans la réserve. J'avais déjà visité les campus de Bozeman et de Missoula. Je parle aux gens, j'essaye de les amener à voir la lumière du Seigneur.

Leanne savait que des missionnaires allaient dans les réserves indiennes. Il y avait toujours quelqu'un pour distribuer un tract quelconque à ces gens. Après toutes ces décennies, pensa-t-elle, les Blancs éprouvaient encore le besoin de les convertir à quelque chose. Sans tenir compte du fait que la plupart des Amérindiens étaient devenus chrétiens depuis une éternité.

— Et tu voyages en car ?

— Oui, m'sieur. J'ai un... ou plutôt, j'avais un forfait Greyhound.

C'était la vérité ; le forfait, arrivé à expiration depuis avant-hier, était posé sur la table devant eux.

— Tu es prêtre ?

— Non, m'sieur. Uniquement missionnaire. Pour l'Église apostolique du Nord-Ouest et le Temple de la renaissance spirituelle, à Bellevue.

Melrose intervint :

— Donc, aujourd'hui, ce Joe... c'est peut-être bien le Diable, non ?.. t'a obligé à entrer dans cette boutique et à abattre ces trois hommes à bout portant.

— Laissons parler ce jeune homme, dit Ry Hickey.

— J'ai tué personne, monsieur, dit Rick. Je possède pas d'arme. Et j'avais pas d'arme sur moi. (Il se mit à sangloter discrètement, et ses yeux s'embuèrent.) J'étais dans la boutique, je l'avoue. Seigneur Jésus-Christ, j'ai eu si peur. Il a dit qu'il allait acheter des trucs. On n'avait pas pris de petit déjeuner. Il m'a demandé d'attendre dans la voiture. Il s'était garé derrière, vous voyez. C'était pas la peine que je l'accompagne, a-t-il dit. Mais j'ai eu envie de jus d'orange. Voilà tout. Je ne lui avais pas demandé de m'en prendre.

« En fait, j'ai pas vu grand-chose. En entrant, j'ai senti l'odeur de fumée et j'ai vu le vieil homme allongé par terre, qui saignait. J'ignorais ce qui s'était passé. Je ne voyais pas Joe. Et puis, un autre homme est entré en courant, avec une arme à la main. J'ai entendu des coups de feu, mais ce n'était pas cet homme qui tirait. Lui, il a été tué aussi. Par Joe. Oh, Seigneur ! Il m'a ordonné de retourner dans la voiture en pointant son arme sur moi. Pas question de dire non. Une fois dehors, j'ai entendu d'autres coups de feu.

— Combien de coups de feu en tout ?

— Je ne sais pas. Sept ou huit.

Hickey se renversa dans son siège, sans quitter Damschroeder des yeux.

— Mais tu ne t'es pas enfui.

— Non, m'sieur. J'étais pétrifié. Je suis ressorti, je suis tombé à genoux et j'ai prié. Mais j'aurais fichu le camp sur-le-champ si j'avais eu les clés de la voiture.

— Et le coffre-fort ?

— Joe l'avait dans les mains quand il est ressorti. Et on est repartis. Il me tenait à l'œil pendant qu'il conduisait. Il avait son arme pointée sur moi. J'ai fait ce qu'il m'a demandé.

— Jusqu'à ce relais routier près d'ici ?

— Oui, m'sieur. Je pensais que je pourrais appeler quelqu'un. Faire quelque chose...

— O.K., fit Hickey. Parle-nous de cette fille avec qui la serveuse vous a vus parler tous les deux. Elle dit que la fille et l'autre type ont disparu ensuite.

— Je ne la connaissais pas.

— La fille ?

— Oui, m'sieur.

— Elle n'était pas avec vous lors de la fusillade ?

— Non, m'sieur. Comme je vous l'ai dit, Joe l'a abordée sur le parking du restau. Ils parlaient d'aller quelque part. Et ils riaient. Je sais pas si elle avait une voiture. J'ai pas eu l'impression qu'ils se connaissaient avant. Mais peut-être que si. Peut-être qu'ils avaient prévu de se retrouver là.

— Pourtant, on aurait dit deux étrangers ?

— Ouais. Il lui a parlé sur le parking. Ensuite, ils se sont installés dehors à une table et ils ont continué à bavarder. Elle est rentrée pour me demander si je voulais qu'ils m'emmènent. J'ai dit non.

— Il s'est approché de la fille et s'est mis à lui parler ?

— Exact.

— Et elle est venue boire une bière avec vous ?

— Avec lui. Je me suis même pas assis à leur table.

— Et ils sont partis ensemble.

— J'imagine. Je les ai pas revus pendant un moment. Et ça m'arrangeait bien. Je voulais foutre le camp. Quand vous êtes arrivés, j'allais récupérer mon sac dans la voiture.

On frappa à la porte. Melrose l'ouvrit et échangea quelques mots avec quelqu'un. Puis il fit signe à Hickey et Leanne d'approcher.

— Tenez-vous bien, murmura-t-il. Un avocat de l'Idaho vient d'appeler, en disant qu'il avait été engagé pour défendre Rick Damschroeder. Il a déjà commencé à gueuler en parlant de procédure légale, de droits et autres conneries, en nous interdisant d'adresser la parole à son client en l'absence de son avocat. Il a ajouté que si Damschroeder avait donné son accord pour une extradition volontaire, il la ferait annuler. Il arrive.

— Vous vous foutez de moi ? s'exclama Ry Hickey. (Il se retourna vers Damschroeder.) Qu'est-ce que tu as foutu, toi ?

— J'ai appelé mon église, du restaurant, répondit Rick. Je savais que j'étais dans de sales draps, mais je savais pas quoi faire. J'aurais quand même appelé la police de toute façon, si vous n'étiez pas arrivés. Mon église a sans doute pris les choses en main. Je vous jure que j'ai pas appelé d'avocat. Mais c'est pas grave. Je veux bien continuer à parler avec vous. J'ai rien à cacher, m'sieur.

— Petit enfoiré, dit Hickey.

Sur ce, il sortit du bureau, abandonnant Leanne et Melrose avec leur suspect.

7

À une heure de route de Seattle, ils s'arrêtèrent dans un gigantesque relais routier. Joe aurait parié qu'il y avait là au moins cinquante semi-remorques ; des types en jean, avec des bottes et des chapeaux de cow-boy déambulaient de tous les côtés. Certains fumaient, la plupart buvaient du café, quelques-uns riaient, d'autres étaient assoupis dans un coin. Kari, elle, se réveillait à l'arrière du camion.

Une pancarte placée dans le hall indiquait DORTOIRS RÉSERVÉS AUX ROUTIERS PROFESSIONNELS. À gauche se trouvait le restaurant, à droite une boutique et un guichet d'inscription pour les dortoirs.

— Vous voulez casser la croûte ? demanda le chauffeur.

— Non merci, répondit Joe. Vous nous emmenez pas à Seattle ?

— Si, bien sûr. Je veux juste bouffer un morceau, histoire de pas paumer du temps en ville. On se retrouve ici dans une demi-heure.

Joe ressortit et alla s'asseoir sur le muret en béton devant le bâtiment. Sa tête recommençait à l'élancer, signe annonciateur des éclairs de douleur qui allaient bientôt traverser son crâne de part en part comme des décharges électriques. Son estomac se soulevait. La sueur coulait sur son visage. Il se leva et longea la façade du bâtiment bas, en sachant qu'il devait s'asseoir quelque part, mais il avait également besoin d'être seul.

Dans les toilettes pour hommes, il parvint à s'enfermer dans un W.-C., juste avant que la véritable douleur éclate. Assis sur la cuvette, la tête entre les genoux, une main plaquée sur chaque paroi pour se retenir, il inspirait profondément. Il imaginait des hommes faisant irruption dans les toilettes, leurs armes pointées sur la porte de la cabine du W.-C., lui hurlant de sortir les mains en l'air. S'il n'obéissait pas assez vite, ils feraient sauter la porte et se jetteraient sur lui, le traînant par les cheveux.

Il ne leva pas la tête, de peur de tomber évanoui sur le sol sale et mouillé des toilettes. Il demeura assis, immobile, en attendant que ça passe.

Profitant d'une pause dans l'interrogatoire, Leanne appela son bureau à Boise et demanda à parler à Ben Regis, qui avait été autrefois une sorte d'équipier à temps plein, le seul.

— Salut, dit-elle. Je suis à Spokane.

— Tout va bien ?

Fils d'un gros exportateur de Chicago, Ben n'aurait pas été obligé de travailler s'il ne l'avait pas souhaité, ce que les autres agents de Boise avaient su immédiatement, on ne sait comment, lorsqu'il était arrivé quatre ans plus tôt. Il avait fait ses études à la fac de Loyola, diplômé de droit avec spécialisation pénale. Mais il ne voulait pas vraiment devenir avocat, préférant une activité plus physique. Ayant réussi, par la ruse, à obtenir un stage de fin d'études dans une unité tactique de la police de Chicago, il tomba amoureux de cette vie et passa l'examen d'entrée de la brigade de répression du Trésor, en dépit des protestations de sa famille. Il voulait devenir agent fédéral, disait-il, et il avait rencontré un jour, par le biais de son père d'ailleurs, le responsable de l'ATF pour le district de Chicago. Après qu'il eut repris contact avec cet agent haut placé, et se fut classé dans les premiers à l'examen, il fut engagé par Chicago, malgré son manque d'expérience. Le passage par Glynco fut pour lui une simple formalité, et il suivit même la redoutable formation des équipes d'intervention spéciale. Puis, après plusieurs années passées à enfoncer les portes et se faire tirer dessus, il avait demandé sa mutation en tant qu'inspecteur à plein temps, quelque part dans l'immensité du Nord-Ouest. Car, comme il l'avait confié à Leanne, son autre passion dans la vie, c'était le ski.

Alors, il était parti dans l'Idaho pour faire la chasse aux armes, enquêter sur les attentats à la bombe et les incendies criminels, et pour skier durant ses moments de loisir. Mais il avait toujours été et demeurait aussi étranger à la mentalité de ses collègues que l'était Leanne. Et tout naturellement, peu de temps après son arrivée à Boise, Leanne et Ben s'étaient sentis attirés l'un vers l'autre.

— Oui, tout va bien, répondit-elle. Sauf qu'apparemment, on n'a pas arrêté le bon type. Il prétend être missionnaire d'une église quelconque.

Tu imagines ? Son forfait de car n'était plus valable. Il faisait du stop pour rentrer chez lui et le méchant s'est arrêté pour le prendre.

— Résultat, tu dois retrouver le méchant.

— Il se dirige vers Seattle. Je n'aurais sans doute pas dû t'appeler. Je suis désolée, mais j'ai besoin de deux ou trois petits services, et je n'ai pas envie de m'adresser à quelqu'un d'autre.

— C'est bon, Leanne. Je t'écoute.

— Tu crois qu'on peut s'arranger pour que j'aille là-bas ?

— Peut-être. Tu fais dans la filature maintenant ?

— Non, je continue à m'occuper du trafic d'armes, et je sens que je tiens une piste. Je flaire le meurtre déguisé, Ben. Et quand on tue un marchand d'armes, c'est qu'il y a une histoire d'armes.

— Simmons ne sera pas d'accord.

— Je peux être là-bas en fin de journée, juste pour voir ce que ça donne. Je ferai un saut au district dès mon arrivée.

L'agence locale de Boise était rattachée au bureau régional de l'ATF à Seattle, dont, techniquement, ils dépendaient tous.

— À moins que tu penses que ce type transporte des caisses d'armes sur son dos, il s'agit tout simplement d'une cavale d'un État à l'autre. Et peut-être d'un kidnapping. Autrement dit, des crimes qui concernent le FBI, autant que je sache. Pourquoi tu ne les laisses pas s'en occuper ?

— Depuis quand les fédéraux crachent-ils sur un petit coup de main, Ben ? D'ailleurs, je parie qu'ils vont refiler le bébé aux flics de Seattle.

— Alors ?

Après un court silence, elle dit :

— Si tu les appelais pour leur faire comprendre que c'est une affaire importante, et que le meilleur agent de l'Idaho fait le déplacement pour rester en contact avec l'enquête, alors, peut-être qu'ils enverront quelqu'un sur le coup, pour de bon. Avec ta force de persuasion.

— Je vois.

Ben réfléchit un instant.

— Désolée, dit Leanne. Je n'aurais pas dû te demander ça.

— Arrête ton cinéma. O.K. ? Je dois pouvoir le faire.

— Et tu en parleras à Simmons plus tard ?

— Si je ne te rappelle pas, tu peux y aller.

C'était arrivé un an et demi environ après qu'ils eurent commencé à faire équipe, alors que Leanne et son mari étaient déjà en froid. Ben et elle s'étaient rendus à Baker City, dans l'Oregon, un après-midi, pour essayer d'engager un individu qui proposait, selon leurs informations, ses services d'incendiaire professionnel dans les environs. N'ayant pas déniché le type en question le premier jour, ils passèrent la nuit à l'hôtel, car il y avait plus de deux heures de route. Ils dînèrent ensemble et burent quelques bières. À la porte de la chambre de Leanne, au moment où elle lui souhaitait bonne nuit, Ben se pencha pour l'embrasser. Elle ne réagit pas ; elle ne lui rendit pas son baiser, mais elle ne le repoussa pas non plus. Quand il récidiva, elle noua ses bras autour de son cou. Elle savait qu'elle finirait par tomber amoureuse de Ben, mais avait essayé de se convaincre qu'il n'y avait rien de romantique dans cette histoire. Avec son mariage qui sombrait, son métier était sa seule planche de salut et elle ne pouvait s'autoriser cette liaison.

Malgré tout, Ben et elle devinrent amants. Si l'agence l'avait appris, l'un des deux aurait été muté, au minimum, mais parce qu'ils passaient déjà énormément de temps ensemble avant, et parce qu'ils avaient appris à se contrôler en toutes circonstances, ils n'eurent aucun mal à garder le secret. Cependant, Leanne était rongée par un sentiment de culpabilité.

Aussi, un mois après le début de leur liaison secrète, elle confia à Ben qu'elle avait peur, peur à la fois de rester avec lui et de le perdre, et peut-être devraient-ils envisager de prendre un peu de recul jusqu'à ce qu'elle sache ce qu'allait devenir sa vie, jusqu'à ce que le divorce soit prononcé, et qu'ils aient pris une décision concernant cette situation ambiguë. Le lendemain, Ben et des dizaines d'autres agents des équipes d'intervention spéciale furent réquisitionnés pour participer à la plus grande opération jamais organisée par l'ATF : l'assaut de la secte des Davidiens à Waco au Texas.

En apprenant que des agents avaient été tués là-bas, Leanne s'en souvenait, une violente douleur lui transperça la poitrine, comme si son cœur s'était brusquement arrêté. Mais très vite, elle apprit que Ben ne faisait pas partie des victimes. Toutefois, même si le FBI s'était chargé de l'encerclement de la propriété, Ben demeura sur place. Cinq semaines s'écoulèrent avant qu'il ne rentre enfin au bercail, dans l'Idaho.

— J'ai peur que ce ne soit pas tout, lui dit Leanne au téléphone. Comment est ton emploi du temps de demain ?

— Assez chargé.

— Tu peux trouver une petite place ?

— Je ne sais pas. Pour quoi faire ?

— Je pense encore à Big Bill. Peut-être que j'aggrave la situation en partant.

— Tu crois que tu devrais rester à Cœur d'Alene ?

— Quelqu'un devrait y rester. Si Bill vendait des armes, c'est là-bas que ça se passait. Il nous reste des choses à découvrir.

— C'est ton enquête, Leanne. Tes informateurs.

— En fait, je n'ai toujours eu qu'une seule source dans cette affaire.

— Ce n'est pas ce que semble penser Simmons. Il a l'impression, au contraire, que tu as une meute d'indics qui ne demandent qu'à parler.

— Hmm.

— Tu lui as menti ?

— Non, pas exactement.

— Je vois. Et tu crois que ton type acceptera de me parler ?

— Sans doute, si je l'appelle d'abord.

— Bon sang, Leanne. Une explosion criminelle s'est produite à Pocatello ce matin. Quelqu'un doit se rendre sur place. Et je dois essayer de monter un deal avec le type de Casper. Je ne veux pas que cet enfoiré me file entre les doigts. Un individu du Wyoming cherchait, paraît-il, à vendre des doses de cocaïne et une mitraillette calibre .30 dans les bars des environs de Boise.

— Essaie simplement de voir quelles conneries tu peux en tirer, O.K. ?

— Simmons va péter les plombs en apprenant que tu es à Seattle. Sans compter...

— Je lui parlerai plus tard. J'arrangerai le coup. Mais... une dernière chose, Ben. C'est personnel.

Il ne dit rien.

Elle lui raconta l'incident survenu avec Cal, et lui confia son inquiétude. Ben connaissait la situation, il connaissait bien Calvin également. Apparemment, ils s'entendaient même bien tous les deux, d'une certaine façon, ce qui étonnait Leanne. Aux yeux de Cal, la fac de Loyola était aussi éloignée de son univers qu'il était possible de l'être. Mais Ben promit d'aller faire un tour chez elle, pour voir ce qui se passait, et si possible parler avec Calvin.

— Je suis consciente de te demander beaucoup, dit Leanne. Mais je n'ai personne d'autre à qui m'adresser.

— Tu sais que je suis toujours là, dit Ben. Tu sais bien qu'il te suffit de demander. Pas vrai ? Tu le sais, hein ?

— Oui. Merci, Ben.

En apprenant que Ben rentrait enfin de Waco, Leanne fut saisie par une sorte de vertige. Elle savait maintenant qu'elle avait eu tort de le repousser ; elle voulait qu'il reste près d'elle, quel qu'en soit le prix, quoi qu'en pense l'ATF, quel que soit le délai avant que son divorce soit prononcé.

Mais quand elle le vit arriver au bureau, et qu'il la salua d'un simple hochement de tête, en souriant, elle constata qu'il était différent. Son visage avait changé ; il paraissait plus âgé, amaigri, abattu aussi. Et elle comprit, même si elle refusait de se l'avouer ouvertement, qu'il ne revenait pas auprès d'elle.

Ce jour-là, elle ne fit aucun effort pour lui parler en privé, et lorsque vint l'heure de rentrer chez elle, Ben était déjà parti. Ils s'évitèrent ainsi pendant une semaine. Puis un jour, ils allèrent déjeuner ensemble et parlèrent comme deux vieux collègues.

Il n'évoqua qu'une seule fois leur liaison : « Tu avais raison de vouloir mettre un frein, dit-il. Nous sommes tous les deux des agents, c'est trop dur à assumer. » Leanne ne lui dit pas qu'elle avait eu tort, que ce n'était pas trop dur, et pourtant c'était comme si quelqu'un lui avait transpercé la poitrine.

Et quand, six mois plus tard, Ben tomba amoureux d'une autre femme, Leanne lui dit qu'elle se réjouissait pour lui. Six mois plus tard, à l'époque où le divorce de Leanne fut enfin prononcé, Ben se maria. Pendant la cérémonie, elle s'enferma dans les toilettes pour pleurer.

Un an plus tard, il y avait donc six mois, Ben devint papa.

Il fallut un quart d'heure pour que la douleur, et les troubles de la vision qui l'accompagnaient, disparaissent enfin. Joe songea qu'il était temps de rejoindre le chauffeur du camion sur le parking, mais juste avant qu'il sorte du W.-C., la porte des toilettes s'ouvrit et deux hommes entrèrent.

— Pourquoi que les flics ont débarqué dans le restau comme ça ?

— Y a eu un triple meurtre à Cœur d'Alene. Deux types. Ils en ont arrêté un. L'autre a foutu le camp. Il avait une bagnole, mais ils pensent qu'il fait peut-être du stop avec les routiers.

Joe attendit que les deux hommes ressortent. Après quoi, il se lava le visage et les mains, et se rinça la bouche. En sortant des toilettes, il s'arrêta dans le couloir obscur qui conduisait dans le hall, et attendit, dissimulé derrière un téléphone fixé au mur.

Il vit Kari déambuler, en regardant à droite et à gauche, pour tuer le temps. Lorsqu'elle tourna la tête dans sa direction, Joe attira son attention. Comprenant qu'il y avait un problème, elle ne le rejoignit pas. Il désigna la porte pour lui faire signe de retourner au camion.

C'est alors qu'il aperçut le chauffeur dans le hall, qui regardait autour de lui en jetant des coups d'œil à sa montre. Soudain, comme si un sixième sens l'avait informé de la présence de Joe, le chauffeur tourna la tête vers le téléphone, et vers Joe qui se trouvait derrière.

— Ah, tu es là ! dit-il.

Joe fit un pas en avant, s'attendant à voir les flics lui sauter dessus avec des fusils à pompe. Mais rien ne se produisit.

— Allez, amène-toi, mon gars, dit le chauffeur en agitant le bras, tout en se dirigeant vers la sortie. Qu'est-ce que tu foutais ? J'ai un horaire à respecter, moi. J'ai failli me barrer sans vous.

En sortant, Joe aperçut deux voitures de la police de la route garées devant le relais, mais apparemment, le chauffeur du camion n'était pas dans le restaurant quand les flics avaient débarqué.

C'était une journée fraîche pour le mois d'août. En montant dans le camion, Joe leva les yeux. Le ciel était d'un magnifique bleu violet, clair et profond, insondable. Quelques nuages duveteux flottaient ici et là, sans masquer l'immensité du ciel. Joe le contempla aussi longtemps qu'il le put, avant de baisser la tête pour monter à bord et de claquer la portière.

— Mon instinct me dit que ce type est un baratineur, déclara Ry Hickey.

Leanne et lui étaient assis dans le bureau climatisé de Dick Melrose. Ce dernier était assis dans son fauteuil.

— Il raconte n'importe quoi pour sauver sa peau, ajouta Hickey, il veut faire croire qu'il n'était au courant de rien.

— Peut-être, dit Melrose. Mais l'arme pose un problème. Vous dites que c'est un 9 mm. Si ce flingue appartenait à Damschroeder, on l'aurait retrouvé sur lui. On lui est tombé dessus sans prévenir. Il n'a pas eu le temps de réfléchir, de le planquer quelque part, à moins qu'il l'ait balancé juste après. On a fouillé le restau de fond en comble, sans résultat. Difficile de savoir qui a tiré sans avoir l'arme, mais je ne pense pas que ce soit Damschroeder.

— Et pourquoi donc ?

Melrose tendit à Hickey une feuille qu'il avait sortie de son bureau : les résultats de l'analyse des traces de poudre qu'ils avaient effectuée.

— Rien sur la peau. Il ne s'est pas servi d'une arme aujourd'hui. On aurait repéré des traces.

— Peut-être qu'il portait des gants, dit Hickey.

— Il y a aussi la voiture, dit Leanne. Les empreintes.

La Nova était en réalité une voiture volée à la périphérie de Yellowstone, juste derrière la frontière du Wyoming, deux jours plus tôt. Les plaques de l'État de Washington, elles, avaient été volées la semaine précédente, à Spokane. Les techniciens de la police de la route de l'Idaho avaient relevé les empreintes dans la voiture, et ils continuaient à relever celles du bazar. Jusqu'à présent, les seules empreintes appartenant à

Rick Damschroeder avaient été retrouvées dans la voiture autour du siège du passager, ce qui correspondait à sa déclaration. On n'avait trouvé aucune de ses empreintes à l'intérieur de la boutique.

— Merde, dit Hickey. On a intérêt à retrouver l'autre, Joe machin chose.

— C'est lui, déclara Melrose. On peut garder Damschroeder jusqu'à demain, le temps d'avoir confirmation de son histoire d'église et de réserve dans le Montana. Mais les empreintes de ce mystérieux Joe étaient partout, sur le volant, sur le siège du conducteur, sur le coffre-fort. Et on a retrouvé les mêmes sur la caisse et le téléphone de la boutique. On retrouvera l'arme sur lui, c'est sûr.

— Et l'argent, ajouta Leanne.

On n'avait retrouvé qu'une toute petite somme d'argent sur Damschroeder et dans la voiture.

— Ça aussi, on le retrouvera sur Joe, dit-elle, si on retrouve Joe.

— On le trouvera, dit Melrose. Maintenant que les fédéraux sont sur le coup, ça va faire du monde. Soit il est en route pour Seattle, avec cette fille qu'il a embobinée, soit il y est déjà. Bon Dieu, je parie qu'on va la retrouver quelque part, violée et égorgée.

Leanne déclara :

— J'envisage de me rendre personnellement sur place.

— Expliquez-moi une chose, demanda Hickey. Dick nous dit « maintenant que les fédéraux sont sur le coup ». D'accord, avec cette fille qui est impliquée, et peut-être même otage, c'est une affaire fédérale, mais la fuite d'un État à l'autre et le kidnapping, ça concerne le FBI, ou peut-être le bureau du shérif. Ne vous méprenez surtout pas, vous êtes la bienvenue. Je veux qu'on attrape ce fumier, et il est loin de ma juridiction. Mais premièrement, vous appartenez au Trésor. Deuxièmement, vous avez débarqué sur les lieux du crime peu de temps après moi, et pourtant, j'ai été averti immédiatement. Comment ça se fait que vous étiez sur place d'abord ? L'ATF enquête sur les meurtres locaux maintenant ?

Leanne secoua la tête et se racla la gorge.

— Non, mais j'avais l'œil sur Big Bill.

— Vous enquêtiez sur Cooper ?

— Pas exactement. Il s'agissait plutôt d'une surveillance relâchée. Il envisageait peut-être de recommencer à vendre des armes.

— Recommencer ? Vous n'avez jamais rien pu prouver.

— Je n'en sais rien, Ry. Je vous l'ai dit, c'était juste une surveillance.

— Et voilà qu'il se fait descendre sous votre nez ! dit Hickey en riant. Au cours d'un petit braquage minable. Manque de chance. Un enfoiré qui veut rafler quelques dollars. C'est moche, hein ? Vous l'accusez de vendre des gros canons et il peut même pas se défendre face à un petit pistolet 9 mm !

Un des enquêteurs de la police de la route se rendait justement à Seattle pour une autre affaire, et il accepta de conduire Leanne. Mais juste avant qu'elle ne parte, la standardiste appela Melrose par interphone pour annoncer qu'un certain Ed Simmons du bureau de l'ATF à Boise était en ligne et souhaitait parler à son agent, Leanne Red Feather.

Celle-ci regarda Melrose en secouant la tête, et lui dit à voix basse qu'elle était déjà partie. Mais elle était déchirée par un dilemme, car une partie d'elle-même la pressait de rentrer immédiatement à Boise pour savoir quel gros problème tracassait Calvin. D'un autre côté, l'envie irrésistible de poursuivre cette piste allait la rendre folle, songea-t-elle, car elle savait qu'il y avait quelque chose à découvrir.

— Dites qu'elle est déjà partie, dit Melrose dans l'interphone, en gardant les yeux fixés sur Leanne. Elle vient de partir pour Seattle. Avec un de nos hommes.

— Merci, dit Leanne. Il veut que je rentre.

Melrose hocha la tête.

— Attrapez-moi ce salopard, d'accord ? Je veux vous voir revenir avec lui devant un tribunal de l'Idaho. Et je veux être là quand ils lui passeront la corde au cou.

— Amen, dit Ry Hickey. J'aime bien les petites filles qui mentent à leur patron pour pouvoir partir à la chasse au dangereux meurtrier.

Il éclata de rire et se tourna vers Melrose, qui éclata de rire lui aussi.

L'automne de ses dix ans, le mois où le divorce entre Jimmy Red Feather et Anna Willingham Red Feather fut officialisé, six mois après le départ de Jimmy, Leanne fut renvoyée de l'école catholique pendant une semaine pour s'être battue jusqu'au sang, deux fois en trois jours, et pour avoir juré en salish devant les sœurs. Il était interdit de parler en salish à l'école, tout comme il était interdit, évidemment, de se battre et de jurer. Les deux premiers jours, elle rentra chez elle après avoir passé la matinée à faire du ménage à la mission locale, comme l'avait décidé sa mère pour la punir, et promené longuement les deux chiens. Ceux-ci gambadaient joyeusement devant elle, reniflant, marquant leur territoire et mâchonnant tout ce qu'ils trouvaient, tandis que Leanne traînait derrière, en boudant.

Le troisième jour, elle continua à marcher droit devant elle.

À Arlee, quelques personnes l'appelèrent, mais elle les ignora. Les chiens étaient rentrés à la maison entre-temps, Leanne, elle, atteignit la route pavée qui allait vers le sud et continua de marcher, tête baissée.

Ce qui surprit les gens lorsqu'ils écoutèrent cette histoire par la suite, c'est le chemin qu'elle avait parcouru, jusqu'à Evaro, à la limite de la réserve, là où d'immenses panneaux proposaient des cigarettes et de l'alcool à bas prix, exonérés de taxes, car ils appartenaient à la réserve, là où la route s'élevait pour franchir le col entre les montagnes, avant de redescendre dans la grande vallée brumeuse où se nichaient la route 90 et la ville de Missoula.

Elle avait parcouru plus de quinze kilomètres à pied, en souffrant du froid et des gerçures, mais nullement décidée à s'arrêter, semble-t-il, jusqu'à ce qu'un vieux camion International Harvester poussiéreux la dépasse au ralenti et s'arrête. Elle continua de marcher sans même un regard, puis s'arrêta elle aussi, fit demi-tour et grimpa sur le siège passager.

— Ça fait une trotte jusqu'à Butte, dit Guts.

— Y a l'autoroute là-bas, répondit-elle. Je ferai du stop.

— Je t'y emmène. C'est ce que je suis venu te dire.

Elle réfléchit une minute, puis, méfiante, demanda :

— Qu'est-ce que tu veux, mon vieux Guts ?

— Le problème, c'est que ton père, il est pas là-bas en ce moment. Je l'ai appelé pour lui dire que t'allais rappliquer. Quand j'ai appris que t'avais disparu, j'ai pigé où t'allais. Mais tu connais Jimmy Red Feather. Il peut disparaître pendant des jours ou des semaines.

Recroquevillée sur le siège, elle regardait par la vitre. Au bout d'un moment, elle ôta ses bottes et lui montra les taches de sang sur ses chaussettes blanches, à cause des cloques à vif. Elle sourit en le voyant secouer la tête.

— Des fois, Leanne, tu trouves la paix en laissant les choses suivre leur cours.

— Pas moi.

Il remit le contact pour avoir du chauffage.

— Oh, j'oubliais, dit-il. Tiens, regarde.

Il sortit de derrière le siège une carabine, une Winchester à canon court et chargement automatique.

— Du .33, dit-il.

— C'est pas avec ça que tu chasses.

— Non, pas moi.

Elle le regarda.

— J'ai parlé à ta mère. Je lui ai dit que tu te débrouillais vachement bien dans les bois, et j'ai pensé qu'il était temps que t'apprennes à tirer.

— Elle a dit oui ?

Cette simple pensée faisait tourner la tête à Leanne, mais elle ne laissa paraître aucune émotion.

Guts répondit :

— Le rut va débuter dans quelques semaines. Malheureusement, j'ai pas le temps de voir si t'es capable de manier ce truc-là. Ta mère a peur que tu sois trop petite.

— Merde alors, dit Leanne. Hé, Guts, ce fusil est assez gros pour tuer un élan ?

— Pas sûr. Mais un cerf, oui.

— Je tuerai un élan, dit-elle.

— Cloques aux Pieds veut tuer un élan, dit Guts.

Sur le chemin du retour, ils s'arrêtèrent dans une cafétéria à Arlee pour manger un hamburger.

8

Là-haut, dans le camp baptisé Sanctuaire, dans la péninsule de Kenai, maintenant que Deacon était parti surveiller la mission, Père se retrouvait contraint de jouer le rôle de gendarme.

Un homme s'était présenté le matin, en faisant semblant d'être perdu. Le garde posté à l'entrée, un adolescent de seize ans, pris de panique, braqua une arme sur l'homme qui le désarma sans peine et, ayant saisi l'adolescent par le cou, appuya le canon de l'arme sur son crâne.

Une des femmes hurla.

Père saisit la situation, sans paniquer. Il grimaça, enfila les lunettes de soleil prescrites par son médecin et observa la scène du seuil de sa cabane, à une distance d'une cinquantaine de mètres. Après quoi, il s'approcha très lentement de l'homme armé et de l'adolescent otage.

Encore quelqu'un qui venait avec des exigences et des menaces. Ils étaient tous tellement malins, tellement intelligents.

Mais voilà plusieurs semaines déjà que Père était au courant de la venue de cet homme. Et depuis quelques jours, il savait que l'homme rôdait dans les bois autour du camp, prenant des photos et filmant en vidéo, convaincu, à tort, de ne pas avoir été repéré. En un sens, Père attendait avec impatience cette confrontation.

Lorsque l'intrus entendit cinq culasses de fusil pousser simultanément cinq balles dans cinq canons et, lorsqu'en regardant autour de lui, il découvrit cinq hommes et femmes cachés derrière cinq arbres, chacun ayant braqué son arme sur sa tête, il haussa les épaules et jeta l'arme de petit calibre dans la boue. Peut-être n'était-il pas aussi stupide qu'il en avait l'air, finalement.

— Je tiens à ce que vous fouilliez partout, déclara Père.

Les deux hommes étaient assis autour de la table en bois dans la cabane soigneusement aménagée de Père. Un climatiseur bourdonnait en fond sonore. Père sirotait un thé glacé, l'intrus un gin tonic. Pendant qu'une fille s'affairait dans la cuisine.

— Elle n'est pas ici.

— Vous l'avez planquée quelque part.

— Non. Si elle était ici, je la laisserais vous parler, pour qu'elle vous dise qu'elle est ici de son plein gré.

— Après avoir subi un lavage de cerveau.

— C'est de la connerie de propagandistes, répondit Père. Savez-vous comme il est difficile de faire un vrai lavage de cerveau à quelqu'un ?

L'homme haussa les épaules.

— Ça peut se faire, dit-il.

Sous sa combinaison de camouflage, il portait une chemise hawaïenne à fleurs rose, dont le tissu avait été cousu à l'envers. C'était une Reyn Spooner, et ça valait cher. Père le savait, car il en avait sept dans sa penderie. Les chemises Reyn

Spooner, surtout celles en lin, qui coûtaient encore plus cher, étaient ses tenues d'été préférées.

L'intrus était grand, lui aussi, et mince. Il portait des lunettes rondes et une moustache. Son front commençait à se dégarnir ; ses yeux marron tiraient sur le noir. Il avait un air germanique, se dit Père.

— Vous faites du *deprograming* ? demanda Père.

L'homme secoua la tête.

— Je sais comment on fait. J'y participais dans le temps. Mais j'avais pas l'estomac assez solide. Maintenant, je récupère et je livre. Les spécialistes de la caboche interviennent ensuite.

— Ce n'est pas un truc fiable, le lavage de cerveau, déclara Père. Laissez-moi vous expliquer. Les gens vont où ils veulent aller, et ils restent avec qui ils veulent rester. Le truc, c'est que parfois, ils ne comprennent pas ce qu'ils cherchent, même s'ils l'ont trouvé sans le savoir. Alors, vous les aidez à voir, vous leur ouvrez les yeux. Mais vous ne pouvez toujours compter que sur un seul élément : leurs désirs. Je donne aux gens ce qu'ils veulent, tout simplement.

— Vous m'avez l'air d'un type intelligent, dit l'homme.

— Vous paraissez surpris, répondit Père. Comment vous appelez-vous ?

— Roy Jameson.

— Très bien, Roy Jameson. Je vais vous dire où elle est. Elle est partie faire un petit boulot pour moi. Vous me croyez ? C'est la vérité, et elle fait du bon travail à ce qu'il paraît. Tôt ou tard, elle va rentrer à la maison. Mais le problème, c'est que vous n'avez que deux façons de la récupérer, et l'une des deux, le kidnapping, est impossible virtuellement dans un endroit comme celui-ci. Regardez autour de vous. Nous sommes seuls. On vous tuerait. On pourrait même vous tuer sur-le-champ.

Roy acquiesça, bien conscient de la situation.

— Mais j'ai une solution beaucoup plus agréable à vous proposer. J'aime bien cette fille ; elle a été très gentille avec moi. Mais des gens n'arrêtent pas de venir la chercher depuis qu'elle nous a rejoints dans l'Idaho, et franchement, je commence à en avoir assez. De toute façon, un jour ou l'autre, l'un de vous finira par l'emmener, n'est-ce pas ? Alors... Qu'est-ce qu'il fait son père, il est dans les ordinateurs ?

Roy acquiesça.

— Il possède une petite société à Silicon Valley, je crois, enchaîna Père, provoquant un nouvel hochement de tête. Une société privée. Ça représente une jolie somme d'argent.

— Combien ?

— Vous souhaitez me faire une proposition ?

— Cinquante mille.

— Stop ! s'exclama Père en tapant violemment sur la table du plat de la main. Il faut au moins qu'il le sente passer. Je veux bien accepter deux cent cinquante mille, non négociables, et en échange, je m'arrange pour que vous la retrouviez loin d'ici, sans protection. Vous ne prenez aucun risque, et surtout, vous donnez l'impression de l'avoir récupérée vous-même. Vous comprenez ? Je ne suis pas impliqué.

Roy secoua la tête.

— Je comprends. Mais je ne suis pas sûr qu'ils accepteront.

— Ils accepteront. C'est toujours leur fille, même après tant d'années. Et ce n'est pas tout.

Si vous réussissez à les convaincre d'accepter, en plus de ce qu'ils vous payent — combien ? dix mille peut-être, une fois décomptés les frais ? — je vous refilerai dix pour cent de ce que je touche.

Les sourcils de Roy se dressèrent. Père le voyait déjà en train de dépenser vingt-cinq mille dollars, pour acheter un bateau ou une voiture, ou se payer un voyage. Un bourlingueur comme lui, truand ou ancien flic, saurait apprécier un petit séjour de deux mois aux Caraïbes. Retrouver des gens, c'était un métier difficile.

— Hmm, fit-il.

— Ça restera strictement entre nous, évidemment.

— Évidemment.

— Si c'est vous qui faites la livraison — il faudra que ce soit en liquide, et je préfère de l'or — vous pourrez même prélever votre part directement. Vous me filez deux cent vingt-cinq mille dollars, je serai satisfait. Je vous remets la fille. Son cher papa pourra faire appel à ses déprogrammeurs et lui bousiller le cerveau pour toujours. Personnellement, je sais qu'elle serait beaucoup plus heureuse et mieux traitée ici, mais j'en ai marre de ces histoires avec sa famille. Son ancienne famille, devrais-je dire.

Roy sourit.

Si ce type était réellement intelligent et malin, pensa Père, il extorquerait trois cents ou trois cent cinquante mille à papa, et il reverserait seulement les deux cent vingt-cinq mille. Là, il pourrait s'offrir de vraies vacances. Père nota le nom et l'adresse du motel de Kenai où Roy Jameson était descendu, et déclara que la fille, Kari, serait bientôt de retour, dans quelques jours. Il le contacterait. Après quoi, Père rendit à Roy son .45.

Mais avant que Jameson ne se lève, Père dit :

— Roy, mon ami, en plus de tout ça, je vais vous faire une fleur. Vous voyez cette fille dans la cuisine ?

Roy se déplaça sur le côté pour regarder, juste au moment où la fille se penchait au-dessus du plan de travail pour attraper quelque chose dans un placard, faisant remonter son short court encore plus haut sur ses cuisses appétissantes.

— Vous avez fait un long voyage, dit Père. La journée a été dure. Il y a ici un tas de jolies femmes comme elle qui peuvent vous aider à... vous détendre un peu, à secouer la poussière de vos souliers. Un bon bain chaud, des massages, et après, ce que vous voulez.

— Avec elle ? demanda Roy en agitant le pouce vers la cuisine.

Il avait la gorge sèche tout à coup.

— Oui, si vous voulez. Mais allez donc faire un tour. Prenez votre temps. Jetez un œil. J'ai un tas de poissons dans mon petit océan.

Roy sourit de nouveau, et il acquiesça tout d'abord, avant de secouer la tête.

— Non, je vous remercie.

— Nous ne sommes pas le diable, Roy, dit Père. Les gens ont cette idée préconçue. Vous voulez savoir pourquoi nous sommes ici ? Connaître la raison toute simple et stupéfiante ? Parce que la vie ici est agréable, Roy. Voilà le grand secret. On prie, on chante, on fait l'amour, on élève des enfants, on pêche et on chasse. C'est l'Eden, Roy. Shangri-la ! Vous voulez savoir ce qu'on ne fait pas, en revanche ? On ne cherche pas à s'écraser, on ne travaille pas huit heures par jour, on ne paie pas d'impôts, on ne reste pas bloqués dans les embouteillages, et on ne déteste pas nos voisins. Si un jour vous en avez assez de pourchasser les fugueurs et les personnes kidnappées, vous pouvez venir ici, vous vous sentirez comme chez vous. J'aurais bien besoin d'un type comme vous. Chaque jour de la semaine.

Roy Jameson sourit encore une fois, en secouant la tête. Il comprenait pourquoi certaines personnes se faisaient avoir : ce type était très doué. Il devinait immédiatement ce que vous désiriez le plus au monde, ce qu'il vous fallait. Et il faisait en sorte de vous offrir cette chose qui vous manquait, quelle qu'elle soit : l'amour, le respect de soi-même, la discipline ou simplement une femme docile. Amon voyait, Amon savait et Amon offrait. Roy éclata de rire, serra la main de Père et prit congé. Il avait plus d'un kilomètre de marche pour rejoindre le chemin de terre où était cachée sa camionnette, une bonne demi-heure pour remballer son matériel de camping et de surveillance, et encore une heure de route pour regagner sa chambre à Kenai. Et il savait déjà à quoi il rêverait pendant ce long trajet.

— Comment ils ont fait pour rappliquer aussi vite ? demanda Rick à voix basse, penché au-dessus de la table, vers le vieil homme assis en face de lui.

Cet homme, un avocat de la défense, donnait parfois l'impression de savoir la vérité, parfois de ne rien savoir, et parfois, on aurait dit qu'il préférerait ne pas savoir.

— C'était forcément un coup de bol, ajouta Rick.

L'avocat était un Golden Meaner, Rick le savait. Deacon, qui était monté jusqu'à la frontière avec les armes, que les types avaient récupérées quelque part dans un coin paumé dans le Nord, était redescendu ensuite pour apporter 2 000 dollars américains, afin que l'avocat se remue le cul et s'occupe de cette affaire au cas où un os surgirait. Mais Rick savait que ça n'arriverait pas. Ils n'avaient aucune preuve contre lui. Et ils ne connaissaient pas sa véritable identité, donc ils n'étaient pas au courant de ses arrestations antérieures. Dès qu'ils le relâcheraient, Rick Damschroeder disparaîtrait dans la nature.

Seul problème, s'ils le suspectaient, et s'ils découvraient quoi que ce soit, il n'y aurait pas de remise en liberté sous caution.

— Un gamin a donné le signalement de la voiture, dit l'avocat. Un fan de voitures gonflées, il paraît.

— Sans blague.

— C'est pour ça que les gens comme vous prennent des précautions. C'est pour ça que vous avez été prudents. Je crois que nous n'avons rien à craindre.

— On peut parler ici ?

Rick balaya du regard la petite pièce carrelée.

— Oui, répondit le vieil homme.

Il avait tout l'air d'un avocat de l'Idaho avec son beau costume couleur ocre, et sa cravate lacet, sa chemise blanche amidonnée et ses bottes de cow-boy.

— Et Amon ? demanda Rick. Il est au courant ?

L'avocat se pencha en avant, lui aussi, et baissa la voix.

— Je ne sais pas. Il paraît que s'il y avait une

fille avec vous, elle n'a pas été arrêtée. Et si elle transportait un certain colis, celui-ci n'a pas été confisqué. Donc, à ma connaissance, rien n'est compromis. Ceci est à mettre à votre crédit.

— Tout s'est bien passé, dit Rick. Elle allait se barrer de toute façon. C'était le moment. Le timing parfait. Ils venaient de foutre le camp, et moi, je venais de me changer, j'étais descendu de bagnole pour jeter un dernier coup d'œil quand les poulets ont débarqué. J'y croyais pas. Une minute plus tard, j'aurais foutu le camp moi aussi. Mais deux ou trois minutes plus tôt, et j'aurais eu vachement de mal à me tirer de ce pétrin. En fait, c'est bien mieux comme ça.

— Vous n'êtes pas obligé de me raconter tout ça.

— Je ne suis pas en train de vous dire que j'ai tué quelqu'un. Ce que la fille et moi on a manigancé, ça nous regarde. C'est pas pour ça que vous êtes ici. Vous êtes ici pour huiler les rouages. Dites-leur simplement que vous m'avez conseillé de rien dire de plus. Et moi ensuite, je continue mon baratin. Ils adorent écouter mes conneries.

— Je sais très bien pourquoi je suis ici, dit l'avocat.

Va te faire foutre, pensa Rick. Il détestait l'attitude de ces riches salopards. Mais si Kari jouait bien le coup à Seattle, du moment qu'elle était discrète et pas trop longue au téléphone, et du moment que la nouvelle revenait jusqu'ici rapidement, cet avocat marron gagnerait son fric sans rien faire.

L'homme secoua la tête.

— Compte tenu de cette malchance, vous vous en tirez bien, franchement. Si d'ici demain ils ne peuvent pas vous arrêter, ou du moins vous désigner comme suspect numéro un, c'est gagné. Je crois qu'ils n'ont pas le moindre début de preuve contre vous. À supposer que personne ne vienne contredire votre version des faits.

— Aucun risque.

— Dans ce cas, vous serez bientôt libre.

— Et je disparaîtrai.

L'avocat haussa les épaules.

— Toutefois, vous imaginez bien que s'ils retrouvent cet homme, et qu'ils l'arrêtent, ils voudront vous...

— Allons, ne vous faites pas plus stupide que vous l'êtes. D'ici là, je ne serai plus dans les parages. En plus, si ce Joe se fait arrêter, j'ai peur qu'il supporte très mal la prison, si vous voyez ce que je veux dire.

L'avocat détourna le regard et se racla la gorge.

— Ceci ne me regarde pas.

— Je veux juste dire que c'est dur comme endroit. C'est tout. J'ai pas eu l'impression qu'il avait les épaules assez solides.

— Que dois-je dire au sujet de la fille ?

— Dites à Deacon qu'elle va réapparaître, avec un colis. Elle a la trouille. Laissez-lui un jour ou deux, elle va se pointer à l'église de Bellevue. À ce moment-là, ils feraient bien d'envoyer quelqu'un pour la ramener au bercail.

L'avocat acquiesça et repoussa sa chaise.

— Je leur dirai.

Mais avant qu'il ne se lève, la main de Rick jaillit au-dessus de la table, tel un serpent, et lui bloqua le poignet.

— Une seconde. Imaginons le pire. On n'en a

pas parlé. Ils ne gobent pas mon histoire. Ils m'inculpent, et pas de liberté sous caution.

— Il leur faudrait présenter des preuves au cours d'une audition.

— Supposons que ce Joe renverse la situation ; il se volatilise, ou alors il sème le doute dans leurs esprits, au cours des prochains jours. Supposons qu'ils fabriquent une preuve.

— Vous êtes paranoïaque. Pour l'instant...

— Répondez-moi. C'est moi qui joue ma peau. Supposons qu'il foute sa merde. Supposons qu'ils ne soient pas convaincus par les preuves contre lui.

— C'est trop hypothétique. Je ne peux pas vous donner de réponse.

— Je vais vous en donner une, moi. Quand vous parlerez à Deacon, dites-lui bien ça : dites-lui qu'il a intérêt à s'occuper du problème, d'une manière ou d'une autre. Une porte qui reste ouverte. Une bagnole qui attend dehors. Pof ! (Rick lâcha le poignet de l'avocat et agita les doigts en l'air, comme un nuage de poussière, de la fumée.) Je disparais !

— Je ne peux pas discuter de ça avec vous.

— Exact. Discutez-en avec Deacon. Faites en sorte de les mettre au courant.

— Ce n'est pas mon métier...

— Souvenez-vous, je disparais, dit Rick. Comme par magie.

L'avocat pivota sur ses talons et s'empressa de quitter la petite salle.

9

Dans l'obscurité, couché dans un des deux lits doubles, moites, Joe écoutait la respiration de Kari, irrégulière et superficielle maintenant, qui provenait du lit voisin ; et il comprit qu'elle était réveillée. Une fine bande de lumière suintait entre les rideaux de vinyle et se répandait sur le climatiseur qui vibrait et gouttait dans la nuit. C'était leur deuxième chambre de motel de la journée. Le chauffeur de poids lourd les avait déposés devant un Holiday Inn voisin de l'aéroport, très au sud de la ville, et les avait regardés y pénétrer. Kari paya en liquide et donna un faux nom pour louer la chambre. Mais une fois à l'intérieur, alors qu'elle commençait à déballer ses affaires, Joe l'arrêta.

— Appelle un taxi, dit-il.

— Hein ? Pourquoi ?

— J'ai entendu des types discuter au relais routier. Les flics me recherchent. Ils pensent que je fais peut-être du stop auprès des camionneurs. Ils sont partout. Si jamais ils mettent la main sur notre chauffeur, il les conduira directement ici.

Alors ils ressortirent en douce par-derrière et

prirent un taxi qui les conduisit vers le nord, en direction du centre de Seattle, et en chemin, presque au bord de la nationale 5, ils avisèrent un Sam's De-Luxe Motor Inn, avec des chambres de plain-pied qui s'ouvraient directement sur l'extérieur. Très bien. Joe ne voulait pas se retrouver coincé dans un couloir.

Ils avaient à peine échangé quelques mots. Kari paraissait furieuse après lui. Sans doute le stress, se dit-il. Lui aussi éprouvait un sentiment de colère. Après un dîner rapide et sans saveur, une simple salade sans assaisonnement pour Kari, ils s'effondrèrent l'un comme l'autre sur leur lit et s'assoupirent. C'était il y a trois ou quatre heures.

— Kari ? dit Joe dans l'obscurité.

— Quoi ?

— Tu vas vraiment aller en Alaska ?

— Peut-être. Hé, tu as bien dit que d'après les types du relais routier, les flics te recherchaient, toi. Ils n'ont pas parlé de moi, ils n'ont pas parlé d'une femme ?

— Non.

— Peut-être qu'ils ne savent pas.

— Peut-être.

— Écoute, Joe, il faut que j'aille en ville, un endroit où tu ne peux pas aller.

— Tu vas où tu veux.

— Et... peut-être que ce serait mieux, maintenant, qu'on se sépare. C'est moins risqué, tu vois.

— Si c'est ce que tu veux.

Il s'en voulut d'avoir imaginé, bêtement, une alliance avec elle, d'avoir cru qu'ils pourraient essayer de s'en sortir ensemble, qu'elle avait besoin de lui. Mais il se sentait seul et effrayé, voilà tout, et il se faisait des illusions. En fait, il connaissait à peine cette femme, et d'ailleurs il se débrouillerait sans doute mieux sans elle. Il entendait sa respiration redevenir régulière et profonde.

J'ai pris l'argent, pensa Joe. Une fois de plus, il tenta en vain de comprendre comme il était facile de se rendre coupable d'un tel crime. Il avait le sentiment confus que tout autour de lui avait participé à ce processus : cette chambre minable elle-même, avec son plafond taché de rouille, sa moquette élimée et puante, son aspect miteux, constituait un, maillon nécessaire de la chaîne qui le conduirait à sa perte, ou à sa disparition dans l'anonymat.

Être inconnu, n'être personne, c'était le plus grand luxe que la terre semblait pouvoir offrir. Hier matin encore, il jouissait de ce luxe.

Mais plus maintenant. Et il repensa à la même chose que ce matin, au restaurant, avec Kari : à se livrer, à courir sa chance avec les flics, en leur racontant tout, en livrant tous les détails. Ils avaient les moyens de savoir si vous disiez la vérité ou pas. Ils avaient des détecteurs de mensonges et des spécialistes des interrogatoires. Ils l'interrogeraient, ils interrogeraient Rick, et ils compareraient les deux versions. Il avait de bonnes chances de les convaincre, pensa-t-il. Mais que dirait Kari ? D'une certaine façon, son témoignage ferait pencher la balance dans un sens ou dans l'autre.

Il décida de lui en parler demain matin. Il faudrait qu'ils abordent le sujet franchement, tous les deux. Ses chevilles le brûlaient.

Alors qu'il s'enfonçait dans le sommeil, il songea que les flics ne connaissaient pas son nom de famille. Certes, ils auraient des empreintes, qu'on pouvait comparer avec celles de son casier à Detroit, mais qui aurait l'idée d'aller fouiller là-bas ? Étaient-ils capables de faire le lien entre des empreintes anonymes et un vieux dossier de police, à des milliers de kilomètres de là ? Sans doute pas, se dit-il. Une chose était sûre, en revanche : s'il décidait de ne pas se rendre, il ne devait plus jamais se faire arrêter.

Lorsqu'il avait à peine dix-neuf ans, un soir où il était ivre et furieux, peu de temps avant qu'il ne découvre ce qu'étaient la mort, la peur et la maladie, Joe et son pote depuis l'école primaire, Scott Piasecki, avaient lancé un parpaing dans la vitre, côté conducteur, d'une Pontiac Firebird 1968 rouge cerise — le nec plus ultra de la voiture de sport selon certains —, parce que tous deux crevaient d'envie d'en conduire une. Ils bricolaient sur les bagnoles depuis l'âge de treize ans. Un été — ils avaient alors quinze ans — ils avaient démonté entièrement le moteur d'une Golf GTI, remplacé un cylindre qui avait été transpercé par le bras quand le moteur avait explosé, ils avaient tout remonté ensuite et refoutu le moteur dans la Golf. Ça marchait à merveille. Ils en connaissaient un rayon en voitures ; voler une relique ne serait qu'un jeu d'enfant.

Malgré tout, quand le moteur de la Firebird toussota, puis rugit, rauque et puissant, les deux copains échangèrent un regard interloqué.

— Putain de merde ! s'exclama Scott.

Joe était installé au volant. Il actionna le levier de la boîte de vitesses automatique, et ils démarrèrent.

La balade dura deux ou trois heures, jusqu'à ce qu'un flic qui effectuait sa ronde les repère sur le parking d'un cimetière de Ferndale, frappe à la vitre et éclaire avec sa lampe torche les sept boîtes vides de Stroh sur la banquette arrière, avant de respirer une bouffée de l'haleine de Joe.

— Dites, les gars, vous êtes pas en train de vous envoyer en l'air, hein ? demanda le flic.

— Oh, non, pas de danger ! répondit Joe, et le flic et lui s'esclaffèrent.

Pas de quoi fouetter un chat. Jusqu'à ce que le flic lance un appel radio et découvre qu'il s'agissait d'une voiture volée ; le propriétaire avait appelé une demi-heure plus tôt. Il revint vers la voiture, arme à la main, et leur ordonna de descendre. Des renforts arrivèrent. Les deux garçons passèrent la nuit en prison.

De retour à la maison, dès qu'ils eurent franchi la porte, le père de Joe lui botta le cul si violemment que Joe fut projeté au sol et sa jambe droite totalement engourdie. Joignant les deux mains, le vieux abattit ses poings sur la tête de Joe, qui s'écroula, au tapis pour de bon. Puis le vieux le retourna sur le dos et commença à le gifler. Joe se protégeait tant bien que mal, jusqu'à ce que sa mère se mette à hurler et que le vieux arrête enfin.

Mais pendant tout ce temps, Joe savait qu'il aurait pu assommer son père d'un seul coup de poing. Certes, le vieux était costaud, après des années passées à balancer des plaques de métal, à manipuler des riveteuses, à soulever des fûts. Mais il était âgé, et il avait pas mal bu tout ce temps-là. Un bon direct à la mâchoire, et Joe savait qu'il ne se relèverait pas. Malgré tout, il avait encaissé les coups sans riposter.

— Si jamais tu recommences une connerie de ce genre, tu pourriras en taule, déclara le vieux.

Je paierai pas ta caution la prochaine fois. Un seul raté, ça suffit dans la famille.

Deux semaines plus tard, Scott et lui recommencèrent, avec une Le Mans de 82 cette fois ; encore une GM, car tout le monde savait que les antivols de direction des GM étaient faits pour les voleurs. Ils roulèrent jusqu'en ville, se garèrent à Cobo, et s'en allèrent prendre un car pour rentrer à la maison. En tout, ils volèrent ainsi quatre ou cinq autres caisses, sans jamais les abîmer plus que nécessaire, sans jamais faire de virée en ville, sans jamais essayer de les revendre, ni s'en servir pour traîner, comme la première fois.

À la fin, ils réussissaient à entrer dans la voiture sans briser la vitre, à casser l'antivol et à faire démarrer le moteur en moins de trente secondes, en n'utilisant qu'un marteau et un tournevis. Ils laissaient les voitures pratiquement dans l'état où ils les avaient trouvées, vingt ou trente kilomètres plus loin, simplement.

Kari n'était plus la même le lendemain matin ; d'abord, la nervosité et la précipitation avaient remplacé la léthargie de la veille, et elle était habillée quand Joe se réveilla. Ensuite, elle avait changé, physiquement. Elle n'était pas maquillée. Sans cette épaisse couche de mascara qu'elle arborait ces deux derniers jours, elle paraissait plus jeune, et l'intensité de son regard, bien que toujours présente, semblait ternie, éteinte. Le jean avait cédé la place à une longue jupe grise informe qui tombait presque aux chevilles, un chemisier blanc banal, sans col, et une horrible paire de chaussures à lacets en cuir noir. Quant à ses cheveux, au lieu de s'épanouir dans toute la splendeur de leur ondulation naturelle, ils avaient été aplatis férocement, jusqu'à ce qu'il se couchent sur son crâne, vaincus. Elle avait réussi à se rendre banale.

La première chose qu'elle lui dit fut :

— Notre Mère la Terre et Père le Dieu te protégeront.

Joe ne voyait pas quoi répondre à cela ; ce n'était pas ainsi qu'il avait envisagé de commencer cette conversation. Mais quand elle lui dit :

— Je sors une minute. Tu veux quelque chose, un café ?

Il répondit simplement :

— Oui, merci.

Elle lui sourit, mais ses yeux étaient éteints, vides.

— Tu m'attends ? demanda-t-elle.

— Oui, évidemment.

Elle haussa les épaules.

— Si tu as besoin d'un coup de main... dit-il.

Arrêtée sur le seuil de la chambre, elle se mâchonnait la joue.

— Non.

— Il faudrait qu'on parle. Il le faut.

— Pourquoi ? demanda-t-elle, et elle sortit.

Joe enfila son jean, puis se rallongea sur le lit défait, torse nu. La ville était calme, on était jeudi. Il y avait un peu de circulation, mais pas trop. Terry était là quelque part, à portée de taxi. La raison pour laquelle il était venu jusqu'ici. Mais désormais, s'il retrouvait son frère, et si la police le retrouvait, lui, le ciel risquait de s'abattre également sur la tête du pauvre Terry, qui pourrait même être arrêté pour avoir abrité un criminel ; il serait totalement incapable de supporter la violence et les épreuves qui en résulteraient, aussi brèves soient-elles. À quoi bon faire tout ce trajet pour sauver son frère et finir par déposer le drame à sa porte ? Joe continuait à se demander ce qu'il pourrait faire au sujet de Terry.

Ainsi, il ne pouvait pas compter sur l'aide de Kari. En un sens, peut-être était-ce préférable. Il demeurait à l'écart ; il ne les connaissait ni l'un ni l'autre, ni Kari, ni Rick, et il se foutait pas mal d'eux. Il voulait juste sauver sa peau. Et s'il se rendait de son plein gré à la police, sans aucune pression, sans contrainte, sans même qu'ils connaissent son nom et sachent qui il était, ça ferait forcément bonne impression, ça jouerait en sa faveur. Il leur raconterait son histoire. Et si, au bout du compte, les choses tournaient aussi mal pour Kari que pour Rick, eh bien tant pis pour elle.

Puis il pensa à l'Alaska, là où elle voulait aller, semble-t-il, il pensa à la blancheur, à la glace, à ces millions de kilomètres dont personne n'avait encore mesuré l'ampleur. Il ne savait pas trop à quoi ça pouvait ressembler là-haut, mais il décida, à cet instant, que s'il devait fuir, c'est là-bas qu'il irait lui aussi. Mais pour l'instant, il ne pensait pas devoir en arriver là.

Il se redressa sur son lit. Kari était partie depuis cinq minutes. Peut-être avait-elle déjà fichu le camp. Ça ne l'étonnerait pas. Il savait que lorsqu'elle s'absenterait, elle disparaîtrait pour de bon. Mais non, il aperçut son gros sac à bandoulière en Nylon noir, jeté par terre et ouvert. Il remarqua alors que de l'argent dépassait, les coins de quelques billets. Ce n'était pas prudent de transporter du liquide comme ça. Il s'agenouilla pour fourrer les billets au fond du sac.

N'importe qui pouvait passer en courant et plonger la main dans...

Là, dans le sac, il n'y avait pas juste un peu d'argent, mais des liasses de billets. La part de Kari se montait à sept cent trente-trois dollars, comme la sienne. Mais il y avait beaucoup plus dans ce sac. Joe sortit les billets et compta plus de deux mille dollars. Comment était-ce possible ? Il ouvrit son propre sac, dans lequel il avait planqué cinq cents dollars prélevés sur sa part ; ils avaient disparu.

Kari l'avait arnaqué ! Rick aussi, elle lui avait sans doute pris sa part. Quelle pro ! se dit-il, à la fois impressionné, furieux et gêné.

Mais il avait découvert la combine. Il compta sa part et la fourra dans ses poches, oubliant sur le moment ses réticences à l'idée de garder cet argent souillé par le sang, qui, si on le retrouvait sur lui, prouverait sans le moindre doute sa complicité dans ces crimes et rendrait vain tout plaidoyer de défense. Mais il s'en fichait. Cet argent volé à deux reprises devait être abandonné, jeté ou dépensé, et peu importait la solution choisie, du moment qu'au bout du compte il disparaissait. Autant qu'il lui rende service, se disait-il. Alors, suivant son impulsion, Joe prit trois cents dollars de plus qu'il fourra dans sa poche, avant de remettre le reste dans le sac. S'il décidait de se livrer à la police, il se débarrasserait du fric d'abord.

En rangeant l'argent, il remarqua une chose qui l'arrêta. La crosse d'une arme. De l'arme, le pistolet semi-automatique argenté avec lequel Rick avait tué deux hommes devant ses yeux, et un troisième hors champ, caché là dans le sac de Kari, dans cette chambre de motel pourrie de

Seattle. Joe le sortit en le tenant par la crosse en bois. Il éjecta le chargeur et constata qu'il contenait encore des balles. Ayant jeté l'arme sur le lit, il poursuivit la fouille du sac. Outre l'argent et le pistolet, roulés en boule sous des sous-vêtements et un jean, il découvrit le coupe-vent rouge que portait Rick dans la boutique, ainsi que les gants en coton blanc, et dans l'un d'eux, les clés de la Nova. Elle avait détroussé Rick, jusqu'à ses clés de voiture, l'abandonnant là-bas pour qu'il se fasse pincer.

Une chose survenue la veille au soir lui revint alors en mémoire, après leur départ de l'Holiday Inn, alors qu'ils attendaient le taxi dans la rue. Kari avait sorti de son sac marin des vêtements, un jean et un truc en tissu jaune, pour les jeter dans une poubelle sur le trottoir. C'est seulement maintenant que Joe reconnaissait les vêtements que portait Rick lors du drame, le jean et le T-shirt. Kari lui avait-elle tout volé ? Mais Rick s'était changé dans le restaurant, juste avant qu'elle parte. Donc, ce sac noir était celui avec lequel Rick. était entré dans le restaurant. Dans ce cas, pourquoi l'avait-elle emporté ? Joe était incapable de répondre à cette question.

Pour finir, au fond du sac, il découvrit un paquet de cartes, on aurait dit des cartes de visite, attachées par un élastique, sur lesquelles on pouvait lire : « Église apostolique du Nord-Ouest » et « Temple de la renaissance spirituelle », ainsi qu'une adresse à Bellevue. Il en garda une, récupéra le pistolet sur le dessus de lit, le rangea dans le sac et remit tout le reste par-dessus.

Il aurait bien aimé voir, maintenant, ce que contenait la grosse mallette. Mais elle était fermée par des serrures à combinaison. S'il essayait de les forcer, Kari s'en apercevrait forcément. C'est alors qu'il entendit la clé dans la serrure de la porte.

Elle transpirait. Il faisait une chaleur inhabituelle à Seattle, même pour la fin août. Et le ciel, remarqua-t-il, était dégagé. Pas un seul nuage de pluie en vue.

Elle lui tendit un gobelet de café et un beignet à la cannelle.

— Je ne savais pas comment tu l'aimais...

— Noir.

Elle s'était contentée d'un verre d'eau fraîche et d'un petit pain nature, dont elle ne mangea que deux bouchées.

— Je vais voir des amis, annonça-t-elle. Un taxi vient me prendre à Pike Street Market dans une demi-heure. J'ai pensé que ce n'était pas malin de le faire venir ici.

— Je peux t'accompagner jusque là-bas ?

— D'accord, mais c'est tout.

— Entendu.

— Il faut que je fasse un brin de toilette, dit-elle, bien qu'elle se soit déjà lavée ce matin ; elle prit son sac à main, son gros sac marin et s'enferma dans la salle de bains.

Sa personnalité tout entière semblait s'être modifiée en l'espace d'une nuit ; la froideur avait remplacé la nonchalance, de son côté gentiment bizarre il ne restait que le bizarre. Et ce n'était pas seulement l'histoire de l'argent volé, il y avait autre chose. Mais Joe n'aurait su dire quoi. En attendant qu'elle ait terminé, il sirota son café et rangea ses quelques affaires dans son sac, celui qu'il avait emporté depuis Detroit. Il n'éprouvait plus aucune peur. Son cuir chevelu le démangeait ; ses narines dilatées semblaient aspirer des litres d'air à chaque fois. Son regard était aiguisé. Il se sentait fort.

Avant de fermer la porte, il refit encore une fois le tour de la chambre pour s'assurer qu'ils n'avaient rien oublié. Dans la salle de bains, il ne vit qu'une pile de serviettes de toilettes blanches qu'elle avait laissées par terre, au pied du lavabo, Il déposa la clé sur la table de chevet et ils s'en allèrent.

La chaleur, étrange et atypique, les enveloppait comme un cocon. Joe aimait cette sensation de se retrouver dans une ville inconnue, malgré l'angoisse qui lui nouait l'estomac. Il percevait une odeur nouvelle, et comprit qu'il s'agissait de l'océan. Mais pas comme à Detroit. À la place de la crasse et des fumées âcres qui s'échappaient des cheminées d'usine, à la place de la pourriture du lac Saint-Clair, du goudron chaud et de la pollution, ici ça sentait le poisson et l'eau de mer.

Après qu'ils eurent franchi la voie express, Kari entra dans une cabine pour téléphoner, puis ils repartirent, passant d'abord devant un tribunal, puis une bibliothèque et une succession d'immenses hôtels, avant de tourner à droite, dans des rues de plus en plus étroites et encombrées, pour longer finalement une rangée de boutiques disposées sur deux étages, en bordure d'une ruelle qui s'élevait en pente raide.

Kari ruisselait de sueur à force de porter l'épaisse mallette, mais Joe ne proposa pas de l'aider. Il sentit l'odeur du marché aux poissons avant d'y arriver. Là battait le cœur de la ville, il le sentait, le noyau d'où tout irradiait. Il la saisit par le bras, alors qu'ils approchaient.

— Je l'ai repris, dit-il.

Il sentit qu'elle essayait de dégager son bras, mais il la tenait fermement.

— Quoi ?

— J'ai compté l'argent. Tu avais laissé ton sac ouvert.

Elle accéléra le pas, en tirant sur son bras.

— Que notre Mère la Terre et Père le Dieu te bénissent.

Elle parlait fort. Des gens leur jetèrent des regards.

— Je m'en fous, répondit-il. C'est vraiment dégueulasse. J'ai vu que tu avais piqué le fric de Rick également. Alors, j'ai repris ce qui m'appartient et j'ai emprunté un peu de son fric. C'est normal.

— Notre Mère la Terre...

Il la tira violemment par le bras, l'obligeant à se retourner vers lui. Le marché se trouvait juste en face, de l'autre côté d'une grande place dégagée. Joe voyait des garçons transporter des caisses de poissons et de crabes sur leurs têtes, des gens qui faisaient leur choix parmi les produits du jour.

— Va te faire foutre ! dit-elle.

L'ancienne Kari était de retour. Sa voix avait retrouvé son agressivité, comme avant. Joe la préférait ainsi.

— Parfait, dit-elle. Très bien. Prends le fric !

— Je vais me rendre. Tu ferais bien de te débarrasser du flingue.

— Quoi ?

— Ils le sauront, tu sais, si c'est celui qui a servi à tuer tous ces gens.

Il avait mis ses lunettes noires, mais il les ôta pour la regarder, en plissant les yeux.

— Tu n'as pas envie qu'ils le trouvent sur toi, j'imagine.

Un rictus déforma le visage de Kari.

— De quoi tu parles ? Qui a été tué ?

— Je parle de la boutique dans l'Idaho. Les trois hommes que Rick a tués. Tu sais bien ?

Elle haussa les épaules.

— Je sais seulement qu'il a fait ce qu'il devait faire. Pour Père et pour la Famille. Maintenant, nous devons rentrer. Telle est notre tâche. On ne peut...

— On s'en fout de ça ! s'écria Joe. Tu oublies ce qui s'est passé ? Je refuse d'y croire.

— Crois ce que tu veux.

Il s'approcha d'elle.

— Vous avez fait ça pour votre église, alors comme par magie, tout redevient normal ? Quelle importance si quelques innocents se font descendre, hein ?

Elle tourna la tête vers le marché, et récita sa litanie :

— Notre Mère la Terre et Père le Dieu nous protégeront tous.

— Assez !

— Tu mens, dit-elle. Personne n'a été tué.

— Tu n'as pas entendu les coups de feu ?

— Si. Quelques-uns. Mais personne n'a été tué. Rick m'a raconté ce qui s'est passé, quand je suis retournée dans le restau, avant de te rejoindre à bord du camion. Il m'a dit qu'il avait tiré en l'air, pour leur faire peur. Il a dit qu'il n'y avait pas à s'inquiéter. Il a promis à Père de ne tuer personne s'il pouvait l'éviter.

— Et tu l'as réellement cru, Kari ? Tu es vraiment bête à ce point ?

Elle reprit sa litanie :

— Nous n'avons pas le droit d'échouer, car notre Mère la Terre et Père le Dieu comptent sur nous. Si nous sommes obligés d'enfreindre la loi des hommes pour accomplir la loi de Dieu, ce n'est pas un péché.

Elle leva de nouveau les yeux vers lui, et il vit que son regard s'était rempli de tristesse, car elle savait désormais que Rick avait tué ces gens ; elle avait prié pour que ce ne soit pas vrai, tout en le sachant déjà. Et depuis le début, elle avait aidé, encouragé et fait l'amour avec un meurtrier qui tuait de sang-froid.

— Il m'a dit qu'il les avait ligotés, Joe. Je le jure. Il me l'a assuré. (Elle paraissait effrayée. Elle était en état de choc, sa façade se lézardait.) Mais cela ne doit pas interférer. Je n'ai pas le droit d'y attacher de l'importance. J'ai une mission, je ne dois penser qu'à ça.

— Pourquoi as-tu emporté le pistolet et le reste, les clés, le blouson et son argent ? Comment as-tu fait ?

Elle se contenta de le regarder, mais Joe vit une gamme d'expressions passer sur son visage, de l'incrédulité face à ce qu'il venait de dire, à la peur, à la douloureuse certitude.

— Je ne sais pas de quoi tu parles.

Il s'empara du gros sac noir qui pendait au bras de Kari et l'ouvrit. À l'intérieur, il aperçut les sous-vêtements, le jean et le paquet de cartes. Un peu d'argent aussi, mais pas la totalité. Et il n'y avait plus ni pistolet, ni clés de voiture, ni blouson, ni gants blancs.

Il sentit son visage s'engourdir, puis s'enflammer. Il lui fallut un moment pour comprendre, avant que la nausée le submerge.

— Il y avait un stylo aussi, dit-elle. Avec le

nom de la boutique dessus. Et une partie du fric. Le flingue, je l'ai balancé dehors, dans une poubelle, où les flics le trouveront. La voiture était volée. On a effacé toutes les empreintes à l'intérieur, sauf les tiennes, et celles de Rick sur le siège du passager. Il avait préparé son histoire. Tout ça fait partie de la mission. Tu comprends, j'en suis sûre.

La pile de serviettes sur le sol de la salle de bains ! C'est là qu'elle avait tout caché. Et le coup de téléphone qu'elle avait passé, en chemin, était certainement destiné à la police. Elle l'avait piégé.

— Pourquoi ? demanda-t-il.

Mais il connaissait la réponse.

Elle paraissait encore sonnée. Tout cela avait pris, brusquement, une ampleur qu'elle n'avait pas imaginée ; il ne s'agissait plus de maquiller un simple braquage.

— Tout était combiné dès le début, n'est-ce pas ? dit-il. Dès le moment où vous m'avez vu assis au bord de la route, en train de faire du stop. Vous cherchiez probablement quelqu'un, tous les deux, pas vrai ? Les auto-stoppeurs n'ont en général jamais beaucoup d'argent.

— J'étais... Je suis désolée, Joe.

Les larmes envahirent ses yeux et coulèrent sur ses joues.

— Tout ça pour quoi ? Qu'y a-t-il dans cette mallette ?

— Franchement, je n'en sais rien. Je sais seulement que je dois la rapporter au Sanctuaire. Le plus triste, c'est que ça aurait marché même sans toi. On n'avait pas besoin d'une vraie personne ; il suffisait que Rick invente un personnage. On a joué les missionnaires dans les environs pour établir un alibi. On avait des forfaits de cars périmés pour justifier l'auto-stop, la voiture. Et en cas de besoin, on avait l'histoire du type mystérieux, le conducteur qui avait disparu, mais quelqu'un de vrai, ce serait mieux. Comme je te l'ai déjà dit, Rick savait qu'il te trouverait. Il est béni. Mais il n'aurait pas dû tuer des gens.

— Bon Dieu ! rugit Joe.

Il laissa tomber le sac noir à ses pieds. Kari ne fit pas le moindre geste, elle n'eut aucune réaction. Elle ne le regardait plus.

— Laisse tomber, dit-elle. Tu n'as qu'une chose à faire désormais : disparaître. C'était ça l'idée. Personne ne te voulait du mal. Pars sans te retourner, et tout sera terminé. Tu as la protection de Père. Tu es béni, maintenant.

Joe pivota sur ses talons et s'enfuit en courant.

— Ils ne te connaissent pas ! lui cria-t-elle. Tu n'es personne !

Ventre à terre, il refit le chemin en sens inverse, en direction du Sam's De-Luxe Motor Inn, où Kari avait laissé une arme, les clés d'une voiture volée et des indices provenant des lieux du crime. Où Joe avait laissé des empreintes qui correspondraient à celles relevées dans la boutique et dans la voiture, des particules de peau, des cheveux et des poils, et sa signature, même s'il s'agissait d'un faux nom, sur un registre, et Dieu sait quoi d'autre encore, car jamais il n'aurait pu imaginer que la police viendrait fouiller cette chambre avant que les employées du motel ne fassent le ménage.

S'étant égaré, il dut rebrousser chemin, trempé de sueur à cause de la moiteur de l'air. Il continuait de courir, les poumons en feu, les yeux larmoyants. Les gens, surpris, s'écartaient brutalement sur son passage. Il courait à toutes jambes, et bientôt, il ne parvint plus à respirer dans la chaleur inhabituelle de cette matinée.

Dans l'air chaud et salé, au milieu de ces rues exiguës, Joe ne pouvait conserver à la fois son allure et sa colère ; il adopta alors un rythme moins soutenu, au lieu de courir à fond. Et finalement, il se contenta de trottiner. Épuisé, il recommença à raisonner et ralentit encore le pas à l'approche de la voie express, parcourant en marchant le dernier pâté de maisons qui le séparait du motel, pour reprendre son souffle et éviter de débarquer en trombe, à bout de souffle, la bave aux lèvres, le visage cramoisi. Et avant même de tourner au coin et d'apercevoir la cour du motel, il comprit qu'il l'avait échappé belle, une fois de plus.

Il se retrouva dans une faible pente, au pied d'un T formé par deux routes perpendiculaires, à l'intersection desquelles se dressait le motel. Tout était calme, presque caché, ce qui ne l'empêcha pas de voir la scène : une berline beige garée juste devant la chambre, les roues arrière sur le trottoir, coffre ouvert, et un peu plus loin sur le côté, une voiture de police, sans gyrophare ni sirène. Tout le monde était calme. Un policier s'était posté dans la rue, il regardait d'un côté, puis de l'autre. Un homme en veston sortit de la chambre, en tenant un sac en plastique.

Joe s'approcha de la scène, fasciné. De loin, il ne voyait pas ce que contenait le sac. Il s'arrêta derrière un gros poteau électrique, devant une teinturerie, d'où s'échappait une odeur de pétrole. Un deuxième homme, en chemise celui-ci, les manches relevées, sortit de la chambre. Il dit quelque chose au premier, qui s'empara de la radio dans la voiture. Le gérant du motel et la fille qui travaillait à la réception les observaient, sur le parking. Un policier en uniforme vint leur parler, nota quelque chose et repartit.

Joe se rapprocha encore, prudemment, jusqu'à atteindre environ le milieu de la grande barre du T. Là, il avisa une boutique de beignets, avec quelques tables branlantes à l'intérieur et des fenêtres ouvertes. Il s'assit près de l'une d'elles, commanda un thé glacé et observa.

Malgré tous ces indices, pensa-t-il, les flics ne connaîtraient toujours pas son nom. Mais il mesurait le travail accompli. Quoi qu'il arrive maintenant, Rick avait fait un grand pas vers la liberté, car tout un monde d'interrogations plaidait désormais en sa faveur. Si Joe se rendait maintenant, il aurait beaucoup plus de mal à les convaincre de son histoire. Qu'est-ce qui le séparait encore de la prison à vie ? Ou de la peine de mort ? Car, après tout, on était dans l'Idaho.

Tous les détails s'emboîtaient, tout devenait clair : Rick avait vidé la voiture. Voilà pourquoi ils s'étaient arrêtés juste après le massacre, quand Rick avait farfouillé dans le coffre. En fait, il effaçait les traces. Kari avait dû se charger de l'intérieur de la voiture pendant que Rick et lui étaient dans la boutique. Voilà pourquoi ils avaient demandé à Joe de conduire ensuite, pour qu'on relève uniquement ses empreintes. Ensuite, si Rick avait mis du temps à les rejoindre au restaurant, c'était parce qu'il finissait de faire le ménage, sur le parking, et qu'il remplissait le gros sac marin pour refermer le piège. Joe lui avait même parlé de son passé de voleur de voitures. Tout était vraiment parfait, Kari avait raison.

Jusqu'à la petite comédie de Kari lui faisant croire qu'elle avait besoin de son aide pour échapper à Rick, ses regards apeurés et suppliants. Tout cela n'était qu'une immense arnaque. Et concernant Kari, ce n'était pas fini, il le savait. Elle témoignerait ; elle mentirait à la barre, elle leur dirait tout ce qu'ils voulaient entendre : comment ce dénommé Joe avait assassiné ces gens et l'avait obligée, ensuite, à partir avec lui. Kari et ses jolis cheveux. Oh, tout ce qu'elle pourrait leur raconter !

Joe se leva ; il s'apprêtait à ressortir dans la rue quand d'autres flics arrivèrent, à bord d'une deuxième voiture de police, gyrophare allumé celle-ci, puis d'une troisième. Suivie d'une voiture banalisée avec des inspecteurs à son bord. Parmi eux se trouvait une femme, mince, avec des cheveux bruns. Elle portait une veste et une jupe légères, couleur kaki, et semblait déplacée au milieu de tous ces hommes en costumes gris anthracite ou bleus. L'endroit grouillait de policiers maintenant. Ils venaient de comprendre l'importance de leur découverte : les empreintes encore chaudes d'un triple meurtrier en cavale.

Sortant de la boutique de beignets, Joe tourna à gauche pour retourner vers le marché et le centre. Sa tête était de nouveau remarquablement froide, lucide. Sa peau aussi était froide, malgré la chaleur.

10

Simmons avait réussi à joindre Leanne dans sa chambre de motel, le mercredi soir.

— J'ai dû passer par le district pour obtenir votre numéro, dit-il. Imaginez un peu de quoi j'ai l'air.

— Je vous ai laissé un message dès mon arrivée, répondit-elle.

— Oui, destiné à Ben, qui, ai-je appris, avait appelé un crétin du FBI pour lui demander si vous pouviez suivre cette enquête avec eux. Quand on veut enquêter sur une affaire, on enquête, nom de Dieu ! On ne demande pas la permission à ces bureaucrates de mes deux !

— La question n'était pas là...

— Pourquoi ne m'avez-vous pas prévenu ?

— Il s'est passé du nouveau depuis la dernière fois. Après le meurtre de Cooper.

— Meurtre, mon cul. Il s'agit d'un homicide survenu par hasard lors d'un braquage.

— Qui vous a dit ça ? Le shérif du comté de Kootenai ? Qu'est-ce que ça signifie ?

— Ça signifie que vous êtes dans une sacrée merde en ce qui me concerne.

— Le chauffeur de Big Bill gisait en travers de la porte, Ed. Tué de quatre balles, dont une dans la tête. Quelqu'un l'attendait à l'intérieur de la boutique. Il le guettait. Vous trouvez que ça ressemble à un braquage habituel ? Bill a reçu une balle dans l'œil gauche. Vous trouvez que ça ressemble à un voleur paniqué qui canarde dans tous les coins ?

— Leanne, dit Simmons. Pardonnez-moi, mais... En quoi est-ce que ça nous concerne, bordel ?

— Écoutez-moi, Ed. Quand j'étais petite, j'ai appris à devenir une bonne chasseuse. L'homme qui m'a tout enseigné disait toujours : « Leanne, quand tu marches dans de la merde d'élan, tu peux être sûre que... »

— Épargnez-moi vos leçons.

— Je veux suivre cette piste. Je veux qu'on retrouve ce type. Au bout du compte, il s'agira d'une histoire d'armes, je peux vous l'assurer. Accordez-moi quelques jours.

— Vous rentrez demain. Si vous voulez enquêter sur cette affaire, vous le ferez d'ici.

— Que puis-je faire en si peu de temps ? Voyons au moins où on en est.

— Restez en contact avec moi, Leanne. Fréquemment. Pas avec Ben. Ni avec le district ou ces enfoirés du FBI. Avec moi !

— Bien, monsieur. Et puisqu'on parle d'enquêter, je pense que Ben devrait se rendre à Cœur d'Alene.

— Oui, il me l'a dit. Et deux de mes agents vont se retrouver bloqués sur cette affaire.

— Vous êtes d'accord ?

Simmons répondit par un grognement. Elle

l'entendit changer de position dans son pauvre fauteuil accablé.

— Il part demain matin.

— Merci, Ed. On peut dire que vous avez du flair.

Il avait déjà raccroché.

Quelques minutes plus tard, le téléphone sonna de nouveau. Cette fois, c'était Ben.

— Tu pars, lui dit Leanne.

— Oui, je sais. J'ai parlé à Cal.

— Merci, Ben. Encore une fois, je m'excuse de t'avoir mêlé à...

— Arrête un peu de t'excuser, Leanne. Écoute. Cal est parti. Il a dit qu'il reviendrait quand tu rentrerais, mais pour l'instant, il préfère disparaître.

— Disparaître ? Où ça ?

— Aucune idée. C'est l'expression qu'il a employée. Quelqu'un le recherche, paraît-il.

— C'est-à-dire ?

— C'est-à-dire qu'on veut lui faire du mal.

— Que se passe-t-il ?

— Tu t'es un peu renseignée sur le type qu'il a assommé ?

— Non, je sais seulement qu'il souffre de dommages irréversibles.

— Moi, je me suis renseigné. Ce type vit à Billings, et il travaillait pour une boîte qui s'appelle DF Enterprises. J'ai eu plus de mal à découvrir que DFE appartenait à une autre société nommée Florence Inc. Et tu sais quoi ? Le Trésor a des dossiers sur eux.

— En quel honneur ?

— En théorie, il s'agirait d'une sorte de société écran pour une compagnie financière, le genre qui prête de l'argent à 3 % la semaine. Ils font également office de bookmakers ; ils ont des bureaux dans tout l'Ouest. Ton frère adore jouer, Leanne. Tu le savais ?

— Non.

Elle sentait son estomac se nouer.

— Il a des ennuis, dit Ben. Je crois qu'il a de très grosses dettes.

— Donc, ce n'était pas une simple bagarre de bar.

— Non, le type qui s'en est pris à lui, c'était un gros bras chargé de récupérer le fric. Cal l'avait repéré et il l'a assommé dans les chiottes avec une bouteille de bière. Je suis sûr qu'ils ont essayé de l'atteindre en prison, mais tu connais la puissance des gangs d'Indiens dans les prisons. À mon avis, Cal bénéficiait de sérieuses protections. Bref, ces types sont à ses trousses maintenant.

— Merde. Et tu ne sais pas où il est ?

— Non, et c'est tant mieux. Dans l'immédiat, il a intérêt à bien se cacher.

Le jeudi matin, Leanne regarda les enquêteurs de la police de Seattle examiner la chambre de motel du Sam's De-Luxe. Le technicien chargé de relever les empreintes, particulièrement minutieux, s'attardait avec une lenteur exaspérante sur certains endroits, utilisant trois types de poudre différents — une rouge, une noire et une blanche. Il avait une soixantaine d'années ; de grosses touffes de poils gris dépassaient de ses oreilles et de ses narines. Ayant examiné à l'aide d'un scanner portable plusieurs empreintes qu'il venait de prélever, il annonça qu'il était quasiment certain d'établir la ressemblance avec les empreintes relevées dans la voiture et dans le magasin, qu'il avait reçues par fax.

Était-ce à cause de la présence de Leanne ou pas, toujours est-il qu'un agent du FBI en chair et en os débarqua sur les lieux ; il s'agissait d'un Asiatique nommé Mark Truong. Dehors, dans la chaleur ensoleillée du parking, Leanne s'appuya contre le capot d'une voiture pour discuter avec lui. Au bout de quelques minutes, elle comprit qu'elle avait de la chance, car elle avait hérité d'un type sympa, qui ne pestait pas de devoir quitter son bureau climatisé pour venir inspecter une chambre d'hôtel vide.

Partout où elle voyageait, même durant les missions secrètes, comme à Cœur d'Alene, Leanne emportait toujours une tenue simple pour parer à toutes les éventualités ; dans le cas présent, une veste et une jupe légères en popeline, avec un chemisier blanc. Et elle s'en félicita. Car Truong, évidemment, portait le traditionnel costume-cravate des agents fédéraux, et elle se serait sentie gênée en jean.

— Nous avons une heure ou deux de retard sur notre homme, tout au plus, dit Truong. Apparemment, la fille était encore avec lui la nuit dernière.

Leanne acquiesça. Elle avait vu les deux lits défaits, les cheveux bruns sur un des oreillers.

— Pourtant, c'est forcément elle qui a téléphoné.

— Nous avons placardé des avis dans tous les relais routiers de la région. Un chauffeur des environs de Portland, qui redescendait de Seattle hier, affirme avoir pris en stop un homme et une femme sur le parking d'un relais de Spokane, là où on a retrouvé la voiture. En fait, ils ont même vu les flics du coin embarquer le dénommé Rick.

Leanne savait déjà tout ça. Elle avait été mise au courant ce matin même par Simmons, qui tenait lui aussi ses sources du FBI.

— Ah bon ? fit-elle, malgré tout.

Truong lui raconta tout ce qu'il savait.

— Il s'agit certainement de cette femme dont vous a parlé Rick Damschroeder. Apparemment, elle n'est pas maltraitée. Le chauffeur dit même qu'ils formaient un beau couple tous les deux ; il était loin d'imaginer qu'ils étaient en cavale.

— Pourtant, si c'est elle qui l'a dénoncé, elle veut qu'il se fasse arrêter.

Truong l'observa en plissant les yeux.

— Conclusion ? demanda-t-il. Nous en sommes là. Qu'en pensez-vous ? Trois types descendus dans les montagnes, un meurtrier qui fonce vers la côte, avec une femme. Qu'est-ce qui se cache derrière tout ça ? Ou s'agit-il simplement d'un braqueur paniqué qui fuit et cherche un endroit pour se cacher ?

Encore un homme qui éprouvait le besoin de tester cette femme agent fédéral, indienne qui plus est. Mais sa présence ici reposait sur la plus fragile des théories, et sans doute outrepassait-elle ses attributions, aussi devait-elle jouer leur jeu, répondre à leurs questions et ne pas les indisposer surtout, pour qu'ils continuent à la laisser tranquille.

— Je ne sais pas, Mark, dit-elle.

— Écoutez, je ne dis pas que vous avez tort de vous accrocher à cette histoire. Je me suis un peu renseigné sur vous. Vous êtes très bien notée. Mais franchement, je ne sais pas trop où on va. Je ne suis même pas certain de pouvoir justifier une intervention plus poussée du FBI. Alors... que pensez-vous exactement ?

— Je pense que nous sommes en présence d'un trafiquant d'armes assassiné. Je pense que je n'aime pas l'odeur qui s'en dégage.

Truong hocha la tête, et se tourna vers les grands bâtiments qui se dressaient au bout de la rue.

— Très bien, dit-il. Dans tous les cas, quel que soit le fond de l'affaire, on a un type en cavale. Sait-il qu'il est poursuivi ?

— Sans doute, répondit-elle. Mais sait-il qu'il dispose seulement d'une heure d'avance ? Il croit qu'il a plus de temps.

— Et il est imprudent ?

— Non. Mais il prend son temps. Il n'agit pas sur des coups de tête. Il poursuit son chemin tranquillement.

— Il cherche à s'en aller ? demanda Truong.

— Ça dépend s'il est d'ici ou d'ailleurs. La Nova a été volée dans le Wyoming, et il se trouve qu'un cambriolage à main armée a eu lieu dans ce coin, dans une petite boutique de West Yellowstone précisément. On ne possède pas le signalement précis du braqueur, on sait seulement que c'est un homme de race blanche, seul, mais la méthode utilisée est la même, sans le carnage.

— Mais les plaques ont été volées à Spokane, souligna Truong, sans doute pendant que le type se rendait là-bas.

— Donc, vous pensez qu'il est d'ici.

Truong haussa les épaules.

— Une virée criminelle, dit Leanne Il roule jusqu'à Yellowstone et il revient ensuite, ici — plus de deux mille kilomètres — uniquement pour braquer deux épiceries. Il pourra s'estimer heureux s'il rembourse ses frais d'essence.

— Ces types ne sont pas des génies. On a vu des gens faire des choses plus insensées. Mais peu importe, dites-moi ce qu'on cherche.

— Je ne sais pas, répondit Leanne. On sait seulement que quelque chose a très mal tourné, et notre homme doit foutre le camp en quatrième vitesse, et relier une ville où il peut se cacher, et d'où il peut se rendre n'importe où.

— Encore un voyage.

— Nous devons imaginer qu'il cherche à fuir, et essayer de bloquer toutes les sorties.

Truong se pencha à l'intérieur de sa voiture, par la vitre baissée, et récupéra une pochette en papier brun d'où il sortit une photocopie du portrait-robot réalisé par un dessinateur du FBI qui avait interrogé Rick Damschroeder hier soir. Il le tendit à Leanne, qui ne lui dit pas qu'elle avait déjà ce portrait dans son sac. À vrai dire, elle avait passé toute la matinée à contempler le portrait de Joe.

Elle savait que ces dessins n'étaient fiables que dans une certaine mesure, car la ressemblance passait par le filtre de la mémoire tout d'abord, et celui des mains de l'artiste ensuite : une double barrière qui se dressait devant la réalité. Malgré tout, elle avait pu constater que, parfois, certains éléments essentiels parvenaient à transparaître. Le visage était étroit, légèrement allongé de haut en bas. Cette étroitesse se retrouvait dans chaque trait, le nez en particulier, fin et proéminent, aquilin comme on disait. Les cheveux se dressaient sur le sommet du crâne, cependant ils avaient été rasés sur les tempes, ce qui accentuait la finesse du visage. Mais ce qui frappait le plus, c'était sans aucun doute les yeux, visiblement très écartés l'un de l'autre. Si pâles et délavés qu'ils semblaient presque blancs sur le dessin au crayon. Or Rick s'était montré très explicite dans sa description avant même qu'on ne fasse appel au dessinateur. « Des yeux bizarres », avait-il dit. Néanmoins, estima Leanne, cet homme n'était pas laid. Le contraste entre les yeux et le reste du visage restait intéressant.

— Supposons qu'on distribue ce portrait à l'aéroport, dans les agences de location de voiture, les gares de cars, les relais routiers, dit Truong. Ça vous va ?

— N'y a-t-il pas également des ferries qui partent d'ici, pou un peu partout ?

L'agent du FBI haussa les épaules et opina.

— Oui, on peut s'en occuper aussi. Mais je ne dispose pas de ressources illimitées. Je miserais plutôt sur l'aéroport et les relais routiers. Qu'en pensez-vous ?

— La frontière peut-être.

Truong secoua la tête.

— Si vous étiez poursuivie par la police, vous essayeriez de franchir la frontière ?

— Possible.

— En venant d'un autre pays, peut-être. Mais vous êtes plus en sécurité, moins exposée en restant ici. Il y a un tas d'endroits pour disparaître dans ce pays.

— Oui, mais quand même.

— O.K. J'expédierai des doubles aux douanes canadiennes et à la police montée. Vous êtes satisfaite ?

Leanne acquiesça.

— En attendant, nous disposons des empreintes relevées ici, dans cette chambre. Vous vous occupez de les expédier au NCIC[1] ?

— Évidemment, répondit Truong. Mais franchement, ce serait un coup de chance si ça donnait quelque chose.

Le puissant ordinateur central du FBI conservait les informations concernant toutes les personnes arrêtées dans le pays. Entre autres choses, il pouvait comparer des jeux d'empreintes et établir une identification en quelques minutes. Mais il était extrêmement difficile, Leanne le savait bien, d'effectuer une comparaison à partir d'empreintes dispersées comme celles-ci, à moins de disposer de la paume et de plusieurs doigts.

1. NCIC : National Crime Information Computer. Fichier informatisé du FBI. (*N.d.T.*)

11

Ben Regis atteignit Cœur d'Alene à 10 heures le jeudi matin, après être parti de chez lui un peu avant 6 heures. Tout d'abord, il avait envisagé de demander à Simmons de lui offrir un billet d'avion, mais après avoir vu son supérieur fulminer tout l'après-midi, il s'était dit qu'un petit voyage en voiture de huit heures, aller et retour, à travers les paysages de l'Idaho serait le bienvenu, une occasion de se détendre. En vérité, il avait toujours aimé conduire. Quand il était à la fac, à toutes les vacances de printemps, il quittait Chicago pour aller faire du ski dans les montagnes Rocheuses.

Dans un bar-restaurant diététique, où il commanda une tasse de thé violet qu'il ne réussit pas à boire, il rencontra le contact de Leanne, une jeune femme qui se faisait appeler Georgie, et qui était en réalité la petite amie de Kyle Greene, le chauffeur de Big Bill Cooper, qui avait été tué lui aussi dans la boutique. La fille avait le visage bouffi, à cause des larmes ou de la gueule de bois, sans doute les deux, songea Ben. L'histoire était la suivante : Kyle avait commencé à gagner beaucoup d'argent tout à coup, et Georgie, méfiante, craignant qu'il ne s'agisse d'un trafic de drogue, avait fouillé dans ses affaires et découvert des listes, avec des noms étranges qu'elle ne pouvait déchiffrer. Alors, elle les avait montrées à son oncle, un ancien policier, qui crut reconnaître des noms d'armes. C'était lui qui avait alerté l'ATF et pris contact avec Leanne.

— J'avais peur au début, mais après l'avoir rencontrée, elle m'a beaucoup plu, dit Georgie en parlant de Leanne. C'est quelqu'un de bien.

— C'est vrai, dit Ben. Alors, on en est où maintenant ?

— Après la mort de Kyle, j'ai fouillé pour de bon dans ses affaires, et j'ai découvert d'autres listes. Je peux vous les donner.

— Parfait.

— Et j'ai trouvé ça, aussi. (Elle lui tendit une enveloppe sur laquelle était griffonnée une adresse, au dos.) C'est près du lac Pend-Oreille, au nord, à une cinquantaine de kilomètres d'ici. Kyle avait un copain qui travaillait avec lui parfois, et avec Bill Cooper. J'ai croisé ce type dans un bar, et je lui ai demandé ce que c'était cet endroit. J'étais à moitié ivre, je m'en foutais de toute façon. Mais il est devenu vachement bizarre, même inquiétant, du genre « Ferme-la, connasse, et n'en parle à personne ».

— Quand était-ce ?

— Hier soir.

— C'est quel genre d'homme ? demanda Ben. Je veux dire, il est plutôt costaud et complètement crétin ? Ou assez intelligent pour paniquer si, par exemple, un agent fédéral débarque chez lui un matin et lui sort qu'il risque fort d'être inculpé dans une histoire de meurtres liée à un trafic d'armes s'il refuse de coopérer? Vous voyez ce que je veux dire ? Il est du style à m'envoyer me faire foutre, ou au contraire à pisser dans son froc ?

— Plutôt la deuxième hypothèse. Pourquoi ?

— Sans mandat, je ne peux pas aller voir ce qu'il y a là-bas. Et pour en obtenir un, je dois fournir au juge la preuve qu'on découvrira quelque chose d'illégal. La preuve, ça peut être quelqu'un qui a vu ce qu'il y avait là-bas et qui m'a dit que ça pourrait m'intéresser. Et qui m'a signé une déposition en ce sens. Vous comprenez ?

— Il travaille à mi-temps chez le concessionnaire John Deere, quand il ne trame pas avec la bande de Big Bill pour jouer les terroristes.

— Beaucoup de terroristes vendent des tracteurs à leurs moments perdus, dit Ben. Vous seriez étonnée.

C'était seulement une vieille grange, peinte en rouge autrefois, aujourd'hui rongée par les intempéries, penchant légèrement sur le côté. Ben arriva le premier, bientôt rejoint par trois policiers d'État de l'Idaho, les renforts qu'il avait réclamés après avoir obtenu son mandat.

— Allez-y, faites-moi sauter ça, ordonna-t-il à un des hommes, en désignant la chaîne et le cadenas passés autour de la poignée d'une grande porte coulissante.

Le policier s'exécuta, à l'aide d'une longue paire de cisailles à plomb. Ben fit ensuite coulisser la porte et découvrit sur le côté un interrupteur poussiéreux. Lorsqu'il l'abaissa, l'impression de vieille grange délabrée s'évanouit. Une succession de lumières s'allumèrent les unes après les autres, trois longues rangées de doubles néons. Toute trace de paille et de déjections animales avait été nettoyée. À l'intérieur, tout était bétonné, propre ; le sol était recouvert de toiles goudronnées et de bâches en plastique. Et sur ces toiles et ces bâches, sur trois rangées correspondant aux rangées de néons, étaient empilées des caisses en bois de différentes tailles.

Accompagné de deux policiers, Ben entra. L'un d'eux avait emporté un pied-de-biche, et ils choisirent d'ouvrir une grosse caisse dans la première rangée. Celle-ci contenait, scellés dans le plastique, dix fusils d'assaut de couleur noire.

— Des M-16, commenta un des policiers en regardant par-dessus l'épaule de Ben. Du matériel militaire.

— Vous vous y connaissez en armement militaire ? demanda Ben.

— J'appartiens à la Garde Nationale[1], monsieur. Je suis sous-lieutenant. J'ai servi dans l'armée de 85 à 88.

— Très bien.

Ils poursuivirent dans la première rangée, ouvrant des caisses au hasard. Dans l'une d'elles, des boîtes vertes en fer contenaient des munitions pour les M-16, des milliers de cartouches. Dans une autre caisse, ils découvrirent des grenades à fragmentation, d'un modèle plus ancien.

— Ça date du Viêt-nam, commenta le policier. On en voit encore parfois, mais on ne s'en sert presque plus, sauf pour les entraînements.

Une autre caisse contenait des obus de mortier et des lance-roquettes. Dans une autre encore,

1. Milice de volontaires commandée, en temps de paix, par le gouverneur de l'État mais équipée et payée par le gouvernement fédéral des É.-U. (*N.d.T.*)

des sacs scellés renfermaient des petites pièces détachées de fusils.

Et puis, sur le côté, dans un renfoncement plus sombre, une ancienne stalle peut-être, ils découvrirent deux monticules recouverts de toile goudronnée. Aidé du policier, Ben en retira une, et le policier ne put retenir une exclamation.

— Ouah !

Il braqua sa lampe sur une grosse mitrailleuse noire, montée sur pied.

— M-60, dit Ben.

— Exact, monsieur.

Dans la stalle voisine, puis dans deux autres, ils découvrirent de grandes caisses en bois, dont les couvercles étaient ouverts. À l'intérieur se trouvait une arme que Ben n'avait jamais vue, et pourtant il avait reçu une longue formation dans ce domaine. Il lui fallut un moment pour comprendre qu'il avait devant les yeux une sorte de pistolet-bazooka qui se posait sur l'épaule, mesurant au moins 1,50 m, tout noir, muni d'accessoires électroniques sophistiqués, avec un viseur ultra-perfectionné et des espèces de pales sensitives repliées le long du canon.

— Antichar ? demanda Ben.

— Non, antiaérien, répondit le policier membre de la Garde Nationale. Infrarouge. Avec détecteurs de chaleur.

— Mais où ont-ils... ?

— Regardez.

Le policier brandit le couvercle d'une des caisses, sur lequel était écrit, au pochoir, PROPRIÉTÉ DE L'US ARMY. FORT LEWIS, CENTRE DE TIR DE YAKIMA, WASHINGTON.

— Lewis est une grosse base, ajouta le policier. Et Yakima n'est pas très loin d'ici. Trois cents bornes environ.

— Bien, dit Ben. Vous restez ici avec vos collègues, et vous surveillez tout ça. J'ai quelques coups de fil à passer. Je crois qu'il va y avoir de l'animation dans le coin.

12

— Ça alors, dit Terry en s'approchant par-derrière du banc sur lequel Joe était assis. J'arrive pas à croire que tu sois là !

Ils n'étaient pas très loin de l'endroit où Terry affirmait habiter, dans le nord de la ville, sur la rive d'un joli petit lac rond qui paraissait presque incongru aux yeux de Joe, situé comme il l'était au milieu des immeubles et des maisons. Bien qu'on soit en semaine, un grand nombre de gens se promenaient ou se prélassaient sur l'herbe des berges.

Joe n'avait pas voulu voir l'appartement de Terry, ni qu'on le voie y entrer, et il n'avait pas voulu, non plus, que la petite amie de Terry le voie.

— Qu'y a-t-il de si incroyable ? répondit Joe. Je viens toujours te chercher.

Terry marchait à l'aide d'une seule béquille. Il portait un plâtre en fibre de verre à la jambe gauche, du genou au pied, et il paraissait très amaigri, comme s'il avait souffert d'une longue maladie. Il respirait avec difficulté, et quand il s'assit sur le banc à côté de Joe, il fut pris d'une quinte de toux qui dura une bonne minute.

— Mon abcès, expliqua-t-il. Ils disent que c'est en train de guérir, mais ça fait toujours mal.

— Si tu as pu venir jusqu'ici pour me voir, dit Joe, c'est que ça va mieux.

Terry acquiesça.

— C'est la première fois que je sors seul, à part pour aller à la clinique. Ça va pour l'instant, mais je sens que je vais être fatigué.

Sur les bras blanchâtres de son frère, Joe remarqua des traces rouges qui ressemblaient à des cicatrices d'anciennes plaies.

Il le laissa parler pendant plusieurs minutes, et Terry raconta ce qui lui était arrivé, comment il s'était retrouvé dans cet état ; ce n'était qu'une version enjolivée de ce que Joe avait déjà entendu. Mais il ne l'écoutait pas vraiment, de toute façon. Il était plus intéressé par le spectacle des gens heureux autour du lac.

Lorsque Terry se tut, Joe lui demanda :

— Et le type qui t'a tabassé ? Comment ça s'est passé exactement ?

Terry secoua la tête, en faisant la grimace.

— J'étais dans un club, dit-il. C'était même pas un gars que je connaissais. Un salopard que j'ai énervé.

— Parce que s'il y a un problème, je m'en occuperai, déclara Joe. Je veux régler cette histoire, immédiatement.

— C'est du passé, Joe. Il m'attendait dehors. Avec une batte de base-ball ou un tuyau, un truc comme ça. Pas de quoi en faire un plat.

Les deux frères restèrent silencieux un long moment. Assis côte à côte, ils regardaient les gens autour du lac : des pères avec des enfants, des femmes poussant des landaus, un couple qui marchait bras dessus bras dessous, tous ces gens rassemblés là, un jeudi matin, à la fin de l'été. C'est une chouette ville, se dit Joe. Il y avait une sorte de fraîcheur que ni Terry ni lui n'avaient connue à Detroit, toute leur vie passée.

Finalement, Joe dit :

— J'ai des ennuis, Terry. Il s'est passé des choses pendant mon voyage, et j'ai des choix à faire.

— Des ennuis ? Qu'est-ce qui pourrait bien t'arriver, à toi ?

Joe secoua la tête.

— Il vaut mieux que je ne t'en parle pas, pour ton bien. Mais dis-moi juste une chose : es-tu capable de rentrer à la maison ? Est-ce que tu pourrais le faire ?

— Qu'est-ce que tu veux dire ?

— Si tu avais de l'argent pour prendre un billet d'avion, est-ce que tu pourrais rentrer seul à la maison ?

— Je ne suis pas débile, Joe.

Joe acquiesça.

— D'accord, mais est-ce que tu le ferais ? As-tu envie de rentrer à la maison ?

Terry glissa un doigt sous son plâtre pour se gratter la jambe. Il s'arracha un bout d'ongle avec les dents et dit :

— Oui. Je crois que oui maintenant. Cette salope avec qui je vis, ah, la vache...

— Et tu resteras là-bas, cette fois ?

Terry hocha la tête.

— Oui, je crois bien.

— Tu travailleras ?

— J'ai toujours travaillé, ici et là.

— Ça ne suffit pas, dit Joe. Il faut que tu te trouves un vrai boulot et que tu le gardes. C'est la seule chose qui permette de s'en sortir. Tu ne peux pas continuer comme ça.

— Joe, qu'est-ce qui t'arrive, bon Dieu ?

Joe secoua la tête encore une fois.

— Écoute-moi bien. Si jamais quelqu'un vient te demander si tu m'as vu, tu dois répondre non. C'est compris ? Cette conversation n'a jamais eu lieu. Ta copine sait que je suis ici ?

— Non. Elle était sortie quand tu m'as appelé.

— Alors, ne lui dis rien, à elle non plus. Ça peut changer un tas de choses. Crois-moi, et ne fais pas le con. Tu dois absolument mentir. Tu ne m'as pas parlé depuis des jours.

— Joe...

Joe se retourna sur le banc pour regarder son frère ; il referma sa main puissante autour du bras maigre de Terry et serra.

— Aïe !

— L'heure est venue de grandir, Terry. Maintenant, immédiatement, tout de suite. C'est le grand moment. Il faut plonger dans la réalité. (Il lâcha le bras de son frère et regarda les marques laissées par ses doigts.) Il faut que tu changes, car je m'en vais, pour longtemps peut-être. Je sais que je n'ai pas le choix. Je pensais que ça se passerait différemment, mais pour l'instant, c'est impossible. Dès que je pourrai arranger les choses, je rentrerai à la maison. Mais pour ça, j'ai besoin de temps et d'éloignement. Je t'appellerai dès que je pourrai. On restera en contact.

— Joe, qu'est-ce que...

— Tais-toi. Je parle sérieusement. L'heure a sonné. Tout va changer dans les prochaines minutes. Toi, tu vas te grouiller de rentrer à la maison et de te trouver un boulot. Moi, je continue ma route.

Terry avait renoncé à poser des questions. Il dévisageait Joe d'un air horrifié, parce qu'il savait, maintenant, que son frère disait la vérité, quelle qu'elle soit. Et il commençait à comprendre qu'en effet, ils risquaient de ne plus se revoir avant longtemps. Car c'était Joe qui parlait ainsi, Joe le gars sérieux qui ne faisait jamais de conneries ni d'erreurs, le gars qui ne dramatisait pas. Si Joe disait qu'il était obligé de partir, c'était vrai.

Joe ajouta :

— Je ne peux pas te sauver cette fois, Terry. C'est ce que je veux te faire comprendre. Et tu dois me croire. (Il sortit de sa poche de chemise une liasse de billets qu'il déposa sur le banc.) Tiens, voici cinq cents dollars. Écoute-moi bien. Pour deux cent cinquante environ, en t'y prenant sept jours à l'avance, tu peux te payer un billet pour Detroit. Si tu ne veux pas attendre, tu peux prendre le car. Dans ce cas, tu seras sur la route pour plusieurs jours, sans qu'on puisse te joindre. C'est pas une mauvaise idée, dans le fond. Dans un cas comme dans l'autre, je veux que tu ailles t'acheter immédiatement un billet. Plus tard, si quelqu'un te pose des questions, et on t'en posera forcément, crois-moi, tu leur diras que c'était ton fric, tes économies. Tu attendais que je vienne te chercher, mais je ne suis jamais venu. Tu as téléphoné à la maison, mais j'avais fichu le camp. Alors, tu as fini par décider de rentrer seul. Pour le reste, je te laisse broder, tu as le schéma de base. Pigé ?

Joe le regarda fixement jusqu'à ce que Terry opine du chef. Il avait la bouche entrouverte, comme chaque fois qu'il était concentré sur quelque chose, depuis qu'il était gamin. Joe se souvenait de l'avoir vu regarder la télé avec cette même expression : la bouche ouverte, la lèvre inférieure pendante, avec parfois un petit filet de salive. Sentant monter les larmes, il ferma les yeux pour les refouler. Il ne fallait pas que les gens le voient pleurer. Un homme qui pleurait en public, ils s'en souviendraient. Encore un détail qui risquait de laisser une trace.

Terry n'avait fait aucun geste pour prendre l'argent ; Joe le récupéra et le fourra dans la poche de son frère, en même temps qu'un trousseau de clés.

— Tiens, les clés de mon appart', dit-il. Tout est payé jusqu'en septembre. Après, si tu veux y habiter, faudra que tu te charges du loyer. Trois cent cinquante. La Taurus noire qui est garée dans la rue, juste devant, est à moi. Tu peux la conduire.

Il étreignit son frère, enfouit son visage dans son cou et le serra fort contre lui.

— Je t'appellerai.

Puis, sans le regarder, sans rien ajouter, il se leva et s'éloigna. Ils se reverraient, bientôt, pensa-t-il. Il fallait juste arranger les choses, rectifier les erreurs qu'il avait commises. En fait, ce ne serait pas très différent de son départ pour l'armée : les lettres, les coups de téléphone, une visite de temps à autre. Oui, ce serait exactement pareil, se dit-il, tout en sachant que ce ne le serait peut-être pas.

En atteignant la rue, il risqua un coup d'œil en arrière. Terry était toujours assis sur le banc. Joe apercevait nettement son visage. Il avait changé, se dit-il. Déjà, Terry paraissait avoir vieilli.

Northgate était un immense centre commercial, un endroit tellement gigantesque, tellement plein de marchandises qu'on aurait pu y passer sa vie entière, avec des galeries suffisamment larges et hautes pour laisser passer un semi-remorque, un endroit qui respirait la richesse et la propreté avec ses murs blancs en stuc et ses sols cirés.

D'abord, Joe se contenta de déambuler, en regardant les arbustes en pot, les verrières et les fontaines, cherchant à se repérer, jusqu'à ce qu'il avise un opticien qui proposait des verres de contact bon marché, « disponibles dans l'heure ». Il entra et demanda s'il était possible d'avoir des lentilles sans ordonnance. Des lentilles de couleur. Avait-il subi récemment un examen oculaire ? Non. Dans ce cas, il faudrait en faire un pour s'assurer qu'il n'avait pas besoin de lentilles spéciales, et qu'il pouvait en porter. Combien de temps cela prendrait-il ? Une demi-heure pour l'examen et l'adaptation, plus une heure environ le temps de fabriquer les lentilles. Il demanda s'ils en avaient des marron foncé. Non, mais ils avaient une couleur baptisée « noyer », proche des yeux noisette, ce qui irait très bien, dit-il, à condition qu'ils puissent effectuer le test tout de suite. Ils le pouvaient.

Après l'examen, le temps qu'ils fabriquent les verres de contact, Joe alla acheter un plan de la ville, plusieurs guides de voyage, un carnet et des stylos, ainsi qu'une paire de lunettes demi-lune pour lire, des sangles en Nylon avec des boucles, des rouleaux de gros ruban adhésif et du Scotch transparent, une paire de jumelles, un coûteux assortiment d'outils, et un sac de sport aux couleurs des Supersonics pour transporter tout ça. Il y transféra une partie des vêtements et des affaires de toilette qui se trouvaient dans son ancien sac, et jeta celui-ci dans une poubelle.

Après quoi, il entra chez un coiffeur et fit tailler la touffe de cheveux qui se dressait sur son crâne, une coupe d'homme d'affaires, demanda-t-il. Il se rasa dans les toilettes. Il acheta ensuite une nouvelle tenue : un veston, une chemise blanche à manches courtes, une cravate sobre à motifs bleus, et un pantalon, ainsi que des portemanteaux en fil de fer.

Il était temps d'aller récupérer les lentilles. Il fallut plusieurs minutes à l'opticien pour lui apprendre à les mettre et à les nettoyer, de manière à éviter les infections, etc. Mais lorsqu'il ressortit dans la galerie du centre, ses yeux n'avaient plus cette couleur argentée, aussi rare qu'inoubliable.

Le temps passait. Il traîna encore un peu dans le centre, en pensant à un tas de choses, mais il savait déjà ce qu'il allait faire. Ça marcherait ou ça ne marcherait pas, et trop de réflexion, il le savait bien, pouvait se révéler aussi néfaste que le manque de réflexion. Ses entraîneurs adoraient lancer cette plaisanterie de sportifs aux nouvelles recrues : Qui trop réfléchit, fait des conneries, les gars !

Joe marchait d'un pas décidé sur l'immense parking du centre commercial, pour ne pas se faire remarquer par les vigiles de la compagnie de sécurité qui patrouillaient. Il ne lui fallut pas longtemps pour repérer ce qu'il cherchait : une grosse Bonneville blanche, datant du milieu des années 70, avec un coffre profond comme une grotte, un moteur simple, le vinyle qui s'écaillait sur le toit et des plaques de rouille autour des pare-chocs, garée légèrement à l'écart, coincée près d'un pick-up qui la dissimulait en partie. Les portières n'étaient même pas verrouillées.

Voler une vieille voiture comme celle-ci était ridiculement facile : quarante-cinq secondes pour enfoncer un tournevis dans le plastique qui entourait la colonne de direction, afin de briser l'antivol, puis dénuder les bons fils sous le tableau de bord et les relier pour faire démarrer le moteur. Quarante-cinq secondes en tout, car Joe était un peu rouillé.

La vieille voiture avait besoin d'un bon réglage, et bientôt il faudrait changer le silencieux, mais elle roulait. Une épave comme celle-ci appartenait certainement à un petit employé, un pauvre type qui gagnait le SMIC en lavant par terre ou en vendant des bretzels. Dans ce cas, si le type travaillait de jour, il ne s'apercevrait pas de la disparition de sa voiture avant 17 heures. Et avec un peu de chance, si le type venait de prendre son service, il travaillerait jusqu'à la fermeture du centre commercial, à 21 heures. En revanche, si la voiture appartenait à une personne venue faire ses courses, le vol pouvait être déclaré à tout moment. Mais peu importe, il en avait besoin pour quelques heures seulement.

De retour en ville, à proximité du pont qui traversait le lac Washington, à l'est de Bellevue, Joe pénétra dans un magnifique arboretum, un endroit vert et sombre, exotique ; il passa devant une sorte de musée où les gens entraient et sortaient, et se retrouva finalement seul au milieu des arbres. Là, à l'aide d'un marteau et d'un burin, il fit sauter la serrure du coffre, qu'il referma ensuite avec le ruban adhésif.

Sur le coup de 18 heures, la ville s'était comme assoupie, enveloppée d'une auréole crépusculaire, et surtout, elle s'était considérablement rafraîchie. La route qu'il cherchait, à Bellevue, se révéla être une route de gravier qui conduisait vers l'est en traversant une zone d'aspect misérable, peuplée de grosses caravanes, avant de déboucher sur un espace plus dégagé où se dressaient des entrepôts industriels, elle longeait ensuite un vaste amoncellement de déchets au-dessus duquel tournoyaient des mouettes, et allait en se rétrécissant, pour finalement s'achever par un panneau annonçant : *Église apostolique du Nord-Ouest. Temple de la renaissance spirituelle.*

Il s'agissait d'une sorte de camp, composé d'une église — ou ce qui en tenait lieu, une construction en brique, basse, avec un toit plat, qui n'avait absolument aucune apparence religieuse, exception faite de la croix sur le toit — et d'un immense bâtiment en bardeaux servant de logement. Au centre du camp se trouvait un espace dégagé, en gravier, où étaient garées plusieurs voitures. D'autres stationnaient sur le bord de la route, en épi.

Joe gara la Bonneville derrière l'une d'elles, afin de pouvoir observer le bâtiment en demeurant caché. De cette façon, si quelqu'un approchait pour lui poser des questions, il pouvait décamper. Mais apparemment, personne ne semblait avoir remarqué sa présence. Les lentilles commençaient à lui irriter les yeux ; il les ôta et les rangea dans leur petite boîte. De toute façon, il n'en avait plus besoin pour l'instant.

Une demi-heure s'écoula avant qu'un homme sorte de la maison et monte dans une des voitures garées sur le parking. Au moment où il partait, une fille sortit pour le regarder s'en aller. Elle était obèse et portait une robe grise informe qui descendait jusqu'aux chevilles. Puis, par une fenêtre ouverte, à côté de la porte, une autre tête apparut, très brièvement. Mais assez longtemps pour que Joe, grâce à ses jumelles, reconnaisse les cheveux roux presque noirs, le visage au charme étrange, et le chemisier blanc qu'elle portait ce matin. Il s'enfonça au fond de son siège.

Il régnait soudain une certaine activité. Des gens sortaient de la maison pour se diriger vers l'église.

Quand Kari sortit à son tour, elle était accompagnée de deux femmes, la grosse et une autre, une Noire vêtue de la même longue jupe grise et du même chemisier blanc que Kara. Ensemble, elles marchèrent jusqu'à l'église, puis un homme en veston les imita, suivi par un autre groupe de femmes, plus nombreuses, et toutes portaient le même gris terne. Sans doute une sorte d'office d'après-dîner, songea Joe.

Au dos de la carte de l'église qu'il avait prise dans le sac de Kari, il écrivit, en lettres majuscules :

K.

JE SUIS LÀ. BONNEVILLE BLANCHE. APPORTE LA MALLETTE. VITE.

RICK.

Joe la plia en deux et la scotcha.

Il marcha sur la route, puis bifurqua sur le chemin de gravier, où un homme posté à l'entrée de l'église l'aperçut.

— Bonsoir ! fit Joe.

— Qu'est-ce que vous voulez ? demanda l'homme.

— Je cherche une femme. Kari Downs. Une brune. Elle est arrivée aujourd'hui.

— Ah oui. Elle est à l'intérieur.

— Je sais. Vous êtes nouveau ici ?

Le type répondit par un haussement d'épaules.

— Je m'appelle Rick.

Joe guetta une réaction. Rick et ce type étaient peut-être de vieux copains, mais celui-ci se contenta de le regarder, sans le moindre signe de méfiance. Il portait la même chemise blanche sans col et le même costume gris que Rick au moment de son arrestation.

— Je viens de l'Alaska, dit Joe.

— Ah oui ? Elle vient de là-bas, elle aussi, hein ? C'est ce qu'on raconte.

— Pouvez-vous lui remettre ça ?

Il tendit la carte pliée en deux.

L'homme la prit, mais demanda :

— Pourquoi vous n'entrez pas ? Ou que vous n'allez pas l'attendre dans la maison ?

— Non, c'est bien comme ça. Elle sait où me trouver.

Quarante minutes plus tard, assis dans la Bonneville qu'il avait éloignée d'une centaine de mètres sur la route, Joe regarda les fidèles qui commençaient à quitter l'église en file indienne. Certains repartirent en voiture, mais la plupart entrèrent dans la maison. Quand le calme fut revenu, il crut voir Kari sortir en courant sur le parking, s'arrêter pour scruter la route, puis retourner dans la maison. C'était presque le crépuscule, le ciel était bas à l'horizon, pas assez toutefois pour gêner la vision. Dommage. À partir de maintenant, advienne que pourra.

Joe mit le contact, descendit de voiture pour ouvrir le coffre, en ôtant le ruban adhésif. Caché par le hayon, il guetta jusqu'à ce qu'il la voie qui essayait de courir, malgré la lourde mallette qui cognait contre sa jambe et son sac qui pendait sur son épaule, de l'autre côté. Elle était seule. Il pencha la tête à l'intérieur du coffre.

— Rick ? dit-elle. Qu'est-ce que tu fais ici ? Je croyais que...

Joe se redressa. Pendant un instant, aucun des deux ne bougea. Puis, lorsqu'elle voulut faire demi-tour pour s'enfuir, avant qu'elle ne se mette à courir, Joe glissa son bras gauche autour de son cou pour l'attirer vers lui, en arrière, jusque derrière la voiture, à l'abri des regards. Kari lâcha la mallette et ouvrit la bouche, mais Joe lui plaqua sur les lèvres un bout de ruban adhésif, étouffant son cri.

— Plus tu te débats, plus tu auras mal, lui murmura-t-il dans l'oreille.

La soulevant à moitié, il la poussa à l'intérieur du coffre. Elle donnait des coups de pied furieux, et parvint à le frapper sur la bouche avec son talon ; Joe sentit sa lèvre s'ouvrir et le sang couler.

— Tu veux que je te cogne, c'est ça ? demanda-t-il. Tu as l'habitude ?

L'obligeant à rentrer la tête à l'intérieur du coffre, il parvint à lui attacher les mains dans le dos avec le ruban adhésif, et à refermer le hayon. Il s'appuya dessus pour empêcher qu'elle l'ouvre en donnant des coups de pied, le temps de nouer la sangle, qu'il avait déjà passée dans le trou où se trouvait avant la serrure qu'il avait fait sauter, et autour du pare-chocs, pour plus de sécurité.

Récupérant le sac et la mallette, il s'étonna

une fois de plus qu'elle ait pu la transporter si loin. C'est alors qu'il aperçut la grosse femme en longue robe grise au milieu de la route. Il ne l'avait pas vue suivre Kari. Elle l'observait fixement, une main plaquée sur la bouche. Leurs regards se croisèrent, puis Joe se retourna et déposa le sac et la mallette sur le siège avant.

À ce moment-là, l'obèse se mit à hurler.

Joe monta en voiture, démarra et effectua un demi-tour devant la femme hystérique. Bientôt, il ferait nuit. Ils pouvaient le prendre en chasse, ils ne le retrouveraient pas.

Le premier bruit sourd le fit sursauter. Il jeta un regard dans le rétroviseur intérieur. Il comprit alors que Kari donnait des grands coups à l'intérieur du coffre, comme il s'y attendait. Mais elle finirait bien par se fatiguer. Il continuerait à rouler, et elle s'épuiserait. Il fallait juste espérer, pour elle, que cette vieille voiture n'aspirait pas trop de gaz d'échappement.

13

Après la découverte effectuée par Ben, Simmons et la cellule locale de Seattle avaient accordé une nuit supplémentaire à Leanne. Hélas, après deux jours de course ininterrompue, elle sentait que la piste du dénommé Joe commençait à refroidir, et elle savait que Truong partageait cette impression. Jeudi, en fin d'après-midi, il l'avait déposée à son hôtel et lui avait conseillé de dormir, en disant qu'il passerait la chercher le lendemain matin. Après avoir mangé un sandwich, Leanne s'assoupit en songeant à quel point elle s'était exposée au ridicule en venant jusqu'ici. Guts aurait secoué la tête d'un air affligé, en répétant, une fois de plus : « Tu cours après le gibier. Il faut savoir attendre. Tu dois le laisser sortir si tu veux l'avoir. »

Au cours de la saison de chasse suivante, après qu'elle eut appris à tirer à la carabine — elle avait alors onze ans —, son impatience devint incontrôlable.

Vers la fin de l'automne, un jour où il avait neigé et où le gibier était rare, alors qu'ils progressaient sur un sentier escarpé, elle découvrit soudain une série d'empreintes d'élan, toute récentes, qui longeaient la lisière des arbres.

Elle se retourna vers Guts, baissa la tête avant qu'il n'ait le temps de dire quoi que ce soit, et gravit à grands pas la pente. Les traces conduisaient au-delà de l'arête, jusque dans une ravine. Petite et frêle, Leanne avançait sans bruit, et bientôt, elle constata que Guts avait cessé de la suivre. Ce qui ne l'étonna pas. Malgré tout, au lieu de faire demi-tour, elle continua à suivre les traces qui s'enfonçaient ensuite au milieu d'un bosquet dense de trembles aux troncs efflanqués.

Elle descendit dans la ravine, jusqu'à ce qu'elle se retrouve en dessous du bosquet de trembles, d'où aucune trace ne sortait. L'élan était à l'intérieur ! Alors, elle remonta dans le bosquet, mais à peine commença-t-elle d'avancer au milieu des fourrés touffus, qu'elle comprit qu'elle faisait beaucoup trop de bruit, marchant sur des branches mortes, repoussant d'un geste rageur celles qui cinglaient ses joues froides. Finalement, lorsqu'elle arriva au cœur du bosquet, là où les arbres étaient si resserrés qu'elle pouvait à peine se mouvoir, elle se sentit un peu ridicule.

C'est alors que, du haut de la crête, dans la direction d'où elle venait, elle entendit un coup de feu, puis un deuxième. Après s'être libérée des branches et avoir escaladé la ravine, elle découvrit l'élan, un mâle avec des bois plus hauts que Leanne elle-même, qui gisait près du sommet de la crête ; le sang souillait la neige autour de sa gueule.

Debout sur la crête, tenant son fusil au creux des bras, Guts l'attendait. Leanne passa lentement près de l'animal, en estimant sa taille et son poids — une bête de plus de 500 kg — et respirant son odeur puissante. Quand elle rejoignit Guts, celui-ci dit seulement :

— Les troupeaux sont descendus tôt cette année, apparemment. L'hiver va être rude.

— Si j'étais pas entrée dans le bosquet, tu l'aurais jamais eu ! dit-elle.

— J'attendais, tout simplement, répondit-il. J'avais décidé de laisser partir le vieux mâle, mais tu l'as pourchassé tout de suite.

— Je voulais l'avoir.

— Vieil Élan ne savait pas qu'il avait Cloques aux Pieds à ses trousses. Sinon, il ne se serait jamais arrêté. Mais c'est une chance. S'il avait continué, vous seriez tous les deux dans le Wyoming à cette heure.

— Oh, tais-toi donc, Guts.

Elle se sentait gênée, et heureuse à la fois. Il avait raison, elle le savait. Elle avait agi bêtement. Mais le résultat c'était un élan mâle, au moins cinq cents kilos de viande. Grâce à elle. Pouvait-on le lui reprocher ?

Le téléphone la réveilla vers 19 h 30. Elle avait dormi une heure.

— C'est Truong. Je viens vous chercher dans dix minutes. Soyez prête.

Et il raccrocha.

Elle l'attendait sur le parking lorsqu'il arriva en trombe et pila net devant elle.

— Ne me dites pas que vous l'avez arrêté pendant que je me reposais.

— Non. Mais j'ai du nouveau. Aucun coup de téléphone n'a été passé de la chambre du motel. Alors, nous avons épluché les appels des cabines des environs, il y en a une douzaine dans un rayon de cinq cents mètres.

— Vous avez fait ça ?

— Non, la police de Seattle. J'avoue. Bref, un des appels, provenant de la cabine située juste en face du motel, date de ce matin à huit heures ; il était destiné à la compagnie de taxis Black & White. Ils n'ont enregistré aucune prise en charge devant le motel aujourd'hui. En revanche, dans l'heure qui suivait cet appel, ils ont noté six courses au départ du centre ville ou des abords. Deux femmes seules. Trois hommes seuls. Et un couple. Nous avons vérifié toutes les destinations.

Elle attendit qu'il continue, puis demanda finalement :

— Et alors ?

— Une des trois femmes seules s'est rendue à une adresse à Bellevue.

Il freina brutalement pour piler à un feu rouge, en poussant un juron.

— Quelle adresse ? Parlez, bon sang !

— J'étais en train de préparer mon rapport. J'avais des notes faxées par un inspecteur de la police de Seattle. Il était au motel ce matin, et hier, il est allé effectuer une vérification liée à la même affaire, pour le bureau du procureur du comté de Kootenai, dans l'Idaho, dans une sorte de secte.

— L'église de Rick Damschroeder. L'Église apostolique machin chose. O.K. Ils voulaient s'assurer que tout était réglo.

— Eh bien, c'est la même adresse à Bellevue que celle du taxi, dit Truong.

— Quoi ? Oh... Bravo.

— J'ai immédiatement appelé le procureur de là-bas, évidemment. (Truong lui jeta un petit regard en biais.) Damschroeder a été libéré aujourd'hui.

Leanne donna un coup de tête contre la vitre.

— Ils n'avaient rien contre lui, ajouta Truong. Aucune preuve matérielle. Aucun témoin. L'église a confirmé son histoire. Comme tous les trucs qu'on a retrouvés dans la chambre ce matin. Le procureur n'avait aucun moyen de l'inculper. En outre, ce type avait un bon avocat, qui a su activer les choses.

— Mais Damschroeder connaissait cette fille, finalement.

— Vous aviez raison. Ça ne ressemble plus à un simple vol à main armée. À vrai dire, quand je vous ai annoncé la nouvelle, je croyais que vous alliez sauter au plafond.

— Intérieurement, je fais des bonds. Croyez-moi. Mais je ne veux pas me ridiculiser devant vous. Alors, on recherche qui maintenant, Rick, Joe ou cette femme ?

— Celui ou celle qu'on peut retrouver.

— Vous voulez bien me dire où on fonce comme ça ?

— Au temple. J'ai pensé qu'on pourrait avoir une petite discussion avec ces gens-là.

Ses plaies aux chevilles s'étaient finalement ravivées. Il les sentait qui brûlaient et suintaient, mais il ne voulait pas regarder. Quelque part, au loin, il entendait des sirènes, sans savoir si elles étaient pour lui ou pas. Il roulait vers le nord sur la I-5, retournant vers le grand centre commercial et ses milliers de voitures.

Mais il était presque vingt heures, le centre commercial allait bientôt fermer. N'importe quel vol de bagnole serait déclaré en moins d'une heure, songea-t-il, peut-être même plus vite. C'est alors qu'il avisa un grand cinéma de sept salles, doté de son propre parking, plein lui aussi. Il s'arrêta derrière un ralentisseur, à l'écart, dans un coin sombre, et observa les voitures qui arrivaient pour les séances du soir. Celles-ci l'intéressaient, car elles lui laisseraient au moins deux heures d'avance.

Il voulait un véhicule qui ait l'air en meilleur état cette fois, mais pas un modèle trop récent, pour ne pas tomber sur des antivols sophistiqués. Il opta pour une Chevrolet Cavalier bordeaux, datant du milieu des années 80, encore un modèle GM, facile à voler, et d'où étaient sorties deux femmes pressées qui n'avaient même pas verrouillé les portières. Elles étaient en retard pour le film. Lorsque la circulation diminua aux abords du cinéma, il se glissa à l'intérieur de la Chevrolet.

Cette fois, c'était différent : il devait travailler proprement. D'abord, il devait faire un trou en haut de la colonne de direction, juste au-dessus de l'emplacement supposé de l'antivol. Ensuite, au lieu de le casser, il se servit d'un gros cutter pour découper le plastique, afin que le trou soit bien net. Après avoir ôté le bout de plastique, il enfonça un tournevis et tapa dessus avec un marteau, brisant net l'antivol. Après quoi, à l'aide du ruban adhésif, il replaça la rondelle de plastique. Au premier abord, rien n'attirait l'attention ; aucune détérioration de la colonne de direction ne trahissait une voiture volée.

Ceci étant fait, il s'allongea sur le siège, mit à nu les fils sous le tableau de bord et trouva les deux dont il avait besoin pour mettre le contact, en les accouplant. D'une main, il appuya sur l'accélérateur. Le moteur rugit ; il semblait en bon état.

Il alla se garer derrière la Bonneville, dans le coin sombre du parking.

Le coffre de la Chevrolet s'ouvrait de l'intérieur de la voiture ; il ne serait donc pas obligé de faire sauter la serrure et de l'attacher avec une sangle.

Les yeux de Kari le foudroyèrent. Elle donna des coups de tête dans le plancher du coffre, puis se calma et se mit à pleurer.

— Je voulais juste te dire que le nord est une direction qui en vaut bien une autre.

En entendant ces mots, elle se calma, hocha la tête, comme rassérénée. Joe la prit dans ses bras et alla la déposer dans le coffre plus exigu de la Chevrolet.

— Quand on franchira la frontière, lui dit-il, si tu fais un seul bruit, je suis foutu, et toi au mieux, tu te retrouves coincée pour un long moment. Si tu veux aller dans le Nord, reste calme et prie pour que je ne sois pas pris au hasard parmi toutes les voitures pour une fouille.

Elle acquiesça de nouveau et ferma les yeux au moment où il abaissait le coffre.

Il arracha les emballages des vêtements qu'il avait achetés, ôta les épingles et le carton de la chemise, et étala ses affaires sur le siège arrière. Puis il repartit vers le nord.

D'autres petites surprises attendaient Leanne au temple de Bellevue. Au moment où elle pénétrait, avec Truong, sur le parking en gravier, situé entre l'église basse et un grand bâtiment, bien qu'il fasse quasiment nuit maintenant, exception faite des dernières lueurs du soleil couchant et de quelques éclairages extérieurs, elle eut l'impression de connaître cet endroit, comme si elle en avait déjà vu la silhouette. Pourtant, elle était sûre de n'être jamais venue ici. Mais elle n'eut pas le temps de s'appesantir sur cette question, car deux voitures de patrouille de la police de Bellevue, gyrophares allumés, étaient garées devant la maison, et un petit groupe de personnes s'était rassemblé. Un des policiers se détacha pour venir à leur rencontre.

— Agent fédéral Truong, déclara l'Asiatique en montrant son insigne. Voici l'agent Red Feather.

— Que viennent faire les fédéraux par ici ? demanda le flic.

— Dites-moi plutôt ce que vous faites ici.

Le flic secoua la tête.

— C'est cette bande d'illuminés. Il y a vingt minutes, on a reçu un appel, comme quoi il y avait eu un enlèvement. D'après la standardiste, une femme complètement hystérique affirmait avoir tout vu. Alors, on se pointe, et un crétin nous dit que c'est un malentendu. Un malentendu ! C'est quoi ce bordel ? Je lui demande où est la femme qui nous a appelés. « Elle n'est pas ici », qu'il me répond. Bref, pas d'enlèvement, pas de témoin. Qu'est-ce qu'on fait, nous ?

— Rien, répondit Truong. Vous ne pouvez rien faire.

— Je parie que ces dingues sont défoncés à je ne sais quoi, dit le policier. Mais comment ça se fait que vous êtes déjà au courant ?

Il s'était passé quelque chose, c'était certain, se dit Leanne. Abandonnant Truong avec le policier, elle s'avança dans l'herbe, passa devant le groupe de personnes qui discutaient avec les autres policiers, leur racontant ce qui avait pu se passer, d'où pouvait provenir ce malentendu. S'il s'était passé réellement quelque chose de grave ici, il y avait forcément un signe quelque part, une trace. Les drames laissaient toujours des traces. L'astuce, c'était de les repérer.

Immobile, silencieuse et aux aguets, Leanne perçut dans le champ de sa vision périphérique un mouvement, une silhouette qui s'éloignait du groupe réuni autour des policiers. Elle la suivit et constata qu'il s'agissait d'une jeune femme noire, légèrement voûtée. Quand celle-ci passa dans la lumière d'un des lampadaires, Leanne vit briller sur son visage des traînées de larmes. La jeune femme longea la maison et pénétra dans un petit jardin arboré.

Il faisait nuit maintenant. À son tour, Leanne s'éloigna de la maison, la contourna et pénétra dans le jardin par l'autre côté, pour ne pas être vue si jamais quelqu'un regardait par la fenêtre du bâtiment. La jeune Noire était assise sur une chaise en plastique.

— On peut parler ? demanda Leanne, faisant sursauter la jeune femme qui se redressa sur sa chaise et sécha ses larmes.

— Non. Je veux dire... il n'y a rien à raconter.

— Quelqu'un a été enlevé ici ce soir. Je le sais. Et quelqu'un d'autre ne veut pas que ça se sache. Une fille a été kidnappée. Elle court un grave danger. La piste est encore fraîche. Je veux me lancer à sa poursuite et l'aider.

— Je... Je ne sais pas... Oh, mon Dieu.

— Comment t'appelles-tu ?

— Lou Ann.

— Ah oui ? Tu ne vas pas le croire. Moi, c'est Leanne.

La fille sourit.

— Lou Ann et Leanne. Assises dans le noir. Qui a prévenu la police, Lou Ann ?

— Notre Mère la Terre et Père le Dieu.

Elle regarda autour d'elle, scrutant la nuit, puis ajouta :

— Une fille qui s'appelle Sunny Carson.

— Sonny, comme Sonny and Cher ?

— Non, Sunny, avec un u.

— Comment est-elle ?

— Elle pèse dans les cent kilos. C'est une Blanche.

— Elle a disparu elle aussi.

— Père, aidez-moi, je suis perdue.

— Moi, je vais t'aider, dit Leanne. Et j'aiderai ton amie. Considère que j'ai été envoyée ici par Dieu en personne.

— Mais Père dit que...

— Lou Ann, qui est ton père ?

— Ils l'ont emmenée.

— Ton père ?

— Au Sanctuaire. Sunny. Elle est déjà en route.

— Pas si vite. Commençons par le Sanctuaire.

— C'est le Saint des Saints ; là où ils... Non, je ne peux pas parler de ça. Protégez-moi, Père. Mère, aidez-moi.

Leanne eut alors la certitude d'avoir déjà vu cet endroit. Elle n'était toujours pas capable de le situer, et elle n'avait pas le temps d'y réfléchir, mais ce nom, Sanctuaire, déclenchait ses signaux d'alarme.

— Ressaisis-toi, petite. Vite. Tu dis que Sunny, la fille qui a assisté au kidnapping, a déjà été emmenée dans un endroit qui s'appelle le Sanctuaire ?

— Sunny a prévenu la police. C'est interdit.

— Donc, il y a bien eu un enlèvement.

— Sunny a paniqué. Elle a pensé que la police pourrait la retrouver rapidement. Sunny l'adore ; elles se connaissent depuis longtemps. C'est Sunny qui est allée la chercher.

— Qui ça, Lou Ann ?

— Kari Downs.

— Comment ça s'écrit ?

— K.A.R.I. D.O.W.N.S.

— Et Sunny, qu'a-t-elle vu ?

— J'étais à l'intérieur ; elle est entrée en courant, affolée, pour téléphoner. Elle pleurait et elle criait. Une voiture blanche, elle a dit. Une vieille grosse voiture. Immatriculée SK quelque chose.

— Tu es sûre ? C'est ce qu'elle a dit ?

Lou Ann acquiesça.

— Oui, c'est les mêmes initiales, vous voyez ? SK. Sunny et Kari. Oh, Seigneur. Père et Mère... Tout est lié ! Père nous le dit toujours. Pourquoi ne retient-on pas la leçon ? Pourquoi je ne retiens pas la leçon ? (Lou Ann poussa des gémissements et frotta son poing contre ses dents.) Elles devaient partir ensemble...

— Sunny et Kari ?

Lou Ann opina.

— Où était passée Kari ?

— Je sais pas.

— D'accord. Calme-toi.

Un homme costaud, les cheveux coupés en brosse, vêtu d'une chemise blanche sans col, émergea des ombres qui entouraient la maison. Leanne décida d'épargner des ennuis à cette fille.

— Écoute-moi, ma petite, lui dit-elle en haussant la voix. J'en ai marre de ton silence ! Si quelqu'un ne nous dit pas la vérité, on va distribuer les convocations chez le juge.

Lou Ann parut surprise.

— Faites donc, répondit l'homme. Et fichez-nous la paix.

— Hé, fils, rétorqua Leanne. C'est vous qui nous avez appelés, ne l'oubliez pas.

Tout en maugréant, elle rejoignit Truong qui continuait de discuter avec le flic ; elle le prit par le bras et lui glissa :

— Allons-nous-en. Immédiatement.

De retour dans la voiture, elle diffusa par radio le signalement du véhicule recherché, avec l'immatriculation incomplète.

— Faites qu'ils se dépêchent, dit-elle.

Il ne s'agissait pas d'événements isolés, elle le savait. Tout cela était lié à une seule et même chose. Il fallait absolument qu'elle retrouve cette fille, Kari Downs, et vite. Plus encore que Joe, ou Rick Damschroeder, peut-être, cette fille constituait la clé de l'énigme. Leanne avait retrouvé la trace de cette vieille odeur familière.

14

Au cœur des plaines de l'État de Washington, non loin du pont de l'U.S. Highway 90 qui traverse le fleuve Columbia, juste avant de grimper vers les contreforts des montagnes Wenatchee de la chaîne des Cascades, l'homme qui s'était fait appeler Rick Damschroeder utilisa une cabine téléphonique pour appeler un numéro en Alaska.

— C'est moi, dit-il quand Père décrocha.

— Reste planqué. Disparais. Seattle est bourrée de fédéraux.

— Qu'est-ce qui s'est passé ?

— Ce salopard a embarqué Kari.

— Qui ?

— Qui ? J'en sais rien. Le type que tu as piégé. Qui d'autre, à ton avis ?

— Il l'a embarquée ? Kidnappée ?

— Exactement. (Il s'ensuivit un silence insupportable.) Elle avait la mallette.

Rick regarda la paroi vitrée de la cabine téléphonique virer au rouge. Il serra si fort le combiné dans sa main qu'il aurait pu le briser. Il se concentra sur les battements frénétiques de son cœur dans sa poitrine, douloureux, et imagina son plaisir lorsqu'il retrouverait Joe.

— Planque-toi pour l'instant, dit Père. Rappelle plus tard. On se réunira pour établir un plan. Ils ne peuvent pas disparaître. On les retrouvera.

— Je les retrouverai, déclara Rick.

Il raccrocha et regagna sa voiture. Non loin d'ici se trouvait la ville d'Ellensburg, où la 90 traversait l'U.S. 97, une route qui reliait le nord au sud. Au lieu de continuer vers l'ouest comme il en avait l'intention au départ, il bifurquerait vers le sud en prenant la 97. Jusqu'à Portland, songea-t-il, où il y aurait moins de risques. De là, il remonterait vers le nord.

Ensuite, il trouverait un moyen de récupérer la fille. Et d'égorger ce type qui l'avait emmenée de force, avec l'or, et qu'il aurait fallu tuer aussitôt le boulot terminé.

À Bellingham, au bord de l'océan, à une heure au nord de Seattle et à environ quarante kilomètres au sud de la frontière canadienne, Joe quitta l'autoroute puis tourna en rond jusqu'à ce qu'il avise un endroit suffisamment sombre, sous un échangeur, où il enfila la chemise, le pantalon et la cravate qu'il avait achetés, en veillant à ce que la cravate soit bien nouée, les cheveux bien coiffés.

En se penchant pour enfiler les chaussettes noires à la place des blanches, il découvrit ses chevilles dans la pénombre de la voiture, et demeura pétrifié quelques instants. Non seulement les plaies s'étaient remises à saigner, mais voilà qu'elles s'étendaient, jusqu'aux mollets. Ses chaussettes blanches étaient humides de sang et de pus. Ses chevilles le brûlaient et le démangeaient, encore plus maintenant qu'il les avait irritées, mais il ne pouvait rien faire, à part supporter la douleur, pendant qu'il enfilait les chaussettes noires.

Il mit le veston, puis, en s'aidant du rétroviseur intérieur, il parvint, au bout de quelques minutes, à remettre ses verres de contact colorés.

Avant de quitter Seattle, il avait pris la carte grise de la voiture dans la boîte à gants et déniché une cabine téléphonique. Il appela d'abord les renseignements, puis composa le numéro d'une dénommée Mary McGuire, à qui appartenait la voiture. Un répondeur se mit en marche, et il entendit la voix de Mary : « Bonjour, je suis absente pour le moment... » C'était bon signe, se dit Joe.

Désormais, si près de la frontière, les dés étaient jetés. La décision était prise ; il ne restait qu'à agir. Ça marcherait ou ça ne marcherait pas. Autant tenter le coup, se disait-il. S'il échouait, peu importe ce qui arriverait, et la manière dont ils l'arrêteraient, avec ou sans fille dans le coffre. C'était un meurtrier. Comparé à un meurtre, qu'était un simple kidnapping ?

Alors, respire un bon coup. Et vas-y.

Pendant ce temps, à Seattle, quelque part le long de la succession de canaux et de petits lacs qui reliaient la baie de Puget Sound au lac Washington, et séparait la ville en deux. Dans un restaurant du centre commercial à l'éclairage agressif, Leanne était assise à une table en Formica orange, en face de Mark Truong.

Même si le décor ressemblait à celui de n'importe quelle cafétéria, ce n'était pas un restaurant comme les autres, lui avait-il expliqué, car on y servait une cuisine asiatique dont elle ignorait certainement l'existence, il l'aurait parié : celle des Hmongs. Il lui raconta que cette tribu avait été quasiment exterminée durant la guerre et qu'un grand nombre de survivants avaient immigré par ici, dans le nord-ouest des États-Unis, à cause des similitudes géographiques avec leur terre natale.

Lorsqu'il lui avoua être lui-même à moitié hmong, par sa mère, qui lui avait fait quitter le Viêt-nam, en passant par le Laos, pour l'emmener aux États-Unis lorsqu'il était encore jeune adolescent, dans les années 60, et que ce restaurant était tenu par de très vieux amis de sa mère, Leanne se dit qu'elle n'avait pas le cœur de lui faire remarquer qu'il y avait sans doute plus de Hmongs dans l'Idaho et le Montana qu'ici, et qu'elle avait déjà mangé dans une demi-douzaine de restaurants semblables. Elle se contenta de sourire en acquiesçant, par gentillesse.

Après tout, Truong cherchait à lui être agréable, lui aussi ; il voulait se montrer courtois avant de la renvoyer chez elle. Leur collaboration était terminée, elle le savait. Les chances de retrouver une voiture volée, en l'espace d'une nuit, en connaissant uniquement la couleur et deux lettres de la plaque d'immatriculation, étaient plus que minces. Finalement, sa venue jusqu'ici, ses deux jours de dépenses et de temps perdu, étaient une folie. Elle n'avait rien apporté à l'enquête, ni informations, ni idées, que Truong ne possédât déjà. Elle n'avait été qu'un fardeau ; elle méritait le savon que ne manquerait pas de lui passer Simmons.

Elle lui avait parlé au téléphone avant de venir dîner ici, pour le mettre au courant des derniers développements, pour lui dire également que la vision de ce temple et l'évocation de ce nom, Sanctuaire, avaient résonné étrangement en elle, et sans doute devrait-il envisager d'envoyer un agent interroger l'ordinateur et consulter les archives dès ce soir ; elle-même avait bien envie d'appeler l'agence locale de l'ATF à Seattle pour voir si quelqu'un avait entendu parler de cet endroit, ou possédait des renseignements à ce sujet. Mais Simmons se contenta de grogner à plusieurs reprises, en lui interdisant d'appeler qui que ce soit, et en lui ordonnant de boucler ses valises et de réserver un billet d'avion pour le lendemain.

On venait de leur apporter un dessert, que certaines personnes, expliqua Truong, appelaient de « la soupe d'œil de chien » — des baies translucides avec des points noirs sur un côté, semblables à des iris noirs, flottant dans la crème —, lorsque le téléphone portable de Truong sonna. Il écouta ce qu'on lui disait, puis secoua la tête, et couvrit l'appareil avec sa main.

— Ils l'ont retrouvée, dit-il à Leanne. Une Pontiac Bonneville blanche, datant des années 70. Immatriculée SK244.

— Comment ont-ils fait ?

— Notre ami Joe l'a échangée contre un modèle plus récent.

Sur le parking d'un cinéma, situé à dix minutes du restaurant, ils furent accueillis par des policiers municipaux et deux jeunes femmes, dont l'une avait le visage couvert de larmes.

— Mary McGuire, dit un des policiers. Avec sa copine, elles se sont payé une toile après le travail. Elle sont ressorties un peu avant 22 heures. Là, elles ont découvert que leur voiture, une Chevrolet Cavalier de 86, avait disparu. On est arrivés, on a regardé un peu partout, et tout de suite on a repéré cette espèce de paquebot là-bas, avec le coffre entrouvert, la serrure arrachée. On peut voir à l'intérieur sans y toucher, alors on a jeté un œil, avec nos lampes. On a découvert du gros ruban adhésif, un pied-de-biche, des portemanteaux en fer. Toute la panoplie, quoi. On a signalé le numéro d'immatriculation à la radio. La réponse est revenue aussitôt, avec ordre de vous prévenir.

Il avait franchi le pont Ambassador qui reliait Detroit à Windsor, dans l'Ontario, des dizaines de fois, enfant tout d'abord avec ses parents, puis plus tard, quand ses copains et lui commencèrent à fréquenter les boîtes de strip-tease de Windsor, destination préférée d'un grand nombre de frontaliers. Plusieurs fois, alors qu'ils voyageaient à trois ou quatre dans de vieilles bagnoles, certains mal habillés, avec des vestes de treillis ou des jeans déchirés, et les cheveux longs, les douaniers les avaient obligés à s'arrêter et à descendre, les chiens avaient reniflé la voiture. Ils cherchaient de la drogue, mais personne n'était assez idiot pour essayer d'en passer en douce. Mais à part la drogue, et peut-être les armes, Joe avait toujours eu l'impression que les douaniers s'en foutaient. Ils se fiaient à votre allure. Vous présentiez bien, vous étiez en famille, ils vous jetaient juste un regard et hochaient la tête pour vous faire signe de passer.

Joe avait réfléchi au problème du permis de conduire. Conclusion : il n'avait aucun moyen, dans l'immédiat, de s'en procurer un faux. Un permis délivré dans un autre État attirerait forcément l'attention, d'autant que cet État ne correspondait pas non plus aux plaques d'immatriculation, mais il était obligé de tenter le coup, en espérant que le nom de Joseph Michael Curtis n'avait pas encore été découvert.

Les lumières du poste frontière étaient aveuglantes, les douaniers effrayants avec leurs uniformes et leurs casquettes sombres. Des bergers allemands rôdaient quelque part, il en était certain. Il s'arrêta derrière un gros camion à plateau. Les battements de son cœur s'emballèrent, ses paumes devinrent moites. Respirant profondément, il s'obligea à rester calme, détendu, pour ne pas se faire remarquer.

Il chaussa ses lunettes demi-lunes et ajusta sa cravate.

C'était à lui.

— Vos papiers, demanda la femme.

Cheveux blonds décolorés. Trop maquillée. Il lui tendit son permis de conduire.

— Vous êtes de Detroit ?

— Oui, m'dame.

— À qui est cette voiture ?

— À une amie, Mary McGuire.

Il lui tendit la carte grise, qu'elle regarda à peine.

— Vous avez une lettre d'autorisation ?

— Non, m'dame, désolé. Mais j'ai son numéro de téléphone, si vous voulez l'appeler.

En espérant que cette chère Mary McGuire avait aimé le film et était restée jusqu'à la fin.

La femme secoua la tête. Sans dire un mot, elle se leva et sortit de sa cabine. Joe sentit son pouls s'emballer en la regardant faire le tour de la voiture et s'arrêter devant le coffre... dans lequel était enfermée Kari, recroquevillée et ligotée. Elle resta plantée là un moment, griffonna quelque chose dans un carnet, puis regagna sa cabine. Toujours muette, elle décrocha son téléphone, et murmura quelques mots. Il l'entendit ensuite réciter le numéro de la plaque d'immatriculation de la voiture de Mary McGuire.

Après avoir raccroché, elle lui demanda :

— Quel est le but de votre visite en Colombie-Britannique ?

— Un entretien d'embauche.

— Combien de temps pensez-vous rester ?

— Deux ou trois jours.

Elle examina de nouveau le permis de conduire.

— Vous venez jusqu'ici pour chercher du travail ?

Elle semblait sincèrement étonnée.

Joe hocha la tête.

— Ça fait sacrément loin, non ?

— Vous connaissez Detroit ?

Elle le regarda, esquissa un petit sourire et lui rendit son permis.

— Transportez-vous des armes ou de la drogue ?

— Non, m'dame.

— De l'alcool ?

En posant cette question, elle leva les yeux vers le mur opposé de sa cabine où, Joe le découvrit alors, on avait épinglé un portrait-robot, le plus récent des avis de recherche distribués par le FBI, tout frais de ce matin. Un terrible choc l'ébranla lorsqu'il s'aperçut qu'il contemplait son propre visage, même s'il ne s'agissait pas d'un parfait fac-similé : il faisait trop mince, premièrement, et le nez n'était pas très ressemblant. Mais il savait que ce dessin était censé le représenter.

La femme marqua un temps d'arrêt. Quelque chose, dans les yeux trop écartés, songea Joe, avait attiré son attention. Mais les yeux sur le dessin étaient délavés, si pâles que le dessinateur les avait faits presque blancs, rien à voir avec les yeux noisette du conducteur. Malgré tout, elle regarda le dessin pendant plusieurs secondes, avant de, se retourner vers lui, pour le dévisager.

— Non, pas d'alcool, dit Joe.

Il lui sourit et la regarda droit dans les yeux, par-dessus ses lunettes demi-lunes. Vous voyez comme je suis détendu et confiant ? semblait-il dire. Je n'ai rien à me reprocher.

— J'attends la réponse, dit la femme. (Son regard alla du téléphone au conducteur.) Je vais devoir vous demander de vous ranger sur le côté, là-bas.

Elle désigna une grande aire de stationnement bétonnée, près d'un petit bâtiment bas.

Joe savait que s'il s'arrêtait sur le bas-côté, tout était fini. S'il voulait franchir la frontière, cela devait se faire vite. Rien ne devait dévier de ce scénario.

Il regarda droit devant lui, l'obscurité du Canada, et envisagea un instant de démarrer en trombe et de foncer sans s'arrêter, pour voir jusqu'où il pouvait aller, avant qu'ils le rattrapent. Mais c'était idiot, et il le savait. S'il s'enfuyait maintenant, des hélicoptères et des équipes de recherche seraient ici en quelques minutes. Or, il avait besoin d'une petite lucarne de temps. Pas grand-chose, juste de quoi se faufiler pour disparaître.

Le téléphone sonna dans la cabine. L'agent des Douanes décrocha, écouta sans rien dire, puis raccrocha.

Et lorsqu'elle leva de nouveau les yeux vers lui, Joe constata que son visage était plus détendu. La plaque d'immatriculation avait passé l'examen de contrôle ; Mary McGuire n'avait pas encore déclaré le vol de sa voiture. Peut-être que si cette femme avait pris le temps de lire le mémo qui accompagnait le portrait-robot du FBI, si elle avait vu que le fugitif se prénommait Joe, et que le prénom du conducteur était Joseph, alors, peut-être qu'avec la ressemblance physique, cela aurait été suffisant pour qu'elle reprenne son téléphone. Peut-être. Quoi qu'il en soit, elle ne le fit pas.

Elle sourit à cet homme séduisant et bien habillé, venu de Detroit, qui avait emprunté la voiture d'une amie, et lui dit :

— Vous êtes censé avoir une lettre d'autorisation signée quand vous conduisez la voiture de quelqu'un d'autre. La prochaine fois, pensez-y.

— Promis.

— Bonne chance.

— Merci.

Il repartit.

Devant lui, il faisait nuit, au-delà des lumières. Le Canada. Et après Vancouver, il ferait encore plus noir, tout serait encore plus vaste, plus vide, plus froid.

Mais il avait réussi, il s'enfuyait. Quand il eut mis une bonne distance entre lui et le poste frontière, quand les lumières vives ne furent plus que des points minuscules dans son rétroviseur, il s'autorisa un sourire, mais s'abstint de pousser des cris de joie et de taper sur le volant. Il venait juste de remporter une petite victoire, improbable, la première de ce qui devrait être une longue et incroyable série.

Mais une victoire quand même. Le Canada ! La liberté !

Joe ne pouvait donc pas être là, vingt minutes plus tard, pour entendre le téléphone sonner de nouveau dans la cabine de l'agent des douanes devant qui il était passé ; il ne pouvait être là quand elle reçut, verbalement, un avis de recherche prioritaire du FBI et de la police montée canadienne, transmis par son supérieur, concernant une Cavalier bordeaux, qui venait d'être déclarée volée et introduite à l'instant dans le fichier informatique, une voiture appartenant à une certaine Mary McGuire, conduite par un suspect prénommé Joe, ou quelque chose approchant, dont le portrait-robot avait été transmis précédemment. Ce fut d'abord la consonance du nom de Mary McGuire qui fit tilt dans l'esprit de l'agent. Puis les prénoms, Joe, Joseph, de Detroit. Combien de Joseph pouvait-on voir passer un soir de faible affluence ?

Le numéro d'immatriculation au sujet duquel elle s'était renseignée quelques instants plus tôt, demanda-t-elle, l'avaient-ils conservé ?

Oui, ils l'avaient conservé. Et ils vérifièrent. C'était bien le même. Le numéro de la plaque de Mary McGuire. Simplement, il était rentré dans la machine trop tard.

L'agent des Douanes se souvint alors d'avoir trouvé une certaine ressemblance entre le portrait-robot et le visage de cet homme. Elle se souvint aussi d'avoir hésité un instant, pour réfléchir, avant de le laisser passer finalement. Joe ne pouvait pas non plus la voir tourner la tête vers le Canada, comme s'il était reparti à l'instant, tandis qu'elle comprenait, avec effroi et une soudaine nausée, ce qui venait de se passer, tandis que son supérieur décrochait son téléphone pour alerter la Police montée royale du Canada, qui à son tour prévenait le FBI et la police de Vancouver. Et Joe était depuis longtemps hors de vue des lumières du poste frontière quand les gyrophares des premières voitures de police arrivèrent sur les lieux, quand un hélicoptère du FBI se posa sur la piste prévue à cet effet, du côté américain.

Il ne vit pas — et d'ailleurs, il ne l'aurait pas reconnu — le visage de cette femme à la peau mate et aux cheveux bruns nommée Leanne Red Feather, issue d'une tribu indienne du Montana et agent de l'ATF ; il ne vit pas son expression complexe, empreinte de frustration, évidemment, mais aussi teintée d'amusement, et même d'une pincée de triomphalisme. S'être approchée si près de lui, de ce fugitif prénommé Joe, après l'avoir traqué à travers l'immensité de l'État de Washington, et dans une ville de plusieurs millions d'habitants, pour finalement le laisser échapper, de justesse, à la frontière avec le Canada, alors qu'elle était la seule à avoir prédit qu'il s'enfuirait par ici, cela semblait une incroyable prouesse. Non, Leanne n'était pas furieuse. Elle savait qu'elle rencontrerait un jour ce Joseph Curtis. Elle le sentait.

Joe ne pouvait pas imaginer, non plus, l'ampleur de la tempête gigantesque qu'il avait provoquée autour de lui. Mais voilà déjà plusieurs jours qu'il se comportait en fugitif, et il avait appris à réagir comme un animal, respirant l'odeur de la mort à chaque tournant.

Résultat, quand, bien après minuit, un hélicoptère de la police montée aperçut dans le faisceau de son projecteur une Chevrolet Cavalier bordeaux, avec des plaques de Washington, cachée dans un bosquet d'arbres et d'herbes hautes au bord d'une route sombre, à une trentaine de kilomètres de la frontière et à un peu plus d'un kilomètre de l'autoroute 99, quand des policiers débarquèrent peu de temps après pour encercler la voiture, en braquant leurs projecteurs et leurs armes dessus, ils découvrirent un véhicule abandonné. Dans le coffre, ils trouvèrent une sangle en Nylon et quelques bouts de ruban adhésif roulés en boule. Sur le siège avant, il y avait des vêtements, un emballage en Cellophane, un T-shirt noir sale et une paire de chaussettes humides.

Où donc, dans cette obscurité, en pleine campagne, cet homme et son otage avaient-ils pu s'enfuir ? Il n'y avait par ici aucun endroit pour voler une voiture, sauter dans un car ou un taxi. Vancouver se trouvait à plus de vingt kilomètres. Les policiers organisèrent une battue nocturne dans les environs. Quelques heures plus tard, alors que le soleil se levait sur la côte ouest, ils en conclurent que l'homme et la femme avaient marché, ou couru, sur le bas-côté de la route pendant un kilomètre environ, avant de couper à travers un champ boueux. Les traces de pas conduisaient à une petite route de terre, qu'ils avaient suivie pendant un certain temps, avant de traverser un autre champ pour atteindre une route goudronnée plus fréquentée qui rejoignait la 99, où ils avaient pu faire du stop afin d'atteindre la ville, ou même marcher une bonne partie du chemin. Les hommes de la police montée reconstituèrent finalement ce périple au lever de jour, mais évidemment, à ce moment-là, la piste avait refroidi depuis longtemps.

CAP SUR L'ARCHIPEL

15

Le vendredi, à Arlington en Virginie, dans un bureau surchauffé du Pentagone, orienté à l'ouest, un lieutenant de l'armée nommé Bliss s'assit pour informer le colonel Johnson Rozsa, chef du DITAC, le centre d'analyse des menaces et de l'espionnage intérieurs, placé sous la direction de l'INSCOM, le bureau de renseignements et de sécurité de l'armée. Le lieutenant Bliss était agent de liaison du CRIDCOM, la division des enquêtes criminelles de l'armée, sur la base George G. Meade dans le Maryland. Bien évidemment, le CRIDCOM commandait le CID, la division des enquêtes criminelles, qui possédait un bureau dans chaque base militaire à travers le monde pour soutenir son immense réseau — quasiment invisible — d'enquêteurs militaires, dont la plupart opéraient en civil hors de leurs bases.

— Je sais bien que nous sommes vendredi, dit Bliss, et cela pourrait sans doute attendre. J'ai essayé de joindre le major White...

— Non, ne vous excusez pas, lieutenant, dit Rozsa.

Il n'était pas rare que des enquêteurs du CID mettent à jour des problèmes susceptibles d'intéresser le DITAC. Toutefois, d'après la propre expérience de Rozsa, ces problèmes présentaient rarement une menace directe pour des civils ou pour la sécurité nationale, et généralement, l'information était transmise par le biais de rapports écrits qui suivaient des canaux non prioritaires.

Bliss s'enfonça dans son siège et dit :

— Je pense que vous allez recevoir un appel de Simpson aujourd'hui.

Simpson était le sous-directeur du CRIDCOM.

— Mais en apprenant la nouvelle, ajouta-t-il, j'ai décidé de vous avertir tout de suite.

Rozsa hocha la tête en souriant. Bliss poursuivit :

— Le CID a envoyé trois hommes dans le nord de l'Idaho ce matin, monsieur, après avoir appris qu'un agent de l'ATF y avait découvert une cache d'armes.

— Du matériel militaire ?

— Apparemment. Et en grand nombre.

Depuis plusieurs années, une quantité de plus en plus importante de pièces détachées, d'armes légères et autre matériel militaire se retrouvait sur le marché noir, dans des expositions publiques, entre les mains de marchands d'armes. La plupart du temps, la marchandise provenait des bases de la Garde nationale où des responsables du stock, des officiers intendants et des chauffeurs se mettaient d'accord pour détourner du matériel et camoufler sa disparition. Le CID, en collaboration avec des agents de l'ATF et du FBI, organisait régulièrement des souricières sur les sites suspectés d'organiser des trafics, en se faisant passer pour des clients ; ils identifiaient ainsi les coupables, à l'intérieur et à l'extérieur de l'armée, et procédaient aux arrestations.

— Quand ?

— La découverte remonte à hier après-midi. Pour une raison quelconque, l'ATF a alerté directement le commandant de Fort Lewis, le général de division Ed Shaw. Apparemment, la majeure partie du matériel semble provenir de là, ou plus exactement du centre de tir de Yakima, dans l'État de Washington. Shaw n'a alerté son CID qu'aujourd'hui. Ils ont envoyé rapidement quelques hommes sur place et informé aussitôt le CRIDCOM.

C'était donc du sérieux. Le centre de tir de Yakima, tout en servant de base à la Garde nationale, constituait également un site d'entraînement pour les troupes de Fort Lewis, dont il dépendait. Il s'agissait d'un immense complexe militaire.

— Shaw a essayé de couvrir ses arrières, commenta Rozsa.

— Ça m'en a tout l'air, monsieur.

— Mais ça n'a pas marché, on dirait. Bon Dieu, Bliss. En quoi est-ce que ça nous concerne ?

— Shaw a donné l'ordre de procéder immédiatement à un inventaire pour savoir ce qui manquait. Ils ont travaillé toute la nuit et sont parvenus à une longue liste. On ne l'a pas encore comparée avec les armes découvertes dans l'Idaho, mais vous...

— Qu'est-ce qui a disparu ?

— Des fusils principalement, des M-16, ainsi que des caisses de munitions et de pièces de rechange. Plus divers petits explosifs, des grenades.

Rozsa regardait Bliss sans rien dire, il attendait la suite.

— Il manque également dix mitrailleuses M-60, et environ 40 000 cartouches de 7,62.

— Bon Dieu.

— Et j'ai peur que ce soit la bonne nouvelle, monsieur.

— Quoi ?

— J'ai dit que c'était la bonne nouvelle, monsieur.

— J'ai entendu ! Je vous écoute.

— Il semblerait qu'une douzaine de missiles Stinger aient disparu également. Ils étaient entreposés à Yakima pour des exercices.

— Nom de Dieu ! (Cette fois, Rozsa se leva derrière son bureau.) Quelqu'un a vendu douze de nos putains de Stinger au marché noir ? C'est ce que vous êtes en train de me dire ?

— C'est une possibilité. Nous ne savons pas encore si les missiles en question ont été retrouvés à Cœur d'Alene. La seule certitude, c'est qu'ils ont disparu.

— Lieutenant...

— Fort Lewis procède à un nouvel inventaire en ce moment même, monsieur.

— Bliss, écoutez-moi. S'il nous manque des Stinger je veux en être averti aujourd'hui. C'est bien compris ? S'ils sont là-haut dans cette cache, je veux le savoir. S'ils n'y sont pas, et s'ils n'apparaissent pas dans l'inventaire de Yakima, j'ai intérêt à être le premier informé.

« L'autre question à laquelle devra répondre le CID, la plus importante, c'est de savoir qui a mis la main sur ces missiles. Si on les a revendus à l'étranger, ce n'est plus l'affaire de ce bureau. Vous le comprenez bien. Mais s'ils sont en possession d'une personne susceptible de les utiliser sur notre territoire, je suis obligé d'envoyer des rapports prioritaires de Niveau Trois.

Le supérieur du colonel Rozsa était le général de brigade Thomas Parkins, chef de l'INSCOM. Parmi les personnes auxquelles Parkins devait en référer se trouvait le chef de l'état-major des armées, le général Hargrave, qui à son tour devait des comptes au secrétaire d'État des Armées, qui, bien entendu, rendait des comptes à un haut fonctionnaire civil, le secrétaire d'État à la Défense. Un rapport prioritaire de Niveau Trois émanant du DITAC, mettant le doigt sur une menace potentielle visant des populations militaires ou civiles ou des biens sur le territoire américain, remontait rapidement cette chaîne de commandement.

Bliss se leva pour saluer et s'en aller. Mais Rozsa resta assis un moment derrière son bureau, les yeux levés vers le lieutenant, et dit :

— Faites bien comprendre à vos gars, mon vieux, même si je suis sûr qu'ils le savent déjà, les désastres que pourrait causer un seul de ces missiles Stinger.

Au même moment, sur la rive opposée du Potomac, une autre réunion avait lieu, à l'intérieur du bâtiment du ministère de la Justice, qui occupait la totalité du pâté de maisons de forme trapézoïdale que bordaient les 9e et 10e Rues, Constitution et Pennsylvania Avenues, dans le bureau lambrissé de madame le ministre de la Justice. Cela n'avait rien d'inhabituel : deux fois par semaine, en effet, le ministre rencontrait son conseiller et expert particulier, l'ancien procureur du district de Miami, qui connaissait madame le ministre depuis des années.

La semaine avait été calme, dans l'ensemble, et l'expert parcourut rapidement son agenda pour en arriver au dernier sujet, un sujet sans importance à vrai dire, mais qui, compte tenu du nouveau protocole établi par le ministre, devait être abordé. Il s'agissait d'un rapport concernant la mort d'un supposé trafiquant d'armes qui était surveillé activement par le bureau de l'ATF à Cœur d'Alene, dans l'Idaho. Si on l'évoquait, c'était à cause de deux éléments : l'ATF et la mort violente. Depuis la débâcle de Waco, deux ans et demi plus tôt, qui avait constitué le baptême du feu pour l'actuelle administration, surtout les fonctionnaires de la justice, le ministre avait insisté pour que tout « incident » mettant en jeu des agents de l'ATF — autrement dit, tout ce qui ne concernait pas des enquêtes de routine — soit traité directement par le ministère de la Justice. Le secrétaire d'État au Trésor s'était soumis à cette exigence, et avait ordonné à l'ATF de transmettre par e-mail des doubles des rapports concernés, au bureau du conseiller privé du ministre.

Toutefois, dans le cas présent, comme le fit remarquer l'expert, l'agent de l'ATF impliqué n'était pas responsable des coups de feu fatals, il n'était même pas présent sur les lieux au moment de l'incident. Alors que cet agent enquêtait sur l'homme dans une histoire de ventes d'armes illégales, l'individu avait été abattu au cours d'un vol à main armé dans une boutique, simple malchance apparemment. L'agent de l'ATF n'était arrivé sur place qu'après les faits.

— Et les armes ? demanda le ministre.

L'expert haussa les épaules.

— On n'a rien retrouvé, à ma connaissance.

Madame le ministre hocha la tête, mettant ainsi fin à la réunion.

Amon Ka'atchii sentait les forces obscures se refermer sur lui. Il les sentait depuis quelque temps déjà, depuis que, neuf mois plus tôt, un hélicoptère avait surgi et tournoyé au-dessus du camp pendant dix minutes pour permettre à quelqu'un, penché par la porte ouverte, d'imprimer des kilomètres de pellicules, alors qu'en bas les femmes s'enfuyaient en hurlant et que les hommes chargeaient leurs armes, prêts à tirer vers le ciel sur ordre d'Amon. Mais celui-ci ne l'avait pas donné. Les fusils étaient impuissants contre les hélicoptères et les avions de surveillance. Ils n'auraient réussi qu'à déclencher des représailles.

Ces envahisseurs se croyaient autorisés à violer n'importe quelle vie privée. L'hélicoptère ne portait aucune marque distinctive, nul n'avait pu découvrir à qui il appartenait, au Trésor ou au FBI, voire à quelque ennemi non gouvernemental. Père comptait de nombreux ennemis. Et beaucoup d'entre eux avaient les moyens de s'offrir des hélicoptères et du matériel de surveillance.

L'apparition de cet hélicoptère marqua la fin d'une courte période de paix pour la Famille, et, ce jour-là, Père sut ce qu'il devait faire. Bien qu'on fût au cœur de l'hiver, il partit en quête d'un terrain dès la semaine suivante ; et au mois de juin, trois mois plus tôt, il avait enfin trouvé ce qu'il cherchait : une centaine d'hectares extrêmement isolés, entourés de chaque côté de barrières naturelles, avec une étroite voie d'accès par l'océan au sud, une réserve naturelle fédérale au nord et, des autres côtés, des terres indigènes inexploitées. Le terrain appartenait à la Koniag Corporation, une des compagnies tribales formées par les peuples originaires d'Alaska — les Amérindiens et les Esquimaux — auxquels le gouvernement avait cédé d'immenses étendues de terre sauvage. Beaucoup avaient reproché aux Amérindiens de vendre une partie de ces terres, mais, répondirent-ils, eux aussi avaient besoin d'argent. Après avoir accompagné Amon en avion pour aller examiner cet endroit reculé et rocheux, Deacon avait conclu un arrangement avec un avocat de la Koniag pour utiliser du terrain, et obtenir des droits de pêche sur certaines étendues d'eau contrôlées par les tribus, en échange d'un pourcentage prélevé sur les revenus et d'un demi-million de dollars, dont 40 % versés cash en guise d'acompte et le reste échelonné sur dix ans, avec des intérêts. Cela représentait une grosse somme d'argent à débourser, si peu de temps après le précédent déménagement, surtout pour un terrain aussi isolé et inaccessible, mais ils n'avaient pas le choix.

Père était couché sur le dos dans les bois, derrière le camp de Kenai, et il écoutait chanter l'eau vive. C'était une bonne rivière, assez importante pour accueillir une forte colonie de saumons au printemps et en été, mais assez discrète, en même temps, pour ne pas être trop fréquentée. La Famille y avait pêché avec succès chaque été, sans être importunée par les intrus. Père l'écoutait parler, murmurer ses adieux.

Deacon avait appelé deux jours plus tôt pour

apporter des nouvelles : bonnes en ce qui concernait les armes, qui se trouvaient bien à l'endroit indiqué par Bill Cooper, dans une grange, sur une propriété abandonnée près du lac. Les hommes et le camion avaient franchi la frontière et fonçaient maintenant vers l'ouest, à travers la Colombie-Britannique. Bientôt, ils bifurqueraient vers le nord, en direction de Prince Rupert. Le *Maribel S.*, leur chalutier, qui avait quitté Homer une semaine auparavant, était arrivé ce matin à Ketchikan.

Mais quand Deacon avait parlé de Rick et des trois hommes assassinés à Cœur d'Alene, Père avait été comme aveuglé par la pression à l'intérieur de son crâne.

— On a les choses en main, avait ajouté Deacon. Rick a couvert ses arrières. On a quand même engagé un avocat, par prudence, mais il pense que Rick sera libéré dans un jour ou deux. La fille a l'or, en totalité. Elle se dirige vers Bellevue.

Ces nouvelles avaient apaisé Père, un peu.

Jusqu'à hier, lorsqu'un résident de l'avant-poste de Bellevue, un prédicateur nommé Krasten, avait appelé Père Amon pour l'informer de l'enlèvement de la fille, avec le colis, de la visite de la police, des reportages évoquant la poursuite jusqu'à la frontière, et enfin de la disparition du kidnappeur et de son chargement.

Allongé au milieu des aulnes verts, qui bientôt se dénuderaient, écoutant le bruit de l'eau et contemplant le bleu saphir du ciel, Père sentit qu'il s'ouvrait au monde, comme cela lui était déjà arrivé ; il se sentait fusionner avec la terre, tout son corps se décomposait en éléments basiques, qui pénétraient dans la terre et l'eau, s'évaporaient dans l'atmosphère. Il cessa de voir et d'entendre, il n'avait conscience que de cette dissolution, cette fusion de son être avec l'Unique.

Il était l'Unique. Il était Amon Ka'atchii.

Il ignorait combien de temps il était resté ainsi, avant que ses cellules ne se ruent à nouveau les unes vers les autres pour reformer les organes, la peau, le sang et les cheveux, s'engouffrant dans le vide créé par leur absence. La réformation fut aussi douloureuse que déconcertante, mais désormais, Amon savait ce qu'il fallait faire. Le temps était compté ; il devait informer la Famille dès aujourd'hui.

En regagnant le camp, il s'arrêta un instant afin d'observer quelques-uns des enfants, qui avaient organisé une partie de base-ball rudimentaire dans la boue. Il sourit en voyant un garçon — un de ses fils, Daniel, s'il avait bonne mémoire — frapper puissamment la balle qui s'envola au-delà des grilles. Parfait, se dit-il, les enfants élevés ici étaient solides.

Après s'être enfermé dans sa cabane, il composa le numéro d'un motel à Kenai.

— Roy, dit-il lorsque son correspondant décrocha, c'est Père Amon. Nous avons un problème.

Père raconta ce qui s'était passé, puis ajouta :

— Plus vite nous la récupérerons, plus vite vous pourrez l'emmener. En outre, elle transporte un colis auquel je tiens beaucoup. Si vous me le rapportez, dix mille de plus pour vous.

— Ils ont franchi la frontière ? demanda Roy Jamocon.

— Apparemment.

— Il y a certainement des barrages sur les

routes. S'ils n'ont pas été repérés, c'est qu'ils sont en ville. On sait qui est ce type ?

— Pas à ma connaissance.

— Ils ne vont pas tarder à l'identifier. Je connais un flic à Seattle qui me filera tous les renseignements qu'ils possèdent. Je peux me rendre à Vancouver, mais il va falloir que j'engage de l'aide. Et ça va coûter cher. Je pourrais faire payer sa famille, mais...

— Tout ce que vous voulez, Roy, dit Père. Je vous demande seulement de la retrouver avant tout le monde.

16

Le vendredi matin, Leanne fit sa valise, en y ajoutant les quelques bricoles qu'elle avait achetées à Seattle : une culotte, des collants, un chemisier en coton blanc et un T-shirt souvenir pour Calvin. Elle avait réservé une place sur un vol à destination de Boise ; son avion décollait un peu après midi, dans trois heures. La veille au soir, Ben l'avait informée dans les détails de sa découverte au lac Pend-Oreille. Une fois de retour à Boise, elle espérait que Simmons l'autoriserait à rejoindre Ben dans le Nord pour que, ensemble, ils tentent de mettre la main sur le maximum de personnes ayant eu des contacts avec Big Bill, et de dénicher des pistes permettant de savoir qui avait acheté des armes, de quelle façon celles-ci avaient été transportées, vers quelle destination. Toutefois, Leanne doutait d'apprendre beaucoup de choses grâce aux collaborateurs de Bill, même s'ils les retrouvaient. Quant au fugitif, Joe, et Kari Downs, ils étaient maintenant au Canada, pourchassés par la police montée. S'ils repassaient la frontière dans l'autre sens, le FBI et la police fédérale prendraient officiellement le relais. Mais elle savait que le FBI et la police montée travaillaient conjointement dans cette affaire, ne seraitce qu'en échangeant des informations. Mark Truong s'était envolé pour Vancouver ce matin, afin de dresser un topo général et d'aider à filtrer, à interpréter les pistes.

Si le ciel s'assombrissait, une chaleur insolite persistait. Derrière la fenêtre de sa chambre climatisée, Leanne regardait les hommes d'affaires desserrer leurs cravates et jeter leurs vestes sur leurs épaules en marchant dans la rue. Une fois de plus, elle songea qu'elle avait déjà entendu parler du Temple de la renaissance spirituelle, et que cet endroit évoquait un souvenir.

Au loin, à l'est, à travers la brume qui planait au-dessus de la ville, les contreforts verts de la chaîne des Cascades se dressaient. Leanne ne pouvait apercevoir la silhouette massive du mont Rainier, au sud, mais elle savait qu'elle le verrait parfaitement bien de l'avion. Elle adorait cette vue, quand elle volait vers l'est, d'abord le mont Rainier, puis la couronne affaissée du mont Sainte-Hélène.

Elle décrocha le téléphone pour appeler chez elle, espérant une fois de plus que Calvin allait répondre, tout en sachant, comme tous les quarts d'heure lorsqu'elle appelait, qu'il ne répondrait pas, parce qu'il avait pris la fuite, craignant pour sa vie, et creusé son trou plus profondément encore ; ce trou d'où il commençait enfin à émerger, avait-il cru.

Le taxi devait passer la chercher vers onze heures. D'ici là, elle ne voulait rien faire, ni même réfléchir, alors elle alluma la télé. Voilà des années qu'elle n'avait pas regardé les programmes de la journée ; il y avait là quelque chose d'exotique. Phil Donahue bavardait avec une femme qui s'était fait implanter l'embryon de la sœur de la femme stérile de son frère, fécondée par son frère. Leanne se frotta les yeux d'une main, et de l'autre, se massa le ventre ; elle se levait pour éteindre la télé quand le téléphone sonna.

Mon Dieu, faites que ce soit Calvin, pria-t-elle. C'était Simmons.

— Vous pouvez vous taper dans le dos pour vous féliciter, petite futée, dit-il sans préambule. Je le ferais volontiers, mais on ne va pas se revoir avant plusieurs jours.

— Éclairez-moi, Ed. Je suis plutôt tendue en ce moment.

— Il n'y a pas de quoi. Vous avez décroché le gros lot. Deux même.

— Hein ? Expliquez-vous, bon sang !

Elle l'imaginait dans son bureau vitré, coincé derrière sa table, tellement engoncé dans son fauteuil qu'il lui fallait plusieurs minutes pour s'en extraire. Plusieurs fois, elle s'était demandé ce qui arriverait en cas d'incendie ; le gros Ed parviendrait-il à se sauver à temps ? Elle pensait à toutes les manières qu'elle connaissait de provoquer un incendie en faisant croire à un accident. Pauvre gros porc de Simmons, qu'il repose en paix.

— L'Église apostolique du Nord-Ouest et le Temple de la renaissance spirituelle, dit-il. Toutes vos sornettes, comme quoi vous connaissiez cet endroit. Et ce nom de Sanctuaire qui vous disait vaguement quelque chose. Eh bien, vous aviez raison. Vous avez sans doute vu des photos du camp de Bellevue quelque part. Il s'agit de la première église de Fred Haines, après qu'il est devenu Amon. Le Sanctuaire, c'est comme ça que Haines appelle sa communauté principale. Le temple de Bellevue fut son premier Sanctuaire. C'est là que les Amonites sont nés, avant qu'ils partent s'installer dans l'Idaho, avant qu'ils aient affaire à nous. Apparemment, Haines a toujours un pied là-bas. Il existe des liens. Et si vous vous souvenez, ce vieux Fred était plus ou moins associé avec votre copain Big Bill.

Leanne se laissa tomber sur son lit, en tenant le téléphone collé contre son oreille, des deux mains.

— Je me souviens.

— Fred aussi détient un joli magot maintenant, dit Simmons.

Mais il n'avait pas besoin de lui raconter toute l'histoire. Contrairement à Simmons, Leanne était présente quand ils avaient investi le Sanctuaire de l'Idaho et récupéré toutes ces armes — deux mitrailleuses de 50, des grenades, et suffisamment d'explosifs pour faire sauter un gratte-ciel. Elle avait attendu que les gars de l'Équipe spéciale d'intervention — parmi lesquels se trouvait Ben —, vêtus de treillis et harnachés d'épais gilets pare-balles, aient écarté tout danger, avant d'entrer à son tour dans les bâtiments et de découvrir que Fred s'était enfui depuis plusieurs jours déjà, avec quelques-unes de ses femmes, et que les autres hommes avaient décampé eux aussi, vers le nord, sur un terrain que Fred avait acheté en Alaska, enfin que ce même Fred avait déjà vendu une partie de la propriété de l'Idaho à un autre groupe isolationniste. Ne restaient à l'intérieur du camp que quelques femmes et quelques enfants. Ils furent arrêtés et rapidement relâchés, faute de chef d'inculpation spécifique. À l'époque, Leanne avait insisté pour se rendre dans le Nord immédiatement, afin de localiser le nouveau camp, mais étant donné qu'ils avaient retrouvé ce qu'ils cherchaient, à savoir les armes, ses supérieurs avaient décidé de laisser tomber. Plus tard, ils installèrent une nouvelle surveillance en Alaska.

— Conclusion, dit-elle, ces deux individus que je pourchassais, Kari et Joe, sont des Amonites. Et Rick aussi. Il a menti en affirmant ne pas connaître la fille. Je parie qu'elle était avec eux depuis le début.

L'Alaska. Big Bill. Il était parfaitement logique que Fred Haines se cache derrière cette histoire ; malgré tout, elle n'aurait jamais pensé à faire le rapprochement.

— La chasse continue, dit Simmons. Les Canadiens gueulent parce qu'on a laissé un meurtrier et un kidnappeur franchir leur frontière, et peut-être même des armes par-dessus le marché. Un camion Ryder, loué il y a trois jours à Cœur d'Alene, a été retrouvé abandonné au bord de la Route 3 en Colombie-Britannique. Il a été loué avec des cartes de crédit volées. Aucune empreinte à bord.

— Quelles armes exactement ?

— L'armée est en train de dresser l'inventaire dans la grange, là-haut dans le Nord. Mais vu ce qui s'est passé, avec Haines dans le coup, je leur ai dit que ça ne présageait rien de bon, et que vous aviez raison : une grosse puissance de feu se balade dans les parages. Je ne sais pas encore ce qui se trame, mais on pense que Kari Downs, ou votre homme, Joseph Curtis, sont peut-être au courant.

— Quel nom avez-vous dit ?

— Ah oui, j'oubliais, dit Simmons. Le FBI l'a identifié ce matin, grâce au signalement donné par un agent des douanes, et aux empreintes. Curtis a déjà été condamné, c'est un ancien soldat devenu maboule, originaire de Detroit. Ça colle. Ses parents disent qu'il est parti à Seattle pour ramener son frère à la maison. Ils ne savent pas ce qui a pu se passer. Le frangin a disparu, lui aussi. La femme avec qui il vivait affirme qu'il a fichu le camp hier. Le FBI ne l'a pas encore retrouvé.

... Quoi qu'il en soit, la police canadienne est convaincue que Curtis et la femme se planquent à Vancouver. C'est une question de vitesse maintenant, selon eux. Ils ont réclamé de l'aide, quelqu'un qui sente la situation, qui connaisse la mentalité de Fred et de ses disciples. Je vous ai réservé une place sur le vol de 13 h 15 à destination de Vancouver, Air Canada. Soyez à l'heure. Ils m'ont dit qu'ils pouvaient vous loger à la caserne, si vous n'y voyiez pas d'inconvénient. Je leur ai répondu que si. S'ils vous veulent, ils n'ont qu'à faire un effort. Vous serez logée au Hyatt, dans le centre. C'est chouette, il paraît.

— Merci, Ed.

— Non, c'est moi qui dois vous remercier. Vous avez découvert la caverne d'Ali-Baba de Bill Cooper, et l'armée nous lèche le cul maintenant. J'ai discuté avec nos patrons ce matin à Washington. Ils sont aux anges. Vous pouvez vous attendre à une citation. Mais ne prenez pas la grosse tête pour autant. Le Q.G. vous envoie par coursier toute la doc qu'ils possèdent sur

Haines et la Famille, histoire de vous rafraîchir la mémoire.

Le plus étrange, pensa Leanne, c'était qu'elle conservait un souvenir attendri de ce raid sur le Sanctuaire de l'Idaho, trois ans plus tôt. On était en juillet 1992, précisément un an avant Waco, et les agents de l'ATF opéraient encore avec une grande autonomie, sans sentir le souffle des politiciens et des journalistes dans leur dos à chaque instant. Leanne et Ben étaient alors à l'apogée de leur collaboration, les meilleurs amis du monde, chacun défendait la vie de l'autre. Calvin ne s'était pas encore foutu dans le pétrin. Les Amonites eux-mêmes, et tous leurs semblables, paraissaient inoffensifs ; avec le recul, c'était juste une bande d'hommes des montagnes qui vendaient des fusils à canon scié.

La femme de Randy Weaver ne serait abattue qu'un mois plus tard. Six mois s'écouleraient avant que Ben n'embrasse Leanne, avant que la tension provoquée par cette relation naissante et l'effondrement de son mariage, plus la tragédie de Waco, ne les ramènent au rang de simples collègues, qui se saluent d'un hochement de tête le matin en arrivant au bureau. Six mois avant le raid catastrophique sur la communauté de Koresh et sa mitrailleuse de gros calibre. Deux ans et demi avant que des fascistes 100 % américains décident de faire sauter un immeuble fédéral.

Et aujourd'hui, voilà où ils en étaient : un pays qui vivait dans la crainte permanente d'un attentat terroriste, l'ATF qui luttait pour sa survie, Leanne divorcée, Ben marié et père de famille, Calvin qui fuyait pour sauver sa peau, enfin les Amonites impliqués dans plusieurs meurtres et sans doute le vol d'armes militaires. C'était stupéfiant de constater à quel point trois petites années pouvaient bouleverser les choses en profondeur.

Quand on frappa à la porte de sa chambre, quelques instants plus tard, Leanne supposa qu'il s'agissait du coursier, aussi fut-elle doublement surprise en allant ouvrir.

— Cal !

— Salut, grande sœur. (Il essaya de sourire en entrant et en refermant la porte derrière lui.) C'est Ben qui m'a dit où tu étais.

Elle répondit par un simple hochement de tête, prenant soin de réfréner son envie de le réprimander, de lui faire la leçon ou de lui soutirer des informations. Elle s'assit sur la chaise du petit bureau. Quand Cal s'assit sur le lit en face d'elle, elle demanda :

— Qu'est-ce qu'ils veulent ?

— J'ai perdu que dix mille, dit-il. Mais ils me réclamaient quinze mille avant que j'aille en taule. Maintenant, c'est vingt-trois mille, plus douze mille à cause de l'enfoiré que j'ai assommé. Où veulent-ils que je trouve trente-cinq mille dollars ?

— Ce n'est pas ton argent qu'ils veulent, Cal.

— Si. Ils ont dit qu'ils me foutraient la paix contre trente-cinq mille. Je peux même payer toutes les semaines si je veux. Avec 3 % d'intérêt.

— Tu crois qu'ils pensent vraiment que tu peux trouver trente-cinq mille dollars ? Ou même... mille dollars par semaine ?

Il se pencha en avant et se prit la tête à deux mains.

— Ce n'est plus ton argent qui les intéresse, dit Leanne.

— Qu'est-ce qu'ils veulent alors ?
— Ils ne t'ont pas parlé de l'autre solution ?
— Ils me l'ont pas dit, pas précisément.
— Ces gens, tu les connais bien ? Que font-ils ?
— Je ne... (Il s'arrêta, comme pour reprendre son souffle.) À un type de Denver, ils lui ont coupé un bout de la jambe. Au niveau du genou. Avec une tronçonneuse...

Soudain, il fondit en larmes, une succession de sanglots douloureux qui jaillissaient malgré lui et agitaient ses épaules. Leanne n'avait jamais vu Calvin pleurer, et d'ailleurs, elle aurait parié qu'il n'avait pas pleuré depuis qu'il était enfant.

Quand il avait treize ans, il était rentré soûl à la maison, un jour, et il avait battu sa sœur. Wolf Guts l'apprit, il examina les blessures de Leanne, et aussitôt après, il enfonça à coups de pied la porte de la maison de leur mère. Calvin était assis à table, en train de manger des céréales. Comprenant immédiatement ce qui se passait, il fonça vers la porte de derrière, au moment où Guts faisait irruption dans la pièce. Malgré ses cinquante ans et ses quarante kilos de plus, celui-ci rattrapa Calvin en six pas, le saisit par ses cheveux longs et l'obligea à s'allonger au sol en lui tordant la tête. Il sortit de sa ceinture un énorme couteau qu'il appuya contre le visage de Calvin.

— Avant tout, dit-il, sois bien sûr que j'hésiterais pas à te tuer si ça devient nécessaire un jour. Tu me crois ?
— Oui, murmura Calvin.
— Pour l'instant, tu mérites juste une punition pour avoir frappé ta sœur. Elle est du même

sang que toi, et elle ne t'a rien fait. Tu l'as frappée par pure méchanceté. Il faut que je te guérisse de ce vice.

En parlant, Guts appuyait la pointe de son couteau sous un des yeux de Calvin, suffisamment fort pour lui entailler la peau et faire couler le sang dans son œil, avec une sensation de brûlure. Mais Calvin ne cria pas, ne gémit pas, il ne dit rien. Il ferma son œil, en gardant l'autre ouvert pour voir Guts s'agenouiller au-dessus de lui.

— Rase-toi le crâne, dit Guts.

— Hein ?

— Coupe-toi les cheveux. Rase-toi le crâne. Pour être chauve comme un œuf.

Calvin adorait ses cheveux. Contrairement à Leanne qui avait hérité des cheveux châtains anglo-saxons de sa mère, Calvin avait d'épais cheveux noirs, soyeux et raides, comme les Indiens, qui lui tombaient dans le dos.

— Va te faire foutre ! répondit-il.

D'un petit geste du poignet, Guts ouvrit, avec la pointe de son couteau, une plaie d'un centimètre de long sous l'œil de Calvin. Le sang jaillit et se déversa dans l'orbite. Malgré la douleur, il ne criait toujours pas.

— Les cheveux, ça repousse, crétin, dit Guts.

Leanne, qui assistait à cette scène sur le seuil de la pièce, intervint.

— Ça suffit, dit-elle.

Mais Guts l'ignora. Et finalement, lorsque la brûlure du sang dans son œil devint insupportable, Calvin accepta de se couper les cheveux. Guts resta à ses côtés jusqu'à ce qu'il ait le crâne entièrement rasé.

Même à ce moment-là, Calvin ne versa pas une larme. Il affronta courageusement le regard des autres, il se rendit à pied au magasin à Arlee et revint de la même façon, en supportant les railleries des garçons et les rires moqueurs des filles, sans leur jeter un seul regard.

Plus tard, Guts dit à Leanne qu'elle pouvait être fière de son frère, finalement, pour la manière dont il s'était comporté ce jour-là. Ce garçon avait de la dignité. Et pourtant, aujourd'hui, il était là sur ce lit en train de sangloter.

— Cal, dit-elle, je peux t'aider.

— Tu as le fric ?

— Même si je l'avais, je ne leur donnerais pas. Ce n'est pas ça qu'ils veulent. Les types comme eux, j'en poursuis tous les jours. Tu l'ignorais ? Tu ne crois pas que tu aurais pu m'en parler avant ?

— C'est mon combat.

— Tu veux qu'on te coupe la jambe ? Ou pire ?

Elle ne disposait que d'une heure avant de partir pour l'aéroport, mais elle sentait que si elle abandonnait Calvin ici, ou si elle le renvoyait à la maison, les choses tourneraient mal avant son retour. Après tout, il était enfin venu réclamer son aide. Et peut-être qu'on l'avait suivi, qu'on le surveillait.

Elle comprit soudain ce qui lui restait à faire. Elle décrocha le téléphone et composa le numéro d'Air Canada.

17

À Portland, le vendredi, Rick Agullana, alias Rick Damschroeder, recherchа une ancienne petite copine à lui nommée Angie Morales, et fut surpris de découvrir qu'elle vivait seule, dans un immeuble de grand standing, qui donnait sur une vaste rue pavée où se dressaient une dizaine d'autres bâtiments semblables, dans un des quartiers les plus cotés de la ville. Rick savait qu'elle vivait ici en ville, et il l'avait localisée assez facilement, mais il y avait encore une chose qu'il ignorait et après le quartier et l'immeuble chics, une autre surprise l'attendait. Quand elle vint lui ouvrir la porte, les yeux de Rick lui sortirent de la tête.

Angie avait été autrefois serveuse, habillée, dans un bar topless de Los Angeles ; c'est d'ailleurs là qu'il l'avait rencontrée, et ils étaient sortis ensemble. Peu de temps après le départ de Rick, Angie avait fait la connaissance d'un type dont elle était tombée amoureuse, et elle était partie vivre dans le Nord elle aussi, ici dans l'Oregon. Depuis, le type avait poursuivi sa route, mais Angie préférait mille fois cette ville de taille moyenne, au cadre de vie luxuriant, à la pollution étouffante de Los Angeles, et elle y était restée. À force d'être serveuse, elle avait réussi à mettre de côté quelques milliers de dollars pour se faire gonfler les seins, ce qui l'avait conduite à devenir danseuse à son tour, une danseuse très demandée, si bien que, grâce à ses cachets et aux pourboires d'une étonnante générosité, elle pouvait s'offrir ce bel appartement, une Mustang décapotable, garée dans le parking souterrain, et même un petit voyage de temps à autre.

— Angie, Angie, dit Rick en contemplant sa poitrine opulente. Qu'est-ce qui t'est arrivé ?

— Qu'est-ce que tu fous ici, Rick ?

Ce type était synonyme d'emmerdements, elle le savait, même si elle l'avait beaucoup aimé jadis, et même s'il lui avait manqué quand il était parti. Il n'apportait que des ennuis, et il n'était pas venu ici parce qu'il éprouvait une brûlante envie de la voir.

— J'ai besoin d'utiliser ton téléphone, dit-il.

— Mon téléphone ? Tu te donnes la peine de me retrouver pour pouvoir téléphoner de chez moi ?

— Et peut-être pioncer un petit peu.

— Ben voyons.

— Allons, Ang. Je suis dans une situation délicate en ce moment.

— Qu'est-ce que tu vas me demander à part ça ?

Il haussa les épaules et la poussa pour entrer dans l'appartement.

— Je sais pas encore. La vache, tu es superbe et tu te débrouilles bien, on dirait.

Il regarda autour de lui en hochant la tête d'un

air approbateur, puis ouvrit le réfrigérateur pour prendre une bière et retourna s'asseoir dans le salon, devant le téléphone.

Il composa un numéro, et lorsqu'on décrocha au bout du fil, sans qu'une voix dise « allô ? », il dit :

— Je suis à Portland.

— On pense qu'ils sont à Vancouver.

— Ah bon ? Et comment...

— Il y a quelqu'un d'autre sur le coup.

— Ce quelqu'un va régler le problème ?

— Il doit juste les retrouver.

— Dans ce cas, je ferais bien de me pointer là-bas.

— Rapidement, mais prudence. Ne te fais pas remarquer en chemin. Essaie de rester discret.

Rick raccrocha. Il s'apprêtait à demander : « Hé, Angie, baby, ça te dirait de faire une virée en bagnole ? », quand une clé pénétra dans la serrure de la porte, et un homme entra. Il avait une trentaine d'années, à priori, et l'air du parfait crétin, petit et un peu enrobé. Il portait des lunettes à verres fumés et ses cheveux châtains, bouclés, avaient bien besoin d'être taillés sur les côtés. Sous sa veste sport, il avait une chemise à col ouvert, dont les pointes dépassaient sur les revers de sa veste, comme un vrai ringard.

— Vous êtes qui ? demanda-t-il en découvrant Rick.

— C'est ma réplique, ça, répondit Rick.

— Rick, je te présente Gerard, dit Angie.

— Gerard ?

— Mon compagnon.

— Ton compagnon ?

— Gerard, voici Rick. On s'est connus il y a

très longtemps. Il est de passage en ville et il m'a rendu une petite visite.

— Très bien, dit Gerard. La petite visite est terminée. À un de ces jours.

Rick sourit et se renversa dans le canapé pour pouvoir poser ses pieds sur la table basse du salon.

— Assieds-toi, Jerry. Toi aussi, Ang. Faut qu'on parle de certaines choses. Comme je te le disais, je suis dans une passe difficile.

Gerard traversa le living-room en trois grandes enjambées, pour foncer sur Rick, mais celui-ci eut le temps de sortir le revolver qu'il avait acheté cash, de manière strictement confidentielle et illégale, dans l'Oregon, avant de venir ici. Avec l'argent que lui avait rapporté le braquage — sans arme et bien trop facile — d'une station-service, juste avant de franchir la frontière entre l'Oregon et l'État de Washington. Il arma le chien du calibre .38 et pointa le revolver sur le visage de Gerard.

— Vas-y, approche.

Gerard se figea.

— Pose ton cul, ordonna Rick.

— Rick, dit Angie, tu n'as pas changé.

— Non, mais toi, oui. Et franchement, Ang, ça me plaît. Ça me plaît vachement.

Ce soir-là, Roy Jameson resta sanglé sur son siège durant tout le vol, très agité, de la liaison Anchorage-Seattle, première étape sur la nouvelle piste de Kari Downs. Il y avait encore assez de lumière au-dessus du Pacifique pour lui permettre de distinguer, à l'est, une série de montagnes dont les sommets pointus transperçaient la couverture de nuages en dessous de l'avion. Elles devaient se trouver quelque part le long de la côte, près de Juneau peut-être, pensa-t-il, bien que ses connaissances géographiques de cette région fussent très limitées.

Il sortit de sa poche une photo de Kari Downs, que lui avait donnée Amon, bien plus récente que toutes celles que pouvait lui fournir sa famille, étant donné que ses parents ne l'avaient pas revue depuis quatre ans, et il l'examina encore une fois. Elle avait l'air d'une fille bien. Un visage intelligent, des yeux pétillants. C'était quelqu'un qu'il aurait bien aimé connaître, pensa-t-il, et rares étaient les personnes dont il pouvait dire la même chose.

Le vendredi soir, le colonel Rozsa reçut chez lui un coup de téléphone du lieutenant Bliss, qui travaillait fort tard.

— Monsieur, dit le lieutenant, Fort Lewis affirme qu'ils ont presque tout retrouvé.

— Presque, dit Rozsa.

Il s'ensuivit un long silence, et Rozsa entendit Bliss remuer des feuilles sur son bureau. Puis ce dernier reprit la parole :

— D'après leur inventaire, quatre M-60 et trois caisses contenant chacune dix M-16 restent en suspens.

— En suspens ?

— Manquants.

— Et les Stinger ?

— Ils en ont retrouvé neuf sur les douze à Cœur d'Alene.

— Donc, quelqu'un détient trois missiles. Chacun d'eux étant capable de descendre un avion de ligne.

— Oui, monsieur.

— Il faut que je sache où ils sont. Dites à vos hommes qu'il s'agit d'une priorité absolue.

— Bien, monsieur.

— Je suis obligé d'en référer au général Parkins, mais j'attendrai encore un jour pour rédiger les rapports. Avec un peu de chance, la situation va se clarifier.

Le lendemain matin, le samedi, après un échange de salutations dans l'ascenseur, aussi bref que fort agréable, avec le ministre de la Justice, le conseiller particulier se surprit à repenser à ce trafiquant d'armes présumé, retrouvé mort dans l'Idaho, ce qui l'incita à consulter le dossier sur son ordinateur. Il fut quelque peu étonné de découvrir que le dossier avait pris de l'importance dans la nuit. Premièrement, on avait retrouvé des armes — des armes dangereuses, et même des missiles — volées pour la plupart au centre militaire de Yakima. Certaines avaient peut-être disparu. Deuxièmement, le meurtrier supposé, bien que pourchassé par l'ATF et le FBI, avait apparemment réussi à franchir la frontière canadienne avec un otage. L'expert laissa échapper un petit rire. Cette histoire ne concernait pas le ministère de la Justice, en aucun cas. Après tout, la grange servant d'entrepôt avait été découverte. Désormais, il s'agissait d'une simple chasse à l'homme au Canada. Malgré tout, il rédigea un court mémo à l'attention de madame le ministre, au cas où l'affaire prendrait de l'ampleur.

Le conseiller particulier était un homme consciencieux, qui n'aimait pas s'exposer à ce genre de négligences.

18

Après avoir abandonné la voiture de Mary McGuire, ils avaient poursuivi leur chemin en marchant et en trottinant ; Joe portait son sac et la lourde mallette ; il avait détaché Kari. Pas une fois elle ne se plaignit, et il l'admirait pour cela : elle marchait dans un endroit inconnu, en pleine nuit, avec son kidnappeur, sans ouvrir la bouche, sauf une fois, pour signaler qu'elle devait s'arrêter quelque part afin de se soulager. Joe allait lui suggérer de faire ça dans l'herbe, quand ils avisèrent les lumières d'une station-service. De toute façon, il fallait qu'ils abandonnent au plus vite ces grands espaces dégagés.

— N'essaie pas de fuir, surtout, lui dit-il.

— Pour aller où ?

Il avait projeté de voler une autre voiture pour rouler vers le nord, mais pendant que Kari était aux toilettes, deux véhicules de police passèrent à toute allure. Puis, un gros camion d'une société d'aménagement paysager s'arrêta pour prendre de l'essence. À l'arrière, les portes avaient été remplacées par une bâche en caoutchouc. En ressortant des toilettes, Kari rejoignit

Joe, et ensemble, ils attendirent que le chauffeur aille payer à l'intérieur. Alors, Joe entraîna Kari derrière le camion, à l'abri des regards, et détacha un des coins de la bâche pour qu'ils puissent se faufiler à l'intérieur.

Le camion emprunta la 99 vers le nord, en direction de la ville. Après quelques entrepôts, auxquels succédèrent des quartiers résidentiels chics, où la 99 se transformait en route à deux voies, ils traversèrent une zone encombrée de commerces et d'immeubles. Profitant d'un feu rouge, ils descendirent discrètement du camion.

— Qu'est-ce que tu vas faire de moi ? lui demanda-t-elle.

Joe ne répondit pas.

— Tu n'en as aucune idée.

Ils marchèrent vers l'ouest en suivant une rue perpendiculaire très animée baptisée Broadway, jusqu'à ce qu'ils aperçoivent un motel Econo-Lodge. Joe chargea Kari de prendre une chambre. Il devait courir ce risque s'il ne voulait pas montrer son visage. Mais il se dit qu'elle n'avait pas plus envie que lui de se faire pincer.

Il avait conservé les outils achetés à Seattle. Une fois dans la chambre, à l'aide d'un marteau et d'un tournevis, il fit sauter les charnières de la mallette. Au début, il s'attendait à trouver des billets de banque, mais la mallette était trop lourde pour contenir uniquement de l'argent ; des documents peut-être, se dit-il, ou des photographies. Mais il n'était en tout cas pas préparé à découvrir l'éclat un peu terne des lingots d'or.

À l'intérieur de la mallette se trouvaient deux lingots, de cent onces chacun, enveloppés de papier de soie bleu, et des boites, fermées par des élastiques, contenant des rouleaux de pièces

— principalement des Maple Leafs d'une once, auxquelles se mêlaient quelques Kruggerands et des American Eagles. En tout, Joe compta cent soixante-dix pièces.

Quand Kari eut fini de manger, il lui ordonna de s'allonger sur le seul lit de la chambre. Il vint se placer à cheval sur elle pour lui attacher de nouveau les poignets avec les sangles ; ses cuisses lui enserraient le torse.

— Ce n'est pas la peine de me ligoter, dit-elle.

— Tu vas foutre le camp.

— Non.

Comme il ne réagissait pas, elle dit :

— Écoute, Joe... Ne fais pas ça.

Il la sentait bouger sous lui, se plaquer contre lui. D'une voix différente, elle demanda :

— Dis-moi une chose. Quand tu attaches une femme, comme ça, sur un lit, tu n'as pas envie de... tu n'as pas un sentiment de pouvoir, ce truc de mec ? Tu n'éprouves pas une envie irrésistible, assis sur elle ?

— Hein ?

— Elle est impuissante. Toi, tu es fou de rage. Tu la hais pour ce qu'elle t'a fait. En même temps, elle est plutôt jolie... Tu pourrais lui faire tout ce que tu veux.

— Ferme-la.

— Supposons que je te laisse faire ? Je suis sûre qu'il y a moyen de faire quelque chose.

Elle bougeait plus franchement, en glissant de haut en bas, essayant de frotter son corps contre celui de Joe.

Et elle avait raison ; il avait le visage en feu. Il sentit sa queue se presser contre le ventre de Kari pendant qu'il lui attachait les mains aux deux extrémités de la tête de lit, le ventre plaqué contre ses seins.

— Je veux juste savoir si tu as envie de moi, dit-elle.

Il déglutit, mais ne répondit pas.

Elle lui rit au nez — son souffle était chaud et sucré — jusqu'à ce qu'il lui colle un morceau de ruban adhésif sur la bouche.

Il dormit par terre. Pendant la nuit, il se réveilla toutes les heures ou toutes les heures et demie. Chaque fois, il se levait et se penchait au-dessus de Kari, pour s'assurer qu'elle pouvait respirer librement par le nez, qu'elle n'était pas en train de s'étouffer. Il vérifiait les sangles également, au cas où elles lui entailleraient la peau. Mais apparemment, elle dormait à poings fermés, sans s'agiter. Il songea que, personnellement, il n'aurait jamais réussi à dormir ligoté sur un lit et bâillonné.

Le samedi matin, il l'autorisa à se lever pendant une demi-heure, pour marcher un peu dans la chambre, faire sa toilette dans la salle de bains, etc. Après quoi, il lui ordonna de retourner s'allonger sur le lit. Cette fois, elle pleura, mais Joe n'éprouvait aucune pitié.

— Je ne cherche pas à te faire du mal, dit-il. Je suis sûr que tu comprends.

— Jusqu'à quand ? demanda-t-elle. Combien de temps ?

— On verra bien, répondit-il, et il lui scotcha la bouche avec du ruban adhésif.

Kari renifla et battit des paupières, faisant couler quelques larmes aux coins de ses yeux.

Même s'il faisait plus frais qu'à Seattle, le temps restait étonnamment chaud, dans les vingt-cinq degrés peut-être. Il brancha la climatisation, faiblement.

— Je vais essayer de faire vite.

Il s'empara du sac dans lequel il avait transféré l'or et le poids lui arracha un grognement. Il songea que Kari avait porté la mallette dans tout Seattle, sans dire un mot.

Maintenant, elle était couchée sur le lit, les yeux fermés, attendant visiblement qu'il s'en aille pour pouvoir méditer, prier, ou quelle que soit sa méthode pour s'évader. Mais, au moment où il quittait la chambre, elle le regarda, les yeux écarquillés et brillants, aussi éblouissants que la première fois où il l'avait vue, là-bas dans le Montana. Quand elle l'avait abandonné, à Seattle, Joe s'était aperçu qu'il ne pensait qu'à ses yeux. Et aujourd'hui, pendant qu'il arpenterait cette ville inconnue, il savait que ce serait la même chose.

Il était un peu plus de 9 heures. Il accrocha la pancarte NE PAS DÉRANGER sur la porte avant de partir.

Grâce à un plan de la ville et des environs, il en déduisit qu'ils se trouvaient sur la rive sud d'un bras de mer baptisé False Creek, juste en face du centre ville proprement dit, situé à l'écart du reste de la ville, sur une péninsule. Il appela un taxi d'une cabine téléphonique et demanda au chauffeur de le conduire à une adresse qu'il avait relevée dans les Pages jaunes, à la rubrique « Achat et vente de métaux précieux ». Là, il vendit pour 2 000 dollars canadiens de Maple Leafs, puis, dans une seconde boutique, non loin de la première, il fit la même chose. D'après le cours qu'il avait obtenu, il calcula que tout cet or représentait presque 200 000 dollars canadiens, environ 145 000 dollars U.S. Par ailleurs, il lui restait environ mille dollars, entre sa part et celle de Kari, du braquage de l'Idaho.

Joe se disait que Vancouver, malgré son aspect propre et organisé, devait ressembler à toutes les autres villes sur certains points, dont celui qui l'intéressait présentement. Après avoir étudié de nouveau le plan, et interrogé des passants, il quitta le centre pour se diriger vers l'ouest, parcourant un vieux quartier baptisé Gastown en direction du quartier chinois, et au bout d'un moment, il traversa plusieurs pâtés de maisons où les boutiques condamnées par des planches côtoyaient les hôtels borgnes, et où, à chaque coin de rue, des hommes lui jetaient des regards indiquant clairement ce qu'ils vendaient.

Joe s'arrêta au bord du trottoir Un homme avança discrètement vers lui, en sortant de sous l'auvent d'un cinéma abandonné.

— Tu cherches quoi, mec ? Un peu d'herbe, hein ?

— J'ai besoin de bons papiers, dit Joe.

— Quoi ?

— Des papiers d'identité. Un permis de conduire.

— Oh, putain, fit le type.

Joe lui tendit un billet de vingt dollars. Après trois autres discussions de ce genre, et trois autres billets de vingt dollars, Joe se retrouva finalement dans un coin perdu, peuplé de cinémas miteux et de sex-shops, au nord de Chinatown, assez près du port apparemment, car entre les immeubles délabrés il apercevait parfois des quais et des bateaux amarrés. Et il sentait l'odeur de l'océan. Quelques vitrines qui promettaient « des nanas super chaudes » semblaient proclamer également : « Ici, papiers d'identité ». Il attaqua la rue par un bout et remonta, jusqu'à ce qu'il trouve ce qu'il cherchait, dans la cinquième boutique où il entra.

Dans l'obscurité, derrière un comptoir en linoléum craquelé sur lequel était posée une vitrine contenant des godemichés, était assis un jeune Asiatique, dix-sept ans peut-être, qui regardait l'écran d'un minuscule téléviseur noir et blanc.

— Qu'est-ce que vous avez comme papiers d'identité ? demanda Joe.

Sans détacher les yeux de l'écran, le gamin fit glisser un échantillon sur le comptoir. Comme Joe s'y attendait, il s'agissait d'un faux grossier, un document vierge passé dans une imprimante matricielle, sur lequel on avait simplement collé une photo sous-exposée, bref, juste de quoi permettre à des mineurs d'entrer dans des boîtes de nuit mal éclairées, où tout le monde s'en foutait, du moment qu'ils étaient couverts.

— Et si je veux un travail de qualité, un truc qui ait l'air vrai ?

Le gamin haussa les épaules et resta muet, jusqu'à ce que Joe dépose deux billets de vingt dollars sur le comptoir. Au bout d'une minute, un vieux type barbu écarta le rideau derrière le comptoir et entra en traînant les pieds.

— J'ai besoin de bons papiers d'identité, pour deux personnes, lui dit Joe. Des permis de conduire canadiens. Qualité professionnelle.

— On a permis de conduire, papiers identité avec photo, tout ce que tu veux.

L'homme désigna l'échantillon que le gamin avait déjà montré.

Joe secoua la tête.

— J'ai besoin d'un vrai faussaire. Merci quand même.

— Je connais endroit, déclara le vieillard.

Joe sortit un autre billet de vingt.

Le vieil homme haussa les épaules et continua de même jusqu'à ce qu'il y ait cinq billets de vingt sur le comptoir. Alors, il demanda :

— Vous voulez aussi enregistrement officiel ?

— Quoi ?

— Vous voulez papiers dans un ordinateur ? Comme les vrais, vous comprenez ?

Toujours sans lever les yeux de l'écran, l'adolescent expliqua :

— On peut entrer les faux papiers dans le système informatique. Après, c'est comme des vrais. Y a plus de risques. Ça coûte plus cher, mais c'est du beau travail.

— Non, pas la peine, dit Joe. Je veux juste des faux de qualité. J'ai déjà une photo.

Il avait découpé celle du permis de conduire de Kari.

Le vieil homme décrocha le téléphone, composa un numéro et dit quelques mots en chinois. Il s'adressa ensuite à Joe :

— Pour mettre dans ordinateur, c'est deux semaines. Mille dollars chacun. Américains.

— Je vous ai dit que ça ne m'intéressait pas. Il me faut simplement des faux papiers très bien imités.

— O.K., O.K., dit le vieil homme. Certificat de naissance, aussi ?

— Quoi ?

— Une deuxième pièce d'identité, dit l'adolescent. (Il montra à Joe la reproduction, plastifiée, d'un certificat de naissance.) On a tout ce qu'il faut ici.

— D'accord, je suis preneur, dit Joe. Demain ?

— Demain ?

Le vieil homme s'esclaffa. Puis il cracha encore quelques mots de chinois dans le téléphone.

— Photo, pas de problème, dit-il à Joe. Le prix, c'est trois cents dollars chacun, pour permis conduire rapide. Très bon travail. Deux cents dollars chacun pour certificat de naissance. Mille dollars, américains. Pas enregistrement dans ordinateur. Seulement faux papiers.

— Parfait.

Le vieil homme raccrocha.

— Vous flic ?

— Non.

— Comment savoir ?

— Je suis américain.

— Prouvez. Vous avez permis ? Faites voir.

— Je viens ici pour avoir des faux papiers. Pourquoi je vous montrerais mon vrai permis ? D'ailleurs, pourquoi je l'aurais sur moi, hein ?

Le vieil homme secoua la tête et s'assit.

— Bon sang, allons ! dit Joe.

Le vieil homme secoua la tête de nouveau. Il n'y avait rien à faire ; alors, Joe déposa son permis de conduire du Michigan sur le comptoir.

Le vieil homme l'examina et dit :

— Pas loin d'ici, un gars qui s'appelle Dan Sim.

Il examina encore une fois le permis, le lança sur le comptoir et repartit dans les profondeurs de la boutique. L'adolescent nota l'adresse de Sim sur un bout de papier, qu'il fit glisser vers Joe, tout cela sans détacher les yeux de l'écran.

Ayant rendu visite au dénommé Dan Sim, Joe quitta Chinatown en marchant vers le sud, et, après être passé sous plusieurs toboggans autoroutiers, il atteignit un terminus ferroviaire et une gare routière, situés à l'écart de la route. Cela lui donna une idée. Il était fatigué de porter ce sac pesant. Derrière le grand bâtiment, à l'extérieur, près des quais d'embarquement, il découvrit une longue rangée de consignes automatiques, et choisit l'une d'elles pour y déposer le sac contenant le reste de l'or.

Bientôt 15 heures. Il avait laissé Kari seule trop longtemps.

Quand il revint et la détacha pour qu'elle puisse se lever, elle l'insulta en se massant les bras et la bouche, irritée par le ruban adhésif. Puis elle le gifla, une seule fois, et lui martela la poitrine à coups de poing, et Joe se laissa faire, jusqu'à ce qu'elle ait évacué une partie de sa colère.

Un peu plus tard, ce même après-midi, Roy Jameson pensa à cet homme nommé Joe Curtis, qui avait kidnappé Kari Downs à Seattle et réussi à lui faire franchir la frontière. Il savait qu'ils étaient à Vancouver. Joe aurait été stupide de s'exposer en empruntant les routes dégagées. En outre, Roy refusait de croire que Joe puisse disparaître dans les montagnes sauvages avec la fille. Joe était un gars de la ville ; il avait donc forcément choisi Vancouver, ou une des petites villes situées aux alentours : North Vancouver, Burnaby, Horseshoe Bay ou Tsawwassen, d'où partaient les ferries à destination de Victoria, sur l'île de Vancouver. Quelque part dans cette métropole se cachait le dénommé Joe, Kari la fille prodigue et un mystérieux paquet très précieux.

Tout ce qu'avait à faire Jameson, c'était de les

retrouver et d'attendre que les sbires d'Amon viennent prendre livraison du paquet. Quant à Kari, il n'avait aucun doute à ce sujet, après quelques semaines d'enfermement dans une pièce avec les spécialistes envoyés par son père, elle se rétablirait.

Voilà pourquoi il restait là, dans cette ville, à réfléchir. Il réfléchissait comme un fugitif, obligé de traîner derrière lui le poids mort d'un otage. Le fait qu'ils n'aient pas encore été arrêtés prouvait que ce type était un débrouillard, à moins qu'il ne bénéficie d'une chance invraisemblable. Mais la meilleure solution, Roy le savait, c'était de rester caché, de se faire oublier, en attendant que le gros de l'orage passe. D'un autre côté, Joe voudrait certainement se préparer, prévoir la suite. Alors, comment s'y prendrait-il ?

Roy continua à réfléchir. Plus tard, il appela un détective privé de Vancouver qu'il avait rencontré au cours d'une mission à Denver, et recruta par son intermédiaire cinq enquêteurs du cru, qu'il chargea d'un travail intensif d'interrogatoires et de surveillances. Roy avait conclu que, dans la situation de Joe, avant d'essayer de se rendre quelque part, il concentrerait ses efforts sur la question du fric et des papiers d'identité. L'argent, qui sait combien Joe en possédait ? Au moins deux mille dollars, provenant du braquage du bazar. Mais il ne serait pas facile de voyager sans couverture. La presse savait que les fédéraux avaient identifié le type, et les journalistes faisaient le forcing pour avoir l'information, qui n'avait pas encore été communiquée, mais ça ne saurait tarder. Joe était donc obligé de trouver une solution. Ce qui offrait une ouverture à Roy Jameson.

Les cinq hommes qu'il avait engagés connaissaient la ville, évidemment, et ils commencèrent leurs recherches par tous les endroits logiques, mais ils avaient un immense terrain à couvrir. Toutefois, Roy avait un avantage : son ami au sein de la police de Seattle lui avait fourni, en échange d'une petite rémunération, le nom complet de Joe et un double de la photo d'identité de son dossier militaire. Roy avait fait reproduire la photo en cinq exemplaires, un pour chacun des enquêteurs qu'il avait engagés.

Le visage de Joe, ou plus exactement le portrait-robot réalisé par la police à partir du témoignage de Rick, regardait Joe fixement à la une du *Vancouver Sun*. Il était accompagné de deux articles : le premier, une dépêche de l'agence AP, reprenait l'histoire du triple meurtre de l'Idaho ; le second, rédigé par un journaliste local, évoquait le fait que l'unique suspect et son otage probable avaient certainement franchi la frontière canadienne et pouvaient se cacher dans les environs de Vancouver. Les forces de police américaines et canadiennes pensaient avoir identifié le suspect, mais refusaient de diffuser l'information pour l'instant, dans l'attente d'une confirmation. Une récompense serait offerte en échange de tout renseignement pouvant conduire à l'arrestation de cet homme.

Joe était assis sur le lit, dans la pénombre. Le climatiseur et les lumières étaient éteints, la fenêtre ouverte. La seule source lumineuse provenait des éclairages du parking ; elle se déversait à l'intérieur de la chambre et dessinait un rectangle clair au pied du lit. Kari était assise là, par terre, dans le rectangle de lumière, adossée contre le lit, sirotant une bouteille d'eau minérale. Pour le dîner, elle n'avait mangé que des galettes de riz et des fruits secs, alors que Joe lui avait rapporté des hamburgers et des frites du Wendy's.

— Tu ne manges pas ? lui avait-il demandé.

— La nourriture industrielle, c'est du poison. Père nous enseigne qu'il faut manger des produits purs, provenant directement de la terre.

— Pourtant, tu mangeais normalement quand on était sur la route, là-bas dans le Montana. C'était juste pour donner le change devant moi ?

— Quand on te confie une mission, tu dois faire tout ce qui est nécessaire pour la remplir, même si pour cela, tu dois t'empoisonner. Ensuite, tu te repurifies, c'est tout.

— Je peux te poser une question ? Tu es de quelle religion ?

— On appelle ça l'Amonisme.

— Encore une de ces sectes bizarres.

— Tu n'es qu'un pauvre ignorant, dit-elle. Mais Notre Mère la Terre et Père le Dieu te bénissent.

Sur ce, elle refusa d'en dire davantage, et ne répondit même plus à ses questions.

Il but une grande gorgée de son Jack Daniel's on the rocks et la garda dans sa bouche, jusqu'à ce que l'alcool lui fasse venir les larmes aux yeux. Il sentit son élan disparaître, s'éteindre en lui ; cette énergie, cette panique qui l'avaient propulsé à travers tout l'État de Washington, après le carnage de l'Idaho, dans une sorte de confusion, la colère et le désespoir qui avaient provoqué et motivé l'enlèvement de cette femme, qui les avaient conduits de l'autre côté de la frontière, avec la meute de la justice aboyant sur leurs talons, propulsés dans le monde des fugitifs internationaux, tout cela se dissipait maintenant dans le vide d'une chambre de plus, mis à nu dans ce petit rectangle de lumière indirecte.

Il avait agi de manière tellement stupide. Il aurait dû tout arrêter dès le début, sauter sur Rick et empêcher que cela se produise, ou bien, abstraction faite de ce geste héroïque, il aurait dû les abandonner tous les deux et prévenir la police, comme il avait envisagé de le faire, tout leur expliquer et subir le châtiment, quel qu'il soit. Alors, au moins il n'aurait rien eu à se reprocher, se disait-il. Ils auraient pu le condamner s'ils le souhaitaient ; il aurait su où était la vérité. Mais de la manière dont ça s'était passé, il n'était plus sûr de rien. Qui avait l'argent ? Qui cherchait à fuir ? En fait, peut-être était-il aussi coupable qu'ils le croyaient ?

Certes, il pouvait encore tout arrêter. Il pouvait appeler la police et passer le reste de sa vie en prison. Mais cette vision de l'incarcération, des barreaux, des hommes et de l'obscurité, des années durant, suffisait à attiser et à ranimer la flamme mourante de son désir de fuir ; elle suffisait à chasser les assauts de panique, à éloigner sa main du téléphone.

— Pourquoi tu ne t'en vas pas ? demanda-t-il en s'adressant au visage sombre de Kari.

— Hein ?

Elle se tourna vers lui, et l'espoir éclaira son visage.

— Je ne peux pas te retenir. Je ne t'attacherai plus. (Il secoua la tête.) Tu es beaucoup de choses, mais tu n'es pas un animal.

— Tu as remarqué.

— Mais je garde l'or, dit-il.

Elle s'était redressée légèrement, comme si elle était déjà prête à fuir, mais se rassit. Évidemment qu'elle était prête, se dit Joe. Elle devait le haïr. Mais elle refusait d'abandonner l'or. Tout tournait autour de ça. Cette mission dont elle parlait, ce n'était rien d'autre : ramener cet or à son maître. Depuis le début, c'était le seul et unique enjeu. Il s'agissait de voler de l'or à un type et de le rapporter en Alaska. Et tant que Kari n'aurait pas accompli sa mission, elle n'irait nulle part. Joe comprenait maintenant que les sangles, le ruban adhésif, toute cette cruauté, avaient été inutiles. L'or la ligotait à lui bien plus solidement que n'importe quels liens.

— Tu comptes faire quoi, maintenant ? demanda-t-elle.

— Du stop. Ou bien prendre le car. Voler une voiture. Ou peut-être même en acheter une.

— Et après ?

— Continuer vers le nord, je suppose.

— À ton avis, combien d'autoroutes conduisent vers le nord en partant de Vancouver ?

Elle se tourna vers lui dans la lumière, croisa ses jambes en tailleur et posa sa bouteille d'eau minérale devant elle. Joe ne répondit pas. Il observait son visage dans la lumière bleutée, il regardait ses cheveux roux qui paraissaient noirs comme de l'encre, et ses yeux en amande qui captaient parfois l'éclat de la lumière, selon la manière dont elle tournait la tête, et les reflets de cette même lumière sur sa dentition parfaite.

— Il y a une route à deux voies qui monte vers le nord, une autoroute et une route qui vont vers l'est et se rejoignent avant de bifurquer vers le nord. C'est tout, Joe. Deux routes ! Tu es un fugitif et ton portrait, assez ressemblant, s'étale à la une de tous les journaux. À ton avis, qu'est-ce qui va se passer ?

Elle avait raison, évidemment, et le plus étonnant, c'était qu'il s'en fichait. Le pire pouvait bien arriver. De nouveau, il ressentait une terrible pesanteur, dans les paupières et dans les bras, il sentait une pression au milieu du front, comme si quelqu'un appuyait son pouce à cet endroit. Il posa son verre sur la table de chevet, s'allongea sur le lit et ferma les yeux.

— Que veux-tu au juste ? demanda-t-elle. Tu le sais, au moins ? Pourquoi es-tu revenu me chercher ?

Il ne répondit pas. Au départ, il s'agissait plus ou moins de se servir d'elle pour dénicher Rick, et le livrer ensuite aux flics. Mais Kari représentait également une sorte de lien, la dernière personne à l'avoir connu quand il était encore anonyme, la seule, avec Rick, à savoir ce qui s'était réellement passé. Mais, maintenant, face à elle, il devait reconnaître qu'il n'avait aucune idée précise sur la manière dont il pensait utiliser Kari pour parvenir jusqu'à Rick. Et il savait que jamais elle ne voudrait admettre ce qui s'était passé.

Alors, à quoi pouvait-elle lui servir ? Ironie du sort, elle lui avait offert une petite fortune sous forme d'or. Mais il l'ignorait, quand il l'avait kidnappée.

— Joe ?

— Ouais.

— On pourrait t'aider, tu sais.

— Qui ça ?

— La Famille. On a des relations, de l'influence. Je pourrais téléphoner, ils nous enverraient de l'aide.

— Ta famille ?

— Les gens avec qui je vis. Les gens de ma religion. Les Amonites. (Elle sourit.) Il nous suffit de foutre le camp d'ici. Si on arrive à atteindre le Sanctuaire, en Alaska, ils ne nous retrouveront jamais.

Sa voix avait changé, elle avait retrouvé ce ton doux, enjôleur, séducteur, comme derrière le relais routier à Spokane, quand elle lui avait demandé de l'emmener.

— Si tu fais ce qu'il faut, on peut atteindre le Nord tous les deux, ajouta-t-elle. C'est mon souhait. Tu m'as dit que c'était le tien aussi. Si tu en as toujours envie, on peut t'aider. Là-bas, tu pourras disparaître.

Il ne put s'empêcher de rire à l'idée de réclamer l'aide de ces gens qui avaient assassiné, volé et lui avaient fait porter le chapeau.

— Ce que je veux, répondit-il, tes amis ne peuvent pas me le donner.

— C'est quoi ?

— Je veux retrouver ma vie d'avant.

Kari se redressa à genoux et sortit du rectangle de lumière pour s'enfoncer dans les ombres qui entouraient le lit. Elle se pencha au-dessus de lui. Joe distinguait à peine son visage.

— Tu serais prêt à abandonner l'or en échange ?

— Bien sûr, murmura-t-il. Mais qui serait capable de faire ça ?

Kari prit le visage de Joe entre ses mains et s'approcha si près de lui que, malgré la pénombre, il vit le vert de ses yeux, enfoncés dans son visage pâle, sans maquillage. Il sentit son haleine. Elle exerça une pression avec ses mains, lui pressant les joues contre les dents, à lui faire mal, et de sa plus jolie voix, pleine d'une complicité retrouvée, elle dit simplement :

— Père.

À cet instant, à travers le brouillard qui tourbillonnait dans sa tête, l'évidence lui apparut. Il voyait maintenant de quelle manière il pouvait se servir d'elle pour inciter Rick à sortir de sa cachette. Elle avait raison, il avait besoin de son aide, et de celle de sa famille, de ce dénommé Père, et même de Rick. Il devait s'en remettre à eux, à travers Kari, les impliquer dans sa fuite. Il devait laisser Kari dresser les plans, décider de l'endroit où ils iraient, et comment ils iraient.

Il savait bien qu'elle s'arrangerait pour que les siens, Rick sans doute, puissent lui reprendre l'or, et le tuer certainement par la même occasion. Mais sachant cela, sachant que Kari le mènerait à l'abattoir, convaincue qu'il s'en remettait à ses plans, il aurait l'avantage. Et alors, en plus de Rick et de Kari, il pourrait remettre l'or à la police, une partie du moins, ainsi que des informations sur la secte. En échange de lui-même.

Il lui faudrait manœuvrer au feeling, et il ne savait pas encore s'il y avait un espoir pour que ça fonctionne, mais il sentait qu'il n'y avait pas d'autre façon de s'en tirer.

— Tu crois que... Père m'aiderait ? demanda-t-il.

— Oh, Joe. (Elle tenait toujours son visage entre ses mains.) Les gens ne comprennent pas. Il suffit de demander pour qu'on te tende la main.

Joe vit briller des larmes authentiques dans les yeux de Kari, avant qu'elle ne se jette sur lui, dans une étreinte de pieuse passion. Peut-être croyait-elle réellement, pensa-t-il, que la Famille l'accueillerait avec bonté. Il voulait bien croire qu'elle ignorait que Rick avait tué tous ces gens dans le bazar, ou du moins s'était-elle convaincue du contraire. De même, elle ignorait peut-être réellement que la mallette était remplie d'or volé. Mais qu'une personne visiblement intelligente, comme elle, puisse se laisser ainsi abuser et manipuler, voilà qui le surprenait autant que tout ce qui s'était produit jusqu'alors.

Quelle qu'en soit la raison, le désir de Kari rejoignait le sien. À cette différence près que Joe voulait s'évader, alors que Kari rêvait de rentrer. Et la force qui l'attirait vers cet endroit qu'elle appelait le Sanctuaire était assez puissante pour la pousser à commettre n'importe quel acte, former n'importe quelle alliance afin d'atteindre son but.

Une fois de plus, Joe se surprit à s'interroger sur la vraie personnalité de Kari, en se demandant comment elle en était venue à mener cette vie étrange et précaire.

À 130 kilomètres au sud, à peu près à la même heure, Rick Agullana traversait Seattle et roulait vers le nord, en direction de la frontière, assis à l'arrière d'une Acura Legend âgée de seulement six mois et qui sentait encore le neuf. Sa vieille amie, la danseuse Angie Morales, était assise à l'avant, à la place du passager. Elle portait le short en jean frangé et le débardeur que Rick avait lui-même choisis dans le placard. Il lui suffisait de la regarder, par-dessus le dossier du siège, avec son débardeur qui ne parvenait pas à masquer ses attributs, pour sentir renaître en lui une énergie et une inspiration nouvelles, la capacité d'accomplir de grandes choses. Il lui suffisait de s'imaginer avec Angie dans une chambre ce soir. Et il refusait de souiller ces pensées en songeant au petit ami d'Angie, Gerard, bien que ce fût Gerard lui-même qui tienne le volant.

Gerard, avait-il appris, était un expert-comptable qui gagnait très bien sa vie, d'où la superbe Acura. Pour l'instant, il fulminait ; il avait les jointures blanches à force de serrer le volant et il grommelait des injures, lui qui se faisait soixante-quinze mille dollars par an, obligé de rouler vers le nord, avec sa voiture et sa petite amie, pour obéir à une sorte d'animal sauvage venu des grandes plaines. Mais merde quoi, se disait Rick, un type comme ça, coincé et trop organisé, avait besoin d'un petit imprévu dans sa vie de temps en temps. Ça lui ferait du bien, ça lui donnerait un petit coup de jeune. Quant à Angie, Rick savait ce qui la démangeait. Angie aimait avant tout le pouvoir, ce qui, d'une certaine façon, expliquait la présence de ce comptable ringard. Soixante-quinze mille dollars par an, ça représentait le pouvoir pour une fille comme elle. Mais dans l'immédiat, dans la partie de bras de fer, Rick avait du pouvoir à revendre, comparé à ce pauvre minable. Et il voyait briller la petite lueur dans les yeux d'Angie quand elle le regardait. Il voyait les traces de dégoût quand elle se tournait vers Gerard. D'ailleurs, ils avaient déjà eu trois engueulades tous les deux, Gerard accusant sa copine et ses mauvaises fréquentations de lui pourrir la vie, elle lui répondant d'aller se faire foutre et de descendre s'il n'était pas content (Rick s'y était opposé. Pas tout de suite, dit-il, ils avaient encore de la route à faire.) Mais c'était super d'être assis là, à l'arrière, au milieu de tout ce cuir beige qui sentait bon, à écouter Angie et son comptable se bouffer le nez, anticipant le moment où il ôterait ce débardeur et découvrirait enfin les nouveaux atouts d'Angie, sans entraves, oh oh ! Et pour couronner le tout, il pensait à demain, ou à après-demain, quand il mettrait la main sur cet enfoiré de Joe et lui enfoncerait son couteau dans le ventre. Quand il remettrait la main sur Kari, et lui infligerait une sorte de pénitence, pour avoir foutu la merde elle aussi. Quand il récupérerait l'or, dont il raflerait 10 ou 15 % au passage pour son compte personnel. Alors, nom de Dieu, il serait un homme heureux et satisfait.

Il prendrait sa future épouse, son or, et il rentrerait au bercail. Et puisqu'il avait commencé à fantasmer, se dit-il, pourquoi ne pas emmener Angie également ? Peut-être en avait-elle marre de cette vie ennuyeuse, peut-être était-elle prête pour la vraie vie. Il imaginait la tête des types du Conseil interne en le voyant débarquer avec plus de cent mille dollars et deux super gonzesses, une à chaque bras. Il laisserait Angie à Père, c'était normal, en sachant qu'elle finirait par devenir sa deuxième épouse. Rick, Kari et Angie, tous les trois dans un lit.

Et puis, viendrait le moment de tout plaquer, avant que la Famille ne foute le camp au milieu de nulle part, car Rick trouvait que cette vie religieuse commençait à devenir lassante, après deux ans. Il serait bientôt temps de choisir sa nana préférée, de récupérer le fric qu'il avait de côté et de rejoindre la civilisation, pour recommencer une nouvelle vie.

Ah, bon Dieu, impossible de penser à toutes ces choses en même temps.

19

DÉPARTEMENT DU TRÉSOR DES ÉTATS-UNIS

Division de Seattle du

BUREAU DES ALCOOLS, TABACS ET ARMES À FEU

456 Delray Plaza
Suite 335
Seattle, WA 80092

MÉMO EXTERNE

DATE : 2 SEPTEMBRE 1995
DEST. : Divers (pour diffusion restreinte aux agents autorisés, américains et étrangers, des organismes officiels de l'armée, de la justice, du département d'État et du Trésor.)

CONCERNANT : Fred Haines, alias « Père », alias « Amon Ka'atchii », alias « Dieu » et la secte religieuse connue sous le nom de la Famille, alias les Amonites, religion baptisée Amonisme.

....

Fred Haines (né à Tucson en 1944) a fondé sa première église à Oakland en 1977, en tant que succursale d'une congrégation d'Adventistes du septième jour et, après voir fait preuve, dès le départ, d'un formidable talent pour attirer les gens, il installa rapidement sa « famille » de quinze personnes dans une communauté permanente dans le nord de la Californie. L'église resta orientée vers le christianisme, mais de manière non traditionnelle. En 1981, Haines fut arrêté pour trafic de stupéfiants et purgea une peine de trois ans de prison dans le cadre du système pénal de Californie. D'après des informateurs, c'est là qu'il se familiarisa avec l'islam, et étudia d'autres religions orientales, particulièrement l'hindouisme.

En 1985, Haines ouvrit une nouvelle église à Bellevue, dans l'État de Washington, qui, à la fin de 1987, hébergeait de trente à quarante membres. Il ne s'agissait plus, alors, d'une secte chrétienne, même si on y trouvait toujours des éléments de fondamentalisme chrétien. On estime qu'une large part était accordée aux pratiques des religions orientales et occultes, ainsi qu'aux dogmes de l'orientation religio-spirituelle connue sous le nom d'« Adoration de la Terre ». Ce dernier élément allait prendre rapidement de l'importance, jusqu'à devenir le thème dominant dans les incarnations ultérieures de cette nouvelle « religion » baptisée Amonisme par ses disciples. Haines était désormais appelé Amon, ou Amon Ka'atchii. (« Amon », ou Amen historiquement, était autrefois, dans la mythologie égyptienne, le dieu de la reproduction et de la vie. Quant à « Ka'atchii », si Haines prétend, d'après le témoignage d'anciens membres de la Famille, qu'il s'agit d'un terme emprunté aux Amérindiens, on pense qu'il s'agit d'une pure invention de sa part.)

L'église de Bellevue a reçu un certain nombre de mises en garde et de citations à comparaître pour diverses infractions concernant aussi bien des problèmes d'urbanisme que des violations du code de la santé. En juin 1988, la police de Bellevue City, accompagnée des services sociaux de protection de l'enfance de l'État de Washington, ont obtenu des mandats de perquisition. En inspectant les locaux de la secte, la police a découvert des armes de poing non enregistrées, ainsi que des fusils semi-automatiques et automatiques. Haines était absent lors de la perquisition de son église, et, apparemment, n'y a jamais remis les pieds. Dix membres furent arrêtés, pour divers motifs, mais tous furent relâchés par la suite. Inculpée de violations au code de la santé, l'église fut condamnée à verser des amendes. Un rapport des services sociaux déclara que « du moment que les violations au code de la santé étaient corrigées dans les délais, aucun élément n'avait été mis à jour permettant de justifier que l'on retire la garde d'un seul des enfants aux personnes résidant à l'intérieur de l'église ». Quoi qu'il en soit, les amendes ne furent jamais payées, et à la mi-juillet, les lieux furent abandonnés. Depuis, la propriété est enregistrée au nom d'une société à but non lucratif d'Oakland, que l'on suppose contrôlée par Haines en personne.

Avec la moitié environ des membres de la Famille de Bellevue, Haines a finalement établi une nouvelle communauté religieuse dans les montagnes du nord de l'Idaho, entre Moscow et Cœur d'Alene. C'est à cette époque, entre 1988 et 1992, que Haines se lia avec William Cooper, trafiquant de drogue et d'armes présumé, déjà condamné une fois pour fraude fiscale (deux ans de prison). La communauté des Amonites de l'Idaho était établie sur un terrain acheté à une société appartenant à Cooper.

Haines a prouvé qu'il pouvait être un homme d'affaires étonnamment opiniâtre. À Seattle, des femmes de la secte parcouraient les rues pour sol liciter des dons. On soupçonna même, sans jamais recueillir la moindre preuve, que certaines d'entre elles se livraient à la prostitution. Dans l'Idaho, on pense que Haines aurait reçu de l'argent de la part de Cooper pour avoir utilisé des membres de la Famille afin de transporter des armes, on pense également qu'il aurait participé personnellement à un trafic d'armes. Par ailleurs, selon plusieurs sources, Haines aurait pu reprendre ses activités de trafiquant de drogue, et certaines de « ses » femmes se seraient prostituées à Moscow et Cœur d'Alene. Pour finir, Haines est devenu propriétaire d'une station-service et d'une société de transports routiers, toutes les deux à Cœur d'Alene, sans jamais payer le moindre impôt sur le revenu pour ces deux entreprises. Le fisc a intenté une action contre lui en 1991. Les avocats de Haines ont contre-attaqué en faisant valoir que leur client était un leader religieux et son église une organisation totalement religieuse, à but non lucratif, et à ce titre exemptée de toute forme d'impôts. La propriété de l'Idaho à elle seule était évaluée à plus de cent cinquante mille dollars, et l'on estime que les entreprises légales dégageaient un bénéfice de deux cent cinquante mille dollars. Au total, d'après les calculs des services fiscaux, la fortune de Haines et de son église, en tenant compte des biens, des liquidités et des réserves d'or supposées, excédait, en 1991, le demi-million de dollars.

Des preuves et des témoignages recueillis par diverses forces de police et de justice locales indiquent que des stocks d'armes, dont certaines automatiques, ainsi que des stupéfiants et des lingots d'or étaient conservés à l'intérieur de la propriété. En avril 1992, des agents de l'ATF, à Spokane, ont acheté deux fusils automatiques AK-47 et deux fusils de chasse à canon scié à deux Amonites, et conclu un arrangement en vue d'en acheter d'autres. En se basant sur les témoignages et sur ces achats d'armes, et en utilisant un informateur infiltré au sein de la secte, le bureau local de l'ATF organisa un raid sur la propriété au mois de juillet 1992, muni de mandats d'arrêts concernant Haines et trois autres membres de la secte, et de mandats de perquisition leur permettant de fouiller les lieux. Mais quand les agents débarquèrent, ils ne trouvèrent que huit femmes et cinq enfants. Tous les autres membres, leur dit-on, étaient partis depuis plusieurs jours déjà, pour s installer dans un nouveau « sanctuaire », pour reprendre leur expression. On ne trouva ni or, ni devises, ni drogue, mais un joli stock d'armes, parmi lesquelles deux mitrailleuses de gros calibre. Par la suite, on apprit, lorsque le fisc intervint pour saisir le terrain et les bâtiments, qu'une partie de la propriété avait déjà été vendue, quelques mois plus tôt, à un petit groupe de séparatistes, non religieux, et le reste transféré par acte notarié à la Northern Idaho Land

Trust, une des sociétés immobilières de William Cooper.

On sait que Haines et ses disciples — estimés aujourd'hui à une centaine au moins, dont une quinzaine d'enfants âgés de moins de cinq ans — sont partis s'installer dans une propriété située dans le sud de l'Alaska, appartenant à une société d'Anchorage, et enregistrée au nom d'un avocat, Samuel Reed. On pense que Reed est le principal « conseiller » de Haines, on le surnomme « Deacon ». Cette même société possède et gère également deux bateaux de pêche commerciaux, des chalutiers, basés dans le port de Homer. Ces deux bateaux et leurs licences, estimés à environ 550 000 dollars et financés par la Fifth Third Bank d'Anchorage, peuvent générer des revenus annuels estimés entre 125 000 et 200 000 dollars. Durant les mois d'été, les membres de la Famille travaillent dans des conserveries, source de revenus supplémentaires estimés entre 75 000 et 100 000 dollars.

À la suite d'un accord négocié par Samuel Reed, la société d'Anchorage — indépendamment de Haines ou de l'Église des Amonites — a accepté de payer des impôts sur 50 % des bénéfices des activités commerciales de pêche. L'informateur de l'ATF a été retiré juste avant le raid manqué de 1992. Depuis, les activités de l'ATF se sont limitées à des opérations de surveillance. Aucun mouvement, aucune détention d'armes, de munitions illégales, ni de drogue n'a été détecté ou supposé. Malgré tout, les mandats délivrés en 1992 demeurent valables.

Il est difficile d'estimer le nombre réel des membres de la « Famille », étant donné que depuis le déménagement en Alaska, beaucoup de disciples semblent vivre en dehors de la communauté. Toutefois, on en a dénombré jusqu'à 150 à l'intérieur de la communauté, dont 70 % de femmes et d'enfants. Entre cinquante et soixante-quinze autres vivent dans la communauté de Bellevue. Selon un récent témoignage, Haines contrôlerait également une église dans la région de San Francisco/Oakland.

En résumé, les Amonites diffèrent des autres sectes religieuses et/ou groupes séparatistes connus, tout en présentant certaines caractéristiques communes aux uns et aux autres. Premièrement, les Amonites, et Haines en particulier, sont capables de générer et de gérer d'importantes sommes d'argent. Deuxièmement, cette religion n'est pas basée sur le fondamentalisme chrétien, ni sur un désir de pureté raciale, mais plutôt sur la croyance dans une soi-disant « vie naturelle », la survie grâce aux apports de la Terre, et le mode d'existence « tribal ». Bien que l'on sache peu de choses sur la psychologie de Haines, on suppose qu'il est extrêmement paranoïaque, il craint et affirme à ses disciples que la « famille » subira, un jour ou l'autre, la vengeance cruelle des autorités ou de la société, s'ils ne maintiennent pas « la discipline, l'isolement, le respect et, par-dessus tout, leur vigilance ». on sait également que Haines est un polygame reconnu, ayant possédé jusqu'à six épouses en même temps.

Le fax du mémo de l'ATF ainsi qu'un rapport du FBI sur le même sujet émanant de l'ordinateur du NCI à Washington, étaient posés au milieu du bureau du colonel Rozsa. Il les avait lus deux fois chacun, et toutes les minutes environ, il en prenait un, y jetait un œil et le reposait sur son bureau. À côté des deux fax concernant la secte se trouvait un compte rendu rédigé par le lieutenant Bliss, à partir des archives de l'armée et des rapports des agents du FBI de Detroit, au sujet d'un ancien soldat nommé Joseph Curtis, ayant subi un traitement psychiatrique après sa démobilisation.

Rozsa devait participer dans un quart d'heure à une téléconférence avec les chefs de l'INSCOM et du CRIDCOM, le général Shaw, de Fort Lewis, un certain major Wecht, responsable de tous les postes du CID de l'U.S. Army dans l'Ouest, et le collaborateur personnel du chef d'état-major des armées. Rozsa se préparait ; c'était à lui de jouer, car, à la lumière de ces nouveaux renseignements, il avait convaincu le général Parker d'organiser cette réunion.

Assis dans le fauteuil bas, Bliss l'observait.

— Tout est là, Bliss, dit Rozsa. Tous les détails qui permettent de saisir le tableau. Bien sûr, il y a encore de nombreux trous à combler, ce que nous ferons, mais l'essentiel est déjà là. Vous saisissez ?

— Je ne suis pas certain de comprendre, monsieur. Curtis est un cinglé...

C'était inscrit là dans le rapport : Curtis avait été soigné par des psychiatres à l'hôpital militaire d'Ann Arbor après sa démobilisation.

— Exact, dit Rozsa en pointant son index sur Bliss. Mais qu'était-il, à part ça ?

— Un ancien repris de justice.

— Et aussi ?

— Un mécanicien, monsieur.

— Ah ! Pas un simple mécanicien. Ce n'était même pas un soldat confirmé. Personne dans sa compagnie ne possédait si peu d'expérience. Pourquoi ?

— Parce qu'il était doué, monsieur.

— Oui, c'était une sorte de petit génie, un virtuose de la mécanique. Et il s'est retrouvé dans ce putain de désert brûlant, en train de se cramer les méninges, et de fourrer son esprit de génie dans nos armements et tous nos systèmes, Bliss. Pas uniquement dans le ventre des machines. Il avait accès au moindre matériel que l'armée a expédié là-bas, autrement dit, le nec plus ultra de la technologie militaire.

— Vous voulez dire qu'il a tout mémorisé, monsieur ?

— Oui. (Rozsa aimait bien ce jeune homme, ce Bliss, qui comprenait vite. C'était un bon soldat.) Il a appris le fonctionnement de nos armes. Un mécanicien de génie à l'esprit détraqué qui étudie et mémorise toutes les subtilités de notre armement.

— Cela me paraît un peu exagéré, si je peux me permettre.

— Comment ça, Bliss ?

— Rien ne permet de l'affirmer. Tout ce qu'on sait, c'est qu'il travaillait sur des machines, des moteurs principalement. Il ne pouvait pas avoir accès aux systèmes d'armement. Il n'était pas habilité.

L'avocat du diable, pensa Rozsa. Parfait, Bliss. Continue à me mettre au défi.

— Tout le problème est là, répondit Rozsa.

Évidemment qu'il n'était pas habilité. Mais il l'a fait, simplement. Il peut l'avoir fait. Combien de temps un esprit comme le sien doit-il étudier un système pour comprendre son fonctionnement ?

— Je ne sais pas, monsieur. Je ne suis pas expert en armement.

— Réfléchissez. Pas longtemps, voilà la réponse. N'oubliez pas qu'il avait fait l'AIT et l'école d'armement.

— Mais comment est-ce...

— De retour chez lui, il devient maboule, et il commence à se plaindre comme tous ces autres fainéants, en disant qu'il souffre de ce mystérieux Syndrome de la Tempête du Désert. Il développe des « symptômes ». À qui la faute ? À nous, Bliss. Cette saloperie d'armée, qui a oublié son casier judiciaire, qui a formé ce petit salopard et en a fait un homme. C'est la faute de l'armée ! Et un jour, il rencontre quelqu'un qui lui offre une croyance, le genre de religion complètement bidon, un ramassis de charabia dans lequel on peut plonger la tête la première. Le genre de religion qu'un type comme lui va gober à la louche. Psycho-bavardage et magie noire. Étape suivante, il plaque son boulot et ses pauvres parents qui l'adorent, il leur annonce qu'il part dans l'Ouest pour ramener son frère à la maison. Au fait, les fédéraux ont retrouvé le frangin ?

— Hier soir, dit Bliss. À bord d'un car Greyhound ; il rentrait chez lui. Il prétend que son frère l'a appelé avant de quitter Detroit, et ensuite, il n'a plus eu de nouvelles. Il ne l'a pas vu à Seattle.

— Oui. En cours de route, le dénommé Joe a une vision ou un truc comme ça, tout à coup, pof ! Ou bien il a menti depuis le début, il n'a jamais eu l'intention d'aller chercher son frère. Quoi qu'il en soit, il abandonne sa voiture et le voilà qui fait du stop pour se rendre dans l'Idaho, patrie spirituelle de tous les dingues opposés à l'État ; c'est là qu'il assassine trois personnes et que nos armes disparaissent.

Rozsa s'essuya la bouche ; il le sentait venir, ce sentiment qu'il éprouvait quand il savait qu'il avait raison, qu'il était sur la bonne voie et continuait d'avancer. Il possédait des pouvoirs de persuasion que les autres ne pouvaient imaginer. Et il approchait du but. À l'intérieur de sa tête, il entendait comme un bourdonnement.

— C'est trop parfait, Bliss. Cet Amon machin-chose a toujours été un dingue des armes. Ces types sont tous dingues, d'ailleurs. Prenez Jim Jones, Koresk, Randy Weaver... c'était dans l'Idaho, vous vous souvenez ? Les Canadiens en ont eu un eux aussi, un type nommé Rock quelque chose. Et l'histoire de l'Oklahoma, ça a démarré dans le Michigan. C'est trop parfait, je vous dis ! Amon, lui, ne veut pas se contenter d'une mitrailleuse ou d'une bombe artisanale. Et il a sous la main un ancien de la guerre, un type super calé qui est furax après l'armée. Ça vous évoque quelque chose ? Quelle meilleure façon d'humilier ces salopards qu'en leur volant leurs armes ?

Rozsa essuya de nouveau les postillons sur ses lèvres.

— Comment se sont-ils rencontrés ?

— Qui sait ? répondit Rozsa. Ils avaient tous les deux des besoins. Ils se sont trouvés. C'est comme ça que s'écrit l'histoire. Alaska, Idaho, Montana, Michigan. On retrouve toujours ces endroits-là au cœur de ce genre de conneries.

— Entendu. Et ensuite ?

— C'est là que je commence à trembler, dit Rozsa. Que comptent faire ces gens avec trois missiles Stinger ? Se défendre ? De quoi ? Ils ont des armes automatiques. Je ne serais pas étonné qu'ils aient même encore une ou deux mitrailleuses planquées quelque part. Mais des missiles à infrarouge à guidage thermique ? Des armes antiaériennes ? Je ne vois qu'une explication. Ils veulent quelque chose, Bliss.

— Quoi ?

— Je ne sais pas. Quelque chose. La libération de leurs amis emprisonnés peut-être, ou bien ils veulent dix millions de dollars, ils veulent qu'on répare le trou de la couche d'ozone ou qu'on sauve ces putains de baleines avant mardi prochain. Comment savoir ? Mais maintenant, Bliss, maintenant, ils ont du pouvoir.

— Avec trois missiles ?

— Imaginez un peu le chantage qu'ils peuvent exercer avec ces trois petits missiles. Je vous donne le scénario : « Cher enfoiré de gouvernement. Si vous ne répondez pas à nos exigences, on va placer quelqu'un près d'un aéroport et attendre qu'un 747 plein à ras bord se pointe. On le fera exploser en plein vol, quatre cents victimes d'un coup ! Alors, écoutez bien... »

— Une menace terroriste, dit Bliss. Ou des otages ! Bordel de merde.

— Vous avez pigé ! dit Rozsa. Quelle est la portée d'un Stinger ?

— Presque cinq kilomètres. Vitesse : Mach 2. Et d'après ce que je sais, le maniement est assez simple.

— Combien y a-t-il eu de victimes dans l'Oklahoma, cent soixante-huit ? Ces types ont les moyens de ridiculiser ce record. Trois fois quatre cents morts, ils peuvent faire mille deux cents victimes en une seule journée ! Bref, si on ne les arrête pas rapidement, et si on ne retrouve pas les armes, on est dans la merde.

— Qu'allez-vous faire ?

— Ma tâche est de convaincre les hauts gradés comme je vous ai convaincu. Nous avons besoin de renseignements. Le FBI et l'ATF font du bon boulot, mais je veux que le CID aussi se lance à fond dans cette enquête. Et quand nous aurons localisé les missiles... Commençons par les retrouver, lieutenant.

Sur l'autre rive du fleuve, au ministère de la Justice, on venait de recevoir le mémo de l'ATF, et brusquement, le petit drame de l'Idaho, insignifiant et lointain au départ, avait pris un tout autre aspect. Madame le ministre eut droit à un exposé d'urgence de la part de son expert particulier, dans sa limousine qui la conduisait au Winchester Hotel où elle devait s'adresser à un groupe de défenseurs des droits civiques.

— Occupez-vous de ça pour l'instant, dit-elle. Notre tâche est de maîtriser la situation, à tout prix. Rédigez une note de ma part destinée à tous les organes concernés. Et gardez le contrôle. En aucun cas on ne doit se retrouver avec un nouveau Waco ou un nouveau Randy Weaver sur les bras. Pas de victimes civiles, membres de la secte ou simples passants, en aucun cas, et surtout pas des femmes et des enfants.

La voix douce de cette femme, aux angles arrondis, avait toujours étonné le conseiller, car il s'attendait à quelque chose de plus puissant chez quelqu'un d'aussi grand et fortement charpenté.

Mais quand elle voulait se faire entendre, nom de Dieu, elle savait inspirer la crainte. Comme aujourd'hui.

— Personne ne doit s'en prendre directement à ces gens, déclara-t-elle.

Personne, cela voulait dire le FBI, placé sous ses ordres, mais aussi l'ATF et les autorités locales.

— En cas de besoin, ajouta-t-elle, j'appellerai personnellement le secrétaire d'État au Trésor. Tout doit être entrepris pour retrouver ce fugitif et localiser les armes. Les agents sont autorisés à établir une surveillance clandestine de la propriété de Kenai, à distance. Mais nul ne doit pénétrer à l'intérieur du camp, ni l'encercler, ni même se faire voir. Aucun mandat ne sera délivré, aucun assaut ne sera préparé sans mon accord spécifique. Et je ne donnerai pas mon autorisation tant que des femmes et des enfants seront en danger.

— L'affaire se passe au Canada maintenant, de toute façon, souligna l'expert.

— Espérons que la police montée parviendra à régler le problème. Dans le cas contraire, je veux que tout le monde comprenne bien qu'il faut laisser ces gens en paix, tant que le tableau ne s'est pas éclairci.

Cet après-midi-là, le bureau du conseiller particulier fit clairement comprendre à tous les organismes concernés qu'au moindre signe de désobéissance aux ordres du ministre de la Justice, l'affaire serait portée immédiatement au plus haut niveau.

20

Joe regarda Kari opérer au téléphone, improvisant au fur et à mesure. Les horaires et les billets d'avion, tout d'abord, pour des destinations bidons ; des billets qu'elle paierait en liquide, dans diverses agences de voyage. Des tickets de ferry pour se rendre dans le Nord. Une réservation à l'hôtel Marine View à Ketchikan, en Alaska, choisi dans un des guides touristiques achetés par Joe, avant de s'occuper de l'expédition de quatre colis à cette même adresse, qu'ils passeraient récupérer lorsque eux-mêmes arriveraient, dans le courant de la semaine. Elle donna les noms qui figureraient sur leurs nouvelles pièces d'identité, Eric et Susan Delray.

Il reviendrait à Joe, dit-elle, de récupérer l'or et de l'empaqueter pour l'expédier par Federal Express de Sea Island, près de l'aéroport, au sud de la ville. Voilà le moyen qu'ils utiliseraient pour lui faire franchir à nouveau la frontière, dans le sens inverse. Kari fut extrêmement précise dans ses explications : il devait acheter quatre carnets à feuilles volantes — un pour chaque lingot, et les deux autres pour les pièces —, envelopper l'or dans du papier et le scotcher soigneusement à l'intérieur des carnets, bien protégé, puis glisser les carnets dans des boîtes d'expédition Federal Express, étiquetées comme des documents professionnels, sans valeur déclarée.

C'était un excellent plan. Il n'avait qu'un seul défaut : c'était le plan de Kari.

Le samedi matin, la température était retombée à des vingt degrés plus raisonnables, sans la moindre pluie en vue, et la ville se pavanait sous le soleil. Immaculée et bien agencée, avec les montagnes qui se dressaient juste derrière l'étroit bras de mer, elle était plus belle que toutes les villes que Joe avait vues dans sa vie.

Pendant que Kari continuait à passer des coups de téléphone, il retourna à Chinatown en taxi pour récupérer les fausses pièces d'identité. Puis, quittant le motel ensemble, ils marchèrent vers l'ouest dans Broadway, jusqu'à une rue, découverte par Joe, où se côtoyaient les concessionnaires automobiles. Là, ils firent la connaissance de Mel Stone, de chez « Mel, la Maison de la voiture », un type avec des sortes de rougeurs sur le visage, des boutons squameux autour de la mâchoire et sur le front. Il peignait ses cheveux en arrière, pour que l'on puisse bien voir chaque plaque. Quand il souriait, on aurait dit que ses dents étaient trop grandes pour sa bouche.

— On a un problème, dit Joe.

— Ah ?

Le regard de Mel s'éclaira.

— On est américains.

— C'est pas un problème, dit Mel Stone. J'ai souvent des Américains qui viennent m'acheter des voitures. À cause du taux de change, vous voyez.

— Il nous faut quelque chose maintenant. Tout de suite. On paie cash et on s'en va.

Mel Stone se gratta l'oreille en regardant ses voitures autour de lui.

— On serait même prêts à payer... disons, cinq cents dollars en plus du prix que vous demandez...

Mel Stone hocha la tête ; il paraissait un peu plus heureux.

— L'un de vous a son permis de l'État de Washington sur lui ?

— Michigan, dit Joe.

L'astuce de son plan, avait dit Kari, c'était que Joe achèterait la voiture sous son vrai nom, sans se servir de sa fausse identité. Il avait protesté. Elle lui avait alors expliqué, en détail, pourquoi la voiture devait être vendue à Joe Curtis, et il comprenait les raisons maintenant, mais cette idée lui faisait peur. Malgré tout, après y avoir longuement réfléchi, force lui était de constater que le plan de Kari était rudement bon.

— Michigan ou ailleurs, peu importe, dit Mel Stone. Vous devrez quand même payer l'assurance canadienne temporaire. Mais je peux arranger ça par téléphone avec un type que je connais, vous irez chercher directement le formulaire en voiture quand on aura tout réglé.

— O.K.

— Venez, leur dit-il en les entraînant à travers le parking de gravier, en direction du chapelet de drapeaux en plastique qui claquaient au vent.

Une demi-heure plus tard, Joe se penchait vers Kari par la vitre d'une vieille Honda Civic, rouillée autour des portières et des enjoliveurs. Joe constata que certaines parties de la carrosserie avaient été retapées avec de l'enduit de rebouchage. Cette bagnole ne valait même pas mille dollars, et pourtant il avait filé 2 500 dollars à Mel Stone, en liquide. Mais elle roulait. Et sur la carte grise temporaire figurait le nom de Joseph Curtis, de Detroit, Michigan.

Il tendit à Kari trois mille dollars, de quoi acheter les billets et ce dont elle estimait qu'ils auraient besoin.

De l'autre côté de la rue, à l'entrée d'un terrain vague, une femme et son enfant étaient assis sous un arbre ; ils s'amusaient à s'envoyer un ballon ; un type assis dans sa voiture parlait au téléphone ; un clochard vêtu d'un imperméable crasseux, le premier que Joe voyait à Vancouver, était assis sur le trottoir.

Kari enclencha la marche avant dans un grincement et démarra au milieu d'un nuage bleu. La voiture avait besoin de nouvelles bagues de pistons et de nouveaux joints de culasse, se dit Joe. Ça lui faisait de la peine de voir que quelqu'un pouvait négliger sa voiture à ce point.

Il regarda Kari s'éloigner au volant d'une voiture enregistrée à son nom, dans une ville ou des dizaines de forces de police, locales, nationales et peut-être même internationales, étaient sans doute à sa recherche. Il y réfléchit un instant, mais pas trop longtemps. Penser trop longtemps à ce genre de choses pouvait vous entraîner dans une crise de paranoïa paralysante, et il ne pouvait pas se le permettre.

Mais une petite dose de paranoïa — sans la paralysie — n'aurait pas été une mauvaise chose ; en tout cas, elle aurait été justifiée. Car, alors que Joe se penchait à l'intérieur de la Honda pour discuter avec Kari, le type qui se trouvait dans la voiture garée de l'autre côté de la rue se pencha pour ouvrir la portière du passager, afin que le clochard en imperméable, qui n'était autre que Roy Jameson, puisse se faufiler à bord.

La piste des faux papiers n'avait rien donné, mais ce matin il avait contacté Amon, en Alaska ; celui-ci venait de recevoir un appel de Kari Downs. Il ne lui avait pas demandé où elle se trouvait, de peur qu'elle ne devine que quelqu'un les espionnait, mais il avait obtenu son numéro de téléphone. Jameson avait-il accès à un annuaire inversé ? s'enquit-il. Lui non, répondit Jameson, mais le détective privé, par l'intermédiaire de qui il avait engagé les enquêteurs, oui. Formidable. Jameson et un de ces enquêteurs arrivèrent au motel juste à temps pour voir Joseph Curtis et la femme s'en aller d'un pas nonchalant.

Devant chez « Mel », Jameson demanda au conducteur de suivre Kari à bord de la Honda. C'était elle qui l'intéressait, pas le type avec qui elle était.

Le plus étonnant, songea Jameson, tandis qu'ils suivaient au milieu de la circulation la Civic, qui dégageait une sacrée fumée, c'étaient les rapports qui semblaient exister entre Joe et cette femme. Ils bavardaient, ils marchaient tranquillement, ils achetaient une voiture, et elle repartait seule au volant. Drôle de façon pour un kidnappeur de traiter son otage ; il n'avait jamais vu ça.

Dans les toilettes pour hommes de la gare ferroviaire, après avoir glissé dans sa poche quinze pièces d'or, Joe répartit le reste dans quatre colis différents, comme Kari le lui avait demandé. Mais il ne se rendit pas au bureau Federal Express dans le sud de la ville, pas plus qu'il n'expédia l'or à l'hôtel Marine View à Ketchikan. Au lieu de cela, après avoir trouvé un bureau de poste, il expédia deux des paquets à Eric Delray, poste restante de Juneau, et non de Ketchikan, où la poste les conserverait pendant dix jours. Les deux autres, il les expédia en urgent à Ketchikan, comme convenu, mais pas à l'hôtel Marine View. Il recopia dans un guide touristique le numéro du Front Street Bed & Breakfast, qu'il appela pour effectuer sa propre réservation.

Il voulait aussi organiser quelque chose de différent pour leur voyage dans le Nord, mais il ne savait pas quoi au juste, jusqu'à ce qu'une affiche éclatante, en face de la gare, lui donne une idée complètement folle. Ça n'avait aucune chance de marcher, se dit-il. Malgré tout, il trouva une cabine téléphonique avec un annuaire, et commença à passer des coups de téléphone. Il en fallut presque une douzaine avant qu'il ne parvienne à ses fins.

Un peu plus tard, assis sur un banc dans la station aérienne du monorail, juste en face de la gare ferroviaire, Joe se remit à réfléchir. Il tenait à la main un exemplaire du *Sun* de ce matin, dans lequel se trouvait la photo d'identité de son dossier militaire, accompagnée de son nom complet et d'un article qui évoquait son casier judiciaire, sa démobilisation pour raisons psychiatriques, et même son passage par l'atelier d'ébénisterie. Les fédéraux l'avaient finalement repéré. Désormais, le temps était compté, et il ne pouvait plus courir le risque d'être reconnu dans la rue. Il avait acheté une casquette de base-ball qu'il portait enfoncée sur son crâne.

Il avait remis les verres de contact teintés, ainsi que des lunettes de soleil, et s'était laissé pousser la barbe, ce qui masquait une partie de son visage. Mais ses yeux, teintés ou pas, et sa dent de travers sur le devant étaient des choses que les gens remarquaient et mémorisaient.

Il savait que Kari avait sans doute appelé ses amis à l'heure qu'il était, pour réclamer des instructions, leur faire part du plan, et leur dire où et quand ils pourraient récupérer l'or. Joe avait compris tout cela, et il voyait le moyen d'y remédier ; par contre, il ne voyait pas encore ce que ça pouvait changer, ni comment s'en servir pour inverser la situation, sans être obligé de se livrer et de parler à un million de flics. S'il pouvait s'expliquer juste à une seule personne, en privé... C'est alors qu'il eut une autre idée.

Le quartier général de la police montée de Vancouver répondit après la troisième sonnerie.

— J'ai des renseignements sur Joseph Curtis, dit Joe.

On le mit en attente, puis quelqu'un demanda :

— D'où appelez-vous ?

— Je veux parler à un agent fédéral. Je sais qu'il y en a autour de vous.

L'article du *Sun* l'avait précisé.

— C'est vrai, il y en a quelques-uns. Qui demandez-vous ?

— Qui est là ?

— Si vous me disiez plutôt d'où vous appelez ?

— Je vous donne trois secondes, répondit Joe. Ensuite, je raccroche.

— Euh... attendez.

L'homme couvrit le combiné avec sa main. Joe l'entendit s'adresser à quelqu'un. Sans doute essayaient-ils de localiser l'appel. L'homme revint en ligne.

— L'agent Red Feather est ici, mais elle est en réunion pour le moment. Et l'agent Truong...

Joe raccrocha. Red Feather. Ce nom lui plaisait. Il était différent. Et c'était une femme. Ça aussi, ça lui plaisait. Allons-y pour Red Feather.

Le monorail s'arrêta en douceur, et les portes s'ouvrirent dans un chuintement. Joe monta à bord.

Près des quais, à l'extrémité nord du centre-ville, au dernier étage d'un garage découvert, Roy Jameson et un des hommes qu'il avait engagés s'étaient enfoncés dans leur siège de voiture, la meilleure façon de rester cachés tout en observant Kari Downs qui garait la Honda. Ils la suivirent lorsqu'elle se dirigea vers l'ascenseur, mais purent seulement la voir entrer dans la cabine avant que les portes se referment. Ils coururent vers l'escalier et atteignirent le rez-de-chaussée à bout de souffle, avant l'ascenseur.

Toutefois, quand les portes s'ouvrirent, il était vide !

Roy Jameson demeura hébété un instant. Puis il retourna vers l'escalier, précipitamment, tandis que son équipier s'engouffrait dans l'ascenseur.

— Essayez au premier ! lui lança Roy.

Ils se rejoignirent au premier étage du parking. Personne. Au deuxième, personne. Arrivé au troisième étage, Jameson se pencha par-dessus la balustrade pour regarder dans Granville

Street. Il la vit, au bord du trottoir, qui attendait qu'il n'y ait plus de voitures pour traverser, en direction d'une sorte de centre commercial de luxe.

— Merde !

Il fonça de nouveau vers l'escalier pour redescendre à toute vitesse. Son équipier l'interpella.

— Hé, on sait où est sa bagnole ! Suffit de l'attendre ici !

— Elle nous a repérés. Suivez-moi avec la voiture ! répondit Roy.

Il avait déjà descendu deux étages ; il franchit la cabine vitrée de la caisse et émergea en plein soleil. Il la vit de nouveau, vêtue de la jolie jupe et des chaussures à talons hauts qu'elle avait achetées dans une boutique du centre pendant qu'ils la filaient.

Ses jambes disparurent au coin d'une rue, entre deux grands buildings. Il allait la suivre, et si l'autre type rappliquait avec la voiture comme il le lui avait demandé, il n'y aurait plus qu'à la faire entrer de force à l'arrière.

Après avoir esquivé deux vieilles dames qui faisaient leurs courses, Jameson tourna à son tour au coin de la rue. Elle était là, en train de discuter avec un flic à bicyclette, en short long ; elle le tirait par la manche, stéréotype de la pauvre femme en détresse, en pointant le doigt derrière elle. Là-bas, monsieur l'agent. C'est lui ! C'est lui le méchant, le vilain.

Et re-merde. Roy Jameson fit demi-tour et s'empressa de repartir en sens inverse, mais voilà que le flic pédalait vers lui maintenant, sur le trottoir.

— Vous, là-bas ! Arrêtez ! Halte !

Jameson accéléra, au moment où le flic hurlait

« Stop ! ». Mais que pouvait-il faire ? Lui tirer dans le dos au milieu des passants ? Et pour quelle raison, à cause d'une femme qui était venue se plaindre à lui ? Non. Il était déjà distancé de toute façon, à plus de cent mètres derrière, lorsqu'un deuxième flic à vélo jaillit tout à coup de la chaussée, juste devant le nez de Jameson. Emporté par son élan, il percuta le vélo, et tous les trois — lui, le vélo et le flic qui se trouvait dessus — furent projetés violemment sur le trottoir en ciment ; Jameson vit le monde tourbillonner autour de lui pendant une ou deux secondes. Quand il retrouva ses esprits, il découvrît l'imbécile de flic, une éraflure sanglante à la joue, le sang qui coulait sur sa jambe poilue, qui lui braquait un pistolet sur le visage, pendant que l'autre flic, le premier, le fouillait et découvrait l'étui de cheville contenant le petit Beretta calibre .25 qu'il portait toujours sur lui en cas de pépin, dûment enregistré aux États-Unis, mais entré illégalement dans ce pays.

Merde, merde, merde. Trois fois merde.

— Tu es en état d'arrestation, enfoiré, cracha le flic canadien blessé. Ça veut dire que si tu respires seulement de travers, je me ferai un plaisir de te régler ton compte.

— Hé, on est du même côté, l'ami, répondit Roy Jameson. On peut régler ça calmement.

D'une cabine située dans le centre, Joe rappela le quartier général de la police montée. Il suffisait de bien mentir, de convaincre la femme au bout du fil qu'il était un parent de l'agent Red Feather, et qu'il devait lui parler immédiatement, car il appelait de loin.

La femme lui répondit que l'agent Red Feather

était absente pour l'instant. Il devrait laisser un message, ajouta-t-elle.

Comment faire pour la joindre rapidement ? se demanda Joe.

— Il s'agit de son père, dit-il. C'est urgent.

Et comme ça, tout simplement, la femme lui donna le nom et l'adresse d'un hôtel du centre, le Hyatt Regency.

— Comment vous appelez-vous ? demanda-t-elle. Pourquoi vous ne laissez pas un...

Joe raccrocha et appela le Hyatt, où on lui fournit même le numéro de la chambre, la 1225, avant de transférer son appel. Bien qu'il eût simplement l'intention de s'arrêter à la réception, il ne voulait pas courir le risque de tomber nez à nez avec cette femme qui savait certainement à quoi il ressemblait. Après sept sonneries, il en conclut qu'elle n'était pas dans sa chambre. Le Hyatt n'était qu'à quelques pâtés de maisons de l'endroit où il se trouvait ; il apercevait son enseigne rouge, au sommet d'un immense building moderne, dans le quartier le plus dense du centre.

Il entendait des petits tintements résonner dans sa tête, tandis qu'il se rapprochait. Il allait se jeter tout droit dans la gueule du loup. Mais c'était ainsi qu'il fallait jouer le coup, avait-il décrété. Il avait besoin d'établir un contact pour que son plan fonctionne, s'il voulait changer la donne de ce jeu pourri et baiser tous ceux qui l'avaient baisé. Il fallait en passer par là. Il n'avait pas le temps de paniquer. Pas le temps d'avoir le souffle court et les genoux qui tremblent. L'adrénaline coulait à flots maintenant, voilà qui devrait tenir la peur à distance. Il avait d'ailleurs remarqué que, dans l'action, il se débrouillait très bien. C'était dans les moments d'accalmie, quand il réfléchissait, que ça se passait mal.

Il s'arrêta dans un petit square, non loin de l'hôtel, pour rédiger un message sur un bout de feuille de bloc :

Agent Redfeather :

Je veux que ça se termine. Je veux vous parler en privé. Soyez dans votre chambre ce soir. Si vous essayez de retrouver ma trace, je le saurai et je disparaîtrai de nouveau.

J.C.

Au Fish & Co, le restaurant situé au premier étage du Hyatt Regency, Leanne et Calvin étaient assis l'un en face de l'autre à une petite table près de la fenêtre, qui donnait sur Burrard Street. Leanne était revenue quelques minutes plus tôt, après une matinée remplie de réunions, et était montée chercher Calvin pour déjeuner. Ils s'apprêtaient à passer la commande quand le bipeur que lui avait remis la police montée canadienne sonna, et elle se précipita vers une cabine.

Le message émanait de ce sergent de la police montée nommé Connor, un individu laconique et obstiné dont Leanne avait fait la connaissance hier soir, et qui avait reçu pour mission de l'escorter, sans la lâcher d'une semelle, autant pour l'espionner que pour l'aider véritablement, supposait-elle.

— Désolé de vous déranger, agent Red Feather, dit Connor.

— Appelez-moi Leanne.

— Oui, d'accord. On vient d'apprendre que la

police de Vancouver a arrêté un homme ce matin, dans le centre. Une femme s'est plainte à un agent qu'un homme la menaçait. L'homme en question a été appréhendé, et on a découvert sur lui un pistolet Beretta. La femme a disparu entre-temps. Cet homme, Roy Jameson, est un détective privé américain, il possède un port d'arme, mais celui-ci n'est pas valable dans ce pays, évidemment.

— Évidemment, Connor. Et alors ?

— Il avait une photo dans sa poche, une photo d'identité en noir et blanc. Un des policiers chargés de l'interrogatoire n'a pas mis longtemps à la reconnaître, étant donné que cette photo a été largement diffusée.

— Joseph Curtis ?

— Oui, m'dame.

— Ce détective privé suivait Curtis ?

— Il affirme que non. Il affirme qu'il suivait Kari Downs.

— Pour quelle raison ? Et comment l'a-t-il retrouvée ?

— Il a été engagé, paraît-il, par le père de la fille. Et apparemment, il connaît aussi Amon Ka'atchii...

— J'arrive tout de suite, Connor.

— Je vous ai envoyé une voiture. Elle devrait déjà être devant la porte de l'hôtel.

— Que personne d'autre n'approche cet homme.

— Entendu, m'dame.

Calvin regardait par la fenêtre. Leanne se sentit triste tout à coup, en le voyant ainsi désœuvré, attendant qu'elle revienne pour pouvoir commander à manger. Elle allait le priver de ça.

— Je suis désolée, Cal chéri. Il faut que je file. Une urgence.

— Et notre déjeuner ?

— Tu devras te faire servir dans la chambre une fois de plus. Désolée. On dînera ensemble ce soir.

Il tourna de nouveau la tête vers la vitre.

— Remonte dans la chambre, dit-elle. Et attends-moi. Tu t'en tires très bien jusqu'à maintenant.

Il grimaça.

— Gentil garçon, gentil garçon, dit-il.

— Je le pense sincèrement. Remonte dans la chambre et n'en bouge pas. Je t'appellerai.

— Ouah ! Ouah ! fit-il et il sortit la langue en faisant mine de haleter comme un chien.

L'hôtel Hyatt n'était situé qu'à quelques centaines de mètres du centre commercial Sinclair, devant lequel, peu de temps auparavant, Roy Jameson avait été arrêté par la police pour avoir effrayé une jeune femme anonyme, avec des cheveux d'un roux très foncé. Mais bien entendu, Joe n'avait pas vu ce qui s'était passé. En passant de la lumière vive du dehors à la fraîcheur du hall de l'hôtel, il se retrouva directement en face d'un petit couloir bordé de deux rangées d'ascenseurs. À sa gauche s'ouvrait un grand salon orné d'arbres en pots, avec des fauteuils et des canapés pour les clients et les visiteurs. Il lui fallut un petit moment pour s'orienter et accéder, audelà des ascenseurs, au bureau de la réception, où il avait l'intention de laisser son message. Il n'y avait qu'une seule employée derrière le comptoir et un gros type qui parlait fort se disputait avec elle au sujet de sa note. Joe attendait, les mains croisées devant lui, le message plié entre les doigts, lorsqu'un policier passa discrètement près de lui et vint s'accouder au comptoir de la réception. Joe vit avec horreur un autre agent le rejoindre peu de temps après ; celui-ci arborait de larges bandes dorées sur son pantalon et son chapeau : police montée.

Pour adopter un air plus naturel, Joe fit mine de consulter sa montre, jeta un regard en direction du hall, puis repartit d'un pas tranquille vers les ascenseurs, en passant devant les canapés luxueux, s'attendant à ce que quelqu'un l'arrête en exigeant de savoir ce qu'il faisait là, avec son jean crasseux, et qui il venait voir, mais personne ne lui demanda rien.

Avant même de réfléchir à un moyen de sortir de là, il appuya sur le bouton d'un ascenseur et y monta quand les portes s'ouvrirent. L'agent Red Feather était absente, il le savait, car il avait téléphoné.

Le douzième étage était calme et désert, à l'exception d'une femme de ménage qui poussait son chariot.

— Vous pouvez déposer ça dans une chambre ? lui demanda Joe en brandissant son papier, mais la femme fit non de la tête.

Alors, il continua dans le couloir, jusqu'à ce qu'il trouve la chambre 1225. Il tendit l'oreille, puis glissa le mot sous la porte. Mais au moment où il se relevait, en prenant appui sur la poignée, la porte s'ouvrit tout à coup vers l'intérieur. Déséquilibré, Joe fut entraîné dans la chambre. Il se pétrifia, face à un jeune type torse nu, musclé, avec de longs cheveux attachés dans le dos.

Il y eut un moment de silence, pendant lequel

les deux hommes se dévisagèrent. Puis celui qui avait ouvert la porte s'exclama :

— Hé, je vous connais ! Mais oui ! (Il agita son doigt sous le nez de Joe.) J'ai vu les photos. C'est vous que les flics cherchent partout. Vous avez buté tous ces gens dans l'Idaho. Joe !

Il pivota sur ses talons pour s'enfuir, mais la main du jeune type s'abattit sur son épaule.

— Elle va pas revenir tout de suite, dit-il. Et ils penseront jamais à venir vous chercher ici, pas vrai ? (Il éclata de rire.) Restez donc une minute. Fermez la porte. Personne ne sera au courant, mec. Allez.

Joe se plaqua contre le mur, près de la porte qu'il tenait entrouverte. La chambre était spacieuse, fraîche, avec d'épais rideaux bordeaux, un papier peint vert pâle et une commode haute, en bois foncé, sur laquelle reposait la télé. Du vrai bois, pas du placage minable, constata-t-il. Derrière se trouvait un petit bureau en verre, avec un téléphone, et une sorte de coin salon séparé, avec des fauteuils recouverts de tapisserie et une table. Il n'avait jamais vu une chambre d'hôtel comme celle-ci.

— Je suis son frère, Cal. En fait, je suis presque autant dans la merde que vous. Il y a des types qui veulent me couper les jambes. Elle m'a fait venir ici avec elle pour me protéger. Du baby-sitting en quelque sorte. Et croyez-moi, ça craint ! Je reste enfermé toute la journée dans cette putain de chambre, à regarder la télé. Ravi de vous rencontrer, Joe.

Cal s'empara de la main moite de Joe pour la serrer. Et il demanda :

— C'est un mot pour Leanne ?

Il rit de nouveau ; c'était un rire aigu, saccadé,

une sorte d'aboiement qui ne collait pas avec son apparence.

Joe acquiesça.

— Des aveux ? Il faut pas lui faciliter la tâche. Quand ça devient trop simple, elle se fout en rogne.

Cal prit le message et, après l'avoir lu, il regarda Joe.

— C'est pas vous le meurtrier, hein ? Dites, vous avez une langue ?

— Oui, répondit Joe. Non, c'est pas moi.

— C'est ce que j'ai dit à Leanne. Je lui ai dit : « Pourquoi il serait revenu chercher la gonzesse ? Tu trouves pas ça bizarre, toi ? Y a quelque chose qui colle pas, je lui ai dit. Moi, si je butais trois personnes et que je raflais du fric, je sauterais dans le premier avion pour le Brésil, nom de Dieu ! Je me baladerais pas à Seattle avec une nana. » Mais Leanne, elle raisonne pas comme vous et moi, pour commencer, et en plus de ça, c'est une obsédée, comme un chien d'arrêt qui bande ; elle aurait dû naître dans la peau d'un mec. On peut rien lui dire !

« En tout cas, ajouta Cal en agitant le message, elle marchera pas dans cette combine. Vous pouvez être sûr qu'elle aurait retrouvé votre trace. C'était quoi votre idée ? Vous vouliez organiser une rencontre ou un truc comme ça ?

Joe acquiesça.

— J'habite chez elle à Boise, dit Cal, mais j'ai une messagerie là-bas, car ma frangine est une fouineuse, et elle a pas besoin d'être au courant de mes petites affaires. Je l'appelle deux fois par jour. Vous n'avez qu'à appeler ce numéro et laisser un message, quand vous vous sentirez prêt.

Je ferai la commission. Je vous servirai de contact, en quelque sorte.

Il se dirigea vers la table.

Pour Joe, tout cela était devenu totalement insensé, mais il répondit simplement :

— O.K.

— C'est super, non ? dit Cal, avec son drôle de rire. Dites, je peux vous poser une question ? Vous avez la trouille ?

— Oui. Des fois, je suis tétanisé.

— On dirait pas. Vous m'avez plutôt l'air calme, c'est bizarre. Tenez. (Il lui tendit un bout de papier.) Un conseil : faites gaffe à vous, mon vieux.

Joe quitta la chambre et s'éloigna dans le couloir silencieux, ahuri et désorienté.

21

La soirée de la veille ne s'était pas du tout déroulée comme dans les fantasmes de Rick. Quand Angie, Gerard et lui s'arrêtèrent pour la nuit, à proximité de la frontière, et prirent une chambre avec deux lits doubles, Angie se coucha avec Gerard sur l'un des deux, laissant l'autre à Rick. Celui-ci but quelques bières en fulminant, puis se leva et tenta d'expédier Gerard dans la salle de bains.

— Qu'est-ce que tu attends de nous, Rick ? demanda Angie. Tu voulais qu'on t'emmène en bagnole, on l'a fait. Tu veux la voiture ? Prends-la. Gerard déclarera qu'elle a été volée quand on rentrera. Quoi d'autre encore ?

À ce moment-là, Angie et Gerard s'engueulèrent de nouveau, à cause de la voiture, cette fois, et en définitive, Rick s'enferma dans cette putain de salle de bains pour pouvoir réfléchir en paix. Quand il en ressortit, ils dormaient tous les deux, sur leur lit.

Le lendemain matin, ils franchirent la frontière, et Gerard décida de jouer le jeu, en suivant le scénario de Rick, selon lequel ils étaient trois membres de la même famille se rendant à un enterrement, car cela lui paraissait plus simple et moins risqué. Qui sait ce dont était capable Rick si Gerard essayait d'attirer l'attention, d'une manière ou d'une autre ? En outre, dès qu'ils seraient arrivés à Vancouver, Rick avait promis de leur rendre leur liberté, et leur voiture.

Mais Rick savait que ça ne se passerait pas de cette façon.

Avant que n'apparaisse la périphérie de la ville, Rick ordonna à Gerard de quitter l'autoroute pour suivre une route de campagne déserte, pendant plus d'un kilomètre. Soudain, il se pencha vers l'avant et dit :

— Arrête-toi là. Faut que je pisse.

— On est presque arrivés, bon sang ! dit Gerard.

— Je peux pas attendre. Et où est-ce que je pourrai pisser quand on sera en ville, hein ? Sur le trottoir ? Arrête-toi. Faut qu'on cause de toute façon.

— Causer de quoi ? demanda Angie.

— C'est entre moi et Jerry, répondit Rick. Faut qu'on se mette d'accord sur votre libération. Je veux que personne soit au courant.

— Au courant de quoi, bordel ? s'exclama Gerard en frappant sur le volant.

— De tout ça. Faut que je trouve un moyen d'être sûr que j'aurai rien à craindre une fois que vous m'aurez largué en ville. Voyons les choses en face, vous pourriez me causer vachement de tort en allant voir les flics.

— On n'ira pas voir les flics, répondit Gerard. Je n'ai qu'une envie : rentrer chez moi et oublier toute cette histoire.

— Peu importe, dit Rick. Je vais quand même

t'expliquer comment on va faire. Gare-toi là et file-moi les clés.

Gerard s'arrêta, au bord d'une longue ligne droite, sur une route peu fréquentée. Sur la droite, à une dizaine de mètres, au milieu d'une étendue d'herbes hautes, se dressait un petit bosquet. Gerard et Rick descendirent de voiture.

— Viens, dit Rick, allons faire un tour.

— Je n'ai pas envie de pisser. Je n'ai pas de...

— Amène-toi, ordonna Rick. Ne commence pas à m'emmerder. On est presque arrivés.

Ils traversèrent les herbes hautes pour atteindre les arbres. Pendant que Rick pissait contre un tronc, Gerard croisa les bras et contempla les branches au-dessus de sa tête ; il changea de pied d'appui et croisa les jambes, puis glissa une main dans sa poche de pantalon. Finalement, n'y tenant plus, il contourna un buisson pour se placer derrière un autre arbre, et ouvrit sa braguette lui aussi.

Rick attendit d'entendre le jet d'urine de Gerard pour faire le tour du buisson, sans bruit, et observer le dos de Gerard, sa tête baissée.

— Hé ! s'exclama ce dernier en entendant un craquement derrière lui. Qu'est-ce que tu fous ?

— Désolé, vieux.

Rick s'avança, appuya le canon de son calibre .38 sur les cheveux châtains frisés et tira une balle dans la cervelle de Gerard, dont une bonne partie éclaboussa le tronc de l'arbre. Rick fit un bond sur le côté pour éviter la première giclée de sang jaillissant de l'arrière du crâne, tandis que le corps de Gerard s'effondrait contre le tronc et glissait jusqu'au sol, mais quelques gouttes éclaboussèrent sa manche et une de ses chaussures.

Dans la voiture, Angie, qui avait entendu le

coup de feu et savait exactement ce qui venait de se passer, pleura silencieusement, la tête baissée.

— Désolé, dit Rick. Tu sais bien ce que c'est. (Il la regarda pleurer de manière pathétique sur ses deux seins gonflés.) Fais-moi voir, Angie.

— Quoi ?

— Fais-moi voir juste une fois, et ensuite, je te fous la paix.

— Bon Dieu, Rick...

— Allez, montre !

Il tira sur le T-shirt rentré dans le pantalon.

— Rick !

— Soulève-moi ce truc. Enlève ton soutien-gorge.

Il jeta un coup d'œil dans le rétroviseur : aucune voiture en vue. Il arma le chien de son .38 et le pointa sur le visage d'Angie. Celle-ci fit passer le T-shirt au-dessus de sa tête et se pencha en avant pour défaire la triple agrafe du soutien-gorge.

— Arrête donc de chialer ! Tu gâches tout.

Ayant détaché le soutien-gorge, elle le laissa pendre sur ses seins. Rick le lui arracha et dit :

— Regarde-moi maintenant. Tourne-toi par ici.

Elle s'exécuta.

— Oh, la vache !

Rick lui pinça un téton.

— Tu sens quelque chose, avec toute la saloperie qu'ils t'ont foutue à l'intérieur ?

— Arrête.

— J'ai une sacrée envie de baiser, Angie. Qu'est-ce que t'en dit ?

— Tu voulais juste regarder. (Elle renfila son T-shirt.) Tu n'es qu'un animal, Rick. Je fous le camp.

Elle ouvrit la portière du passager, juste au moment où une voiture surgissait dans leur dos et les dépassait à toute allure.

— Attends, je vais te déposer en ville, dit-il, tu pourras te barrer ensuite.

— Je vais faire du stop. C'est moins dangereux.

Les dents serrées, Rick regarda dans le rétroviseur cette imbécile d'Angie sur le bord de la route avec son pouce levé, alors qu'il n'y avait pas une seule voiture en vue. Si quelqu'un s'arrêtait, ce ne serait certainement pas à cause de son pouce.

Rick vit une autre voiture foncer vers eux et ralentir, sans toutefois s'arrêter. Angie se retourna pour la regarder s'éloigner. Bon, assez déconné. Rick jaillit hors de la voiture et se précipita vers elle.

— Non ! hurla-t-elle d'une voix stridente en s'enfuyant dans les herbes hautes.

Il s'élança à sa poursuite, en suivant sa trace ; il la rattrapa très vite et la poussa violemment dans le dos, la projetant à terre. Allongée sur le sol, elle le regarda.

— Allez, vas-y, fais-le s'il le faut, salaud ! Finissons-en, qu'on puisse foutre le camp.

Rick réfléchit un instant. Il regarda par-dessus les hautes herbes, qui cacheraient tout, et constata que la route était déserte, dans les deux sens.

— J'aimerais beaucoup, Angie, dit-il. Mais j'ai des choses à régler. Notre Mère la Terre et Père le Dieu.

Il sortit le calibre .38 glissé dans son dos et lui tira une balle dans l'œil, une seule, au même endroit que ce vieux Big Bill Cooper. Tandis qu'Angie se convulsait dans l'herbe, Rick regagna la voiture.

Une fois arrivé à Vancouver, Rick découvrit dans la boîte à gants de l'Acura le portefeuille de Gerard, rempli de cartes de crédit. Voilà qui lui faciliterait grandement la vie, d'autant que Gerard ne risquait pas de déclarer le vol de ses cartes au cours des prochains jours. Rick en fourra plusieurs dans ses poches. Dans un magasin Radio Shack, il acheta un petit scanner portable, pour écouter les messages de la police. Puis, dans un hôtel de Burnaby, il appela Père et apprit que Jameson avait découvert le motel de Joe et Kari, et qu'actuellement il leur filait le train. Il n'allait pas tarder à le contacter, ajouta Père, et celui-ci, à son tour, appellerait Rick pour le tenir au courant. Rick avait des fourmis au bout des doigts. Il attendit cet appel jusqu'aux environs de 14 heures, lorsque, trop impatient, il rappela Père, qui n'avait toujours pas de nouvelles. Il savait seulement où logeait Jameson.

Rick se rendit à l'hôtel en question, un Holiday Inn situé à Vancouver même, au sud de False Creek ; il trouva la chambre et frappa. Pas de réponse. Reculant d'un pas, il décocha deux grands coups de pied dans la porte, avant que le verrou ne cède. Mais il n'y avait pas grand-chose à l'intérieur, à part quelques vêtements et un numéro de téléphone noté sur une feuille arrachée au bloc de papier à lettres de l'hôtel. Rick composa le numéro ; une femme lui répondit en énonçant le nom d'une agence de détectives privés de Vancouver.

— Je cherche un dénommé Roy Jameson, dit-il. Il a fait appel à des gars de votre agence et...

La femme le mit en attente. Un homme prit la communication et demanda :

— Qui est à l'appareil ?

— Qui est à l'appareil ? répéta Rick. Je veux savoir où est Roy Jameson. Je travaille avec lui.

— Il a été arrêté, répondit l'homme.

Rick resta muet.

— On vient de l'apprendre, ajouta l'homme. Si vous voulez l'aider...

Rick raccrocha, essuya le téléphone et repartit. D'une cabine, il appela Père pour lui annoncer la nouvelle. Père réagit étonnamment bien, se dit Rick. Il ne hurla pas. Il dit simplement :

— On sait où ils logent. (Il parlait de Joe et Kari.) Tu n'as qu'à attendre qu'ils réapparaissent.

Peu de temps après que Rick eut quitté la chambre de Jameson, un inspecteur de la police de Vancouver, enquêtant pour le compte de la police montée royale canadienne, se présenta sur place avec un mandat de perquisition ; il remarqua la porte enfoncée et appela immédiatement le siège de la police montée du district de Shaughnessy, où Jameson était actuellement interrogé.

— Celui ou celle qui est venu ici a fichu le camp, dit-il.

On le chargea alors de se rendre au siège d'une agence de détectives privés de Vancouver avec laquelle travaillait Jameson.

L'inspecteur nota l'adresse.

— J'y vais.

En quittant le Hyatt, Joe prit un taxi qui le conduisit hors du centre-ville, jusqu'au Burrard Bridge, passant ensuite devant la brasserie Molson, pour finalement rejoindre le motel Econolodge dans Broadway.

Il s'avéra que le détective qui avait suivi Kari en compagnie de Jameson, jusqu'à ce que celui-ci se fasse arrêter, était finalement retourné au motel lui aussi, quelques heures plus tôt, pour attendre, en l'absence d'autres pistes. Bien que Jameson soit au poste, le type estimait qu'il était toujours payé pour suivre cette femme, et puisqu'elle avait pris une chambre ici, elle finirait bien par réapparaître, tôt ou tard.

Voilà pourquoi il était assis dans sa voiture, sur le parking, lorsque Joe descendit du taxi et se précipita vers sa chambre, les mains plaquées sur les tempes. Ayant reconnu le type aperçu le matin même, le détective lui emboîta le pas. Avant que Joe ne referme la porte de sa chambre, l'homme l'entendit pousser un râle de douleur.

Il écouta à la porte ; le téléphone sonna six fois avant que Joe décroche.

Utilisant son téléphone de voiture, l'homme indiqua sa position au détective privé qui l'avait fait engager par Jameson. Évidemment, il ne pouvait pas savoir qu'un inspecteur de police était assis au même moment dans le bureau du détective privé, pour lui faire comprendre combien il était important de transmettre aux autorités toutes les informations concernant cette affaire. Le privé savait reconnaître l'odeur de roussi quand elle passait à proximité, et il savait que cette histoire commençait à sentir franchement mauvais, raison de plus pour ne pas se mettre les flics à dos, par-dessus le marché. Après avoir raccroché, il donna à l'inspecteur l'adresse du motel, en précisant que Joe Curtis s'y trouvait en ce moment même.

L'inspecteur de la police de Vancouver appela alors les enquêteurs de la police montée, qui étaient en compagnie d'un agent du FBI nommé Truong et d'une fédérale nommée Red Feather.

Or au même moment, sous les yeux du détective, une équipe médicale d'urgence débarqua au motel et les ambulanciers emportèrent Joe sur une civière. L'appel que Joe avait reçu émanait de Kari, qui avait essayé de le contacter tout l'après-midi, pour lui apprendre qu'on l'avait suivie, et peut-être lui aussi. Joe était justement victime d'une de ses terribles migraines, même s'il affirma que ça passerait rapidement. De fait, à mesure qu'ils parlaient, elle avait eu l'impression qu'il allait un peu mieux, comme si la douleur s'atténuait. Cela lui donna pourtant une idée. « Allonge-toi et attends », lui dit-elle. « Je sais comment te faire sortir de là et déjouer la filature. »

Le détective essaya de les suivre, mais il ne pouvait pas griller les feux rouges et se faufiler entre les voitures comme l'ambulance. En arrivant à l'hôpital central de Vancouver, dans la 12e Avenue, à un peu plus d'un kilomètre à l'est, il avisa le véhicule garé sous le portique du service des urgences ; il aborda un des hommes en blanc.

— C'est bizarre, dit l'ambulancier. Ce type pouvait à peine respirer quand on l'a trouvé, et tout à coup, il affirme qu'il va beaucoup mieux. Et c'est vrai qu'il avait l'air normal quand on est arrivés ici, mais fallait quand même l'examiner, je lui ai dit. Voilà qu'il refuse d'entrer. Sur ce, une nana le rejoint, et il se barre avec elle. « Hé, pas si vite ! » je leur fais. Ils peuvent pas partir comme ça. Mais la fille me tend deux cents dollars, pour le déplacement qu'elle dit, et ils s'en vont, comme si de rien n'était !

Quand le détective retourna au motel, pour surveiller les lieux au cas où ils reviendraient — car après tout, se disait-il, ça avait marché deux fois de suite — il fut accueilli par des voitures de patrouille, des agents de la police municipale et de la police montée. Ceux-ci étant trop occupés à l'observer, ils ne virent pas une Acura Legend, dernier modèle, immatriculée dans l'Oregon, démarrer de l'autre côté de la rue, passer devant le motel au ralenti, puis tourner au coin en accélérant.

Dans la chambre de motel abandonnée, debout aux côtés de l'agent Truong et de plusieurs inspecteurs de la police montée, Leanne Red Feather comprit qu'une fois de plus, elle se retrouvait le bec dans l'eau. Mais quand on fit entrer le collaborateur du détective privé, qui leur raconta l'épisode de l'hôpital, et qu'un des policiers s'exclama : « Putain, c'est juste à côté d'ici », en désignant l'est, Leanne redressa la tête.

— Ils sont à pied, dit-elle. Et on connaît leur signalement. Est-il possible de boucler le périmètre ?

— Ils ont très bien pu prendre le bus ou sauter dans une voiture, répondit quelqu'un.

— Oui, ils pourraient aussi être assis à un arrêt de bus ! s'écria-t-elle. Tous vos hommes sont au bout de la rue ! Si vous vous remuez...

— O.K., dit-il.

En quelques minutes, deux douzaines d'agents et de stagiaires de la police montée, certains en uniforme, d'autres en civil, jaillirent des bâtiments de la jolie caserne du district de Shaughnessy, dans Heather Street, nichée en bordure d'un jardin botanique luxuriant. Certains partirent vers l'ouest, puis vers le nord, en remontant Granville ; d'autres vers l'est, puis le nord, dans Cambie Street, les deux artères principales qui traversaient False Creek, et entre lesquelles se trouvait l'hôpital central. Pendant ce temps, la police de Vancouver avait établi des points de contrôle de tous les véhicules de transport en commun, dans toutes les rues importantes autour de l'hôpital.

En fait, Joe et Kari avaient marché vers l'est en quittant l'hôpital, jusqu'à ce qu'ils atteignent Cambie Street. Non loin de là, au nord, se trouvait Cambie Bridge, qui enjambait False Creek et conduisait au centre-ville, mais en essayant de traverser à pied cette grande arche découverte, ils auraient signé leur perte, ils le savaient. Alors, ils bifurquèrent vers le sud, en empruntant des rues bordées d'arbres et de jolies maisons respirant l'opulence.

Après quelques centaines de mètres, Kari fit glisser de ses épaules son sac à dos pesant, rempli de tous les vêtements neufs qu'elle leur avait achetés, et s'arrêta une minute pour souffler. Joe s'avança jusqu'au bord du trottoir pour essayer de voir, et ce qu'il vit l'effraya.

— Kari ! Il y a un tas de lumières là-bas ; elles viennent par ici. Et de l'autre côté, on dirait qu'ils ont fermé le pont. Il s'est passé quelque chose.

Joe prit le sac sur son dos. Ils traversèrent la rue, en direction d'une petite pizzeria. Avant d'y entrer, ils virent une voiture de patrouille, bien plus au sud, déboucher de Cambie Street. Ce qu'ils ne virent pas, en revanche, c'est l'Acura flambant neuve qui roulait vers eux, en venant du nord ; pas plus qu'ils ne la virent effectuer un demi-tour et s'arrêter le long du trottoir, devant le restaurant.

À l'intérieur, Joe demanda à l'adolescent derrière le comptoir.

— Les toilettes ?

Le gamin désigna un couloir qui s'enfonçait vers le fond.

— Vite, dit Joe à Kari. Il y a sûrement une porte derrière.

Pendant ce temps, Kari regardait dehors. Elle pivota sur elle-même pour suivre Joe, mais, en jetant un dernier coup d'œil par-dessus son épaule, avant de s'engager dans le couloir, elle aperçut le visage de Rick, qui regardait en grimaçant à travers la vitre. Elle hurla. Rick recula et braqua son calibre .38 sur la vitre, sur Joe. Il tira. La vitre explosa et s'effondra avec fracas dans une cascade de verre.

Joe attira Kari au sol et se mit à ramper dans le couloir, en la tirant par la main, pour franchir une porte battante, sur laquelle était écrit ENTRÉE INTERDITE. L'adolescent, derrière le comptoir, se jeta à terre lui aussi, en se protégeant la tête avec une pelle de boulanger.

À l'arrière du restaurant, dans une sorte de bureau ouvert, Joe se releva pour atteindre la porte, mais Kari le retint par le bras. Elle secoua la tête et désigna l'entrée du restaurant.

— Quoi ? murmura-t-il.

Elle le tira par la main d'un geste brusque. Il la suivit, et ils franchirent la porte battante dans l'autre sens pour retourner dans la salle de restaurant. Au même moment, il entendit un bruit de bois qui se fend lorsque Rick enfonça à coups de pied la porte grillagée de derrière, et il comprit que Kari venait de lui sauver la vie.

L'adolescent était toujours recroquevillé derrière le comptoir, sous sa pelle de boulanger. Joe fit signe à Kari de s'y cacher elle aussi et désigna une autre pelle en bois, couverte de farine, posée sur le dessus du comptoir. Kari s'en saisit et la lui tendit. Armé de la pelle, Joe retourna se poster à l'entrée du couloir et attendit.

Sans bruit. Un silence de mort s'installa, jusqu'à ce que les gonds de la porte battante grincent faiblement. Joe se plaqua contre le mur et leva la pelle au-dessus de sa tête. Il entendit les chaussures de Rick sur le sol dallé. Puis le cliquetis des talons cessa.

Ils attendirent. Cinq secondes s'écoulèrent. Dix... Soudain, Kari se dressa derrière le comptoir et s'écria :

— Vite, Rick !

Rick se précipita dans la salle de restaurant, regarda Kari et leva son arme, bras tendu. Joe, qui envoyait autrefois des balles de base-ball à plus de cent mètres, abattit la pelle sur le crâne de Rick. La pelle se fendit en deux, dans un grand craquement, un bruit plus agréable à l'oreille de Joe que n'importe quel coup de batte.

Rick s'effondra comme un sac de sable. Son arme glissa bruyamment sur le sol.

Joe adressa un signe de tête à Kari. Plus maître de lui qu'il ne l'avait jamais été, il s'agenouilla pour fouiller les poches de Rick, dans lesquelles il découvrit les clés d'une Acura.

Mais Rick n'avait pas été entièrement assommé, simplement abasourdi par le coup, et il commençait déjà à bouger sur le sol, en gémissant.

— Vite ! dit Joe.

Péniblement, Rick se mit à quatre pattes. Il émit une sorte de long beuglement, le cri d'un animal blessé et enragé.

Joe et Kari foncèrent vers la sortie. Dehors, une belle et grosse voiture attendait le long du trottoir. Joe s'y engouffra le premier, du côté passager, et récita une brève prière avant de glisser la clé dans le contact et d'effectuer un quart de tour. Le moteur vrombit aussitôt.

Pendant que Kari réglait le scanner grâce auquel Rick les avait retrouvés, Joe démarrait et tournait à la première intersection pour s'engager dans une petite rue perpendiculaire, tandis que les sirènes convergeaient.

Les premiers policiers arrivés sur les lieux découvrirent un jeune homme recroquevillé derrière le comptoir, près des fours, la tête sous une pelle à pizza. Une seconde pelle, brisée en deux gisait au milieu de la salle, à côté d'une flaque de sang frais.

Mais malgré des recherches minutieuses, ils ne trouvèrent personne d'autre dans le restaurant. Les voitures de patrouille continuaient d'arriver. Des policiers et des stagiaires de la police montée se dispersèrent dans tout le quartier autour de la pizzeria et dans la résidence nouvellement construite, de l'autre côté de la rue, et même au-delà, jusque dans l'enceinte de l'église et de l'école du Saint-Sacrement.

Plus tard, dans le quartier délabré qui s'étend entre Gastown et Chinatown, dans la chambre d'un hôtel miteux qui empestait le désinfectant, destiné à masquer les mauvaises odeurs corporelles, Joe était assis devant une table branlante, pendant que Kari se reposait sur le lit.

— Pourquoi l'as-tu trahi ? demanda Joe.

— Si je suis loyale, ce n'est pas envers lui. J'ai une mission à accomplir, répondit-elle. Or, il l'a mise en danger.

— Tu m'as sauvé la vie deux fois aujourd'hui, le coup de l'ambulance d'abord, et puis dans le restaurant.

— Père est avec nous, Joe. Nous possédons la vertu. C'est notre examen de passage. Tout est prêt pour demain. J'ai même pensé à déplacer la Honda, après qu'ils ont arrêté le type.

À bord de l'Acura, ils avaient emprunté les plus petites rues et réussi à atteindre sans encombres Main Street, où il n'y avait pas de barrages, qui les mena vers le nord, au-delà de la gare et sous les bretelles d'autoroute, dans Chinatown ; un quartier que Joe connaissait bien maintenant. Il avait abandonné l'Acura dans une rue, avec les clés sur le contact, en sachant qu'elle disparaîtrait rapidement.

Kari déclara :

— Si on passe la nuit, Dieu aura tout arrangé demain matin. Et on n'aura plus qu'à rentrer à la maison.

Joe secoua la tête et s'installa par terre, avec un oreiller et une couverture. Il se sentait mieux maintenant, comme s'ils étaient véritablement au début de quelque chose, mais il se dit qu'il ferait mieux de se reposer pendant qu'il le pouvait.

Rick s'était enfui, désorienté et le visage en sang, en suivant la ruelle derrière la pizzeria pendant plusieurs centaines de mètres, jusqu'à ce qu'il tombe sur une femme avec ses deux enfants qui montaient à bord d'un minivan, et à qui il fit comprendre qu'il était urgent de le conduire à l'hôpital, vu qu'il saignait et ainsi de suite. Il n'aimerait pas perdre son calme et faire du mal aux enfants. Trop effrayée pour résister, la femme fit ce qu'il lui demandait, pleurant de soulagement lorsqu'il descendit effectivement devant l'hôpital central.

Il n'y entra pas, bien évidemment, mais traversa l'enceinte, vers Broadway, au nord, s'arrêtant à une fontaine pour nettoyer le sang sur son visage et sa tête, jusqu'au Holiday Inn qu'il connaissait pour y être allé un peu plus tôt dans la journée, dans la chambre de Roy Jameson.

Rick avait toujours les cartes de crédit de Gerard dans sa poche. Sans doute pouvait-il les utiliser encore un soir ou deux, se dit-il, avant de devoir s'en débarrasser.

Après avoir pris une chambre et fait un brin de toilette, il se rendit au magasin Gap de l'autre côté, où il acheta de beaux vêtements tout neufs.

Les recherches se poursuivirent jusqu'à la tombée de la nuit, lorsque les barrages sur les artères principales et les ponts furent levés. Quelques agents de police appelés en renfort reçurent ordre, néanmoins, de demeurer dans le secteur toute la nuit.

Leanne Red Feather, assise à bord d'une voiture banalisée de la police montée garée dans

Cambie Street, devant la pizzeria à la devanture brisée, sentit son visage s'enflammer en pensant à cet échec. Mais elle savait qu'en ce moment la colère était un sentiment néfaste. Dans les montagnes, Guts lui disait : « N'aie pas de pensées, Leanne. Comme ta proie, n'aie pas de pensées, pas de fierté. Uniquement des sens, uniquement l'instinct. »

— Il nous reste l'avis de recherche, déclara Connor, son escorte, pour tenter de lui remonter le moral.

Il faisait allusion au vendeur de voitures d'occasion, Mel Stone, désigné par Roy Jameson, et qui avait coopéré pleinement, en affirmant qu'il s'était douté que ce couple était louche ; il leur avait montré les papiers de vente et la photocopie du permis de conduire du Michigan de Joseph Curtis, et indiqué le numéro temporaire des plaques d'immatriculation canadiennes.

— S'ils cherchent à fuir, on les aura, ajouta Connor.

L'instinct, disait Guts. Dans cette histoire, ce qui frappait avant tout l'esprit de Leanne, c'était le témoignage de Jameson, affirmant que ce n'était pas seulement Joseph Curtis qui avait acheté la voiture, mais Kari Downs également, la victime du kidnapping. Et que c'était elle qui était repartie au volant, seule. Qu'en pensait donc l'instinct ? Que Curtis était en réalité un membre de la secte, que le kidnapping était une ruse de plus, que peut-être Curtis et Downs se partageaient l'or. Difficile à dire. Oui, difficile à dire.

Elle acquiesça et adressa un sourire à Connor, puis déclara qu'elle était fatiguée. Connor démarra et prit la direction du nord, en traversant

Cambie Bridge, pour ramener Leanne au Hyatt, où son frère Calvin l'attendait, avec un petit sourire narquois sur son beau visage à la peau mate.

22

La borne kilométrique A21, sur l'autoroute canadienne 1A, en direction de l'est, à mi-chemin entre les villes d'Abbottsford Junction et de Hope, se dresse à l'abri d'une pente raide, entourée d'abondants champs de luzerne et, au-delà, par une vue imprenable sur le sommet rocheux du mont Baker. C'est généralement un endroit paisible, malgré les voitures qui passent, et encore plus un dimanche matin. Mais en ce dimanche pluvieux, un des champs de luzerne était couché par le souffle des rotors d'un hélicoptère de la police montée venant de Vancouver et transportant à son bord, entre autres passagers, les agents fédéraux américains Truong et Red Feather.

La borne kilométrique A21 elle-même était encerclée par des véhicules de la police montée, et la circulation était bloquée au sommet de la colline pentue, à cause d'un barrage installé depuis la nuit précédente.

À ce barrage, entourée de trois agents de police qui braquaient leurs fusils de gros calibre, était arrêtée une vieille Honda Civic munie de plaques d'immatriculation temporaires, et dont le conducteur, un jeune type de dix-huit ans, bientôt étudiant, avait uriné dans son pantalon. Assis au volant, les mains sur la tête, il regardait à travers le pare-brise, aveuglé par la terreur, jusqu'à ce qu'un officier de la police montée le saisisse par les cheveux pour l'extirper de la voiture et le coucher sur la chaussée. Il s'agenouilla sur son dos, pendant qu'on lui passait les menottes aux poignets et les fers aux chevilles.

À ce moment-là, le pauvre conducteur, qui n'était pourtant pas un froussard, éclata en sanglots. D'après l'accord passé avec la société « Service convoyage express » de Vancouver, il devait toucher une centaine de dollars, plus les frais, pour conduire cette voiture jusqu'à Edmonton, là où il devait commencer ses études, à l'université d'Alberta. Le voyage gratuit et une centaine de dollars de bonus, ça ne se refusait pas, s'était-il dit. Il ne comprenait pas comment une chose aussi simple avait pu se transformer en cauchemar.

À bord du grand bateau, sur le pont tout là-haut, les passagers lançaient des serpentins multicolores et les regardaient flotter vers les gens minuscules regroupés tout en bas, à l'intérieur du beau terminal blanc Canada-Place de Vancouver. Derrière les vitres, les gens répondaient en agitant la main, rêvant eux aussi d'embarquer à bord du luxueux paquebot *Winter Princess*. Dans quelques minutes, il quitterait le brouillard de l'estuaire de Burrard, entre la Colombie-Britannique et l'île de Vancouver, pour franchir le détroit de Géorgie, puis le détroit de la Reine Charlotte, afin de pénétrer dans ce labyrinthe d'un millier de minuscules îles de glace, connues sous le nom d'archipel Alexandre, qui parsèment les côtes de Colombie-Britannique et la pointe sud-est de l'Alaska. Cette route, appelée le « Passage intérieur », franchissait une succession de détroits, et passait parfois entre des îles si rapprochées qu'on aurait dit que le bateau venait de s'engager sur une rivière sinueuse, qui jamais ne déboucherait sur l'océan. Elle traversait certains des paysages les plus majestueux de la terre : glaciers, montagnes gelées, gigantesques forêts vertes et plaques de glace flottantes.

La première escale, le lendemain après-midi, après trente heures de voyage, serait Ketchikan, en Alaska.

Joe savait que Kari était furieuse qu'il ait totalement renoncé à son plan et l'ait ainsi manipulée. Mais pour le moment, la surprise provoquée par ces nouvelles dispositions la rendait muette.

De toutes les compagnies maritimes qu'il avait appelées de la gare routière, une seule avait un bateau, le *Winter Princess,* qui partait chaque dimanche en été. Et il s'avéra qu'en cette première semaine de septembre, l'avant-dernier voyage de la saison, le bateau avait encore une cabine individuelle de libre et pouvait les accepter à bord. Pour cela, Joe avait dû payer la totalité du forfait — soit 4 000 dollars U.S. pour la croisière complète, jusqu'à Glacier Bay au nord et retour à Vancouver — alors qu'ils voulaient juste un aller simple pour Ketchikan, première escale. En outre, il avait dû accepter de payer cash avant l'embarquement. Mais que représentaient 4 000 dollars quand on en avait plus de cent mille, en pièces et lingots d'or ?

Sur le pont, Joe et Kari se tenaient par le bras ;

des lunettes noires et des chapeaux de paille ridicules masquaient leurs visages. Ils adressaient des signes de la main à la foule qui rapetissait sur le quai. Ils étaient deux simples touristes canadiens désormais, Eric et Susan Delray, partant explorer le monde sauvage.

La seule chose qui restait de la piste Roy Jameson, après la débâcle de la veille, c'était l'adresse d'un imprimeur nommé Dan Sim, auquel Joseph Curtis avait fait appel pour son nouveau permis de conduire. Jameson avait avoué avoir engagé des détectives privés du coin, afin qu'ils parcourent la ville pour savoir si Curtis avait acheté des papiers d'identité. D'après Jameson, cela n'avait rien donné, mais en interrogeant les hommes qui travaillaient pour lui, les policiers apprirent que l'un d'eux avait finalement repéré une piste, celle d'un vieil homme de Chinatown. Il n'en avait pas fait état avant, car à ce moment-là, Jameson avait déjà localisé Curtis et Downs. Le dimanche matin, tandis que Leanne débarquait d'un avion pour assister à l'arrestation, et à la libération ultérieure, d'un jeune conducteur innocent, des agents de la police montée reçurent pour mission de retrouver Sim et, à défaut, grâce au mandat de perquisition, de forcer la porte de son atelier. Sim demeura introuvable, et la fouille de son atelier ne donna rien. Un voisin déclara que Sim avait l'habitude de partir dans les montagnes durant le week-end. Il reviendrait à son atelier lundi matin.

Dans sa chambre à l'hôtel Hyatt, Leanne regardait le ciel changer de couleur, regardait tomber la pluie ininterrompue depuis le matin.

Calvin paraissait étrangement détendu, ravi même de rester allongé sur son lit, à lire les journaux et regarder la télé.

— J'ai un pressentiment, lui dit-il tout à coup. J'ai un pressentiment, sœur Lee.

— À quel sujet ?

— J'ai un pressentiment, voilà tout.

À deux reprises, Calvin passa un appel longue distance, mais Leanne ne lui demanda pas qui il appelait, et elle ne regarda pas par-dessus son épaule quand il composa le numéro. Il ne prononça pas un mot durant ces appels, ni après.

Le téléphone sonna. Au bout du fil, un policier survolté annonça à Leanne qu'ils avaient découvert l'existence de billets d'avion au nom de Joseph Curtis, sur Northwest Airline, pour des vols partant aujourd'hui à destination de Denver et San Francisco, ainsi que des billets au nom de Kari Downs, sur Canadian Air cette fois, pour Calgary. Leanne remercia l'agent et lui demanda de la tenir au courant, mais sans grand enthousiasme, car elle comprenait ce qui s'était passé ; elle savait que Joe Curtis avait bâti astucieusement une fausse piste pour égarer tout le monde et leur permettre, à la fille et à lui, de quitter la ville, ni vus ni connus. Elle savait qu'ils possédaient de nouvelles identités et avaient déjà fichu le camp depuis le matin ; ils étaient loin d'ici, mais certainement pas à Denver, à San Francisco ou Calgary.

Lorsque Cal décida de descendre à la salle de sport de l'hôtel, Leanne, sans se laisser le temps de réfléchir, décrocha le téléphone et appela Ben Regis à Boise.

— Tiens, l'agent voyageur, dit-il. Alors, comment ça va ?

— Mal.

— Tu es déprimée, je le sens à ta voix. Curtis s'est enfui ?

— Non, il ne s'agit pas de ça. Pour être franche, j'ai un sentiment bizarre au sujet de ce type, Joe Curtis. Je ne sais pas quoi penser...

— Tu crois qu'il est innocent ?

— Ce n'est pas le mot qui convient. En tout cas, il dégage de sacrées vibrations.

— Tu es vraiment bizarre parfois, Leanne. Tu le sais ?

— Oui. Merci. Je me demandais pourquoi je t'appelais, toi plutôt que quelqu'un d'autre, mais maintenant, je sais. C'est parce que tu as toujours des paroles aimables.

— Ravi de t'aider. Donc, tu es déprimée parce que tu reçois des vibrations émanant de Curtis.

— Ce n'est pas juste un type qui me déprime. C'est ma vie entière.

— Oh la la.

— Eh oui. Laisse tomber.

— Si tu as envie de me parler, vas-y, je t'écoute.

— Non. Je n'aurais pas dû t'appeler.

Ben ne dit rien. Elle l'entendait respirer à l'autre bout du fil ; il attendait qu'elle crache le morceau, peut-être. Mais Leanne se sentait ridicule tout à coup. Pourquoi l'avoir appelé ? C'était comme si elle avait eu un moment d'inattention, un trou de mémoire. Elle sentait que Ben redoutait ce qu'elle allait ajouter.

— Tu as vraiment envie de parler de ça ? demanda-t-il.

— Je ne sais pas.

— Qu'est-ce qu'elle a, ta vie ?

— Tu connais Vancouver ? Les montagnes entourent toute la ville. De grandes montagnes, juste en face de la baie, au nord. C'est magnifique.

— Et alors ?

— Alors, je pense à Boise, au bureau, à mon appart, à ma bagnole et à toutes ces conneries, et je n'ai même pas envie de revenir. Tu comprends ?

— Oui, dit-il, mais elle sentait bien qu'il ne comprenait pas.

Ben aimait l'endroit où il vivait. Il était heureux. Il avait une famille, des attaches.

— Je suis désolée.

— Arrête de répéter ça, je t'ai dit.

— C'est la vérité. Tu n'as pas besoin d'entendre tout ça.

— On en parlera quand tu rentreras, d'accord ?

— Oui, entendu.

Et elle raccrocha. Ben ne pourrait jamais l'aider, elle le savait, car ce qu'elle attendait de lui, c'était justement lui. Elle aurait voulu qu'il revienne près d'elle, comme autrefois, mais cela ne se produirait plus jamais. Voilà pourquoi c'était ridicule, injuste, de faire comme si lui parler était bénéfique. Elle enfouit sa tête sous un oreiller jusqu'au retour de Cal.

Avec la venue du soir, le ciel s'éclaircit enfin ; des doigts de lumière rosée se tendirent vers l'horizon à l'ouest, qu'elle pouvait entr'apercevoir entre les immeubles, au-delà des montagnes.

— Au fait, est-ce que quelqu'un est venu ici, pour moi ? demanda-t-elle à Calvin.

— Hein ? Qui ça ?

Je ne sais pas. C'est curieux. J'ai appris que quelqu'un avait appelé le siège de la police montée au sujet de mon père. Le type a dit qu'il était de la famille. Ils lui ont sans doute indiqué que j'étais ici.

Cal haussa les épaules.

— Ça te dirait de retourner au restaurant de poissons en bas ? proposa-t-elle. Sans être interrompus cette fois.

Le dîner terminé, quand Leanne se rendit aux toilettes après avoir réglé l'addition, la serveuse revint déposer la carte de crédit et le reçu sur la table. Calvin eut juste le temps de noter le numéro de la carte et la date d'expiration sur une serviette en papier, qu'il fourra dans sa poche, avant que sa sœur revienne. Ils regagnèrent leur chambre pour une nouvelle nuit d'insomnie et d'attente.

En milieu d'après-midi, alors qu'ils voyageaient depuis six ou sept heures, Kari entra dans la cabine et s'assit dans un fauteuil, en face du lit sur lequel Joe était allongé. Elle avait passé presque toute la journée sur le pont, loin de lui.

— Tu devrais monter jeter un coup d'œil avant qu'il fasse nuit, dit-elle. Après tout, c'est toi qui as décidé de faire une croisière. Tu n'as jamais rien vu de pareil. C'est magnifique.

— Tu es en colère ?

— Oui, je dois bien l'avouer, dit-elle. Mais j'ai réfléchi, et j'ai épluché tous les horaires. Si on avait pris le ferry, comme je l'avais prévu, il nous aurait fallu plus de trois jours pour atteindre Ketchikan, autant dire qu'ils auraient retrouvé la voiture depuis longtemps. Ils auraient compris la ruse pendant qu'on était encore à bord. On se serait jetés dans un piège. Mais là, on sera à Ketchikan dès demain.

— Peut-être qu'ils auront quand même deviné.
— Non, dit-elle. C'était très astucieux.
— Alors, pourquoi es-tu furieuse ?
— Tu n'es jamais comme je t'imagine. Je t'ai déjà dit que je trouvais ça bizarre d'ailleurs, quand on s'est arrêtés, après le coup du magasin. Tu restes tellement maître de toi, en permanence. Tu ne craques jamais. Et maintenant, je m'aperçois que tu penses à tout. Tu prévois tout dans ta tête.
— Pas toujours.
— Si. Quand tu as une idée dans le crâne, tu la tournes et la retournes dans tous les sens, jusqu'à ce que ça se présente comme tu veux. Tu t'arranges toujours pour que ça marche. Et pendant ce temps-là, tu gardes ton sang-froid. C'est bizarre.
— En vérité, ce n'est pas comme ça.
Hier soir, dans cette chambre affreuse, dit-elle, je m'attendais à voir surgir le visage hideux de Rick à la fenêtre, je m'attendais à ce qu'il nous abatte tous les deux. Et soudain, je me suis aperçue d'une chose : jamais encore je ne l'avais considéré comme un être horrible. C'est curieux comme, brusquement, on peut regarder les gens différemment.
Joe aimait l'entendre parler ainsi, authentiquement, libérée de la passion et de la folie. Parfois, quand elle se laissait aller, elle apparaissait sous son vrai jour.
— Tu te laves le cerveau, dit-il.
— Hein ?
— Tu évolues dans un monde nouveau. Il s'est passé un tas de choses, et tout ça te nettoie le cerveau. Alors, tu vois les choses différemment. Toi-même tu es différente.

— Je...

Elle secoua la tête et ferma les yeux de toutes ses forces. Elle redressa les épaules, comme si un fil invisible les tirait en arrière, et elle détourna le regard.

— Notre Mère la Terre et Père le Dieu. Il n'en reste pas moins que tu m'as menti.

Et voilà, elle était repartie dans son monde, dans sa folie.

— Nous étions d'accord, ajouta-t-elle. Nous avions un plan. Si tu le modifies dans mon dos, ça ne marchera jamais.

— Ah non ? Regarde autour de toi.

— Tu aurais dû m'en parler. Et l'or ? Tu l'as expédié comme on avait dit ?

— Ne t'inquiète pas pour ça.

Kari prit une profonde inspiration.

— Tu fais partie de la Famille, désormais. Tu dois suivre notre plan.

— Il faut que je téléphone, dit Joe.

— J'ai lu qu'ils avaient une salle avec des téléphones. Si tu veux, je peux t'aider à la trouver.

Il la suivit dans le labyrinthe des entrailles du bateau, directement jusqu'aux téléphones, qu'elle trouva sans la moindre hésitation. Comme si elle était déjà venue là, pour passer des coups de fil en douce pendant qu'il somnolait, histoire de garder le contact avec le monde extérieur.

Le soir, après s'être changés, ils prirent un repas riche, arrosé de vin, dans la grande salle de restaurant du bateau, avec toutes ses tables qui gémissaient sous le poids de la viande, des crustacés et des desserts.

Tout d'abord, Kari avait refusé de manger, réclamant seulement quelques fruits et du pain sec. Mais Joe lui rappela qu'elle accomplissait une nouvelle mission, elle devait jouer un nouveau rôle, et cela impliquait de manger normalement. Il ne fut pas nécessaire d'insister longtemps ; il savait qu'elle mourait de faim. Il avait terminé de manger depuis longtemps, lorsqu'elle fut enfin rassasiée. Ils lui avaient appris à se priver, constata-t-il. La nourriture était un instrument puissant.

Cela lui rappelait un épisode survenu au camp d'entraînement des nouvelles recrues. Ils avaient effectué une longue marche matinale, avec les rangers et tout l'attirail, et le sergent qui les commandait ce jour-là ne les laissa pas s'arrêter pour déjeuner, car, dit-il, ils manquaient de tenue et ne le méritaient pas. Deux ou trois recrues tournèrent de l'œil en milieu d'après-midi. À l'heure du dîner, ils étaient tous affaiblis et brisés. Mais le sergent ne les autorisa toujours pas à manger, jusqu'à ce qu'il estime qu'ils avaient appris à marcher comme de vrais soldats, vers dix heures du soir. À ce moment-là, le sergent les conduisit au mess où les attendait un repas spécial, composé de T-bone steaks, de pommes de terre, de salade et de tartes, sur lesquels tous les hommes s'étaient jetés comme des bêtes. Joe se souvenait encore du bruit : pas un seul son de voix, uniquement le bruit de mastication de trente mâchoires. À partir de ce jour, constata-t-il, tous les soldats regardèrent leur sergent d'un autre œil, avec un mélange de peur, de respect, et même d'amour. De la façon dont Kari parlait de Père Amon.

Quand ils regagnèrent leur minuscule cabine austère, dotée d'un unique hublot — leur quatrième habitation commune en l'espace d'une semaine — Joe se jeta sur un des deux lits jumeaux trop durs, croisa les pieds et observa Kari tandis qu'elle ôtait son pull tout neuf, et, en jupe et chemisier, contemplait les autres vêtements qu'elle avait achetés. Le ciel était encore haut dans le ciel à l'horizon, et la lumière qui entrait par le petit hublot illuminait son dos et ses cheveux, de telle manière que Joe ne put résister à l'envie de se dresser sur les coudes pour la regarder.

Il était déprimé tout à coup, de se savoir obligé de jouer cette comédie, pour faire croire à Kari, dans son désespoir, qu'il s'était rangé dans son camp et celui de ses maîtres. Quand elle était elle-même, il se mettait à éprouver une sorte de tendresse pour elle, de l'affection même. Mais parallèlement, l'ayant vue alterner les moments de lucidité et d'aveuglement, il éprouvait de la pitié. Il aurait voulu se lever, la prendre dans ses bras et la serrer, fort, jusqu'à ce que tout le poison sorte de son cerveau.

À cet instant, comme s'il s'était exprimé à voix haute, Kari se tourna vers lui.

— Quoi ? demanda-t-elle.

— Je peux te poser une question ?

Elle haussa les épaules.

— Où as-tu grandi ?

Elle rougit légèrement et secoua la tête.

— Allons, dit Joe. Où habite ta vraie famille ? Ton père ?

— En Californie, près de San José.

En vérité, il n'avait pas cru qu'elle répondrait. Mais elle avait retrouvé son autre voix, sa véritable voix. D'ailleurs, son apparence aussi s'était modifiée, constata-t-il. Elle paraissait plus détendue. Dans ces moments-là, elle le regardait dans les yeux. C'était le repas, songea Joe, qui avait réussi à briser l'envoûtement, temporairement.

— Il est riche ?

— Non, pas précisément. Aisé, disons. Il dirigeait une petite entreprise de logiciels.

— Vous communiquez parfois ?

Elle vint s'asseoir au bord du lit, près des pieds de Joe.

— Je ne l'ai pas revu depuis des années. Ma sœur non plus.

— Et ta mère ?

— Elle est morte.

— C'est pour ça que tu es partie ?

— Oh, non, j'avais treize ans quand c'est arrivé.

Kari glissa une jambe sous ses fesses et se tourna vers Joe, qui s'était redressé en position assise.

— Mais je me suis mariée très jeune, à dix-huit ans. Et j'ai déménagé. Et ensuite, le divorce, tout le tintouin. À vingt et un ans, j'étais de retour à la maison. Ce fut une grave erreur. Je n'aurais jamais dû revenir. Je les haïssais. Ils me haïssaient.

— Ça m'étonnerait.

— Qu'en sais-tu ?

Il haussa les épaules.

— Mon père s'est remarié quand j'avais quinze ans, avec une femme qui était la perfection même. Phyllis, elle s'appelait. Elle était belle. Intelligente. Très organisée. Ça en devenait effrayant. Psychiatre, dans un cabinet privé, pour riches clients en mal de confessions. Une femme torride à l'extérieur, glaciale à l'intérieur. On avait l'habitude d'aller dans un restaurant mexicain qui servait de la glace frite. Tu connais ce truc-là ? Ils battent la glace et ils la font frire très vite, si bien qu'elle est comme saisie, sans fondre, mais l'extérieur grésille. Ma sœur Jenny et moi, on avait surnommé ça un Phyllis. À table, on murmurait : « Pour le dessert, je veux un Phyllis. » Et on éclatait de rire. Évidemment, Phyllis savait qu'on parlait d'elle, mais elle ne comprenait pas, et elle nous jetait des regards noirs.

— Où est Jenny ?

— Elle est infirmière à Oakland. Autant que je sache, elle va bien.

— Elle est plus jeune ?

— Non, elle a trois ans de plus que moi. Elle était déjà indépendante, elle allait à la fac, quand papa et Phyllis se sont mariés.

— Mais toi, tu étais à la maison.

— On se détestait.

— Toi et Phyllis ?

Kari ne répondit pas ; elle contemplait un objet invisible par terre. Joe ne voulait pas la perdre une fois de plus, pas encore, mais il voulait qu'elle évoque ce sujet, qu'elle se souvienne. Car il sentait que c'était important, et depuis longtemps.

— Que s'est-il passé ?

Kari secoua la tête.

— Disons que j'ai été obligée de partir.

— C'est la raison pour laquelle tu t'es mariée ?

Une fois de plus, elle ne répondit pas.

— Comment t'es-tu retrouvée dans la Famille ?

Il l'observa pendant qu'elle rassemblait ses souvenirs.

— Ils m'ont trouvée en ville, à San Francisco.

— Tu veux dire qu'ils t'ont recueillie ?

— Oui.

Sa voix s'était modifiée de nouveau ; c'était toujours la sienne, mais plus lointaine.

— J'avais vingt-cinq ans. J'étais à la fac, à Berkeley. La première fois où je suis allée dans une réunion, avec une copine, je ne savais même pas qu'il s'agissait d'une secte. Le thème de la discussion concernait plus ou moins le développement du pouvoir personnel. Ça m'a plu, et j'y suis retournée plusieurs fois, pour participer à des discussions plus approfondies. Certaines duraient plusieurs jours. Et peu à peu, j'ai compris que l'on m'enseignait la méthode de Dieu. Et celle du nouveau Messie venu sur terre en même temps que la force nucléaire. Tu comprends ? Notre monde a reçu à la fois la menace de sa destruction totale et son ultime espoir de salut, en même temps ! C'est ainsi que Dieu procède. Le Messie, c'était Père. Au début, il a étudié le monde, il a étudié le christianisme, le bouddhisme et l'islam, les mythologies anciennes, la philosophie et la psychologie, la biologie et l'écologie. Et à partir de ces immenses connaissances, par le biais de la prière permanente et du jeûne, il a découvert ce que devait être la vie des hommes sur cette terre, et il a fondé l'Amonisme : il s'agit de se purifier en mangeant et en buvant des choses saines, de vivre avec la nature, sans la souillure de la civilisation ; il est question de la Véritable Maternité et du mythe de la famille nucléaire, car les êtres possèdent en eux l'esprit tribal. Et un tas d'autres choses. C'est franchement stupéfiant.

— Sans aucun doute. Mais tu ne trouves pas que ça ressemble un peu à de la manipulation mentale ? Cet isolement. Les privations alimentaires...

Elle le regarda fixement et Joe constata que la lumière s'était éteinte dans ses yeux ; il comprit que la voix avait disparu également. On lui avait appris à la museler chaque fois qu'elle remontait à la surface, mais aujourd'hui, Kari avait tenu plus longtemps qu'il ne l'espérait, plus longtemps qu'elle ne l'avait jamais fait avec lui. Elle se leva du lit, se dirigea vers la penderie et continua à fouiller dans ses vêtements.

— Et Rick dans tout ça ? demanda-t-il. Tu es sa petite amie ?

— Non. (Elle se figea.) Je suis, enfin, j'étais... Père m'a épousée.

— Il t'a épousée ? Tu es la femme du Père ?

— Une des femmes.

— Je vois, dit Joe. Une parmi combien ?

— Huit, maintenant.

— Et Rick, alors ? Je t'ai vue faire l'amour avec lui, dans la chambre de motel. C'était un viol ?

— Non.

— Tu l'as laissé faire, simplement.

— Ce n'est pas à moi de mettre ces choses en question.

Elle lui tournait toujours le dos.

— Tu ne faisais que suivre les ordres. Rick a besoin de se soulager, tu dois te soumettre. C'est comme si on t'avait prêtée, en quelque sorte ?

— Père m'a recueillie il y a longtemps, quand je n'avais personne. La Famille m'a aimée, elle a fait mon éducation et m'a emmenée avec elle en Alaska, avec tous les élus. C'est un grand privilège.

— L'élue polaire, dit-il, sans savoir pourquoi.

Joe savait qu'il l'avait déjà poussée au delà de ses limites, et que la meilleure chose à faire pour l'instant, c'était de laisser tomber, de se taire et de la laisser se reposer. Mais ça le mettait en rogne d'imaginer Kari en pleine nature, la tête farcie, en train de se faire baiser par Dieu sait combien de types, chaque fois qu'ils en avaient envie, ou de risquer sa vie pour leur rapporter une mallette pleine de fric.

— Tu es toujours avec nous ? demanda-t-elle.

Il se pencha en avant sur le lit pour regarder par le hublot, mais la lumière à l'intérieur de la cabine était trop violente pour qu'il puisse voir à l'extérieur. Son souffle embua la vitre.

— Tu devrais prier, Joe. Je vais t'apprendre.

— Je suis catholique, c'est suffisant comme religion.

— Chut.

Elle s'approcha et lui caressa les cheveux ; sa main glissa sur son crâne, dans sa nuque.

— Oublie ta colère. Écoute-moi. Je vais t'apprendre la première prière. (Elle se laissa tomber à genoux au bord du lit, prit les mains de Joe dans les siennes et récita :) Je suis péché, Père. Je suis ténèbres et impureté...

— Je vous salue, Marie, pleine de grâce, dit Joe, tourné vers le hublot. Que le Seigneur soit avec vous.

— ... mais la Terre est mon ventre et Tu es mon salut.

— Bénie sois-tu entre toutes les femmes... continua Joe.

— Tais-toi ! hurla-t-elle.

Il se rallongea sur le lit pour regarder Kari claquer la porte de la penderie et quitter la cabine comme un ouragan.

Plus tard, toujours seul, Joe monta sur le pont avant désert et s'accouda au garde-fou.

C'était une étrange sensation, mais le temps recommençait à se dilater. Sept jours seulement s'étaient écoulés depuis ces heures solitaires au bord de la route, dans le Montana ; une semaine depuis l'époque où il ne connaissait pas encore Kari Downs, une semaine durant laquelle il était devenu un fugitif recherché par deux pays, durant laquelle il s'était enrichi de cent cinquante mille dollars. Des vies entières réunies en sept jours. Mais à cet instant, en cette fin de soirée, le temps s'était à nouveau ralenti. Et tout ce qui arriverait désormais, dans les jours et les semaines à venir, arriverait moins vite, de manière plus délibérée, plus contrôlée. Il le sentait dans ses mains, qui avaient domestiqué tant de matériaux, qui avaient réparé des moteurs, des armes et des bâtiments, qui avaient façonné du bois et du métal, volé des voitures, de l'or et une femme. Désormais, il commençait à imaginer dans ces mains une forme différente de contrôle, sur son existence, sur les événements qui le sauveraient ou causeraient sa perte. Il ne savait pas pourquoi, ni ce qui l'amenait à penser ainsi, peut-être l'ivresse de la liberté prolongée, ou bien quelque chose de plus vaste encore, un aperçu, peut-être, de ce qui l'attendait. Mais cela, il ne le voyait pas encore, il ne pouvait même pas imaginer où il atterrirait ; il sentait simplement que ces montagnes, qui jaillissaient de la mer, d'un bleu presque noir, vertes et blanches de givre, que cet espace de chaînes montagneuses infinies, allaient changer les choses.

À deux reprises, sans trop savoir comment, il avait échappé à ceux qui le pourchassaient. Et il fuyait de nouveau, mais il les avait semés cette fois, jusqu'à ce que lui choisisse d'établir le contact. Ce qu'il ferait bientôt. D'ici là, il n'avait qu'à s'appuyer contre ce garde-fou, un verre à la main, près de la proue de ce grand bateau. Il portait les vêtements neufs que lui avait achetés Kari : un pantalon de velours côtelé et une épaisse chemise à carreaux, avec une veste en laine noire, car il faisait frais le soir. Le vent charriait l'air froid du Nord, celui de la fin de l'été dans les régions proches de l'Arctique. Il écoutait le bateau fendre l'eau tout en bas. Il contemplait les ombres chinoises des montagnes à l'est, éclairées par les derniers rayons rougeoyants du soleil couchant, et l'immense océan qui s'assombrissait et s'éloignait inlassablement, jusqu'à ce que, épuisé, il se couche sur une plage merveilleuse et lointaine.

23

Trois semaines exactement après sa dernière visite, Père était de nouveau dans le dortoir. Les femmes n'étaient plus habituées à une telle attention, à une telle proximité ; des choses que les plus jeunes, les dernières arrivées, n'avaient même jamais connues. Depuis un an, Père avait tendance à ressembler de plus en plus à un ermite, un isolationniste religieux, un moine accaparé par des prières si profondes, si importantes, qu'elles duraient des années. Et cela ne faisait que renforcer l'amour qu'elles lui portaient, le rendant plus authentique à leurs yeux. Car lorsqu'il s'adressait à elles, les mots qu'il prononçait devenaient magiques, les mots leur faisaient ressentir cette chaleur, cet instant fulgurant et aveuglant de perception de soi. Comme si, à force de se tenir à l'écart du groupe, les quelques minutes qu'il passait avec elles étaient condensées, concentrées et purifiées pour former l'essence même de son message, de son rôle. Souvent, un grand nombre fondait en larmes au simple contact de sa main posée sur elles.

Mais voilà que, déjà, il était de retour ; et il

s'attardait dans le dortoir, comme s'il ne savait pas trop quoi dire. Les plus anciennes, ses premières épouses, les mères des autres enfants, avaient conservé ce souvenir de lui, du temps de la Californie, de Bellevue, de l'Idaho. Elles se souvenaient de ces temps d'incertitude, de danger, et elles n'aimaient pas le voir ainsi. Cela leur rappelait le passé, lorsqu'il les avait averties que des hommes viendraient pour tenter de les tuer. Il avait eu raison en ce temps-là. Et il aurait raison encore une fois. Père avait toujours raison.

Il était monté sur une simple chaise métallique pliante. Il n'avait pas besoin de lutrin. Ce n'était qu'un des petits signes de son authenticité. Et il s'exprima :

— Ma Famille, dit-il. Nous savons tous que pour mener une vie décente, une vie authentique, il faut mener un combat, une lutte contre le monde entier, rien de moins. Nous le savons, on nous le rappelle, mais parfois, quand nous connaissons la réussite, quand la vie que nous avons bâtie, pour laquelle nous nous sommes battus, est douce, nous oublions. Nous croyons que le bonheur, parce qu'il est doux justement, durera éternellement. Si cette façon de voir est compréhensible, elle est également dangereuse. Je viens donc ici pour vous rappeler que la lutte n'est pas terminée, et qu'elle ne le sera jamais tant que nous n'aurons pas atteint l'ultime Sanctuaire.

À ces mots, les femmes acquiescèrent et échangèrent des sourires. Certaines tenaient de jeunes enfants sur leurs genoux. Elles étaient assises autour des longues tables pliantes, le visage tourné vers lui. L'ultime Sanctuaire, murmurèrent-elles. Là bas, au bord de la péninsule, au-delà de la dernière route, de la dernière ville, au-delà de la dernière chaîne de montagnes. L'endroit dont il parlait, croyaient-elles. Mais Père ajouta :

— Je ne parle pas uniquement du prochain lieu physique où nous vivrons, et qui sera le dernier, car je ne veux plus courir. Là-bas, nous nous arrêterons, nous ferons face et livrerons notre combat. Et c'est là-bas que, tôt ou tard, nous deviendrons partie intégrante de la Terre, le véritable ultime Sanctuaire.

Il esquissa un geste devant son visage, en direction d'un horizon imaginaire.

Quelques-unes des femmes, les plus jeunes surtout, serrèrent leurs enfants dans leurs bras, car elles comprenaient maintenant ce qu'il voulait dire.

— Sachez que ce combat auquel nous nous préparons, et que d'autres événements se déroulant actuellement en d'autres endroits nous aident à préparer, pourrait être redoutable. En toute franchise, je veux vous dire que, pour certains d'entre nous, ce pourrait être notre dernier combat. Je suis triste de vous l'annoncer. Et j'en suis ravi. Car nous sommes dignes. Nous sommes prêts. Et nous savons tous que les récompenses qui nous attendent sont si grandes, si belles, que nous ne pouvons même pas les imaginer. Mais nous avons droit à ces récompenses. Nous les avons méritées. Elles seront à nous.

« Alors, préparez-vous. Nous devions partir pour le nouveau Sanctuaire l'année prochaine. Le départ aura peut-être lieu avant, d'une minute à l'autre. Prévoyez en conséquence. Si l'une d'entre vous souhaite me voir en privé, je serai disponible, dans ma cabane, aujourd'hui et demain.

Il leur sourit. Quelqu'un tendit le bras pour l'aider à descendre de la chaise. Les larmes coulaient sur ses joues, tandis qu'il faisait le tour de la pièce pour étreindre toutes les femmes, les unes après les autres.

La première partie de l'argumentation du colonel Rozsa, où il affirmait qu'il s'agissait, potentiellement, d'un problème de sécurité civile, avait été admise. Par la suite, il apprit que le secrétaire d'État à l'armée avait plaqué la main sur son estomac rongé par un ulcère en lisant le scénario de Rozsa, dans lequel un missile militaire Stinger faisait exploser un avion rempli de civils.

Mais le second volet de son argumentation, selon lequel l'armée devait se tenir prête à intervenir immédiatement pour confisquer ou détruire les missiles si l'occasion se présentait, avec un minimum de pertes civiles, ce second point fut rejeté d'emblée. Seuls les agents fédéraux seraient chargés d'entreprendre les actions de police nécessaires.

— Les agents fédéraux ne sont pas entraînés aux opérations antimissiles ! s'exclama Rozsa lorsque le général Parkins vint l'avertir de cette décision. La dernière fois où quelqu'un a utilisé de l'armement militaire contre eux, c'était à Waco. Et on sait comment ça s'est terminé. Mais cette fois, c'est nous qui serons tenus pour responsables. Vous leur avez dit ça ? Si des innocents sont tués, on n'a pas fini d'en entendre parler. Il s'agit de notre matériel ! Propriété de l'U.S. Army.

Parkins ne dit rien. Il n'y avait rien à dire.

Le chef d'état-major des armées, le général Hargrave, avait chargé le CID de poursuivre leur enquête à grande échelle, en coordination avec les agents de l'ATF et du FBI, tout en demeurant indépendant. L'INSCOM et le colonel Rozsa devaient être tenus informés en permanence. À part ça, ils étaient sur la touche.

Loin de là, à l'ouest, dans la nuit obscure, sur un appontement à Prince Rupert, la ville côtière de Colombie-Britannique située en face de l'extrémité sud de la pointe de l'Alaska, là où débutait l'archipel Alexandre. Un bateau, un chalutier de 16 mètres, était amarré ; ses bardeaux crissaient contre les butoirs en caoutchouc de l'appontement. Celui-ci se trouvait à l'écart des nombreux quais encombrés, proches du centre-ville, un peu plus au nord le long de la côte, au détour d'un coude de la baie. D'autres pontons privés s'enfonçaient dans l'eau, ici et là, peu nombreux, mais suffisants pour que ce spectacle n'ait rien d'inhabituel. La plupart, cependant, étaient éclairés par des lampes tempête protégées, d'autres, plus rares, par de simples chapelets d'ampoules nues, à l'ancienne. Mais cet appontement, lui, était quasiment plongé dans le noir. Les seules lumières provenaient de lampes électriques, tenues par les hommes qui déchargeaient le contenu de deux camionnettes jaunes anonymes.

C'est pourquoi un certain temps s'écoula avant que l'un de ces hommes n'aperçoive un individu qui les observait, debout sur l'appontement. Voulant décrire quelque chose au capitaine du bateau, il se servit de sa lampe pour désigner la rive. C'est alors que le faisceau balaya le visage de l'observateur.

— Merde ! s'exclama l'homme. Vous m'avez foutu une... Rick ?

— Salut, fit Rick.

— Ça fait longtemps que tu es là ?

— Non, pas très.

Lorsque Deacon, en sortant de la cabine du bateau, aperçut Rick, il sourit et dit :

— Amène-toi. On a beaucoup de choses à se raconter.

— Quoi ? demanda Rick. Ils ont disparu une fois de plus.

— On les retrouvera à Ketchikan, dit Deacon.

— Comment vous le savez ?

— Kari s'est chargée des réservations. Le dénommé Joe a expédié l'or là-bas, de Vancouver. Elle n'a pas cessé d'appeler Père Amon, dès qu'elle le pouvait.

Rick et Deacon s'installèrent à la table de la cambuse ; une vieille lampe à pétrole éclairait l'espace qui les séparait. Deacon et Omaha étalèrent des cartes de Ketchikan, de la topographie environnante et des fonds marins. Ils passeraient la frontière cette nuit, en commençant par effectuer des sauts de puce d'île en île, du côté canadien, jusqu'à ce qu'ils arrivent à moins de trois miles des eaux territoriales américaines. Alors, sans aucun éclairage, sans sonar de navigation, ne se fiant qu'aux lumières diffuses provenant des îles, et au clair de lune, avançant à cinq ou six nœuds afin de ne pas faire de bruit et d'éviter un désastre en cas de collision, ils franchiraient la frontière.

Une fois sur le territoire américain, ils déposeraient Rick sur une plage obscure, à quelques ki lomètres de Ketchikan, puis repartiraient vers les petites îles pour se cacher et attendre de recevoir un message radio de Rick disant qu'il avait mis la main sur l'or et sur Kari. Même si Deacon ne voulait pas courir le risque de se faire repérer, il était préférable de récupérer au moins Rick et l'or, avant de reprendre le large. À supposer que Rick effectue le travail proprement, sans être poursuivi.

Père n'aimait pas cette idée, car cela revenait à tout fourrer — les armes, les hommes et l'or — dans un seul et même paquet solidement ficelé. Si jamais il arrivait quelque chose à ce paquet, toute la mission tomberait à l'eau, et la Famille ne perdrait pas seulement son argent et ses meilleurs hommes ; elle se retrouverait également sans protection. Quoi qu'il en soit, déclara Deacon, tant que Rick faisait son boulot, c'était la meilleure solution.

24

Les passagers du bateau eurent droit à un petit cours sur les merveilles qu'il fallait voir dans la vieille ville de Ketchikan, née de la ruée vers l'or. Eric et Susan Delray débarquèrent avec tous les autres, visiblement un peu nerveux ou excités, peut-être, mais pas au point d'attirer l'attention. Ils n'avaient qu'un sac contenant quelques affaires de rechange, et un sac à dos vide. Pour les souvenirs, expliqua Eric à l'agent des douanes américaines. Bien sûr, il se ferait un plaisir de les déclarer lorsqu'il remonterait à bord. Joe remercia en silence le vieux Chinois de Vancouver quand, après qu'ils eurent présenté leurs permis de conduire, le douanier demanda à voir une seconde pièce d'identité. Ils lui montrèrent les faux certificats de naissance, en précisant qu'ils ne resteraient que quelques heures à terre, et on les laissa passer.

Mais il n'avait pas l'air bien ce touriste. On aurait dit que les artères de son cou avaient été comprimées, et que le sang avait dû redoublé de pression afin de pouvoir alimenter le cerveau. Il avait le visage cramoisi. Ses plaies aux chevilles étaient tellement rouges et enflammées qu'on voyait les boursouflures à travers ses chaussettes, semblables à de petites tumeurs. Sa peau le démangeait de la tête aux pieds.

Sur le quai, Kari tendit à Joe un bout de papier sur lequel était notée l'adresse de l'hôtel Marine View, mais Joe le roula en boule. Elle ne dit rien. Sans un mot, elle lui emboîta le pas et ils montèrent dans un taxi, une vieille Cadillac de la fin des années 70, avec des portières défoncées et un chauffeur qui n'avait plus que trois ou quatre dents.

— J'fais ma pause, déclara celui-ci. J'suis pas en service.

— On va au Front Street Bed & Breakfast, déclara Joe.

Kari le regardait fixement, mais ne posa pas de question. Le chauffeur de taxi s'esclaffa.

— J'suis pas en service. Mais j'peux vous faire un tour de magie de chez nous.

— Hein ?

— Abracadabra, annonça le chauffeur, et il tendit le doigt.

Là, de l'autre côté de Front Street, rue dans laquelle ils se trouvaient, juste en face, ils découvrirent l'enseigne du Bed & Breakfast en question.

En entrant, ils aperçurent immédiatement les paquets dans une petite pièce située derrière un comptoir en bois, posés l'un sur l'autre.

— Il n'y en a que deux, dit Kari, mais Joe l'ignora.

Il déposa son permis de conduire sur le comptoir et montra les paquets.

— Très bien, monsieur, dit la femme. C'est arrive. Vous ne saviez pas encore combien de temps vous alliez rester.

— Deux nuits, répondit-il en tendant une poignée de billets.

En vérité, il n'avait pas l'intention de rester là une minute de plus, et quand la femme lui eut remis les paquets, en même temps qu'une clé de chambre, il prit le tout et se retourna vers la sortie.

Mais Kari le prit par le bras pour l'entraîner vers l'escalier.

— Il faut qu'on y aille, dit-il. On n'a pas le temps.

— Je veux savoir ce qui se passe, dit-elle. Ce n'est pas ici que je t'avais demandé d'envoyer l'or. Et il en manque. Je refuse d'aller plus loin si tu ne m'expliques pas. On est censés faire équipe, mais tu n'as rien fait de tout ce qu'on avait décidé. Je veux savoir pourquoi. En plus, on dirait que tu as une nouvelle crise.

— Kari...

— C'est ça ou je me mets à hurler. À toi de choisir.

Il la suivit en haut de l'escalier, puis dans un étroit couloir tapissé de papier peint, jusqu'à une petite chambre, tapissée elle aussi, de grosses roses rouges, meublée d'un lit à deux places et d'une commode. Joe laissa tomber par terre les deux paquets contenant l'or, s'assit à côté et pressa ses tempes des deux mains, mais la douleur qui avait atteint son paroxysme lui lacérait le cerveau — il crut devenir fou.

À quatre pattes, il appuya son front contre le linoléum.

— C'est quoi ton problème au juste ? demanda Kari.

Elle savait qu'il était sujet à ce genre de crises, pour y avoir assisté, mais il ne lui en avait jamais parlé.

— Je sais que tu les as appelés..., dit-il. Pour les tenir au courant... leur dire où on était... où on allait, et comment. (Il parlait sans lever la tête.) Je le sais depuis le début.

— Joe...

— Je m'en fous, Kari.

Il se retourna pour la regarder. Elle s'était assise sur le lit.

— Je savais que tu le savais, dit-elle.

— Quoi ?

Il se releva, en s'appuyant contre le mur.

— Ou plutôt, une partie de moi le savait. Peut-être même que je l'espérais. (Son visage était légèrement empourpré.) Peut-être que, d'une certaine façon, j'ai prié pour que tu réussisses. Tu es difficile à cerner. Je n'arrivais pas à savoir si tu en serais capable. Mais quand tu m'as conduite au bateau, alors j'ai compris ce que tu avais fait.

Il ne répondit pas.

— Viens, dit-elle en s'agenouillant à côté de lui.

Elle lui prit le bras pour l'aider à s'allonger sur le lit, à plat ventre, et s'assit à califourchon sur son dos. Joe sentit ses mains remonter dans son dos, pétrir ses épaules, puis sa nuque. C'était efficace ; les angles acérés de la douleur s'émoussèrent.

— Je vais te dire quel est le problème à mon avis, dit-elle. Tu gardes tout à l'intérieur, toutes tes émotions, la peur, le désir, le soulagement. Alors, à force, ça s'accumule et ça ressort de cette façon ; ton cerveau essaie d'exploser. Tu es tellement renfermé.

— Tout est ma faute, murmura-t-il, d'une voix si faible qu'elle dut se pencher vers son visage pour l'entendre. Depuis Bozeman.

— Que veux-tu dire ?

— Je suis resté uniquement pour te suivre. Jusqu'au bout. J'aurais dû foutre le camp quand j'ai compris que ça se finirait mal, quand on est arrivés à Cœur d'Alene. Mais je m'imaginais que tu étais désespérée, que tu avais besoin de moi. Et plus tard, à Seattle, je n'aurais pas dû te kidnapper. Mais je me dis que, depuis le début, je voulais que ça se termine comme ça, dans une chambre, seul avec toi.

Kari cessa de le masser pour l'écouter, en souriant.

— J'aurais dû te laisser aller où tu voulais.

— J'y vais, répondit-elle. Je suis sur le chemin.

— Seule.

— Avec toi. On est ensemble.

— Mais tu avais raison. Je t'ai menti.

— Ton message, à Bellevue, dit-elle, je savais qu'il n'était pas de la main de Rick. Je savais que c'était toi qui m'attendais. Pourtant, je suis quand même sortie. J'ai fait semblant de croire que c'était Rick, mais je savais.

Joe se retourna pour voir son visage.

— Pourquoi ?

— Quand je t'ai vu pour la première fois, au bord de la route dans le Montana, penché à ma vitre, j'ai eu un pressentiment. Je me suis dit : celui-ci est peut-être différent. Ce sera peut-être lui qui te sauvera. Ou qui te tuera. Malgré tout, j'ai joué la sécurité ; je me suis servie de toi et je t'ai abandonné. Mais quand tu es réapparu avec ce message, j'ai compris que je devais m'intéresser à toi. Quand tu m'as attachée pour me kidnapper, puis quand tu as pris soin de moi, alors que j'avais détruit ta vie, j'ai su. J'ai su que c'était toi, qu'on t'avait envoyé. D'une manière ou d'une autre — que tu me détruises ou que tu me délivres — j'ai compris que tout était joué.

« C'est dangereux, Joe, de vouloir s'occuper des autres.

C'était sa propre voix qui parlait, pas celle de la Famille. Joe se rallongea, afin qu'elle continue à lui masser la nuque. Elle avait des mains aussi puissantes que celles d'un homme, et elle le massait si fort qu'il craignait d'avoir des bleus. S'il se trompait, s'il s'agissait d'une ruse de plus, d'un piège pour qu'elle puisse appeler quelqu'un et en finir, il se dit qu'elle avait déjà gagné, car il n'avait plus le cœur à se battre. Il avait tellement envie de la croire.

Si c'était le cas, il ne le découvrirait qu'au moment de prendre une balle dans la tête. Étrangement, cette idée était moins déprimante que le fait d'apprendre, une micro-seconde avant de mourir, que toute cette sollicitude n'aurait été, finalement, qu'une comédie de plus de la part de Kari. Car cela signifierait qu'il n'existait plus aucune personnalité derrière sa façade fabriquée. L'un et l'autre seraient foutus, pour toujours.

Pour sa part, il était déjà fini. Et même s'il devait s'agir simplement qu'elle lui masse la nuque quand il paniquait, ce serait suffisant, se disait-il. Du moment qu'elle restait à ses côtés.

— Je voudrais savoir une chose, dit-il.

Sa migraine s'était atténuée ; sa vue se troublait maintenant.

— Je t'écoute.

— Ce n'est pas ce que tu penses.

— Qu'est-ce que je pense ?

— Je me contrefous de la Famille, de Père ou de Rick. Je ne me fous pas de ce qu'ils t'ont fait, mais je n'y peux rien. Ce que je voudrais, c'est en savoir plus sur toi, les choses que tu ne peux pas me dire.

— Par exemple ?

— Je voudrais comprendre comment, au départ, quelqu'un comme toi se retrouve dans une secte, ou quel que soit le nom que tu lui donnes. Tu viens d'un milieu aisé. Tu as été mariée. Tu as fait des études à Berkeley. Et un jour, à vingt-cinq ans, tu disparais. Tu as quel âge maintenant, trente ans ?

— Dans quelques mois seulement, merci.

— Comment en es-tu arrivée là ? Tu détestais ton père à ce point ? Ou bien est-ce à cause de ta belle-mère, Phyllis ?

Joe était couché à plat ventre sur le lit. Kari se décolla de lui et s'adossa contre la tête de lit, en appuyant son bras sur le visage de Joe.

— Quoi, ma belle-mère ?

— C'est comme ça que tout a commencé ?

— Que tout a fini, plutôt.

— Raconte.

Kari plaqua un oreiller contre sa poitrine.

— Il faut bien que tu comprennes. Quand maman est morte, notre famille est morte aussi. Je veux dire par là que mon père a cessé d'être présent. Il travaillait tout le temps. Il a laissé Jenny m'élever, si ce n'était pas déjà fait. On aurait pu tout aussi bien être orphelines, ça aurait peut-être été plus facile, d'une certaine façon. En tout cas, mon père n'était plus mon père. C'était juste un type qui débarquait à la maison de temps en temps.

« Et puis, quand Phyllis est arrivée, autre changement. Papa a essayé de faire comme si on était de nouveau une famille. Il voulait que je fasse des trucs avec Phyllis et lui. Mais elle, elle ne voulait pas de moi à la maison, et moi, je n'avais aucune envie d'y rester.

— Alors, tu t'es mariée à dix-huit ans et tu es partie.

Kari acquiesça.

— Après ton divorce, tu as essayé de revenir vivre chez toi. Mais ça n'a pas marché.

— Dis plutôt que ç'a a été un désastre ! Je n'ai jamais pu y remettre les pieds, après toutes les choses qu'elle m'a dites. C'était fini. Ce n'était plus ma famille.

— Sauf pour payer tes études.

— Non, même pas. Il n'y avait plus aucun contact, aucun soutien. Je me suis débrouillée toute seule. Avec des prêts et des bourses, des petits boulots.

— Et ensuite ? Tu décroches ton diplôme ? Tu as vingt-cinq ans ? Et...

— Je t'ai déjà raconté. J'ai assisté à ces réunions. C'était tellement formidable ce qu'ils racontaient.

— Non, non, dit Joe. (Il se retourna et se dressa sur un coude ; ils se faisaient face, leurs nez se frôlaient presque.) Épargne-moi les conneries habituelles. Ne me fais pas le numéro du nouveau messie et toute cette merde. Dis-moi vraiment ce qui t'a incitée à sauter le pas. Qu'est-ce qui pousse une jeune fille intelligente, belle et riche à faire don de **sa** vie ? Voilà la vraie question, Kari. Voilà ce que **je** veux savoir.

Elle l'observa longuement ; son visage était si près du sien qu'il sentait son haleine sur sa peau. Elle ne bougea pas, son expression resta figée. Mais ses yeux se remplirent de larmes. Enfin, elle dit :

— On m'a appris à ne pas penser à ça. On m'y a entraînée. Mais j'y ai quand même réfléchi, un peu. Et même beaucoup récemment, depuis que je suis avec toi. Et franchement, ça me paraît plutôt simple à comprendre. Je ne crois pas qu'il existe une gigantesque réponse cosmique. J'avais fini mes études, et tous mes amis se sont retrouvés dispersés ; je n'avais aucune relation sérieuse avec un garçon, ni famille, ni emploi. Et je pense que je me sentais tellement seule, Joe, que je ne pouvais plus le supporter. Et j'ai rencontré ces gens de la Famille, qui m'aimaient. Ils m'aimaient réellement. Ils étaient gentils avec moi. Généreux. D'un grand soutien. C'est capital. Avoir sa place quelque part. Être entouré. C'est une chose importante.

— La plus importante, dit Joe.

Si pour Leanne la journée de repos forcé du dimanche, pluvieuse, passée dans la chambre d'hôtel, fut épouvantable et déprimante, le lundi avait débuté sous de meilleurs auspices. Tout d'abord, le soleil revint, détruisant cette pellicule nuageuse qui avait persisté toute la nuit. Et Connor l'appela à la première heure pour lui annoncer que l'imprimeur, Dan Sim, venait d'ouvrir son atelier, il y avait quelques minutes. Connor passait la chercher tout de suite ; une voiture de patrouille les rejoindrait sur place.

Finalement, après une longue matinée d'interrogatoire, de menaces, de cajoleries et de promesses, l'imprimeur n'avait pas grand-chose à leur apprendre, si ce n'est que, oui, il avait fabriqué ces papiers, sans savoir, évidemment, que ce type était recherché par la police, et encore moins accusé de meurtre, et non, il ne gardait aucune trace, qu'il s'agisse de la transaction ou des documents qu'il imprimait. C'est pourquoi, honnêtement, il n'était pas certain des noms. Pourquoi mentirait-il ? Qu'avait-il à y gagner maintenant ? Il ne serait pas fâché qu'ils se fassent pincer, étant donné que c'étaient eux qui l'avaient foutu dans cette merde. Il se souvenait d'un prénom, Susan. Le prénom du type ? Aucun souvenir. Quant au nom de famille... Ray quelque chose. Rayner, peut-être. Ou DeRay. Oui, plutôt un truc comme ça. DeRay. Ou bien Delray. Il n'en était pas certain.

Joe déposa l'or dans le sac à dos, au milieu des vêtements de rechange.

— Tu ne veux pas me dire où est le reste ? demanda Kari.

— Tu veux vraiment le savoir ?

Elle réfléchit un moment avant de répondre.

— Ça dépend. Qu'est-ce qu'on fait maintenant ? Comment ça va se passer ?

— Rien de changé. Tu continues à leur dévoiler notre plan.

— Ce que je t'ai dit tout à l'heure, je le pensais vraiment, mais ça ne veut pas dire que je peux te laisser te retourner contre nous.

— Quoi ?

— Je suis toujours obligée de rapporter l'or au Sanctuaire.

— Kari, pourquoi

— Peu importe pourquoi. J'ai mes raisons. Je

t'explique simplement qu'au bout du compte, il faudra que j'aie l'or.

Ils pouvaient partir tous les deux, aller où ils voulaient. Acheter de vrais papiers d'identité, des billets, et même de nouveaux visages. C'étaient ses yeux qu'il aimait chez elle ; aucun chirurgien esthétique ne pourrait modifier leur aspect. Il songea à lui dire tout ça, mais il savait qu'elle y avait déjà pensé, elle avait envisagé de prendre la fuite avec lui. Et finalement, elle y avait renoncé. Bon, d'accord, se dit-il. Et il demanda :

— Qui ont-ils envoyé ? Rick ?

— Oui.

— Et si tu ne récupérais pas tout. Disons... cinquante mille ?

Elle réfléchit.

— Oui, ça pourrait marcher.

— Et si Rick portait le chapeau ?

— Parfait.

— Tu es prête à m'aider ? Il faut le faire plonger, dans mon intérêt. C'était mon but, le livrer à la police, avec une partie du fric.

Elle lui sourit, avec ce sourire envoûtant qui le frappait droit au cœur.

— Et ensuite, je pourrais rentrer avec ma part de ce qui reste de l'or ?

— Ouais.

— Marché conclu, Joe le Mécano.

C'était toujours sa vraie voix, sa vraie personnalité, qui parlait. Il le savait. Cette fois, elle était restée avec lui jusqu'au bout.

Il était tard quand Leanne revint dans la chambre. Cal était allongé sur le lit.

— On a terminé ici, déclara-t-elle. Ils ont quitté le Canada, quelque part. Le moment est venu de rentrer à la maison et de décider ce qu'on va faire de toi.

— Tu vas abandonner ?

— Que veux-tu que je fasse ?

— Leanne, tu déconnes à plein tube. Depuis quand tu baisses les bras parce que « le moment est venu » ? Ça t'est déjà arrivé ? Non, tu n'as jamais rien laissé filer.

Il avait tort, elle le savait. Elle avait laissé filer Ben. C'était elle qui lui avait suggéré de prendre du recul. Et elle avait eu tort. Elle avait gâché son bonheur.

— Qu'est-ce qui te prend, Calvin ?

— Je te propose un autre petit voyage, dit-il. Ce soir. Tout est déjà arrangé.

— Quel voyage ?

— Tu ne dois pas poser trop de questions. Prépare ta valise. Faut qu'on soit à l'aéroport dans une heure.

— Que se passe-t-il, Calvin ?

— Je peux seulement te dire que ça me concerne pas. Ça ne concerne pas mes ennuis, ni le fric, ni ma cavale. Cette fois, c'est moi qui te file un coup de main, Lee. Mais ne pose pas trop de questions, ou sinon je vais me fâcher. Je t'expliquerai en chemin.

— Et que suis-je censée dire à mes supérieurs ?

— Rien. Ça fait partie du marché ; tu ne dois pas les contacter. Tu dois disparaître dans la nature.

— Le marché ? Je suis curieuse de savoir avec qui tu peux passer un marché, dans ta situation, et en quoi ça concerne mon travail.

— Cesse de jacter et prépare-toi. Imagine que

je t'ai convaincue de prendre des petites vacances.

Le téléphone sonna. La police montée avait retrouvé les noms : Susan et Eric Delray. Ils avaient embarqué à bord d'un bateau de croisière qui avait fait escale à Ketchikan, en Alaska, trois heures auparavant. En ce moment même, les forces de police locales montaient à bord. Leanne raccrocha et se mit à courir dans la chambre, mais Cal la retint par le bras.

— Ketchikan ! dit-elle. C'est là qu'ils sont.

— Peut-être, mais ce n'est pas là que ça se passe. Ils auront foutu le camp avant que vous arriviez. En fait, ils sont déjà partis.

Leanne se figea, puis se laissa tomber dans un fauteuil.

— Oh, mon Dieu, Cal. Qu'as-tu encore fait ? Comment es-tu mêlé à cette histoire ?

— Pas de questions, j'ai dit. (Il agita son index sous le nez de sa sœur.) On fonce à l'aéroport et on monte dans le Nord. Mais pas à Ketchikan. Alors, tu es prête ?

Il lui tint la porte ouverte.

À l'aéroport de Ketchikan, un peu plus tôt, alors que la nuit tombait, Kari paya leurs billets en liquide, comme le lui avait ordonné Joe, en donnant de nouveaux noms inventés, les Delray ayant pris leur retraite. Derrière le terminal de plain-pied, sur une aire de stationnement jouxtant la double piste, ils trouvèrent leur avion, un vieux trimoteurs à hélices en tôle ondulée, avec deux moteurs sur l'aile, qui passaient au-dessus du fuselage carré, et un troisième à l'avant. À l'intérieur, il y avait seulement douze rangées de sièges. Ce coucou effectuait le même trajet deux fois par jour, matin et soir, dans le nord de l'archipel, la liaison Ketchikan-Wrangell-Sitka-Juneau, leur destination finale.

Une fois que les moteurs se mirent en marche, on n'entendit plus que le vrombissement. Pour communiquer, Kari et Joe auraient été obligés de hurler. Alors, ils restèrent muets. Kari glissa son bras autour de celui de Joe et l'attira contre elle, en s'y accrochant, et elle posa sa tête sur son épaule. À peine avaient-ils atteint leur altitude de croisière qu'ils devaient entamer la descente. À force, ces montagnes russes eurent raison de Kari. Elle avait la nausée et des vertiges. Étrangement, songea Joe, il ne trouvait pas ça déplaisant. Il se sentait bien.

Quand ils atterrirent pour la dernière fois et roulèrent vers le petit terminal, quand les moteurs se turent enfin, elle murmura :

— Je ne sais plus ce que je dois faire.

— Continue comme ça, dit-il. Ne change rien.

À bord d'un avion plus grand, plus récent, un 727 à destination de Juneau lui aussi, Leanne et Calvin étaient assis côte à côte, leurs bras se frôlaient sur l'accoudoir. Soudain, une pensée traversa Leanne.

— Les billets, dit-elle, comment tu les as payés ?

— Avec ta carte Visa.

— Oh, non ! Cal...

— Relax. Je ne suis pas stupide au point de les faire raquer. J'ai demandé à la réception d'envoyer du liquide.

Dès lors, Leanne garda le silence. Elle livrait un combat si violent contre elle-même, contre sa nature, qu'elle n'avait plus assez d'énergie, ni de concentration, pour entretenir une conversation. Calvin avait eu raison de croire qu'elle accepterait de prendre ce risque, sans savoir ce qu'il avait manigancé, de saisir cette dernière chance de retrouver le meurtrier et les armes, cette dernière chance de gagner, même si le prix d'un échec serait désormais salement élevé. Elle était stupéfaite de voir qu'il la connaissait si bien, finalement, assez bien pour savoir, sans le moindre doute, qu'elle marcherait dans cette folie.

Elle repensait à sa question. Avait-elle déjà renoncé à quelque chose, car le moment était venu ? Ce qui la frappait surtout, c'était que cette question aurait pu sortir de la bouche de Guts.

Quoi qu'il en soit, songea-t-elle une fois de plus, elle avait renoncé à trop de choses. Presque jamais de son plein gré, peut-être, mais ça ne changeait rien, elle avait perdu trop de gens dans sa vie.

Le jour de ses dix-huit ans, en novembre 1977, de retour chez elle pour Thanksgiving, après un premier trimestre à l'université, Leanne se réveilla de bonne heure, bien avant l'aube ; elle enfila des guêtres et un caleçon en laine, plusieurs pulls et une veste de peau qu'une des femmes de la tribu l'avait aidée à tanner, à couper et à assembler. Elle attendit dans la neige, devant la maison de sa mère. Guts vint la chercher au volant de son International Harverster de 1960 qui possédait un moteur 4 × 4 assez puissant pour grimper aux murs, et ils partirent plus loin qu'ils n'auraient dû, en gravissant des routes accidentées et sinueuses au milieu de la forêt.

Lorsqu'il devint impossible de continuer, ils s'arrêtèrent. Une congère de trois mètres de haut couvrait la route, mais ils étaient presque arrivés au bout de toute façon. Leanne connaissait cet endroit. Ils y étaient déjà venus, en été, en reconnaissance, pour suivre des traces, simplement pour s'exercer. Le chemin s'achevait cinq cents mètres plus loin. Ensuite, un sentier pentu conduisait à une crête. De là-haut, Leanne s'en souvenait, une large piste de gibier s'enfonçait en serpentant au cœur de la chaîne montagneuse.

Pour une raison mystérieuse, comme si la neige ne constituait pas un handicap suffisant, Guts avait emporté un gros sac à dos qu'il glissa sur ses épaules.

Il leur fallut trois heures pour parcourir la distance qu'ils avaient effectuée en une demi-heure quelques mois plus tôt. Mais finalement, deux heures avant le lever du soleil, ils atteignirent le sommet de la crête, à l'extrémité du chemin. Guts déposa son sac sous un arbre.

La neige était si fraîche que rien, encore, n'y avait laissé d'empreintes. Mais alors qu'ils redescendaient sur l'autre versant, ils découvrirent les traces d'un gros animal, un cerf, qui traversaient en diagonale.

— Il ne doit pas être loin, chuchota Guts. Les traces sont récentes. Tu veux qu'on utilise ta méthode ? On le suit ?

Leanne hocha la tête. Elle brûlait d'impatience.

Au bout d'une centaine de mètres, au milieu des arbres, les traces se divisèrent en deux. Deux bêtes ? Guts secoua la tête et traça un cercle en l'air avec son doigt. L'animal était revenu sur ses pas, cela signifiait qu'il avait flairé leur odeur, il savait qu'il était suivi et il avait fait demi-tour pour voir. Ça signifiait également qu'ils étaient extrêmement près. Peut-être le cerf était-il en train de les observer, en ce moment même.

Guts fit un autre signe. Il balaya la surface de la neige avec le plat de la main, traçant une ligne perpendiculaire à la pente dans laquelle ils se trouvaient. Il désigna ensuite Leanne, et le bas de la pente. Cela voulait dire qu'il allait avancer en travers, pendant qu'elle descendait jusqu'en bas. L'idée, c'était d'essayer de repousser le cerf vers le pied de la pente, où il tomberait sur Leanne.

Elle continua à descendre. Sur ce versant à l'abri du vent, la neige avait plus de cinquante centimètres d'épaisseur, et à chaque pas elle devait soulever le pied plus haut que le genou pour se dégager. L'inconvénient, c'était qu'elle allait s'épuiser rapidement. L'avantage, c'était qu'elle pouvait se déplacer aussi silencieusement que les arbres. Et à condition d'avancer, elle le savait, elle pouvait s'approcher sans bruit de n'importe quelle créature vivante.

Et soudain, elle vit de nouveau les traces, venant de la gauche et coupant sa route. Comment le cerf était-il arrivé jusqu'ici ? se demanda-t-elle. Ils n'avaient vu aucune trace qui descendait dans cette direction. Elle suivit des yeux la piste qui remontait la pente en biais et, tout à coup, retint son souffle. Là-bas, à une cinquantaine de mètres, l'observant avec la tête baissée, presque au ras de la neige, se tenait le plus grand cerf qu'elle ait jamais vu. Dix ou douze cors. Elle n'arrivait pas à les compter. Mais peu importe. Il y eut un instant de fascination mutuelle, une micro-seconde de temps figé durant laquelle ils se regardèrent droit dans les yeux.

Instinctivement, Leanne porta son fusil à son

épaule, elle sentit sa joue se coller contre la crosse froide en érable, juste au bon endroit, pour que son champ de vision soit bien dégagé. Elle voyait maintenant le cerf à travers le viseur en V ; elle l'observa, alors qu'il s'apprêtait à pivoter sur lui-même pour fuir. Le mouvement de Leanne déclencha celui de l'animal : il avait déjà effectué un demi-tour, en bondissant dans la neige profonde et lourde, quand le fusil tira de son propre chef, en faisant très peu de bruit au milieu de la neige et des arbres. Un simple pop. Et puis, plus rien.

Le cerf avait disparu. Elle grimpa jusqu'à l'endroit où il se trouvait, mais en ne voyant pas de sang dans la neige, elle comprit qu'elle l'avait manqué.

Bientôt, Guts la rejoignit ; il hocha la tête, regarda autour de lui et s'agenouilla.

— C'était un gros animal, dit-il.

— Tu l'as vu ?

— Non. Mais je l'ai entendu. Et j'ai senti sa présence.

— Nom de Dieu, dit-elle. Comment j'ai fait pour le manquer ?

— Tu as bien coincé ton fusil avant de presser la détente ?

— Oui.

— Tu as visé au bon endroit, par la pensée ?

— Oui.

— Il a bougé ?

— Oui, mais j'étais certaine de l'avoir eu. J'en étais sûre...

— Dans ce cas, pourquoi tu doutes de toi ?

— Mais où il est alors ? Où est le sang ?

Guts se releva et s'éloigna dans la neige,

jusqu'à une petite crête qui plongeait dans une ravine.

— Là, dit-il, et il avait raison.

L'animal gisait sur le flanc, à moins de cinquante mètres de l'endroit où ils se trouvaient.

— Il a gardé son sang à l'intérieur, dit Guts. C'est un gros animal. Ils font ça des fois. Mais ça ne lui a servi à rien.

Plus tard, quand ils eurent dépecé et tramé l'animal, chacun le tenant par les bois, jusqu'à l'orée du chemin, au moment où ils s'apprêtaient à redescendre vers le camion, Guts posa la main sur l'épaule de Leanne, un geste qu'il n'avait jamais eu avec elle depuis dix ans qu'ils se connaissaient.

— Vas-y, lui dit-il. C'est tout droit. Tu pourras te débrouiller seule avec l'animal.

— Comment ça ?

— Je ne rentre pas, déclara Guts.

— Pourquoi ?

Elle avait pris un ton indigné ; elle lui parlait comme elle parlait à sa mère parfois, avec un manque de respect.

Il lui donna les clés du camion.

— Tiens, ramène-le. Fais bien attention sur la route. La neige risque de céder sous les roues si tu ne fais pas attention. Je veux que tu donnes ce camion à ton père. Il l'a toujours adoré. Je lui ai légué officiellement.

— Guts...

— Je vais mourir, déclara-t-il, comme s'il annonçait qu'il allait prendre son petit déjeuner. (Il plaqua sa main sur la bouche de Leanne pour l'empêcher de parler.) C'est un cancer, ils ont dit. Je suis allé à la clinique à Missoula, j'y vais depuis six mois. Ils ont suivi sa trace avec leurs machines. Je n'aime pas les machines. Ils veulent me donner des poisons, mais je ne les prendrai pas. Je le sens maintenant, il appuie sur mon cœur. Il va bientôt me tuer, et je ne le laisserai pas me tuer si facilement. Surtout, je ne les laisserai pas me tuer à l'hôpital. Je mourrai comme meurt un chasseur.

Leanne pleura, et les larmes gelèrent aussitôt sur ses joues. Il fallait qu'elle arrête, elle risquait des gelures, mais c'était plus fort qu'elle. Elle connaissait Guts, elle savait qu'elle ne pourrait pas le faire changer d'avis, et qu'il disait la vérité — il ne reviendrait plus jamais, elle ne le reverrait plus. Pourtant, elle ne pouvait se résoudre à lui dire adieu. Elle ne pouvait prononcer le moindre mot.

— Tu es une femme forte, lui dit-il. Le monde a de la chance de t'avoir. Va. Dis adieu à ton père de ma part, je le reverrai un de ces jours. Et dis à ton frère que je veillerai sur lui. Il a besoin que quelqu'un le fasse.

Sur ce, Guts remit son sac à dos sur ses épaules, tourna les talons et s'éloigna. Il penchait légèrement d'un côté, comme sous l'effet d'une fatigue qu'elle n'avait jamais remarquée. Il ajusta son fusil qu'il portait en bandoulière, franchit une rangée de trembles et disparut, au fond de la vallée, derrière la montagne.

25

— Elle a disparu. Elle a quitté son hôtel hier, et elle était accompagnée. Par un homme, déclara Simmons.

Ben se trouvait dans son bureau ; ils n'étaient que tous les deux. Mais Simmons avait déjà évoqué le problème avec tout le monde, au téléphone, du district de Seattle jusqu'à Washington. Il ne savait plus quoi faire.

— Je n'arrive pas y croire, dit Ben.

— Je ne vous le fais pas dire. Mais puisqu'elle s'est déjà servi de vous pour me court-circuiter, je vous conseille de cracher le morceau, si vous savez quelque chose.

— Je m'inquiète pour elle, Ed. Si je savais quelque chose, je vous le dirais, car je pense qu'elle commet une erreur, quoi qu'elle fasse.

— Vraiment ? Je me le demande.

— Vous pensez qu'elle a eu raison de disparaître comme ça ?

Simmons répondit en haussant les épaules.

— Elle a raison depuis le début. La première fois, je lui ai passé un savon ; je lui avais ordonné de laisser tomber l'affaire, et regardez ce qu'elle a déniché. Grâce à elle, j'ai réussi mon premier gros coup ici, moins d'une semaine après ma nomination. Je ne peux que l'aimer.

— Autrement dit, vous allez la laisser courir ?

— Ai-je le choix ? La question est : si elle poursuit Curtis et la femme, pourquoi ne s'est-elle pas rendue à Ketchikan hier soir ? Nous savons que c'est là qu'ils ont débarqué. À moins qu'elle y soit sans nous le dire ? Tout ça parce qu'elle croit que je ne l'aurais pas laissée y aller ?

— Non, je ne pense pas. Elle nous aurait au moins tenus au courant. Peut-être qu'elle n'aurait pas attendu le feu vert, mais elle nous aurait avertis.

— Oui, c'est aussi ce que je pense, dit Simmons. Et je ne crois pas qu'elle soit à Ketchikan. Elle a découvert autre chose. La seconde question est donc : pourquoi n'a-t-elle pas réclamé du soutien ? J'avoue que ça me rend nerveux. Et je ne suis pas le seul. J'attends un appel du directeur en personne. C'est remonté jusque-là. Ils chient tous dans leur froc. Le ministère de la Justice fait du raffut, je parie. Le secrétaire d'État au Trésor est sur le coup, lui aussi. Ils veulent qu'on laisse tomber.

— Les armes sont toujours dans la nature. Il faut les retrouver.

— Quand je dis « on », je parle de ce bureau. Le FBI et l'ATF continueront leur enquête. Mais sans nous. Sans Leanne. Le plus amusant, c'est qu'elle était une vraie héroïne pour eux, il y a deux jours. Tous ces politiciens sont des têtes de nœud. Et je me dis que Leanne pense la même chose. Si elle établit le contact, elle sait qu'elle recevra ordre de rentrer au bercail, pas par moi, mais par les types de Washington.

— Seulement si vous leur dites qu'elle a appelé.

Simmons acquiesça, en souriant.

— Quand même, ça m'inquiète qu'elle n'ait pas de soutien. Si elle savait qu'on lui envoie quelqu'un en qui elle ait confiance, elle se comporterait sans doute différemment.

Ben comprit.

— J'irai, dit-il.

— Vous étiez très proches, paraît-il.

Ben hocha la tête simplement.

— Trop proches ? Dois-je demander à quelqu'un d'autre ?

— Non, ça ira, répondit Ben. De toute façon, on ne sait pas où elle est. Peut-être que je ne la trouverai pas avant qu'il se passe quelque chose.

— On va vous emmener à Ketchikan. Comme ça, vous serez plus près dès qu'on aura du nouveau. S'il existe un moyen, on vous mettra en contact avec Red Feather. Mais je parie que c'est elle qui essaiera de vous joindre la première.

Simmons avait raison, se disait Ben. Mais ce qui l'inquiétait, et dont il ne parlait pas, c'était sa dernière conversation avec Leanne, et à quel point elle paraissait déprimée. Il y avait longtemps qu'il ne l'avait pas sentie dans cet état, mais il savait aussi que pour elle, le chemin qui menait tout au fond était long.

Très tôt le mardi matin, après que la disparition de Leanne Red Feather avait été confirmée, la police montée canadienne, à la demande du FBI, s'était procuré la liste de tous les appels téléphoniques passés de sa chambre au Hyatt. Ce qui conduisit les agents fédéraux à la messagerie automatique de Calvin, à Boise, une simple pièce louée dans un immeuble, remplie de téléphones et de magnétophones. Les agents débarquèrent avec des mandats, interrogèrent l'unique femme qui travaillait là, identifièrent la bonne bande, et constatèrent que tous les messages antérieurs aux dernières vingt-quatre heures avaient été effacés par de nouveaux messages. On expédia alors la bande dans un laboratoire spécialisé de la côte ouest, où elle arriva avant midi. Sans trop de difficultés, les techniciens parvinrent à récupérer certains des messages effacés.

En fin d'après-midi, sur la côte est, le lieutenant Bliss tendit au colonel Rozsa une simple feuille de papier, portant la transcription d'un des messages enregistrés, qui demandait simplement au destinataire de se rendre au motel Holiday Inn de Juneau.

— Juneau, dit Rozsa. Qu'est-ce que l'ATF est allé foutre là-haut ?

— Ils affirment que leur agent a agi de son propre chef, répondit Bliss. Elle a disparu ; ils ne savaient pas où elle était, L'ATF et le FBI étaient persuadés que Curtis et Downs se trouvaient à Ketchikan, et ils ont envoyé des agents sur place. Ils pensaient que Red Feather s'y trouvait elle aussi.

— Non. C'est leur meilleur atout. Elle est sur une piste solide, dit Rozsa. La partie se joue à nouveau sur le territoire américain, et je vous conseillerais de la retrouver rapidement. Où qu'elle soit, c'est là que ça va se passer.

— Nos hommes sont déjà dans l'avion. Des agents du FBI également. Ils sont en contact permanent avec nous. Nous avons là-bas des moyens dont ils voudront sans doute bénéficier.

— Vous devriez peut-être demander au CRID-

COM de rappeler à tous ces brillants garçons que s'ils sont vraiment intelligents, ils la laisseront agir, sans se faire repérer. Ils se contenteront de regarder, pour voir ce qui se passe.

La veille, le lundi, Rick Agullana se présenta à l'hôtel Marine View de Ketchikan, haut de douze étages, et demanda à la réception si Eric et Susan Delray étaient là. On lui répondit qu'ils n'étaient pas arrivés, et d'ailleurs, il n'y avait pas de réservation à ce nom.

Des paquets étaient-ils arrivés pour eux ?

— Vous êtes monsieur Delray ? demanda l'employée.

— Non, répondit Rick. Un associé.

— Nous n'avons rien reçu, monsieur.

Alors, Rick prit une chambre. Plus tard dans l'après-midi, il se renseigna de nouveau auprès de la réception, au sujet des époux Delray.

— Non, toujours rien, lui répondit la même employée. Mais quelqu'un d'autre les a demandés. Deux messieurs.

— Quels messieurs ?

— J'ignore qui ils sont. Ils ressemblaient à des hommes d'affaires. Ils ont attendu dans le hall pendant un petit moment. Qui sont donc ces Delray ?

À travers une des fenêtres du hall, Rick aperçut les deux « hommes d'affaires » assis dans leur voiture. Il sentit les poils se hérisser sur sa nuque. Saloperie d'agents fédéraux !

Il quitta l'hôtel par la porte de derrière et se fit conduire en taxi à l'autre bout de la ville, où il prit une chambre dans un motel. De là, il appela Père pour savoir ce qui s'était passé.

— C'est là qu'ils devaient aller, c'est ce qu'elle m'avait dit, répondit Père.

— Elle cherche à me piéger ou quoi ?

— Je ne sais pas, dit Père. Je t'ai dit tout ce que je savais. Je n'en sais pas plus !

— Vous cherchez à me piéger ?

— Ça suffit, Rick !

Rick se tut. Il se calma. En entendant Père prononcer son nom avec ce ton assassin, il se sentait déjà mieux.

— Donne-moi ton numéro, dit Père. Et attends.

Le soir même, après 23 heures, Père rappela.

— C'est Juneau maintenant, déclara-t-il. Ils sont à Juneau. Elle m'a appelé quand il est sorti acheter à manger.

Dans le micro d'une radio marine VHF portable, Rick dit :

— Loup à Base. Loup à Base. À vous.

Plusieurs secondes s'écoulèrent ; il n'était pas certain que ça marche, que le signal porte assez loin ou même que le bateau soit toujours là. Si jamais quelque chose paraissait louche, ils avaient ordre de décamper sans se retourner. Or maintenant que les fédéraux grouillaient dans les parages, Deacon avait peut-être foutu le camp. Et Rick ne pouvait lui en vouloir. Mais soudain, la radio grésilla, et la voix de Deacon dit :

— Ici Base. À vous.

— Loup rentre au bercail. À vous, dit Rick.

La réponse lui parvint aussitôt.

— Reçu. Terminé.

Ils le retrouveraient dans une heure au même endroit isolé, sur cette plage où il avait accosté. Il embarquerait sur un canot pneumatique et, peu après minuit, ils mettraient le cap vers le Nord. Mais la route serait longue, car c'était un trajet de trois cents kilomètres et ils devraient longer l'Autoroute maritime, en franchissant des détroits et des canaux. La journée de mardi serait largement entamée lorsqu'ils arriveraient à Juneau. Quels que soient les projets de Joe, Rick espérait ne pas arriver trop tard.

26

La ville de Juneau est bâtie sur une saillie, coincée entre les montagnes de la chaîne côtière, immédiatement à l'est, et l'étroit et profond canal de Gastineau à l'ouest. Comme dans la plupart des villes côtières d'Alaska, les zones résidentielles sont accrochées à flanc de montagne, en partant du centre-ville, au bord de l'océan. Mais les collines de Juneau sont tellement escarpées qu'il a fallu construire des escaliers de bois pour offrir aux habitants et aux visiteurs un accès direct, au lieu de les obliger à gravir les routes accidentées et sinueuses. Derrière la ville, à seulement vingt et un kilomètres au nord-ouest, accessible par la route, le glacier Mendenhall se déverse dans le lac du même nom. Le glacier prend naissance une vingtaine de kilomètres plus haut, dans les montagnes du champ de glace de Juneau, qui lui s'étend à l'est de la ville, au-delà de la première crête montagneuse et qui, avec ses 10 000 mètres carrés, constitue un des plus grands champs de glace permanents au monde, en dehors de l'Antarctique.

Bien que la face du glacier soit accessible à

pied, la meilleure façon de l'admirer — et la seule façon de voir le champ de glace — c'est par la voie des airs. L'idéal pour cela, ce sont les services d'hélicoptères commerciaux basés à l'aéroport situé au nord de la ville, qui non seulement offrent une vue du ciel, mais, quand le temps le permet, déposent aussi les touristes directement à la surface du glacier ou du champ de glace. Habituellement, ces trajets en hélicoptère s'arrêtent après le week-end du Labor Day, début septembre, mais cette année, les températures et le climat étant restés cléments, les hélicoptères volaient encore.

Le mardi soir, à 18 heures précises, Rick monta à bord d'un de ces appareils, un Hughes 500D de la société Epoch Flights, qui faisait circuler jusqu'à quatre hélicoptères en pleine saison, quand les bateaux de croisière débarquaient des masses de touristes. Mais aujourd'hui, un seul volait, décollant toutes les deux heures.

Kari, avait expliqué Père, s'était montrée insistante lors de son appel. Le jour même à 18 heures, Joe devait rencontrer quelqu'un pour lui remettre l'or. Elle ignorait de qui il s'agissait, et la raison de ce choix, mais cela devait se faire au sommet du glacier. La personne avec qui il avait rendez-vous tenait à ce que ça se passe dans un endroit isolé, loin de la ville.

« Il abandonne, avait dit Père. Il nous a arnaqués et maintenant il abandonne tout, pour pouvoir s'en tirer.

— On verra bien », avait dit Rick.

S'adressant au pilote de l'hélicoptère, il demanda :

— Il n'y a qu'un seul endroit où vous déposez les gens, là-haut ?

— Que voulez-vous dire ?

— Sur le glacier. Les touristes atterrissent toujours à un endroit particulier ?

Le pilote secoua la tête.

— Non, ça dépend du temps, et il faut qu'il y ait une zone assez plate. Ça varie. Mais depuis un mois, on se pose toujours dans le même coin.

— Parfait, dit Rick.

Un couple se trouvait à bord avec lui, des retraités de Storm Lake, dans l'Iowa, expliquèrent-ils. Leur fille vivait à Juneau maintenant. Rick répondit par un grognement et les ignora.

Rick ne put le voir, bien évidemment, mais lorsqu'ils eurent décollé et franchi la crête, un deuxième hélicoptère, affrété à titre privé celui-ci, décolla à son tour. C'était convenu ainsi. Le pilote avait reçu ordre d'attendre deux passagers, un homme et une femme nommée Red Feather, puis de suivre, aussi près que possible, l'appareil touristique qui partait à 18 heures. Le pilote ignorait le nom de l'homme qui avait payé, mais ce type avait doublé le tarif de la course, aussi n'avait-il pas envie de se montrer curieux.

Conformément aux instructions laissées à son intention à l'hôtel, Calvin conduisit Leanne au comptoir de la société de transport à six heures moins le quart. Le pilote leur fit signe, vérifia leur identité et déclara :

— Montez à bord.

— Où on va ? s'enquit Leanne.

— Je ne sais pas, répondit Cal. Je ne sais pas quand, ni pourquoi. Mais on y va.

Autre instruction de Joe : Leanne devait être armée. Cal ne lui en avait pas parlé, il ne voulait pas l'inquiéter. Mais ce n'était pas nécessaire, car il savait que sa sœur portait un Smith & Wesson

357 Magnum nickelé dans un holster sous son aisselle. Toutefois, au lieu de le déclarer, et d'être obligée de révéler son identité, il l'avait vue ranger l'arme dans une valise, avant de l'enregistrer à l'aéroport de Vancouver.

Les deux hélicoptères serpentaient à travers la vallée du Mendenhall, à moins d'un kilomètre de distance l'un de l'autre, et à quelques centaines de mètres seulement au-dessus du glacier, effectuant de larges virages devant les parois rocheuses et les pentes couvertes de sapins. Agrippée aux accoudoirs de son siège, Leanne n'osait même pas regarder, mais Cal, lui, assis à côté du pilote, appuyait son nez contre la vitre pour voir tout en bas. Parfois, ils viraient si brusquement que Leanne avait l'impression qu'ils étaient carrément couchés sur le côté. En jetant des coups d'œil latéraux, elle ne voyait que le bleu de la glace.

Alors que leur appareil décrivait des cercles afin de se poser, elle vit qu'un autre hélicoptère venait d'atterrir, et des gens en descendaient.

— On peut marcher là-dessus ? demanda-t-elle.

— Ouais, sans problème, on le fait tous les jours, répondit le pilote. Il rapporte un paquet de fric ce glacier. Tenez, regardez là-bas.

Il tendit le doigt. Au-delà d'une ouverture entre les montagnes s'étendait une immensité infinie, bleu et blanc, qui effraya Leanne par son gigantisme.

— C'est le champ de glace de Juneau, déclara le pilote. Plus de cent cinquante kilomètres de long et soixante-cinq de large par endroits. Les glaciers, c'est en fait le champ de glace qui s'insinue à l'intérieur des canyons. Comme du dentifrice. Je vais vous déposer sur le glacier lui-même, près des autres touristes. Là où c'est lisse. Mais vous éloignez pas trop quand même. Y'a un tas de crevasses et de tunnels cachés. Si vous tombez dans un de ces trucs-là, vous en ressortez pas.

— Qu'est-ce qu'on vient faire ici ? demanda Leanne en se penchant vers Cal.

Ce fut le pilote qui répondit.

— Vous êtes venus pour voir la glace, non ?

C'était tout bleu. Au loin, Leanne apercevait d'énormes blocs incroyablement sombres, d'un bleu aussi profond que des saphirs. Elle s'imaginait découvrant d'énormes saphirs éparpillés ici et là. Il suffisait d'en découper un ou deux morceaux pour les rapporter à la maison.

— C'est la densité de la glace, expliqua le pilote.

Il servait également de guide touristique ; il pouvait débiter un tas de petites informations.

— ... C'est une question de reflet et de réfraction. La glace des glaciers est incroyablement dense, beaucoup plus que de la glace ordinaire. Cette densité absorbe toutes les ondes de lumière, sauf le bleu, qui se reflète. Évidemment, la densité est variable, c'est pourquoi la glace a différentes teintes.

Mais toutes bleues, constatait Leanne, avec simplement des nuances. Magnifiques.

Ses bottes dérapaient légèrement sur la surface. Partout, il n'y avait que la glace. D'un côté, des blocs aussi gros que des maisons jaillissaient du sol. De l'autre, la glace semblait totalement lisse, jusqu'à l'extrémité.

Ils se trouvaient à environ deux cents mètres des autres touristes, qui semblaient être quatre.

— Allez, viens, dit Cal en se dirigeant vers le petit groupe.

— Pourquoi ?

— Pour rencontrer quelqu'un peut-être ? Tu crois qu'on est venus jusqu'ici uniquement pour la vue ?

— Je n'en sais rien, Cal. J'ignore pourquoi nous sommes ici. Et j'aimerais bien que tu me le dises.

Leurs pieds glissaient parfois, et Leanne se félicita d'avoir acheté ces bottes imperméables et antidérapantes en ville. Sur les conseils de Cal. Il allait la ruiner avant la fin.

C'est quoi, ce bordel ? se dit Rick. Il s'était légèrement éloigné des autres, à une vingtaine de mètres.

Il avait regardé le second hélicoptère se poser, un vol privé. Il préférait cet appareil, avec son cockpit entièrement vitré, plutôt que le Hughes bruyant à bord duquel il avait voyagé. Deux individus en étaient descendus. Tandis qu'ils approchaient, il sentit croître sa nervosité. Il y avait en eux quelque chose d'inquiétant, mais ils n'étaient pas assez près. L'un était une femme. Avec des cheveux bruns.

Au moment même où des signaux d'alerte allaient s'allumer dans son esprit, Rick fut distrait en voyant deux autres personnes surgir de derrière un éboulis, à l'extrémité du glacier.

L'homme et la femme qui venaient de l'hélicoptère s'arrêtèrent à mi-chemin lorsqu'ils aperçurent, eux aussi, l'autre couple, dont les visages étaient masqués par des bonnets et des capuches de parka. L'un des deux tenait un sac à dos.

Rick marcha vers ce deuxième couple.

De la manière dont ils étaient disposés, ils formaient vaguement un triangle équilatéral d'une cinquantaine de mètres de côté. Au sommet se trouvaient Leanne et Calvin. À un des angles, à proximité des touristes, il y avait Rick. Dans l'angle opposé, émergeant de la cachette où ils attendaient depuis que leur hélicoptère spécialement affrété les avaient déposés, une demi-heure plus tôt, Joe et Kari avançaient sur la glace, en direction de Leanne et Calvin.

Quand ils se furent approchés, Joe s'arrêta et abaissa sa capuche. Il lança son fardeau, un sac à dos en Nylon rouge. Celui-ci glissa sur la glace, vers Leanne.

— Voici un lingot d'or de cent onces. Quarante mille dollars, déclara Joe. Volé dans l'Idaho.

— Qui a tué ces gens ? demanda Leanne, tandis qu'elle s'agenouillait pour récupérer le sac et le balancer sur son épaule.

Joe désigna l'homme qui approchait sur sa gauche.

Rick reconnut d'abord Joe et Kari. Il connaissait bien leurs visages, et s'attendait à les trouver ici. Mais il reçut un incroyable choc en reconnaissant l'autre femme, la brune, celle qui était la plus proche de lui. Elle avait participé à son interrogatoire à Spokane. Il ne s'attendait pas à cela ; ce connard de Joe avait donné rendez-vous aux fédéraux.

— Merde, murmura-t-il, et il glissa la main à l'intérieur de sa veste pour s'emparer de l'arme qu'il avait prise sur le bateau, mais Leanne avait repéré son geste et dégaina la première son Magnum .357.

— Les mains en l'air ! Je veux les voir ! hurla-t-elle. Ne joue pas au con.

C'est alors qu'elle le reconnut, à son tour.

— Rick Dainschroeder.

— Son vrai nom, c'est Agullana, dit Kari.

Joe et elle s'étaient rapprochés de Leanne ; ils n'étaient plus qu'à quelques mètres d'elle. Leanne jeta un rapide coup d'œil par-dessus son épaule, et revint aussitôt sur Rick.

— Rick Agullana, précisa Kari.

— Pourquoi étiez-vous en fuite ? demanda Leanne.

— Je le suis toujours, répondit Joe.

— Quelque chose ne colle pas, dit Leanne. La chambre à Seattle. Comment tout ce bordel a-t-il atterri là-bas ?

— Je n'en sais rien, dit Joe. C'est pourquoi je continue à fuir. Je veux juste conclure un arrangement.

— Vous êtes en position de proposer un arrangement ?

— Oui, je crois. Vous avez l'or et le meurtrier. En échange, je demande juste un peu d'avance.

— Qu'est-ce qui me prouve que je peux vous croire ? demanda Leanne. Comment me faire une opinion ?

— Vous ne pouvez pas.

— Vous allez me suivre tous les deux. On fera le tri ensuite.

— Impossible. Si vous laissez partir Rick, il s'enfuira ou il vous tuera. Si vous le gardez, je me barre.

— Rick était amonite, dit Kari. Mais il lui est arrivé quelque chose. Il a mal tourné. C'est lui qui a tout manigancé. Tout. Moi-même je me suis laissé avoir. C'est lui qui a tué ces pauvres gens.

— Vous êtes Kari Downs ? demanda Leanne.

— Je suis amonite moi aussi. Je rentre chez moi. Mais il ne faut pas tenir la Famille pour responsable. C'est lui le coupable. C'est un assassin, et rien d'autre. Nous, nous n'avons rien fait. On n'a pas voulu tout ça.

Rick assistait à cette scène d'un air effaré, en jetant des regards de tous côtés, le cerveau en ébullition, guettant la moindre ouverture. Il remarqua que le vieux couple de Storm Lake s'était rapproché, pensant peut-être que lui avait trouvé quelque chose d'intéressant à voir près de ces autres personnes. Ils n'avaient pas remarqué, apparemment, l'arme que tenait Leanne.

Et cette salope stupide de Kari, soi-disant kidnappée, qui déblatérait. Dire qu'elle tirait sans doute les ficelles depuis le début. Quarante mille dollars ! Pas même la moitié de l'or. Il lui restait un joli bénéfice.

— Pourquoi ici ? demanda Leanne à Joe. Pourquoi dans ces conditions ?

— C'est dégagé, dit Joe. Je vois ce qui se passe. Personne ne peut se cacher.

— Croyez-moi, vous faites une affaire, dit Kari. Vous récupérez tout.

— Pourquoi vous servir de Calvin ?

— Tais-toi Leanne, et accepte, dit Cal. Il se trouve que j'étais là au moment crucial. C'est un sacré cadeau. Prends-le.

— Je veux les armes, déclara-t-elle.

— Vous trouverez un bateau dans le port, dit Kari.

— Ferme-la ! lui cria Rick. Qu'est-ce qui te prend, nom de Dieu ?

— On n'a pas besoin de ces armes, Rick. Pas là où nous allons. Pas là-bas. Père se trompe. Ce sont toutes ces armes qui créent les problèmes, au contraire. Elles nous feront tuer. C'est pourquoi j'ai pris cette décision. Je te dénonce, et je restitue les armes. Ensuite, nous pourrons vivre, tout simplement. Je m'arrangerai avec Père quand je rentrerai.

— Quel bateau ? interrogea Leanne.

— Le *Maribel S.*, dit Kari. Un chalutier. Il est quelque part, en bas. Peut-être pas au port, mais pas loin. Il attend.

— Il attend quoi ?

— D'embarquer Rick quand il aura récupéré l'or.

Ainsi, Leanne devait faire un choix, mais elle savait déjà qui serait son prisonnier ; intérieurement, elle savait qui était coupable et qui disait en grande partie la vérité. Elle avança vers Rick, sans le quitter des yeux une seconde. Il n'avait aucune échappatoire.

Mais soudain, un effroyable gémissement mécanique résonna à l'est, au-delà du champ de glace, alors qu'un hélicoptère de secours des garde-côtes, un Sea King SH3H gris, surgissait en hurlant de derrière une crête, un peu plus bas dans la vallée. L'engin vint planer au-dessus de leurs têtes ; des hommes étaient penchés par la porte latérale ouverte, le souffle des pales tournoyantes les lacérait.

Une voix amplifiée, pour couvrir le vacarme, si puissante qu'on aurait dit la voix de Dieu, ordonna :

Police fédérale ! Lâchez vos armes !

Le Sea King se posa sur la glace.

C'était l'occasion que Rick attendait. Il se pré

cipita vers le vieux couple de Storm Lake, qui s'était accroupi, figé par la stupeur ; il agrippa la vieille femme par les cheveux et la tira en arrière, vers l'hélicoptère des touristes. Rick constata que le pilote avait laissé les rotors levés pour pouvoir redécoller plus vite. Tant mieux.

Au moment où le Sea King se posait sur le glacier, quatre hommes en jaillirent, dont un habillé en treillis qui tenait un M-16, les trois autres portaient des bottes, des jeans et des blousons, et brandissaient des armes de poing. L'homme en treillis mit un genou à terre et visa volontairement juste à côté du type qui tenait la vieille femme en otage ; il tira à trois reprises. Les projectiles rebondirent sur la glace et se perdirent dans les montagnes avec des sifflements aigus.

Des éclats de glace vinrent frapper l'homme et la femme ; celle-ci poussa un hurlement, mais le type continua à reculer. Ils étaient tout près de l'hélicoptère maintenant. L'homme en treillis se coucha à plat ventre pour mieux viser. Mais avec un otage tenu de cette manière, il savait qu'il n'avait aucune ouverture.

Ce n'était pas facile de marcher à reculons avec un bras serré autour du cou de cette femme qui hurlait, mais ils étaient presque arrivés. Lorsque soudain, la femme dérapa et tomba lourdement sur la glace, échappant à l'étau des bras de Rick, et se recroquevilla en position fœtale. Sans hésiter, Rick fonça vers l'hélicoptère. Il y était presque arrivé quand il entendit des coups de feu, mais il ne ressentit aucune douleur, aucun choc sur sa peau. Ça y est, il était arrivé.

Il ouvrit violemment la portière du côté passager et pointa son arme sur le pilote.

— Je te conseille de foutre les gaz et de me redescendre vite fait en bas, avant qu'ils aient décollé, ou sinon ta putain de cervelle va éclabousser la vitre.

Il entendait déjà les pales prendre de la vitesse. Il s'engouffra à bord de l'hélicoptère et claqua la portière

Leanne s'élança. Elle voulait Rick vivant. Elle ne voulait pas que ces imbéciles d'agents fédéraux, quels qu'ils soient, tuent sa seule piste. Mais alors qu'elle courait derrière les hommes en civil, ceux-ci pivotèrent pour braquer leurs armes sur elle. Le type en treillis allongé par terre roula sur lui-même pour la mettre aussi en joue. Leanne leva son Magnum au-dessus de sa tête et son insigne dans son autre main.

— Agent fédéral ! hurla-t-elle.

Voyant l'insigne, ils baissèrent leurs armes. Mais ce bref contretemps suffit : l'hélicoptère pour touristes décolla dans un tourbillon glacé, et il plongea en tournoyant au fond du canyon, vers Juneau. Là-bas sur la glace, le retraité de Storm Lake glissait en rampant vers sa femme qui gisait sur le sol, recroquevillée.

Les quatre hommes foncèrent vers le Sea King. Leanne les suivit, et fut ravie que l'un d'eux l'aide à se hisser à bord, juste au moment où l'appareil décollait.

— Je l'avais ! hurla-t-elle par-dessus le vacarme. J'allais l'arrêter au moment où vous avez débarqué ! Vous avez tout foutu en l'air !

Le type en treillis haussa les épaules.

— Qui vous a ordonné d'intervenir, d'abord ? demanda-t-elle. On dirait que vous êtes de l'armée. Depuis quand est-ce que l'armée entreprend des actions contre des civils ?

Un des hommes en civil brandit son insigne, en disant :

— Van Doren, FBI.

Un second type en civil appartenait lui aussi au FBI.

Le tireur d'élite en treillis était affecté au CID. Il brailla dans l'oreille de Leanne :

— On participe à l'enquête, nous aussi. (Il tapota son fusil.) J'ai apporté mon petit chéri au cas où on tomberait sur un os. Au fait, je m'appelle Cunningham, m'dame.

Il lui tendit la main.

Le quatrième homme, en civil lui aussi, le visage dissimulé par une capuche et le col de son blouson relevé, avec des lunettes noires, se découvrit, et la regarda.

— Ben Regis, ATF, dit-il en riant.

— Ça alors, fit Leanne. J'aurais dû me douter que c'était toi qui me foutais des bâtons dans les roues. Tu cherches toujours à grappiller les miettes derrière moi.

— Tu parles !

— Vous vous connaissez tous les deux ? demanda Van Doren, l'agent du FBI.

— Oui, on s'est rencontrés deux ou trois fois, répondit Ben en riant de nouveau.

La portière du Sea King était restée ouverte ; le vent glacé s'y engouffrait avec violence. Leanne avait le visage aussi engourdi que le cerveau.

Après tout ce vacarme, le silence était assourdissant. Assis sur la glace, les bras croisés sur les genoux, Joe faisait le point.

— Calvin, dit-il, je vous présente Kari Downs.

— Ah, que de célébrités, commenta Calvin en riant.

— Vous trouvez ça drôle ? demanda-t-elle.

— Drôle ? répéta Calvin. Non. Je trouve ça insensé. Complètement dingue. C'est vraiment du délire. Mais on ne peut pas s'empêcher d'en rire. Personne n'a été tué, ni blessé.

— Pas encore, dit Kari.

L'hélicoptère affrété par Joe était toujours posé sur le glacier. Le pilote les avait rejoints, aussi hébété que les autres. Pendant un instant, tout le monde demeura muet, puis Cal déclara :

— On ferait bien de redescendre nous aussi, histoire de savoir ce qui se passe. Voir comment Leanne s'en sort.

— Je ne peux pas me rendre, dit Joe. (Il s'adressa ensuite au pilote.) L'avion est prêt, n'est-ce pas ?

— Tout est O.K., répondit le pilote. Un Cessna 182 équipé d'un système ADAC pour transporter un lourd chargement. Et aussi des réservoirs longue distance, pour pouvoir aller où vous voulez. Mais eux, là ? demanda-t-il en désignant le vieil homme et la vieille femme de Storm Lake, blottis l'un contre l'autre.

— Envoyez quelqu'un d'autre pour les chercher, répondit Kari.

Sur ce, tous les quatre montèrent à bord.

Au moment où ils décollaient, ils virent le vieux couple traverser le glacier, dans leur direction, en levant la tête et en leur adressant de grands signes de la main, non pas des gestes affolés pour les supplier de les attendre, mais comme pour leur dire au revoir.

27

Deacon attendait. Le *Maribel S.* était temporairement ancré dans le port public, amarré négligemment à un pilier. Le capitaine du bateau avait glissé en douce quelques dollars au capitaine du port pour qu'il les autorise à attendre un membre d'équipage qui devait les rejoindre à cet endroit.

Pas très loin de là, vers le nord, au milieu du Lynn Canal, large d'une quinzaine de kilomètres, se trouvait un chapelet d'îles minuscules, dont l'une était dotée d'un appontement. À son extrémité, du côté du rivage, il y avait un hangar dont on se servait pour les réparations hivernales et le stockage. Deacon s'était arrangé pour pouvoir y cacher le *Maribel S.* et sa marchandise de contrebande pendant quelques jours, avant de repartir pour effectuer presque tout le tour du golfe, le temps de laisser retomber le plus gros de l'agitation, qui ne manquerait pas de se produire une fois la mission de Rick accomplie.

Mais quand Deacon vit un hélicoptère voler droit vers la ville, au lieu de suivre la direction de l'aéroport, il eut le premier pressentiment que l'orage ne s'était pas éloigné autant qu'il l'avait espéré. Et quand ce même hélicoptère mit le cap sur le port, pour se poser sur un parking de l'autre côté de la rue, et que Rick en jaillit pour foncer vers le bateau, il comprit alors que quelque chose avait très mal tourné.

— Démarrez, ordonna-t-il au capitaine.

— Vite ! hurla Rick en se précipitant. Faut foutre le camp d'ici !

Il parcourut l'appontement comme un dératé et sauta sur le pont, par-dessus la proue.

— Que s'est-il passé ? demanda Deacon, et au même moment, il entendit, il vit le Sea King surgir au nord-ouest et venir vers eux. Nom de Dieu ! s'exclama-t-il. Qu'est-ce que t'as foutu ?

— Barrons-nous d'ici ! Qu'est-ce que vous attendez, bordel ?

— Tu as l'or ?

— Non, j'ai pas l'or !

— Et tu les as conduits jusqu'à nous. Tu as perdu la tête ou quoi ? Il y a toutes les armes dans la cale !

— Justement, qu'est-ce qu'on attend ?

— Tu veux que je les attire en pleine mer, où ils n'auront plus qu'à nous repêcher ?

— Je veux que tu fasses démarrer ce putain de bateau !

— Descends, ordonna Deacon. Fous le camp d'ici. Tu vas tout foutre par terre !

— Quoi ?

Rick vit alors que Deacon tenait un long couteau de pêcheur dans la main. Et Deacon avança vers lui.

— Tu as l'intention de me planter, hein ? dit Rick.

— Exact.

Entre-temps, le capitaine du bateau et un des matelots étaient montés sur le pont pour assister à la scène.

— O.K., dit Rick en tournant les talons, mais soudain, il se retourna brutalement, son arme à la main et il ouvrit le feu, atteignant Deacon à l'épaule.

— Rick..., dit Deacon en reculant.

Il lâcha son couteau. Rick tira de nouveau. Cette fois, la balle traversa la gorge de Deacon. Il cracha un geyser de sang, suffoqua et trébucha à reculons, jusqu'au garde-fou. Rick fit feu une troisième fois, tuant Deacon, dont le corps fut projeté par-dessus bord, dans les eaux grasses du port.

Rick braqua ensuite son arme sur le capitaine.

— Écoute-moi bien, toi. On finit la mission. Pour commencer, tu vas nous faire sortir de ce putain de port.

Omaha émergea à son tour de la cabine et dit :

— Calme-toi, Rick. Tout va s'arranger. Ce n'est pas la peine de continuer à tuer tes amis.

— Aidez-moi alors.

— Entendu, dit le capitaine.

Le matelot, lui, restait immobile et muet.

— Hé, toi, tu as filé un coup de main pour les armes ? lui demanda Rick.

Le matelot acquiesça.

— Tu peux nous monter un truc, ici sur le pont, un machin de gros calibre ou un missile ?

— Ouais.

— Tu sais comment on s'en sert ?

— C'est un Stinger qu'il vous faut. Terre-air. J'en ai examiné un. Y'avait même le mode d'emploi avec. Ça l'air facile d'utilisation, une fois qu'on l'a installé.

— On n'a pas le temps de faire des essais. Tu es sûr que tu peux le faire fonctionner ?
— Oui, presque sûr.
— Alors, grouille-toi d'en monter un.

Du Sea King, ils apercevaient l'hélicoptère Hughes sur le parking, et le pilote qui leur faisait de grands signes. Les pilotes garde-côtes tentèrent d'atterrir sur le parking eux aussi, mais à cause des bâtiments qui le bordaient sur trois côtés et de quelques voitures stationnées ici et là, il n'y avait pas assez de place. Alors, ils reprirent de l'altitude et décrivirent un grand cercle avant de replonger vers un quai de chargement dégagé, situé à environ deux cents mètres du rivage.

Quand l'appareil toucha le sol, Van Doren désigna du doigt Ben et Leanne, avant de sauter à terre. Ben sauta aussitôt après. Leanne s'empara du sac à dos rouge et suivit les deux hommes qui couraient vers le parking, mais elle eut le temps de voir Cunningham, resté à bord de l'hélicoptère, lui faire signe de ses pouces, avec un large sourire.

Le pilote du Hughes avait couru jusqu'à la route ; il sautait sur place en désignant les quais.
— Où ça ? hurla Ben.
— Le bateau, là-bas ! Regardez !

Et ils virent se diriger vers le chenal un chalutier blanc qui avançait beaucoup trop vite à l'intérieur du port.
— Il est à bord ?
— Oui ! Oui !

Van Doren cracha quelques mots dans une radio portative, puis le Sea King redécolla en direction du chenal
— C'est dans la poche, déclara Van Doren. Ils

n'ont plus qu'à le suivre. On va envoyer des vedettes pour les cueillir.

C'est à cet instant seulement, du bord de la route qui longeait le port, que Leanne aperçut le corps d'un homme aux cheveux blancs qui commençait à s'enfoncer dans l'eau, près d'un des appontements.

L'hélicoptère qui transportait Joe et les autres venait juste d'émerger du canyon en serpentant, au moment où le Sea King commençait à survoler l'eau, si bien que les passagers n'avaient pas pu voir ce qui s'était déroulé à terre, ni même que le Sea King s'était posé pour redécoller ensuite.

— Regardez ! s'exclama Calvin en désignant l'hélicoptère qui se rapprochait du bateau.

— Attendez une seconde, dit Joe en posant la main sur l'épaule du pilote.

Celui-ci effectua un vol stationnaire afin que ses passagers puissent assister à la poursuite.

Le capitaine du bateau avait beau pousser ses machines à pleine puissance, le Sea King ne cessait de gagner du terrain.

À bord du *Maribel S.*, le matelot arma le Stinger et désigna le système de visée.

— Vous regardez là-dedans. Vous appuyez sur le bouton de « tracking ». Dès que vous entendez un bruit, ça veut dire que vous êtes sur la cible. Et vous tirez. C'est un missile thermique. Vous ne pouvez pas la louper.

— Quel bruit ?

Rick devait hurler, car l'hélicoptère s'était rapproché.

Le matelot haussa les épaules.

— Aucune idée.

— Parfait.

Le matelot disparut dans la cabine.

L'hélicoptère était suffisamment près maintenant pour que les hommes qui se trouvaient à bord, Cunningham, le second agent du FBI et deux pilotes des garde-côtes, puissent apercevoir tous les détails du bateau. Malgré tout, il fallut un certain temps aux pilotes pour comprendre que l'homme qu'ils voyaient sur le pont tenait sur son épaule un lance-missiles !

Cunningham, allongé à plat ventre sur le plancher de l'hélicoptère, penché par la portière ouverte, reconnut immédiatement le missile. Il transforma son M-16 en arme automatique, et essaya de viser, bien que les pilotes aient commencé à battre en retraite à toute vitesse.

Au moment même où Rick, entendant une succession de bips aigus et rapides, envoyait le missile, Cunningham pressait la détente de son M-16, en s'efforçant de le garder pointé en direction de l'homme sur le pont.

De leur poste d'observation privilégié, Joe, Kari, Cal et le pilote eurent une vue imprenable sur l'impact et l'explosion du missile Stinger ; le Sea King des garde-côtes se transforma en une boule de feu éblouissante, les morceaux de tôle et les cadavres des passagers dégringolèrent comme autant de débris dans le canal Gastineau.

— Oh, mon Dieu, murmura Kari.

Calvin, lui, hurla.

— Leanne ! Leanne ! Je l'ai tuée !

Il glissa de son siège et se laissa tomber sur le plancher de l'appareil, en se pressant la tête à deux mains, comme si elle menaçait d'éclater.

— J'ai tué ma sœur ! gémit-il, éberlué. Je l'ai tuée...

— Allez-y, dit Joe au pilote.

L'hélicoptère exécuta un demi-tour et repartit.

Ce qu'ils ne pouvaient voir de l'hélicoptère, c'est que, quelques secondes avant que le missile ne frappe le Sea King, des balles de calibre .223 provenant du M-16 de Cunningham mitraillèrent l'avant du *Maribel S.* Une rafale de trois balles atteignit sa cible : la première frappa Rick dans la poitrine, du côté droit, les deux autres lui traversèrent l'abdomen. Quand Gary, Omaha et le capitaine ressortirent de la cabine, après avoir entendu le hurlement du missile qui décollait et l'explosion, ils découvrirent Rick couché sur le flanc, se tenant le ventre à deux mains, entre lesquelles coulait le sang.

— Barrons-nous d'ici, dit-il.

Une pellicule de sang écarlate recouvrait ses dents.

— Tu vas mourir, répondit Omaha. Il faut aller à l'hôpital.

— Pas question, dit Rick. On en trouvera un ailleurs.

— Il n'y a rien ailleurs, dit le capitaine.

— Je prends le risque, dit Rick, avant de perdre connaissance.

— Il va mourir ou il ne va pas mourir, en tout cas, je refuse de le laisser crever comme ça, quoi qu'il dise. Au moins, ici, il a une chance. Faites demi-tour. Vite !

Omaha désigna les quais.

— Et tout le..., dit le capitaine, mais Omaha lui coupa la parole.

— On s'en sortira. Avant tout, on va déposer Rick sur les quais pour qu'ils puissent l'emmener où il faut.

Et c'est exactement ce qui se produisit. La foule s'était rassemblée entre-temps autour du port. Après avoir soulevé le corps ensanglanté de Rick pour le déposer sur un quai, Omaha leva la tête et vit certains curieux les montrer du doigt, Rick et lui. Il entendit des sirènes. Il se pencha vers Rick, déposa un baiser sur son front et lui glissa à l'oreille.

— Accroche-toi, frère Rick. Nous serons bientôt ensemble à nouveau.

Sur ce, il remonta à bord, et le capitaine mit les gaz pour s'éloigner au plus vite.

Ben essayait de joindre quelqu'un par radio. Van Doren, assis sur un quai, se tenait la tête à deux mains et sanglotait. Leanne lui massait le dos en essayant de le réconforter.

C'était un jeune agent de vingt-huit ans, entré au FBI directement après la fac. Affecté au bureau d'Anchorage, il avait été formé pour les interventions spéciales, c'est pourquoi il s'était retrouvé ici. Il avait vu un homme se faire tirer dessus, un jour, et il avait vu un certain nombre de cadavres ou de corps mutilés. Mais jamais il n'avait vu véritablement quelqu'un mourir, et encore moins un collègue et trois autres innocents à bord d'un hélicoptère qui explose, jamais il n'avait été aussi près de mourir lui-même. Qu'est-ce qui l'avait poussé à sauter du Sea King à la place des autres ? Ce n'était pas prévu d'avance.

Il était en état de choc, et ce fut donc Ben qui dut trouver le capitaine du port pour lui donner le numéro secret des urgences du département du Trésor, afin qu'il leur rapporte ce qui s'était passé. Quelques minutes seulement après cet appel, les ministères de la Justice et de la Défense furent avertis eux aussi, juste avant les garde-côtes locaux. Mais compte tenu de l'émoi et de la confusion, et aussi de l'isolement du lieu, un certain temps s'écoula avant que des autorités, autres que la police locale, n'arrivent sur place.

À l'aéroport, Joe transporta ce qui restait de l'or — les deux paquets de Ketchikan et un des deux autres qu'il avait récupérés ici et cachés dans l'hélicoptère — jusqu'au Cessna et le déposa à l'arrière de l'appareil. Cal aida Kari à porter les provisions que Joe et elle avaient achetées à Juneau, et à les charger à bord également.

— Vous allez où maintenant ? leur demanda Calvin.

— On part, répondit Joe.

— Emmenez-moi.

Joe et Kari s'interrompirent pour le regarder, et Kari dit :

— On part dans la nature sauvage, Calvin. Loin de tout. Pour disparaître, pendant longtemps.

— Où ça ?

Kari secoua la tête.

— Écoutez, dit Calvin, j'ai tout perdu. Des types vont me tuer si je redescends. Si je montre ma gueule dans la région, je suis un homme mort. Et maintenant que Leanne est... Ah, putain...

— Ce n'était pas ta faute, dit Joe.

— C'est notre faute à tous les deux. La tienne et la mienne, mon vieux. Moi aussi j'ai envie de disparaître quelque part. Je sais me débrouiller dans la forêt. C'est là que j'ai grandi, en écoutant les leçons de ma grande sœur. Elle croyait que je ne l'écoutais jamais, mais elle se trompait.

Il sentit sa gorge se serrer, alors il se tut et, penchant la tête, il contempla les montagnes au loin. Puis il ajouta :

— Je pourrai vous être utile là-bas.

— On va dans le Kenai, dit Kari.

— Vous êtes cinglés.

Elle acquiesça.

— Pourquoi là-bas ? C'est bourré de monde.

— Vous voyez quelqu'un essayer de nous arrêter ? répliqua-t-elle en désignant d'un large geste l'aéroport désert. Question d'intelligence ou coup de bol, on dirait qu'on s'est ouvert une petite porte de sortie. Je ne sais pas comment. Et je m'en fous. Tout ce que je sais, c'est qu'on va se grouiller d'en profiter. Elle ne va pas rester ouverte très longtemps.

— Allez ailleurs dans ce cas, là où ils ne seront pas tous concentrés. Foutez le camp dans le Yukon, ou un truc comme ça. Vos potes sont dans le Kenai, c'est bien ça ? Tous les agents fédéraux de l'hémisphère nord vont rappliquer là-bas.

— Tu y es déjà allé ?

— Non.

— Ce n'est pas immense, mais putain, c'est dense. On peut s'y cacher. Et tu as raison, il y a beaucoup de monde, pour l'Alaska s'entend, mais c'est plutôt favorable, en un sens. Ensuite, le moment venu, je pourrai rejoindre le Sanctuaire en douce. Et Joe, toi aussi si ça te chante, vous pourrez vous enfuir, vous éloigner des gens autant que vous le souhaitez. Jusque dans le Yukon si le cœur vous en dit. Mais dans l'immédiat, on pense que la meilleure chose à faire, pour lui et pour moi, c'est de disparaître dans les bois, le plus vite possible, et de rester planqués. C'est dans le Kenai qu'il faut aller. En plus, on peut y aller à pied d'Anchorage.

— Anchorage ?

Joe prit la parole :

— C'est la seule façon de masquer nos traces. Tous les autres moyens de locomotion — les avions de ligne privés, les vols commerciaux, les bateaux — ils peuvent les repérer, d'une manière ou d'une autre. Si on s'envole vers le nord, ils nous suivront. Alors, on prend le risque : on va en ville, on trouve une planque, et ensuite on s'enfonce dans l'arrière-pays Kenai, aussi loin que possible. En définitive, c'est autant une question de cran, que d'intelligence et de chance. Si ça foire d'un côté, on est foutus.

Le pilote, qui s'était précipité vers un hangar voisin, revint vers eux.

Joe regarda Kari. Elle acquiesça.

— Où que vous alliez, j'ai plus rien à perdre, dit Calvin. En route.

Quand le *Maribel S.* s'éloigna du quai, après avoir déposé Rick, quelques personnes le regardèrent partir en le montrant du doigt, mais la plupart des gens se préoccupèrent avant tout des corps et de l'épave de l'hélicoptère.

Le temps que l'ordre revienne, que de nouveaux agents fédéraux et des responsables militaires examinent les lieux et discutent de la suite des opérations, le chalutier avait déjà atteint son mouillage secret sur l'île de Lynn Canal, sa cargaison et son équipage avaient été débarqués et placés en lieu sûr.

Il s'ensuivit des recherches frénétiques et hargneuses, impliquant l'armée, les garde-côtes et même des avions et des bateaux des douanes ; des dizaines d'agents du FBI, de l'ATF et du CID interrogèrent des centaines d'habitants des zones voisines de Juneau, et fouillèrent au hasard près de deux cents bateaux de pêche des environs.

Mais le *Maribel S.* demeura caché à l'intérieur du hangar, où il resterait pendant plusieurs semaines.

28

Quant à Leanne, il lui fallut plusieurs heures d'interrogatoire et de debriefing, de discussions avec toutes les catégories d'agents et d'enquêteurs, parmi lesquels figuraient non seulement Ben, mais aussi ce cher vieux Mark Truong, qui d'ailleurs se montra très gentil avec elle, avant qu'elle s'aperçoive que Calvin avait disparu. Il n'avait pas remis les pieds dans leur chambre d'hôtel, et lorsqu'elle interrogea les gens, personne, apparemment, ne l'avait vu.

Le couple de retraités de Storm Lake déclara qu'ils étaient redescendus seulement tous les deux du glacier. À l'aéroport, Leanne apprit que le pilote engagé par Joe était reparti immédiatement à bord d'un Cessna, après avoir posé l'hélicoptère, sans annoncer à qui que ce soit combien de passagers il transportait, et il n'avait pas rempli de plan de vol.

Ils attendirent encore une trentaine d'heures — bien que le FBI inspectât toutes les pistes d'atterrissage des environs — avant que le pilote réapparaisse enfin. Il fut immédiatement appréhendé et interrogé. Mais il déclara simplement ceci : « Je les ai emmenés tous les trois, deux hommes et une femme. Aucun ne m'a donné son nom. Ils m'ont offert une grosse somme. On est remontés le long de la côte, jusqu'à un petit aérodrome privé à Dry Bay, puis à Yakuta, et là, ils m'ont payé pour que je fasse encore un petit tour tout seul avant de rentrer.

— Et vous ne savez pas où ils allaient, dit Leanne.

— Non. C'était le but recherché.

Truong approcha son visage de celui du pilote.

— Complicité et incitation, dit-il. Outre ce crime qui pourrait vous envoyer en prison, je peux vous assurer que vous serez un vieillard avant de retrouver l'autorisation de voler.

— Hé ! s'exclama le pilote. Je pouvais pas savoir qu'ils étaient recherchés !

— Vous avez vu un hélicoptère des garde-côtes se faire descendre.

— C'est juste. Et c'est pas mes passagers qui l'ont abattu. Ils étaient avec moi. Quel crime ils ont commis ? Ils m'ont payé pour que je les emmène, bordel, c'est mon boulot !

— N'empêche, je peux vous causer de sacrés emmerdes.

Le pilote acquiesça.

— Bon, d'accord. Écoutez. J'ai entendu un truc. La fille a dit que bientôt ils arriveraient au Sanctuaire. J'ignore ce que...

— Mon Dieu, dit Leanne en se tournant vers Truong et l'autre agent qui était avec eux. Il les accompagne. Calvin va rejoindre Amon avec eux.

L'autre agent la regarda sans rien dire ; il nota quelque chose dans son carnet quand elle détourna la tête.

Plus tard, dans sa chambre d'hôtel, seule avec Ben, elle dit :

— Il était désespéré. Mais il ne sait pas ce qui peut se passer là-haut, avec ces gens. Il n'en a aucune idée.

Ben lui prit la main, il la serra entre les siennes, et dit :

— Calvin est assez grand pour prendre soin de lui. Je parie qu'il va les abandonner en chemin. Et il te contactera. Tu ne peux pas savoir.

Si, elle savait. Cal n'était pas un solitaire. Il aimait la compagnie. Il resterait avec eux jusqu'au Sanctuaire, sans savoir qu'il pénétrait dans une communauté de fous prêts à tout pour lui faire découvrir leur étrange lumière.

Penchée en avant, elle appuya son front contre le torse de Ben. Il portait juste un T-shirt sur un jean, et elle respirait son odeur, son after-shave et son déodorant, les mêmes qu'il utilisait déjà du temps où elle l'avait connu. Cela lui faisait du bien. Elle sentit les bras de Ben se refermer autour de ses épaules, et la tenir ainsi, sans bouger, dans cette position où elle aurait voulu demeurer longtemps, sans réfléchir, sans avoir peur, et sans être... seule.

Pourtant, elle s'écarta de lui.

— Je t'aimais, dit-elle. J'ai eu tort de m'interroger.

— Leanne...

— Non, écoute-moi. Je ne suis pas une personne aigrie qui se lamente en pensant à ce qui aurait pu être. Mais je ne t'ai jamais dit tout ça, et j'avais envie de le faire. Quand tu es revenu, j'ai compris que j'avais commis une erreur ; je t'aimais et je voulais qu'on soit ensemble. J'ai eu tort.

— Non, tu n'as pas eu tort.

— Si. L'amour, c'est l'amour. Le reste ne devrait pas compter.

— Mais ça compte quand même. Je ne t'ai jamais raconté comment ça s'était passé là-bas, dit-il. On était acculés, on se faisait canarder. Aucune échappatoire, et personne pour venir nous tirer de ce merdier. J'ai vu mon pote se prendre une balle dans la gorge, et moi, je le tenais dans mes bras, je le regardais se vider de son sang sur moi, dans la boue. Et ces enfoirés qui continuaient à nous mitrailler, si bien que je ne pouvais même pas foutre le camp en l'emportant avec moi. Tout ce que je pouvais faire, c'était rester assis là et le regarder mourir. Ce n'était pas possible, après, de rentrer et de tomber amoureux de toi, en me disant qu'un jour, toi aussi peut-être tu crèverais comme ça.

Elle lui caressa le visage.

— On aurait dû se dire tout ça depuis longtemps. Je me doutais que c'était ça la raison, sans jamais en être sûre.

Après le départ de Ben, Leanne demeura assise sans bouger, le temps de rassembler ses pensées. Elle savait maintenant ce qu'elle allait faire. Elle appela sa banque à Boise pour qu'ils lui fassent virer, dans le Nord, dès le lendemain, la quasi-totalité de ses économies, qu'elle retira sous forme de traveller's chèques, de pièces d'or et d'argent liquide. Elle envoya trois mois de loyer à son propriétaire, régla par avance trois mois de factures et trois mensualités pour sa voiture à la banque qui gérait son prêt.

À l'exception de ce passage à la banque, elle prit soin de ne rien faire d'inhabituel, car elle savait qu'on la surveillait, et elle ne connaissait aucun des agents chargés de cette surveillance.

Et puis, deux jours après la réapparition du pilote, le matin où Ben et elle devaient prendre l'avion pour retourner dans le Sud, Leanne ne se présenta pas à l'heure habituelle au petit déjeuner, et elle ne répondit pas quand on frappa à sa porte. L'agent du FBI qui la surveillait se servit d'un passe pour pénétrer dans sa chambre. Là, on découvrit un tailleur couleur kaki et une paire de chaussures de ville dans la penderie. Sur la table, elle avait laissé toutes ses notes concernant l'affaire, mises à jour, et son sac à main avec ses cartes de crédit et ses papiers d'identité, ainsi que son insigne du FBI.

Il y avait aussi une note destinée à Simmons et Ben, les informant qu'elle entreprenait une mission d'infiltration, et que l'ATF l'approuve ou pas, elle avait décidé de se rendre au camp de Père Amon Ka'atchii en se faisant passer pour une nouvelle recrue. Elle avait de l'avance sur eux, et elle connaissait mieux l'arrière-pays que n'importe quel agent qu'ils pourraient trouver, dit-elle ; inutile donc d'essayer de la suivre. Toutefois, elle se considérait toujours comme faisant partie de l'ATF, et elle rédigerait des rapports chaque fois que possible, mais surtout, personne, absolument personne, ne devait mettre l'opération en danger en lançant un raid contre la Famille. Son but était de retrouver Calvin, expliquait-elle, mais aussi les armes. Quand elle aurait récupéré les deux, elle les contacterait, et ils viendraient la chercher. En attendant, il valait mieux qu'ils gardent leurs distances.

Lorsque le conseiller particulier de madame le ministre de la Justice reçut un double de cette lettre, il la lui transmit immédiatement.

À son tour, elle chargea son adjoint de suggérer aux responsables de l'ATF, du FBI et du CRIDCOM que, à tort ou à raison, si cet agent Leanne Red Feather parvenait à s'introduire dans la communauté, c'était elle, désormais, qui déciderait des actions concernant directement cette secte. Après tout, Red Feather avait eu raison jusqu'à présent ; le ministre de la Justice avait lu les résumés du Trésor, elle savait ce qui s'était passé, et elle estimait que cette femme avait mérité qu'on lui fasse confiance.

Dès lors, en supposant que les Amonites détenaient les armes, et qu'ils avaient abattu le Sea King (il n'y avait pour l'instant aucune preuve concrète allant en ce sens), le plus important, bien plus que le désir de vengeance, c'était de récupérer les armes, sans même parler de la capture des contrebandiers et du meurtrier de l'Idaho, avant qu'un autre drame, plus tragique encore, ne survienne. En conclusion, soit le bateau et les armes étaient repris au cours de leur voyage — solution idéale —, soit ils referaient surface tôt ou tard dans la communauté des Amonites. Mais pour cela, il fallait qu'aucune vague ne trouble la surface de l'eau. Personne ne devait donc entreprendre la moindre action, à l'exception d'une surveillance extrêmement discrète, visant directement la communauté elle-même ; cela jusqu'à ce que l'agent Red Feather prenne contact pour annoncer que les armes étaient arrivées, et que le ministre approuve une intervention.

Afin de renforcer cette suggestion, le ministre

adjoint indiqua que les secrétaires d'État au Trésor et à la Défense avaient déjà été avertis par madame le ministre, et s'étaient rangés à son avis.

Cet après-midi-là, le colonel Rozsa reçut un appel du général Parkins. Pendant qu'il écoutait son interlocuteur, le visage de Rozsa devint écarlate, et sa colère fut telle qu'il craignit de succomber à une attaque. Mais après avoir raccroché, il se contenta de rester assis à son bureau, les mains croisées devant lui. Pour l'instant, avait dit Parkins, c'était la seule chose que lui et les autres étaient autorisés à faire.

Mais justice lui avait été rendue, avait ajouté Parkins, car Rozsa avait prédit ce drame. Le chef d'état-major des armées, le général Hargrave, savait exactement à quoi s'en tenir. Les Stinger n'avaient pas été retrouvés. Rozsa avait eu raison, et la justice et le CRIDCOM avaient merdé dans les grandes largeurs. Voilà pourquoi Hargrave n'était pas d'accord avec la politique attentiste du ministre de la Justice, quoi qu'en pense le secrétaire d'État à la Défense. En outre, Hargrave croyait savoir que plusieurs autres chefs militaires, mis au courant eux aussi, partageaient le même sentiment.

— Soyez patient, avait conseillé Parkins à Rozsa. Contentez-vous d'être patient.

LA FIN DU MONDE

29

Leur campement, qu'ils avaient établi sur un emplacement plat masqué par les sapins en bordure d'un tertre, était situé sur les hauteurs bordant le lac Tustumena, sur la péninsule de Kenai, à 880 kilomètres de Juneau à vol d'oiseau. Il s'était transformé en torrent de boue. Miraculeusement, les piquets des deux tentes tenaient bon, sans doute coincés entre des pierres ou des racines au milieu de cette soupe, mais la boue continuait de se déverser par-dessus le tertre et coulait vers le lac. Le trou creusé par Calvin pour faire du feu s'était entièrement rempli d'eau depuis longtemps. Chaque tente possédait son propre réchaud portable, un Peak 1, qui leur permettait de manger. Ils déposaient une casserole dehors, jusqu'à ce qu'elle soit pleine d'eau ; ils faisaient bouillir cette eau sur le réchaud et y ajoutaient un sachet d'aliments lyophilisés quelconques. Très rapidement, ils prirent tous le même goût.

Joe et Kari étaient l'un et l'autre étrangement bien préparés pour affronter cette situation ; Kari grâce au conditionnement de Père Amon (par le biais de la solitude et des privations, expliqua-t-elle à Joe), et Joe, quant à lui, possédait le genre d'esprit mécaniste capable de passer en sous-régime et de tourner au ralenti aussi longtemps que nécessaire.

Allongés sous une tente camouflage Tru-Leaf très chère, sur leurs sacs de couchage North Slope en duvet d'oie très chers, ils écoutaient. L'auvent de la tente était comme une peau de tambour sur laquelle frappait la pluie. Et après trois jours de pluie ininterrompue, trois jours à rester allongés sous la tente et à écouter, un rythme complexe leur était apparu peu à peu. Kari fut la première à l'entendre, car son conditionnement l'avait formée à percevoir ce genre de choses. C'est le deuxième jour, vers la trente-deuxième heure de pluie, qu'elle l'entendit pour la première fois. Puis elle l'avait perdu, jusqu'à cette nuit sans lune, quand, dans l'obscurité totale des terres intérieures de l'Alaska, elle se réveilla et l'entendit de nouveau : une modification régulière dans l'agencement des sons, des battements réguliers qui s'espaçaient, puis une pause d'une micro-seconde, avant que ne reprennent les battements réguliers. Puis un sous-rythme à l'intérieur même des battements. Elle réveilla Joe pour le lui dire, mais celui-ci n'entendit rien et il se rendormit. Toutefois, le lendemain, à l'aube du troisième jour, il commença à l'entendre lui aussi. Ils restèrent couchés toute la matinée, sans bouger, laissant la pluie les bercer de sa cadence.

Le « Non-Esprit » comme disait Kari.

Calvin, lui, était passé de l'impatience, le premier jour, à la colère, le deuxième, et à une rage futile le troisième jour. Planté devant sa tente, dans la boue, les poings serrés, il hurlait en regardant le ciel.

Joe et Kari échangèrent un regard.

— Tu ferais mieux d'y aller, lui dit-elle.

Joe sortit en courant, vêtu seulement de son T-shirt et de son caleçon, passa ses bras autour du torse de Calvin et serra, tandis que Calvin sautait sur place et se débattait, pour finalement les projeter tous les deux dans la boue. Mais Joe tint bon, jusqu'à ce que Calvin cesse de se battre et demeure immobile.

— Essaie d'écouter la pluie, dit Joe. Kari m'a appris comment faire.

— Ça fait trois jours que j'écoute cette putain de pluie ! Toi au moins, tu as quelqu'un avec qui parler.

— Ça ne compte pas. Tu dois ouvrir ton esprit pour l'entendre. De nous trois, tu devrais être le plus doué.

— Parce que je suis indien ? Va te faire foutre.

— Parce que tu possèdes l'expérience. Que ferait Leanne à ta place ?

— Elle... (À ce moment-là, Calvin éclata de rire.) Elle ferait comme moi. Au bout d'une heure, elle n'en pourrait plus. Elle deviendrait dingue, de pas pouvoir remplir son programme.

Joe et Calvin se relevèrent sous la pluie battante et froide, et ils éclatèrent de rire. Joe passa son bras autour des épaules de Calvin et ensemble, en frissonnant, ils descendirent la pente boueuse et traversèrent la grève rocailleuse jusqu'au bord du lac Tustumena. Là, ils s'agenouillèrent. Une nappe de brouillard bas s'accrochait à la surface de l'eau et l'assombrissait. Calvin ramassa un caillou, le lança dans le brouillard et l'écouta tomber dans l'eau.

— Je parie que ça mord bien dans cette saloperie.

— Tu as envie de pêcher ? On peut si tu veux.

— Non, répondit Calvin, en riant de nouveau.

— Il vaut mieux ne pas s'y aventurer.

— Oui, tu as raison. Une fois de plus. On attendra qu'il arrête de pleuvoir.

— Peut-être qu'un peu plus tard, on pourra enfiler l'équipement et pêcher, dit Joe.

Ils avaient des combinaisons de pluie Helley-Hansen, des capuches et des parkas ; la vendeuse du comptoir commercial à Yakutat leur avait dit qu'on ne faisait pas mieux. D'après Calvin, elle les vendait deux fois plus cher que n'importe où ailleurs, mais Joe avait malgré tout acheté une tenue complète pour chacun d'eux.

De retour dans la tente, Joe ôta son T-shirt avant d'être frigorifié, puis se glissa à l'intérieur de son sac de couchage pour changer de caleçon. Dans toutes les chambres d'hôtel, et maintenant sous cette tente, Kari et lui avaient toujours protégé leur pudeur. Joe ne l'avait pas vue nue depuis le premier soir avec Rick, dans ce motel de l'Idaho.

À Yakutat, là où le pilote de Juneau les avait laissés, Joe loua un Otter bimoteur pour continuer le long de la côte, jusqu'à la ville de Valdez, dans le détroit Prince William. Il paya ensuite le pilote pour qu'il transporte un colis bidon à l'aéroport de Fairbanks et l'enregistre au guichet des bagages à main ; un voyage qui durerait au moins deux jours.

Une fois arrivés à Valdez, les choix se diversifiaient : ils pouvaient prendre un bateau privé, le ferry, un autre avion ou emprunter une ligne régulière, pour se rendre n'importe où dans l'État, et même redescendre à Seattle. Au lieu de cela, Joe fit ce qu'il avait prévu : après avoir acheté des billets d'avion pour différentes destinations, il vola un véhicule, une vieille Jeep Wagoneer, dont le propriétaire avait laissé les clés à l'intérieur (une pratique courante par ici, constata-t-il lorsqu'il commença à s'intéresser au problème), et ils repartirent. Vers quelle petite ville cachée, quelle chaîne de montagnes isolée se dirigeaient-ils maintenant ? Aucune. Comme l'avait annoncé Kari, il les conduisit jusqu'aux montagnes Chugach, en franchissant le col Thompson, puis vers le nord, dans la nuit, sur l'autoroute 4, longeant le pipeline Trans-Alaska pendant 300 kilomètres, jusqu'à la jonction avec l'autoroute Une, qu'il emprunta en direction de l'ouest, et du sud ensuite, pour atteindre finalement Anchorage, la plus grande ville de l'État (elle abritait 40 % de la population), aux premières lueurs du jour.

Pendant que Joe et Kari attendaient dans une chambre, Cal repartit vers le nord à bord de la Jeep, jusqu'à l'intersection des autoroutes Une et Quatre. Après avoir effacé toutes les empreintes, il la cacha dans les fourrés, à environ cinq cents mètres de la route. Ceci dans le but de laisser supposer, au cas où l'on découvrirait la Jeep et établirait le rapprochement avec eux, qu'ils avaient continué vers le nord. Puis il fit du stop pour regagner Anchorage.

De là, il n'y avait plus qu'à se séparer et à lever le pouce, une façon de voyager très répandue et très facile en Alaska. Seul problème : le visage de Joe commençait à être connu après ces semaines de cavale. La vieille photo de son dossier militaire avait été publiée dans tous les journaux du Nord-Ouest, et une photo plus récente, prise par quelqu'un à l'atelier d'ébénisterie un an plus tôt, avait fait son apparition.

Bien que sa barbe se fût étoffée, et qu'il portât un chapeau, des lunettes noires et ses verres de contact chaque fois qu'il sortait, il savait qu'il devait se montrer le moins possible. Aussi, alors que Calvin se débrouillait pour trouver un moyen de transport, pendant que Joe se cachait dans les buissons, Kari — dont la photo n'était parue dans aucun journal, à leur connaissance — faisait du stop aux abords d'Anchorage. Quatre voitures s'arrêtèrent, dans lesquelles elle refusa de monter, avant d'en trouver une qui lui convenait : un pick-up découvert conduit par deux vieux bonshommes à moitié éméchés qui pouvaient les déposer à Seward. Kari fit signe à Joe, et tous les deux sautèrent à l'arrière de la camionnette, pour un trajet glacial et zigzaguant. Mais pas une fois les deux types ne regardèrent le visage de Joe, et lorsqu'ils arrivèrent enfin à Seward, ils étaient tellement ivres qu'ils n'auraient jamais pu, de toute manière, se souvenir de lui.

Ils avaient acheté leurs provisions et leur matériel au gré de leur progression, en répartissant leurs achats au maximum : les tenues de pluie, les chemises en flanelle, les pantalons et les chaussettes en laine, les couvertures grises imperméables à Yakutat ; les sacs à dos, les jumelles, les bottes, les couteaux et les réchauds à Valdez ; les tentes, les sacs de couchage, la nourriture en sachets, les comprimés pour l'eau, le matériel de pêche, une hache et une scie, soixante-dix mètres de corde de Nylon, un compas, des cartes, des ustensiles de cuisine et des lampes électriques dans trois magasins différents d'Anchorage ; et enfin, dans deux boutiques de Seward, ils avaient acheté tout ce qui leur manquait encore, c'est-à-dire des sous-vêtements en Néoprène, du fard de camouflage, des gants en Gortex doublés de Thinsulate et des vestes de camouflage, du pétrole pour les réchauds, une Remington 700 à chargement manuel, un fusil à lunette Magnum, et cinq boîtes de balles.

Seward se trouvait à l'entrée de Resurrection Bay, dans la moitié est du Kenai. Juste à côté, à l'ouest, se dressaient les monts Kenai et le gigantesque champ de glace Harding (presque aussi grand que celui de Juneau), dont l'écoulement constituait et alimentait le lac Tustumena. De la pointe ouest du Tustumena, la rivière Kasilof coulait vers l'estuaire de Cook. C'était près d'un des petits affluents de la Kasilof, la rivière Burnt Creek, que Père avait établi son troisième Sanctuaire pour les Amonites. Par avion, le Sanctuaire n'était qu'à 115 kilomètres de Seward. Mais ils ne s'y rendraient pas immédiatement. L'objectif de Joe, c'était de tuer le temps. À Seward, il affréta deux hydravions, un pour Kari et Cal, l'autre pour lui seul, afin de tromper les signalements susceptibles d'apparaître dans les journaux locaux, qui concernaient trois individus. Les pilotes les déposèrent à 6 heures et un kilomètre d'écart sur la rive sud du lac Tustumena, à une trentaine de kilomètres — à travers des broussailles épaisses et des bois touffus, des lacs et des rivières, des marécages inondés et dangereux — du Sanctuaire où Joe avait l'intention de déposer Kari et le reste de l'or, d'une valeur de 50 000 dollars. Ensuite, Calvin et lui pourraient disparaître à l'intérieur des terres, plus vers le nord.

Le minuscule monomoteur à bord duquel voyagea Joe ne survola pas les montagnes ; il vola plutôt au milieu d'elles, sans jamais s'élever plus haut que les sommets qui se dressaient de chaque côté. Parfois, il passait si près des pentes escarpées et glacées que Joe avait l'impression de distinguer la texture formée par chacun des cristaux gelés. Puis il vit les montagnes se transformer en collines, et les collines disparaître, pour retomber brutalement au niveau de la péninsule et s'ouvrir sur l'immensité des lacs et des forêts qui constituaient une des plus grandes réserves naturelles d'élans au monde.

C'est là qu'ils se posèrent, à la surface lisse du lac Tustumena.

Le temps que Joe décharge ses bagages et regarde l'avion-taxi traverser le lac pour redécoller dans un bruit de scie circulaire, Calvin et Kari l'avaient retrouvé. Ils contemplèrent le lac noir et les montagnes à l'est, le plateau boisé à l'ouest, et Cal dit :

— Bon Dieu ! Ils nous ont tués et on est au paradis.

Mais c'était avant la pluie.

La pluie dura encore trois jours, six jours en tout. Elle cessa enfin à la fin de la sixième nuit. Le silence réveilla Joe, sans qu'il puisse dire, tout d'abord, ce qui avait changé. Et soudain, il entendit un bruit à l'extérieur de la tente, des sortes de bruits de pas dans la boue, accompagnés de petits grognements aigus. Inquiet, il posa la main sur son fusil, mais, au même moment, il comprit que ce bruit n'était autre que Calvin qui riait et lançait de la boue en l'air. Joe souleva le rabat de la tente et braqua le faisceau de sa lampe dehors.

— Qu'est-ce que tu fous, bordel ?

La pluie s'est arrêtée ! s'exclama Calvin en faisant des bonds et des galipettes.

— Les affaires vont commencer à sécher dès qu'il fera jour.

— Exact, mec ! Exact !

— On pourra manger de la vraie bouffe.

— Tu l'as dit ! répondit Calvin en lançant de la boue en l'air.

Joe referma le rabat de la tente et se recoucha sur le dos, tendant l'oreille. Sa lampe, restée allumée, dessinait un cercle lumineux sur le toit de la tente.

— Le silence lui-même possède un rythme, c'est incroyable, commenta Kari. Moi aussi ça m'a réveillée.

— Peut-être que tout ce que vous racontez là-bas, c'est pas entièrement dingue.

— Oh, il y a du vrai, répondit-elle. Bizarrement, après cette longue absence, à force de manger plus ou moins normalement, de dormir toutes les nuits, à force d'être avec toi, de lire des vrais livres et des journaux, je me sens différente. J'ai changé. Je vois toujours ce qu'il y a de vrai dans tout ça, et de bon. Mais je vois autre chose aussi.

— Le bien et le mal, dit Joe. Comme dans tout.

— Ça ressemble à une sorte de rêve. Pendant presque quatre ans, je n'ai parlé qu'à des inconnus, je n'ai vu que des choses inhabituelles, j'ai pensé différemment.

— Manipulation mentale.

— Mais tous les bons côtés alors ?

— Eh bien quoi ?

Joe roula sur le côté, pour lui faire face, et appuya sa tête au creux de son bras. Puis il éteignit la lampe.

— Tu as retrouvé tes esprits, dit-il, surtout depuis Juneau. Tu es redevenue toi-même. Il nous reste encore cent cinquante mille dollars. Viens dans le Nord avec nous. Ou bien, on quittera le pays.

— Je ne peux pas, Joe.

— Pourquoi ?

Il l'entendit se redresser, et il l'imagina croisant les jambes devant elle, comme elle le faisait quand elle s'asseyait dans cette position. Il ne la voyait pas, évidemment ; tout juste distinguait-il les contours flous de ses cheveux. Cela lui rappelait la façon dont elle était assise dans la chambre de motel de Vancouver, quand elle lui avait déconseillé de faire route vers le nord. Il se demanda si elle allait lui donner un autre conseil.

— Je ne t'ai pas raconté ma rencontre avec Père, dit-elle.

— Non.

— Je comptais beaucoup à ses yeux au début, quand j'ai réussi à le trouver. J'étais allée à l'église de Bellevue. Mais ça ne me plaisait pas. Je voulais la vraie religion, le Maître, la force et la Terre. Alors je me suis renseignée, jusqu'à ce que j'apprenne où se trouvait le Sanctuaire de l'Idaho, et une nuit, je suis partie, en stop. J'ai suivi un chemin étroit. Quelqu'un m'avait dessiné un plan grossier. J'ai erré dans ces montagnes pendant deux jours ; quand ils m'ont découverte, j'étais à moitié morte de faim et de froid. La première nuit, on m'a installée dans une cabane, seule. Une jolie cabane, d'ailleurs. Je croyais que je vivrais là, dans cette jolie cabane dans la montagne.

Elle rit.

— Non ?

— La cabane, c'est juste au début. Très vite, ils t'envoient dans les dortoirs. Mais cette nuit-là, la première nuit, il est venu à moi.

— Père ?

— Oui. J'étais dans le lit.

Elle était couchée sous les couvertures, raconta-t-elle, elle écoutait les bruits de la nature et des gens dans le camp, lorsque la porte s'ouvrit. L'éclat de la lune éclaira la pièce. Un homme se tenait dans l'encadrement. Elle ne paniqua pas, elle ne cria pas, et pourtant, elle se souvenait encore de la violence des battements de son cœur, de sa peur. « Je suis Dieu », lui dit-il.

— Peu de temps après, dit Kari, on a été obligés de partir, d'émigrer vers le nord. Heureusement, j'avais déjà accouché à cette époque.

Joe dressa la tête et regarda dans la direction d'où venait la voix. Qu'avait-elle dit à l'instant ? Il s'assit lui aussi.

— Tu as accouché ?

— Oui.

— Nom de Dieu. Tu as eu un enfant.

Il l'entendait respirer dans le noir.

— J'ai eu une fille. On l'a baptisée Eloise. Père a un tas d'enfants, au moins quinze ou vingt, mais moi, je n'en ai qu'un. Elle a eu deux ans et demi juste avant que je parte.

Même si les yeux de Joe s'étaient habitués à l'obscurité, il ne distinguait toujours pas les traits du visage de Kari, mais il imaginait qu'elle n'était plus la même. Elle paraissait plus forte. Et tout devenait clair brusquement, la raison de cette virée, ce n'était pas l'or, en réalité, ni Père, ni la Famille, mais un désir de retourner là-bas qu'il ne pouvait pas concevoir, une douleur qui devait la déchirer à l'intérieur, et qui justifiait amplement toutes les actions, tous les mensonges qu'elle devait endosser. Un désespoir sans doute plus grand que le sien.

— Elle est là-bas ?

— Oui. Tu comprends maintenant pourquoi je dois y retourner et donner à Père ce qui lui appartient, pour récupérer ce qui m'appartient.

— Tu es inquiète à cause du téléphone ?

Elle n'avait pas réussi à joindre Père depuis Anchorage. La ligne avait été débranchée.

— Il a certainement pensé que sa ligne était sur écoute.

Elle prit la main de Joe dans la sienne.

— L'année prochaine, dit-elle. Quand le déménagement débutera au printemps, peut-être qu'Eloise et moi nous pourrons partir. Il ne voudra jamais, mais il sera souvent absent, pour tout organiser là-bas.

— Tu as envie de partir.

— Je n'avais pas envie avant. Maintenant oui.

Tous les doutes qu'elle lui inspirait, et ils étaient nombreux, s'évanouirent sous ce nouveau jour. C'était comme s'il avait soulevé un rideau et découvert un autre monde, neuf et ressuscité.

Sous la chaleur du soleil, le sol et leur matériel commencèrent à sécher. Mais le plus agréable, c'était de pouvoir se nourrir des produits de la terre, à la place des sachets d'aliments déshydratés. Le premier matin, ils se partagèrent une truite de plus d'un kilo que Calvin avait pêchée et fait cuire.

Mais désormais, ils devaient faire attention en permanence. Des avions volant à basse altitude, peut-être des avions de reconnaissance, qui avaient disparu durant le mauvais temps, réapparurent au-dessus de leurs têtes, régulièrement. C'était le risque encouru en venant dans le Kenai, à proximité du Sanctuaire, et même si leurs poursuivants utilisaient peut-être des détecteurs à infrarouge, Joe veillait à ce qu'ils évitent autant que possible les espaces dégagés, à ce qu'ils portent toujours leur tenue de camouflage, y compris le maquillage ou des filets, et chaque fois qu'ils entendaient un avion, ou à plus forte raison un de ces hélicoptères qui passaient en rase-mottes, ils s'immobilisaient et restaient cachés au milieu des fourrés ou des arbres.

Quelques jours plus tard, quand le nombre de survols sembla diminuer, ils levèrent le camp et se remirent en route. Calvin et Joe transportaient un barda qui frôlait les vingt kilos ; Kari, elle, portait une dizaine de kilos, dont une partie constituée par son or.

Joe fut surpris par le nombre de personnes qu'ils commencèrent à apercevoir ; des pêcheurs essentiellement, ou des randonneurs. C'était encore la saison du saumon, et cette région fournissait un des meilleurs. Deux fois en deux jours, ils croisèrent des petits groupes de randonneurs avec qui ils partagèrent une tasse de café instantané et du saumon séché, en bavardant. Les randonneurs les mirent en garde : en continuant vers l'ouest, Joe et ses amis atteindraient certaines rivières où les pêcheurs étaient si nombreux par endroits qu'on pouvait traverser en marchant sur leurs épaules.

Joe les conduisit le long de la rive du lac Tustumena. Ils durent franchirent à gué trois rivières, vives et glacées, mais peu profondes. Quand ils aperçurent les premières cabanes au bord du lac, Joe les fit s'enfoncer davantage dans la forêt, afin de rester cachés. Finalement, ils atteignirent un autre lac, plus petit, dont une extrémité était bordée par un marécage de plus d'un kilomètre, traversé d'étroites et hautes bandes de terre séchée, aurait-on dit. Il fallut un moment avant que Calvin comprenne de quoi il s'agissait.

— Des barrages de castors, dit-il. Ils ont complètement condamné toute la zone. C'est sans doute eux qui ont fait ce lac.

Certains de ces barrages composés principalement de branchages, mesuraient presque deux mètres de haut.

— On peut traverser en marchant dessus ? demanda Joe.

Calvin haussa les épaules et avança, ouvrant la voie. Ils avaient atteint le milieu du lac, le point de non-retour, quand Calvin passa à travers les branchages.

Il poussa un grand cri en se sentant tomber. Joe, qui avançait en regardant où il mettait ses pieds, leva la tête, juste à temps pour voir Calvin s'enfoncer, et se retenir avec les bras.

— Viens me chercher ! cria-t-il d'une voix faible. Je suis trempé. Putain, c'est froid. Nom de Dieu, c'est glacé ! Viens vite, Joe.

Mais Joe ne se précipita pas pour l'aider. Il resta prudent. Il posa d'abord son sac, en veillant à ce qu'il ne glisse pas dans l'eau. Après quoi, il s'agenouilla pour s'approcher de Calvin, en testant la solidité du barrage de branchages et de boue. L'ensemble paraissait relativement solide ; Calvin avait posé le pied sur un trou.

— Je gèle ! s'écria Calvin. Et j'ai senti un truc bouger ! Ça bouge !

Il se débattit furieusement, essayant de se retenir aux branches, qui déchiraient sa chemise et le griffaient jusqu'au sang.

Joe s'allongea sur le barrage, penchant son visage sur celui de Calvin.

— Reste tranquille, lui dit-il du ton le plus calme, le plus neutre possible. Tes jambes sont coincées ?

— Je les sens plus. Elles sont gelées !

— Allez, viens.

Joe se releva, glissa les mains sous les aisselles de Calvin et le hissa. Calvin bougea. De quelques centimètres seulement. Mais il bougea.

— C'est bon, dit Joe en s'adressant à Kari.

Celle-ci vint lui prêter main-forte. Plus d'une heure s'écoula avant qu'ils ne sortent Calvin de son trou et enfilent des vêtements secs, après quoi ils se remirent en route, très prudemment. Cette fois, Joe ouvrait la marche et testait chaque pas à l'aide d'un bâton.

La nuit tombait, lorsqu'ils atteignirent l'autre côté ; ils durent alors étendre les affaires mouillées et attendre toute la journée du lendemain qu'elles sèchent. Mais Joe n'était pas mécontent de progresser lentement. Finalement, il leur fallut encore quatre jours pour effectuer la vingtaine de kilomètres jusqu'à une route de gravier très fréquentée qui partait de la Sterling Highway. Des panneaux annonçaient un terrain de camping public. La civilisation.

— On approche, commenta Kari en débouchant sur la route. L'embouchure de la Kasilof n'est pas très loin, par là. On y est allés un jour, avec des membres du groupe, à pied depuis le Sanctuaire. Il n'a même pas fallu un jour.

Ils s'écartèrent du flot humain, sur la route et sur l'eau, et à l'aide de cartes topographiques et de boussoles, ils prirent la direction de l'ouest, s'enfonçant dans la végétation sauvage, se frayant un chemin à travers les broussailles, en faisant beaucoup de bruit, à la demande expresse de Calvin, afin de ne pas surprendre un ours. Lorsqu'ils atteignirent un espace dégagé, recouvert d'un épais matelas d'épines de pin, au cœur d'un bosquet touffu de sapins de Sitka, Joe laissa tomber son sac à dos et déclara :

— On va s'arrêter ici.

Ce soir-là, sous leur tente, Kari dit :

— Cal et moi, on n'aurait jamais pu arriver jusqu'ici tout seuls, sans toi. Tu en es conscient ?

— Cal est plus efficace que moi ici.

— Oui, pour ce qui est des techniques de survie. Mais en ce qui concerne les décisions : quand, où, comment... C'est toi tout ça. La force aussi. Et d'abord, pourquoi est-il venu jusqu'ici ? Il ne veut pas aller au Sanctuaire.

— Il a dit qu'il se fichait de l'endroit où il allait.

— Il pensait que ce n'était pas une bonne idée. Mais il avait envie de te suivre. Il a besoin de toi. Moi aussi j'ai besoin de toi.

Joe ne répondit pas.

— Réchauffe-moi, dit-elle.

Kari alluma une lampe électrique qu'elle déposa à l'entrée de la tente, puis elle ouvrit la fermeture à glissière de son sac de couchage, et celle de Joe ensuite.

— Je sais que tu as froid, toi aussi, dit-elle.

Il la vit se mettre à genoux et déboutonner la longue chemise en flanelle qui lui servait de chemise de nuit.

— Tu te souviens quand je t'ai dit que je t'avais suivi, parce qu'on t'avait envoyé pour me sauver ? dit-elle. C'était la vérité. Mais je te voulais aussi. Depuis le début. Même quand je t'ai allumé à Vancouver, pour t'obliger à me détacher, je te détestais, mais je te voulais, j'avais envie de toi en même temps.

Elle ouvrit le sac de couchage de Joe et s'assit à califourchon sur son ventre. Il sentait la chaleur de son entrejambe plaqué sur lui. Elle fit glisser la chemise sur ses épaules. En dessous, elle ne portait que sa culotte.

Elle repoussa les cheveux sur le front de Joe, fit courir son doigt sur son œil, sa joue, ses lèvres.

Il caressa son ventre doux.

— Je sais que bientôt tu devras partir, murmura-t-elle. Mais, bon Dieu, comme j'aimerais que tu restes.

Penchée en avant, prenant appui sur sa main gauche à côté de la tête de Joe, elle déposa des baisers sur ses yeux. Il sentit ses cheveux balayer son visage et les pointes de ses seins, brunes et dressées, frôler son torse. Puis il sentit ses lèvres glisser sur sa joue, comme pour goûter sa peau, jusqu'à ce que leurs bouches se rejoignent

30

En vérité, le plan de Joe qui consistait à se cacher dans le Kenai était plus astucieux qu'il ne pouvait l'imaginer, car la plupart des agents fédéraux postés là-bas avaient été retirés au bout de quelques jours. La raison, même si Joe et Kari ne pouvait la connaître, en était toute simple : le Sanctuaire n'existait plus.

Il s'était disloqué, comme il l'avait déjà fait, en pleine nuit. Les quelques membres qui étaient restés, pour faire le ménage soi-disant, étaient principalement des anciens. Un couple, le mari et la femme, nommés Terry et Jan, avait déjà connu ça deux fois : quelqu'un qui les secoue par l'épaule, en disant « Le moment est venu. On s'en va ». Père passait près d'eux, il les touchait, leur donnait la force et le courage, en leur expliquant que tout cela faisait partie de la malédiction mais aussi de la bénédiction, que tous les grands peuples avaient été chassés, au moins une fois, de leur terre, certains plusieurs fois même, et que ces tribulations n'étaient pas vaines. Car au bout du compte, disait il, les récompenses étaient immenses, et ils avaient presque atteint leur but, l'endroit d'où on ne les délogerait plus. Seulement des problèmes étaient survenus. Le mal approchait, à toute vitesse. Ils devaient fuir en courant. Et ce n'était pas une image. Père leur donna à chacun une somme d'argent et des indications leur permettant d'atteindre le nouveau Sanctuaire, et le soir même, il partit.

Les jours suivants, des camions et des camionnettes vinrent les chercher pour les conduire à Seward ou Soldotna, ou même jusqu'à Anchorage. Afin de les disperser, avait expliqué Père. On avait loué des bateaux à Ninilchik et Homer pour transporter la plupart d'entre eux. D'autres, qui possédaient un peu d'argent, reçurent pour instructions d'attendre une semaine ou deux, puis de prendre l'avion pour se rendre à un certain lac du Parc national de Becharof, à l'ouest du Katmai, où leurs camarades les rejoindraient pour les conduire, en longeant des crêtes et en franchissant des vallées, vers le nouveau Sanctuaire. D'autres encore devraient se débrouiller par leurs propres moyens. Car c'était leur seule façon d'assurer leur sécurité désormais : s'éparpiller aux quatre vents, puis se réunir, au sein du nouveau Sanctuaire.

Jan et Terry ne se souvenaient pas d'avoir connu ça. Jusqu'à maintenant, ils avaient toujours voyagé ensemble, comme une vraie famille. Et voilà qu'ils étaient livrés à eux-mêmes, par petits groupes de deux, trois ou quatre, dont certains obligés de traîner des enfants derrière eux.

Beaucoup ne feraient pas le voyage. Car il était facile, une fois sorti de l'isolement de la Famille, de replonger dans la vie de la ville, ou simplement de continuer son chemin. Durant la première semaine qui suivit la crise, la population du camp du Kenai se trouva réduite à quinze personnes. La deuxième semaine, il n'en resta que six, qui ne pouvaient se résoudre à accomplir ce nouvel effort et à parcourir 800 kilomètres dans la nature sauvage.

Terry et Jan s'étaient connus lors du fameux concert des Rolling Stones à Altamont en 69, avaient vécu dans une communauté de l'Oregon au milieu des années 70, voyagé pendant deux ans en Inde et au Népal, enseigné ensemble dans une école alternative à Eugene, et en rencontrant Père en 1988, ils étaient tombés amoureux de lui. Ils évoquèrent la question tous les deux : « Nous ne sommes pas obligés de les suivre », avait dit Jan. « C'est le moment ou jamais. » Terry avait acquiescé. Il avait cru que leur vie était ici désormais, dans la nature et la méditation. Il l'aimait telle qu'elle était, et aurait pu continuer ainsi jusqu'à sa mort. Mais la fuite, la traque, ça ne correspondait plus à ce que Jan et lui recherchaient. Ils avaient tous les deux 46 ans, et trop c'était trop.

Voilà pourquoi ils se retrouvaient seuls avec quatre personnes, qui déambulaient dans le camp avec l'air hébété de ceux qui ont survécu à un tremblement de terre. D'importantes quantités de nourriture avaient été laissées, alors ils faisaient la cuisine et ils mangeaient. Ils priaient ensemble, ou individuellement. Mais surtout, ils attendaient — de prendre conscience que cette communauté avait été entièrement démantelée en quelques heures seulement, et de voir survenir cette invasion devant laquelle fuyait Père. D'un jour à l'autre, ils s'attendaient à voir débarquer des hommes avec des combinaisons noires et des gilets pare-balles, sur la route et dans les airs, armés de fusils, lançant des grenades lacrymogènes.

Mais en guise d'invasion, ils reçurent la visite d'une femme seule. Elle portait un jean, une chemise en flanelle et une veste en denim, des bottes en cuir noir, et transportait un sac à dos. Elle avait la peau mate, un joli visage rond et de grands cheveux qui pendaient sur ses épaules. Les Amonites étaient en plein repas, à l'intérieur, quand elle arriva, si bien qu'ils ne la virent pas immédiatement, et elle non plus. Elle avait posé son sac au milieu du camp, et elle tournait en rond, face à ce spectacle d'abandon.

— On est partis ! lui lança finalement Jan, de la porte du dortoir où ils étaient en train de manger.

— Hein ?

— On est partis, répéta-t-elle. Je m'appelle Jan, et je ne vis plus ici.

Le déjeuner se composait de simples nouilles cuites à l'eau, de saumon séché, de pain à la levure chimique et d'eau. La femme sembla apprécier ce régime diététique. Elle déclara qu'elle n'avait pas très faim, mais elle mangea avec appétit et les remercia plusieurs fois. Elle adorait le saumon séché, dit-elle, et n'en avait pas mangé depuis longtemps.

Elle venait de Fairbanks, leur expliqua-t-elle. Elle cherchait Amon Ka'atchii, pour étudier avec lui. Elle avait entendu un tas d'éloges à son sujet, et elle avait soif d'apprendre.

Vous êtes Indienne ? lui demanda un des Amonites.

— Oui, répondit-elle simplement, en refusant de s'étendre sur le sujet.

Elle ne ressemblait pas tout à fait aux Indiens athapaskans qu'ils avaient vus sur la concession qui se trouvait un peu plus loin sur la route. Mais il existait tellement de sang-mêlé qu'il était difficile de s'y reconnaître. Il leur suffisait de la voir pour comprendre qu'elle avait du sang indien. Et d'ailleurs, ça n'avait aucune importance.

— Où est Père ? demanda-t-elle.

Il est parti, dit Jan. Toute la Famille a déménagé vers le nouveau Sanctuaire. Loin d'ici.

— Où ?

Les Amonites se regardèrent. Les instructions qu'ils avaient reçues étaient claires : aucun étranger ne devait voir les cartes, sauf les pilotes d'avion et les capitaines de bateau chargés de les emmener. Le mieux serait de mémoriser les cartes et de les détruire ensuite.

— Vous ne rejoignez pas les autres ? demanda la femme.

De nouveau, ils échangèrent des regards. Finalement, une jeune femme prit la parole :

— On envisageait de ne pas y aller. C'est une vie difficile, vous savez. Là-bas, dans ce nouvel endroit, ce sera encore plus dur. Il faut toujours fuir. Les gens nous haïssent.

— Je veux y aller, déclara la nouvelle arrivante.

— Comment tu t'appelles ?

— Leanne. Aucun de vous ne veut y aller ?

La jeune femme qui avait pris la parole continua :

— J'ai dit qu'on envisageait de ne pas y aller, mais je crois que j'ai des doutes maintenant. Je me dis que je vais peut-être y aller quand même.

Les autres la regardèrent d'un air étonné. Ils avaient tous décidé de se rendre à Anchorage et d'y trouver du travail pendant quelque temps, en s'entraidant, jusqu'à ce qu'ils prennent une décision.

— Je suis désolée, leur dit-elle. Je ne peux pas supporter l'idée de retourner vivre en ville. Je préfère encore affronter le voyage. Je veux au moins voir le nouveau Sanctuaire.

— Si tu y vas, lui dit Terry, n'oublie pas que tu ne pourras plus revenir. C'est trop loin, trop cher. Il n'y a aucun moyen de communication là-bas.

— Il y a les bateaux, dit la jeune femme. Père a dit que l'on continuerait à pêcher. Si je veux, je peux toujours m'en aller et sauter dans un avion pour rentrer. Ce n'est quand même pas le bout du monde.

— J'irai avec toi, déclara Leanne. Comment t'appelles-tu ?

— Chris. Mais je ne sais pas si j'ai le droit d'amener quelqu'un.

— Je connais bien la nature, dit Leanne. Les montagnes. La chasse, la pêche. Les techniques de survie. C'est mon domaine. Je pourrai aider la Famille. Et si Père Amon ne veut pas de moi, je repartirai. Je disparaîtrai dans la forêt.

Chris était heureuse d'avoir de la compagnie pour ce voyage. En fait, ce qui la dissuadait de partir, c'était l'idée de partir seule.

— Tu as de l'argent ? demanda-t-elle. On peut prendre l'avion jusqu'à un endroit où ils viendront nous chercher, mais ça coûte plus de mille dollars.

— Combien as-tu ?

— Quatre cents.

— Je paierai le reste.

— Formidable, dit Chris. Vous pourrez nous emmener jusqu'à la route demain ? demanda-t-elle en s'adressant aux autres, qui acquiescèrent.

— On fera du stop jusqu'à Homer, expliqua-t-elle à Leanne. Là, il y a un aéroport. Avec un tas de pilotes privés. Ils nous emmèneront où on veut.

Rick Agullana avait perdu tellement de sang à cause de ses blessures par balles que le chirurgien de garde au Mercy Hospital de Juneau lui avait accordé 5 % de chances de survie.

Mais Rick eut beaucoup de chance, à deux niveaux. Son groupe sanguin était O + le plus répandu, si bien que la banque du sang de l'hôpital disposait de quinze unités qu'ils purent lui injecter immédiatement. Un appel fut lancé et moins de quarante minutes plus tard, dix-huit autres sachets de sang arrivèrent par avion de Petersburg et Sitka.

Le chirurgien ne pouvait prendre le temps de préparer Rick pour l'emmener au bloc opératoire. Il avait fallu l'ouvrir directement sur la table des urgences, pour commencer à ligaturer les vaisseaux et les parties de l'intestin sectionnées. Une fois le gros de l'hémorragie stoppé, quand ils eurent soigné le pneumothorax, ils le montèrent en service de chirurgie, et on fit appel à deux autres chirurgiens, dont l'un, venu d'Anchorage, avait appris à pratiquer la résection des intestins à l'hôpital Cedars-Sinaï de Los Angeles. Il se trouva que ce spécialiste, deuxième coup de chance de Rick, était à Juneau pour une semaine afin d'y donner des cours. Par la suite, le chirurgien qui s'était occupé de Rick aux urgences lors de son arrivée commenta en termes élogieux le travail du spécialiste. En tout, on lui enleva plus de deux mètres d'intestins, la bile et une partie du foie.

Puis l'infection s'installa. Les boyaux perforés entraînent toujours une dangereuse infection ; or, ceux de Rick n'avaient pas été seulement perforés, mais réduits en lambeaux. Déjà plongé dans le coma à cause de tout le sang perdu, Rick fit des poussées de fièvre qui culminèrent à 41 degrés. Les infirmières l'enveloppèrent de glace, et des tuyaux plantés dans ses bras lui injectèrent des doses massives d'antibiotiques.

Après trois jours, la fièvre retomba légèrement, en demeurant malgré tout aux alentours de 38 durant quatre jours. Ensuite, Rick resta dans le coma encore pendant plusieurs jours. Quand enfin il ouvrit les yeux, un matin, il vit un homme en costume qui lisait le journal, assis dans le fauteuil à côté du lit. L'homme se leva quand Rick tourna la tête vers lui.

— Vous m'entendez ? demanda l'homme.

Rick le regardait sans rien dire. Bientôt, des médecins et des infirmiers entrèrent dans la chambre et demandèrent à l'homme de sortir. Ils examinèrent Rick, lui projetant de la lumière dans les yeux, auscultant sa poitrine et son ventre, et il finit par se rendormir. Quand il se réveilla, le soir, il resta paisiblement allongé avec sa douleur, et réfléchit à un tas de choses, pendant un long moment.

Quelques jours plus tard, quand l'homme revint, Rick le salua d'un hochement de tête.

— Vous êtes prêt à parler ? lui demanda l'homme.

C'était un petit Asiatique en costume, qui dit s'appeler Mark Truong. Il ne précisa pas qu'il était agent fédéral, mais Rick l'avait deviné.

— Alors, il a réussi à s'en tirer ? dit Rick. Avec tout ?

— Qui donc ? Avec quoi ?

— Joe Curtis. Il a essayé de me piéger. Et il s'est barré avec l'or qu'il a volé. Et avec la femme que j'aime.

— Il a toujours la fille. On a récupéré l'or.

— Combien ?

— Un lingot, cent onces.

— C'est même pas la moitié.

— Ah bon ?

— Il y en avait trois fois plus quand il l'a volé.

— C'est lui qui a volé l'or ?

— Je l'ai vu le compter.

— Dans l'Idaho, vous nous avez dit que vous n'étiez qu'un missionnaire, et que vous ne saviez rien.

— C'est vrai, je n'étais qu'un missionnaire. Mais j'ai menti en disant que je savais rien. Je voulais protéger Kari. On était fiancés, vous comprenez. Mais après avoir tué ces gens et volé l'or, il me l'a piquée. Et ils m'ont laissé tomber tous les deux.

— Nous pensons qu'elle est complice.

Rick acquiesça et détourna le regard.

— Vous appartenez à la Famille ?

— Oui.

— Et Joe ?

— Il était au courant au sujet de l'or, pas vrai ? Et maintenant, il est en Alaska. Mais je le connaissais pas. Moi, je voulais juste le retrouver pour récupérer Kari. C'est tout ce que je voulais.

— Tout ça ne tient pas debout. L'agent qui se

trouvait là-haut sur le glacier pense que c'est vous le meurtrier de l'Idaho.

— Elle a tort. Vous ne pouvez pas imaginer ce que peut faire Joe Curtis.

— Si. Mais parlons de l'hélicoptère qui a été abattu. Vous étiez à bord du bateau. Pas Joe.

— J'ai essayé de les empêcher de tirer justement. Je leur ai dit que la Famille ne devait pas avoir de sang sur les mains. Mais ils ont paniqué. Ils avaient déjà installé le missile.

— Et vous avez été blessé.

— Oui, sans doute. Je ne me souviens pas.

— Ça vous ennuie si je branche un magnéto ?

— Non, pas du tout.

Rick savait que cet homme n'avait aucune raison de croire ce qu'il lui racontait. Peut-être étaient-ils convaincus de sa complicité, mais peut-être ne savaient-ils pas dans quelle mesure, de quelle façon. En tout cas, ils savaient que c'était un criminel. Mais cela n'avait pas d'importance, se disait-il. Il avait un nouveau job : il travaillait pour les fédéraux désormais, et tant qu'ils auraient besoin de lui, il n'avait rien à craindre.

Rick tourna la tête vers la fenêtre pour regarder les montagnes, qui dégageaient une certaine beauté, il est vrai, avec tous ces arbres verts et la façon dont elles renvoyaient la lumière. Mais il en avait assez. Il en avait marre des arbres, des rivières, des poissons, des élans et de l'air pur. Ce qu'il voulait, c'était une ville. Une grande ville bruyante et puante. Quand tout ça serait terminé, décida-t-il, c'est là qu'il irait.

Le *Maribel S.* n'existait plus. À sa place, ce fut un bateau entièrement repeint — couleur rouge brique cette fois, par-dessus l'ancien blanc crasseux — portant le nom plus commun de *Voyageur*, qui mit le cap vers le nord. Sa proue constellée d'impacts de balles, et les autres dégâts infligés pour le maquiller, avaient été soigneusement réparés, rebouchés, et poncés. Il aurait besoin rapidement d'une nouvelle coque, mais ce bricolage lui permettrait de rentrer au bercail. L'équipage, composé du capitaine, de Omaha et de deux matelots, récita une prière muette, tandis qu'ils émergeaient du hangar où, miraculeusement, ils avaient réussi à rester cachés. À trois reprises pourtant, des hommes étaient venus interroger le propriétaire du hangar. Une fois, celui-ci leur avait même fait visiter les lieux, pour leur montrer qu'il n'y avait là aucun bateau semblable à celui qu'ils cherchaient. À ce moment-là, le *Maribel S.* avait déjà été repeint et démonté pour ressembler à n'importe quel chalutier en réparation après avoir heurté un récif.

Mais maintenant, il leur fallait affronter l'espace dégagé du golfe d'Alaska, sans aucun endroit pour se cacher. L'armée ou les garde-côtes continuaient sans doute à intercepter les bateaux pour les inspecter. Omaha et le capitaine en avaient longuement discuté ; ils savaient qu'il leur faudrait bien plus que de la vertu et du courage pour acheminer les armes à destination.

Deux jours furent nécessaires pour qu'ils tombent d'accord sur un plan, et deux autres jours afin de rassembler suffisamment de détermination et de carburant. Au lieu de suivre la côte, ils avaient décidé de mettre le cap à l'ouest, directement vers le golfe, vers l'océan, où à un moment donné, ils se trouveraient à 300 kilome tres des côtes les plus proches. Le trajet entre l'archipel et l'île Kodiak, la première terre qu'ils apercevraient, représentait presque 1 000 kilomètres. En cas de problème en pleine mer, ils étaient foutus. D'un autre côté, au milieu de ces millions de kilomètres carrés de vide, ils étaient presque invisibles.

31

Pendant leurs deux années et demie de fonction, les employés du ministère de la Justice avaient dû subir, bien évidemment, l'embarras de Waco et de l'enquête sur Randy Weaver, et essayer ensuite de calmer la fureur de l'opinion publique après Oklahoma City. Les effets du nouveau désastre furent identiques à ceux produits sur les membres du CRIDCOM et de l'ATF : après la colère et le choc, ils rentrèrent la tête dans les épaules et retinrent leur souffle dans l'attente d'une avalanche de critiques. Mais l'avalanche redoutée ne vint pas. L'information avait été circonscrite ; certes, la presse avait couvert l'accident, mais aucun des témoins civils, apparemment, n'avait remarqué que l'hélicoptère avait été détruit en vol avant de tomber, et aucun journaliste n'avait établi le lien entre la traque médiatique d'un fugitif nommé Joseph Curtis, l'annonce d'un vol d'armes sur une base de l'armée et ce drame. Le porte-parole des garde-côtes se contenta d'indiquer que l'enquête était en cours, et aujourd'hui, plusieurs semaines après les faits, personne en dehors des instances gouvernementales et de l'armée ne savait exactement ce qui s'était passé.

Quoi qu'il en soit, cela donnait un avant-goût effrayant aux pires craintes de madame le ministre de la Justice : une autre débâcle causant la vie à des agents et à des innocents. Ce serait bien pire encore, dit-elle, si les forces gouvernementales décidaient d'envahir la communauté des Amonites.

Mais les priorités restaient les mêmes : localiser les armes, appréhender les hommes qui avaient abattu l'hélicoptère et retrouver le tueur de l'Idaho. Les disciples d'Amon, ceux qui étaient innocents de ces crimes, du moins, et les enfants en particulier, devaient être épargnés, et un nouveau massacre évité. Quant à Amon, on s'occuperait de lui en temps voulu. Ils se contenteraient de l'observer, en étant patients. Tôt ou tard, il chuterait.

Jusqu'à présent, les enquêteurs de l'armée et du Trésor avaient suivi les instructions du ministre. Le camp du Kenai était resté sous surveillance jusqu'à son démantèlement, mais nul n'avait été témoin du départ de Père, car sinon, il aurait été appréhendé. Une nouvelle opération de surveillance avait débuté sur la péninsule de l'Alaska. Organisée de manière à ce que personne au sein de la Famille ne s'en aperçoive, et ne sache qu'un agent de l'ATF les avait infiltrés.

Toutefois, dit le ministre de la Justice, au cours d'un petit déjeuner avec son adjoint et son conseiller privé, elle savait que les militaires et les hommes du Trésor, et même certains agents du FBI, qui, après tout, avaient perdu des collègues à Juneau, n'appréciaient pas cette tactique. Elle craignait que quelqu'un n'ait la gâchette qui le démange, ou ne décide de rendre la surveillance un peu plus agressive, ou encore ne mette le grappin sur un membre de la Famille pour lui soutirer des informations. Elle prônait l'observation et l'attente, mais avec trois institutions différentes mêlées à l'enquête, elle redoutait de ne pouvoir contrôler totalement le déroulement des opérations. C'est pourquoi, dit-elle, elle voulait avoir des yeux et des oreilles sur place. Même si elle avait accès de manière directe et quasi instantanée à toutes les informations rassemblées par le FBI, et si le FBI envoyait un haut responsable là-bas pour surveiller, ça ne lui suffisait pas : elle voulait disposer d'une autre source d'information.

— C'est-à-dire ? demanda son adjoint.

Elle reposa son croissant, s'essuya les doigts sur une serviette et se tourna vers son vieil ami, son conseiller très privé, l'ancien procureur de Dade Country en Floride.

— Ça te dirait de visiter l'Alaska ? lui demanda-t-elle.

Le colonel Johnson Rozsa et le général Parkins, chef de l'INSCOM, jouaient au squash une fois par mois environ, quand un des partenaires habituels de Parkins — tous des généraux comme lui, bien entendu — n'était pas libre. Rozsa appréciait ce sport, mais se réjouissait de ne pas le pratiquer chaque semaine. Première chose, la balle ne rebondissait pas. Rozsa était plutôt du genre « racquetball », où vous pouviez faire rebondir la balle sur les murs et la vitre, sans être constamment obligé de vous jeter à terre pour la renvoyer avant qu'elle ne s'écrase sur le plancher. Toutefois, il comprenait que l'intérêt de ce sport, ce n'était pas le sport lui-même, mais le temps passé avec son adversaire. Un temps précieux.

— Elle refuse absolument d'intervenir, disait Parkins en reprenant son souffle entre deux échanges.

Il avait plus de soixante ans, et Rozsa, qui en aurait cinquante dans un mois, jouait sans forcer, laissait filer quelques balles, perdait des points capitaux ; mais malgré cela, Parkins semblait déjà crevé au milieu de la partie. Il parlait du ministre de la Justice.

— Ils ont la trouille là-bas, ajouta Parkins. Et je compatis. Ils ne veulent pas se trouver impliqués dans un nouveau drame, avec des enfants assassinés dans les journaux du soir. Si jamais la nouvelle se répandait, ça pourrait les faire tomber, vous le savez, Rozsa ? Ça entraînerait sans aucun doute la démission du ministre lui-même. Le président pourrait être affecté.

Rozsa acquiesça avec commisération, tout en pensant que ce ne serait peut-être pas une mauvaise chose, en fait.

— C'est incroyable ce genre de situations, où un groupe d'illuminés contrôle le destin de hauts personnages de l'État, commenta Parkins en secouant la tête. (Il avait les fesses appuyées contre le mur du fond, les mains sur les genoux.) Toujours est-il qu'elle ne veut pas bouger. On lui a suggéré que, étant donné que les anciens mandats sont toujours en vigueur, ils n'avaient pas besoin de localiser les armes à l'intérieur de la communauté pour effectuer des arrestations. Ils possèdent suffisamment de preuves indirectes dans cette affaire ; ajoutées aux mandats en suspens, ils ont largement de quoi intervenir. Ou même de tendre un piège au grand gourou. L'idée, c'est de lui demander de se rendre, et s'il refuse, ils lui sautent dessus ou ils le descendent. Enfin quoi ! on ne leur demande pas d'intervenir avec des tanks comme la dernière fois, même si j'aimerais savoir depuis quand les agents fédéraux respectent la propriété privée.

Rozsa acquiesça. Accroupi, il observait le général, avec un petit sourire. C'étaient ses propres paroles, presque mot pour mot. Il était toujours émerveillé de voir qu'il lui suffisait de planter la graine, au bon moment et au bon endroit, et de laisser pousser, pour entendre ensuite ses propos revenir dans la bouche de quelqu'un d'autre, à un échelon plus élevé. Tel était son métier : penser pour ces gens, les inciter à voir les choses à sa manière, jusqu'à ce qu'ils adoptent son point de vue. Jusqu'à ce qu'ils lui recrachent leur réflexion, comme s'ils avaient passé des nuits entières à cogiter, et voulaient simplement voir comment il réagissait.

— Oui, je sais, mon général, dit Rozsa. Ma seule crainte, comme vous le savez, c'est que s'ils attendent trop longtemps, il se produise une chose tellement horrible qu'ils n'auraient pas pu l'imaginer. Si un de ces missiles était lancé...

— Je sais, je sais, répondit Parkins en repoussant cette idée d'un geste de la main.

— Dans n'importe quel autre scénario, dit Rozsa, nous serions de simples spectateurs, comme tout le monde. Mais vous parliez de destitution, de démission. Imaginez un peu un autre massacre de civils, mais à cause de notre missile cette fois, imaginez le scandale.

Parkins secoua la tête, si violemment que des gouttes de sueur s'envolèrent.

Rozsa enchaîna :

— À coup sûr, la première tête à tomber serait celle du chef de la base militaire... J'ai oublié son nom.

— Ed Shaw. Je le connais bien, ce vieux salopard. Un bon soldat pourtant.

— Ce serait une honte, dit Rozsa. Sans parler de ce que le Congrès ferait subir à notre budget. On est protégés pour l'instant, mais avec une histoire pareille... comment savoir ? Ils sont à l'affût du moindre prétexte pour sabrer partout où ils le peuvent. On deviendrait une branche pourrie du jour au lendemain.

— Nom de Dieu, Johnson !

— Oui, mon général. Avez-vous réfléchi au fait que nous menions une guerre d'un genre bien différent ici ?

— Quoi ?

— Comprenez-moi, il s'agit bien d'une guerre comme n'importe quelle autre, dans le Golfe, ou au Viêt-nam, disons. Mais les méthodes sont tellement différentes que nous sommes peut-être en train de passer à côté... Car après tout, quelle différence y a-t-il — je ne parle pas d'échelle — entre les Scud de Saddam Hussein et les Stinger d'Amon Ka'atchii ? Sur le principe, s'entend. Ce sont deux fous. Deux terroristes. Mais l'un des deux agit sur le territoire des États-Unis, et ça veut dire que, bien qu'il nous ait volé notre bien, et même s'il s'en sert, si nous en subissons directement les conséquences, on ne peut pas le combattre. Nous sommes pieds et poings liés.

— C'est juste.

— Mais seulement si nous raisonnons en termes traditionnels, mon général. Nous ne sommes pas au Viêt-nam, ni dans le Golfe. Nous sommes en Amérique. Et comment se bat-on dans ce pays ?

— Hein ?

— Comment fait-on la guerre dans ce pays ? Comment Jim Wright [1] s'est-il fait descendre à la Maison Blanche, par exemple ?

— Jim Wright ? Eh bien...

— L'information, mon général, dit Rozsa. L'information !

— L'information, répéta Parkins.

Il s'était laissé glisser le long du mur ; il était maintenant assis sur le plancher, et regardait Rozsa.

— Et si je vous suggérais un moyen, rapide et efficace, de faire peser une telle pression, non seulement sur le ministre de la Justice, mais également sur les membres du cabinet et le Président, qu'ils ne puissent plus nous interdire d'éliminer Père Amon ? Qu'ils soient même impatients de donner leur accord ?

— Continuez.

— Et si je vous disais que pour y arriver, nous devions nous exposer d'abord à quelques critiques. S'il fallait affronter une petite tempête avant de remporter la partie ? Ce serait risqué. Mais radical.

— Une sorte de manœuvre de diversion, dit Parkins.

— En quelque sorte. Il faudra subir la pression, mais le jeu en vaudrait la chandelle. Et pour autant que je puisse en juger, ça risque de

1. Homme politique, membre du parti démocrate, nommé porte-parole de la Chambre des représentants en 1987, mais contraint de démissionner deux ans plus tard, accusé de malversations. (*N.d.T.*)

toute façon, tôt ou tard, de chauffer pour notre matricule.

— Quel genre de pression ?

— Celle de l'opinion publique, mon général. Quand les gens apprendront que ces armes ont été volées à l'armée.

— Mais comment l'apprendront-ils ? Il y a quelques soupçons, mais personne n'en sait rien, pour le moment. La presse ne peut pas confirmer.

— Exact. Mais supposons qu'ils le puissent. S'ils savaient absolument tout, y compris que les missiles sont maintenant entre les mains d'un dingue, y compris notre scénario catastrophe concernant l'usage éventuel de ces missiles ? Et si chaque habitant de ce pays avait peur de monter à bord d'un avion à cause de ces missiles ? Vous imaginez les réactions ?

— Que suggérez-vous, colonel ?

Rozsa sourit, il frappa avec sa raquette dans la balle de squash inerte. Le bruit résonna dans la petite salle.

— Finissons la partie avant de nous refroidir, mon général. Nous aurons peut-être le temps d'aller boire un verre après.

32

Ce fut d'abord l'obscurité.

Pas une vraie torture, rien de cruel, mais quand Leanne fut introduite dans le camp de tentes rudimentaire que la Famille avait érigé dans une clairière au pied d'une grande paroi rocheuse, elle eut à peine le temps de regarder autour d'elle avant qu'on ne la prive de toutes ses affaires et, de tous ses vêtements, à l'exception de sa culotte et de son soutien-gorge ; puis on l'enferma dans un des rares bâtiments en dur, une sorte de cabane en aggloméré, abritant simplement un lit en bois, un seau d'eau et un autre seau, vide, pour y faire ses besoins. À l'exception des quelques fils dorés de lumière qui filtraient ici et là à travers des trous d'épingle entre les planches, il faisait totalement noir à l'intérieur.

Il n'y avait pas de chauffage non plus, mais on lui avait laissé des couvertures et elle ne souffrit pas du froid. Ni de la solitude. À peine fut-elle enfermée qu'une voix s'adressa à elle dans un murmure. D'abord, cela ressembla à du charabia, puis, peu à peu, Leanne commença à repérer des constantes, les mêmes phrases qui revenaient sans cesse. Parfois, cette psalmodie murmurée se poursuivait pendant des heures. Deux repas frugaux lui étaient servis chaque jour, à travers une ouverture découpée dans la porte ; celui du matin se composait d'une fine tranche de saumon séché et d'un demi-morceau de pain, le soir, la même chose était accompagnée d'un bol de soupe insipide. On lui apportait autant d'eau qu'elle en voulait.

Trois jours passèrent. Leanne le savait grâce au lever et au coucher du soleil, et aussi parce que sa montre était équipée d'une petite lumière qui éclairait l'heure et la date quand elle appuyait sur un bouton. Au début, elle se roula en boule sur son lit et cacha sa montre pour la regarder. Mais le troisième jour, elle oublia, et elle appuya sur le bouton de la lumière alors qu'elle était assise. La voix se tut. Quelques minutes plus tard, la porte s'ouvrit. Les rayons du soleil lui lacérèrent le crâne. Quelqu'un entra, l'obligea à lever le bras et lui arracha sa montre, puis ressortit en claquant la porte. Peu de temps après, la psalmodie reprit.

Leanne se moquait de l'obscurité, et elle aurait pu supporter la solitude, mais il ne s'agissait pas de ça.

Le quatrième jour, elle commença à insulter la voix. Alors, une femme nommée Jennifer vint lui rendre visite.

Jennifer était une femme grassouillette et joviale. Elle avait de grosses joues rouges, des cheveux veinés de mèches grises et de grandes dents couvertes de taches brunes. Elle s'agenouilla sur le plancher, à côté du lit, et épongea le visage de Leanne à l'aide d'un linge humide et chaud.

— Tu as de la fièvre, dit-elle. Je leur avais bien dit que c'était pas sain.

— À qui ?

— Au Conseil Interne. Étant donné qu'on vient de s'installer ici, et comme tu es une étrangère, tu comprends bien qu'ils devaient faire quelques vérifications.

— Quelles vérifications ? Qu'est-ce qu'il y a à vérifier ?

— Je ne sais pas. C'est eux qui savent. Ils ont dit que pour des raisons de sécurité, tu devais rester enfermée dans cette prison répugnante.

— Qui me parlait derrière le mur ?

Jennifer la regarda bizarrement.

— Oui, dit Leanne, une voix n'a pas arrêté de me murmurer des choses, sans cesse.

— Quelles choses ?

— Des phrases. Sur la Terre. Dieu sauvera mon âme et je ne ferai plus qu'une avec la terre. Par exemple.

Jennifer prit appui sur ses talons, en regardant fixement Leanne.

— Tu parles sérieusement ?

— Oui. Qui était-ce ?

— Personne, ma belle. Personne n'est venu te parler. Tu es restée enfermée ici, toute seule. Il n'y a rien autour, ni tente ni cabane. Et c'est moi qui t'ai apporté à manger. S'il y avait eu quelqu'un dans les parages, je l'aurais vu.

— Je les ai entendus. Ils parlaient. Et quand ils m'ont vue regarder ma montre, ils me l'ont confisquée...

Jennifer continuait de la regarder fixement ; elle secoua la tête.

— On t'a pris ta montre avec toutes tes autres affaires, Leanne. On a tout mis de côté. J'ai vérifié. La montre y est bien. Une Bulova, hein ?

— Quelqu'un m'espionnait.

— Non, personne ne t'espionnait. Je t'assure.

— Et on me parlait.

— Absolument personne, crois-moi. Allez, enlève-moi ces couvertures.

Leanne se rallongea sur le lit de bois et laissa Jennifer poursuivre sa toilette, les épaules d'abord, les bras, puis le ventre, le long des cuisses. Bizarrement, elle ne trouvait pas étrange de se faire laver par cette inconnue. C'était bon de sentir l'eau sur son corps, d'être enfin débarrassée de la sueur et de la crasse de ces quatre jours écoulés, et avant cela, du voyage en avion et de la marche, bien qu'elle ait cessé d'être incommodée par son odeur depuis un bon moment déjà. Il n'y a pas si longtemps, elle s'en souvenait, elle prenait fréquemment deux douches par jour, et elle fut stupéfaite de constater que sa vie d'autrefois lui apparaissait déjà comme un souvenir, de l'histoire ancienne. Comme si elle ne devait jamais la retrouver.

— Tu as de très jolis cheveux, commenta Jennifer en caressant le sommet du crâne de Leanne.

Sortant une brosse de la poche de son tablier, elle demanda :

— Tu permets ?

Leanne se redressa. Jennifer s'assit à côté d'elle sur le lit et entreprit de lui brosser les cheveux.

— Tu connais bien la vie sauvage, toi ?

— Un peu, répondit Leanne. Qu'est-ce qui te fait dire ça ?

— Tu es une indigène.

— Oui, et en arrivant ici, j'ai vu que c'était l'horreur. Je n'ai eu qu'un aperçu...

— Non, ce n'est pas l'horreur. On est heureux ici. Et on vient juste d'arriver ; il y a encore beaucoup de travail à faire.

— C'est bien ce que je dis. Vous avez du pain sur la planche. Mais l'hiver approche à grands pas. Si vous ne construisez pas des abris, et si vous ne vous préparez pas comme il faut, des gens vont mourir.

— Ah bon ?

— Oui.

— Et toi, tu connais toutes ces choses ?

— Pas mal, oui. Et je sais chasser. Je pourrais vous aider. Il va falloir remplir les garde-manger. La vie va devenir très dure dès qu'il commencera à neiger.

— Je le dirai aux autres. Merci.

— Quand pourrai-je commencer ? À étudier ?

— Sois patiente, ma belle. Tout le monde est débordé pour l'instant. Dis-toi que tu commences par apprendre la patience. Tu dois attendre, ouvrir et vider ton esprit.

Jennifer caressa encore une fois les cheveux de Leanne et se pencha pour déposer un baiser sur sa joue.

— Tu nous aideras, dit-elle. Je le sens. Je sens que tu es une personne forte.

Jennifer revint la voir un peu plus tard dans la journée, et le lendemain, en restant un peu plus longtemps à chaque fois. Entre chacune de ses visites, la voix reprenait ses murmures, mais Leanne décida de ne plus en parler. Trois autres jours s'écoulèrent ; dorénavant, Jennifer passait presque toute la journée dans la cabane, jusqu'à la nuit tombée. Mais le septième jour, elle ne vint pas seule. Elle était accompagnée de deux autres femmes, et dès lors, Leanne se retrouva très rarement seule.

On la conduisit dans la grande tente en toile blanche où vivaient ces trois femmes, et où, lui dit-on, elle vivrait désormais elle aussi. On lui attribua un lit de camp près de la cloison, sous lequel elle pouvait ranger ses affaires, qui se limitaient à une paire de bottes et aux quelques vêtements qu'on lui avait rendus. La majeure partie de ce qu'elle avait apporté dans son sac, y compris l'argent, avait été réquisitionnée, lui expliqua-t-on, pour le bien commun de la Famille.

Après avoir installé Leanne dans sa tente, Jennifer et les autres femmes s'assirent sur leurs lits de camp respectifs et l'observèrent sans rien dire, avec une sorte de respect mêlé de crainte. Leanne ne pouvait pas le savoir, mais à partir du moment où l'on commença à raconter qu'elle entendait des voix, la rumeur affirma qu'elle possédait une sorte de pouvoir. Le fait que Père ne lui soit pas encore apparu, qu'il ne se soit pas présenté de la manière habituelle pour la prendre sous son aile, c'était des signes de sa différence.

Elle avança jusqu'à l'entrée de la tente pour regarder dehors, s'attendant à ce qu'on lui ordonne de rentrer, mais comme personne ne disait rien, elle sortit pour jeter un œil. Alors les trois femmes se levèrent pour la suivre, sans rien dire, mais en la collant de près, tandis qu'elle déambulait à travers ce camp qu'ils nommaient Sanctuaire.

Le Sanctuaire en question, constata-t-elle, s'étendait sur environ un hectare d'herbe rase et de broussailles, bordé de trois côtés par des rangées de tentes de différentes couleurs. Au centre du terrain les pas avaient déjà tracé des chemins de boue. Un nuage de fumée provenant des feux et des grandes marmites flottait à hauteur de tête. L'extrémité nord du camp venait buter contre une forêt dense ; c'est là que se trouvait la prison, et une dizaine de mètres plus loin, juste à l'orée du bois, se dressait une cabane de rondins, petite mais d'apparence solide. De la fumée s'échappait d'un tuyau de poêle planté dans le toit, et sur le côté, un bloc électrogène toussotait. Leanne se souvenait d'avoir entendu ce bruit de temps à autre, de l'intérieur de sa prison.

Au-delà de cette cabane, la forêt semblait s'étendre sur des kilomètres, en grimpant vers une succession de collines, qui conduisaient, au loin, vers d'immenses montagnes pointues.

À l'ouest, comme elle l'avait déjà remarqué en arrivant, le camp était dominé par une paroi rocheuse imposante qui, Leanne s'en apercevait maintenant, faisait partie d'une saillie de plusieurs kilomètres de long courant du nord au sud. En fait, le camp était coincé entre cette paroi et les collines au nord et à l'est — une barre rocheuse moins haute, mais raide, recouverte de végétation, au pied de laquelle coulait un torrent. Personnellement, Leanne n'aurait pas choisi cet endroit, car à cause de l'escarpement rocheux, le camp se trouverait plongé dans une pénombre permanente à partir de midi. Elle aurait préféré un endroit plus élevé, plus ensoleillé. Il restait que, sur le plan de la défense, ce lieu était une forteresse.

Le quatrième côté du camp, au sud, face à la

prison et à la cabane de rondins, au-delà de la troisième rangée de tentes, était différent : le sol donnait l'impression de plonger dans le vide au lieu de s'élever. En s'approchant des rangées de tentes, Leanne découvrit qu'il s'agissait en réalité d'une sorte de défilé entre l'arête et la paroi rocheuse qui se poursuivait assez loin. La végétation dense empêchait de voir où conduisait cette pente mais, en gravissant la moitié de la crête, elle entrevit le bleu de la mer à moins d'un kilomètre, d'après son estimation.

Elle savait *grosso modo* où le pilote les avait déposées, avec la fille, et elle savait que les gens venus les accueillir au lac les avaient conduites vers le sud-ouest. Conclusion, elle se trouvait quelque part sur la côte sud-est de la péninsule de l'Alaska. Si elle pouvait grimper à un endroit plus élevé, d'où elle verrait mieux la mer et les montagnes environnantes de l'île de Kodiak, elle pourrait s'orienter de manière plus précise. Mais finalement, cela n'avait pas d'importance, se disait-elle. Ses collègues savaient sans doute déjà où elle se trouvait. Elle était convaincue qu'ils l'observaient en ce moment même, cachés quelque part sur un point élevé, munis d'énormes lunettes télescopiques, à trois ou quatre kilomètres d'ici.

Le visage que Leanne ne voyait pas, parmi tous ces membres de la Famille qui déambulaient autour d'elle, c'était celui de son frère, Calvin. Il fallait qu'elle les persuade de la laisser sortir du camp ; pour chasser, explorer, cueillir, peu importe. Alors, elle pourrait commencer ses recherches. Si elle connaissait bien Calvin, il ne débarquerait pas ici de but en blanc. Il camperait d'abord dans les environs, il observerait, il étudierait ces gens. Peut-être était-il là en ce moment même, se dit-elle, en train de l'observer, de la voir. Et elle se répéta cette idée, encore et encore, en espérant qu'à force, elle finirait par y croire.

La première fois qu'ils la laissèrent seule pendant quelques minutes, Leanne en profita pour s'aventurer dans la forêt qui débutait derrière la cabane. Elle n'était pas allée très loin, une centaine de mètres peut-être, quand elle remarqua des empreintes de bottes dans la terre molle, au pied d'un tronc d'arbre mort. Quelqu'un était resté posté là un long moment, à en juger par les couches d'empreintes superposées. C'est alors qu'elle remarqua les entailles de forme triangulaire dans l'écorce de l'arbre, laissées par des crampons ayant servi à grimper au tronc. Des marques d'observateurs.

On l'avait autorisée à garder un petit canif, avec lequel elle put graver un message dans le bois : LR OK. Et elle repartit.

Deux jours plus tard, de nouveau seule, en suivant le même chemin, elle découvrit que son message avait été gratté pour le rendre illisible. Au moment où elle se relevait, elle entendit un bruit dans son dos et se retourna. Un homme vêtu d'une combinaison de camouflage grise, le visage peint, coiffé d'un bonnet sur lequel étaient cousus des branchages, surgit des broussailles.

— Salut, dit Leanne.

— Tonnecliffe, FBI.

— Red Feather. ATF.

Il hocha la tête.

— Comment ça se passe ?

— Mal. Aucune trace des armes. Et pas d'Amon.

— Et vous, ça va ?

— Oui.

— Votre frère ?

— Il n'est pas là, lui non plus.

— Curtis ?

— Non plus. Désolée.

— On attendra.

— Très bien.

Il lui tendit un sachet en plastique renfermant un petit boîtier gris pas plus grand qu'une boîte d'allumettes, muni d'un bouton et d'un voyant lumineux rouge. Elle avait déjà vu ce genre d'appareil, c'était un émetteur. Si elle appuyait sur le bouton, ils capteraient le signal et pourraient suivre sa trace.

Elle fourra le boîtier à l'intérieur d'un tronc creux.

L'homme recula d'un pas, et redevint invisible.

On la rationnait ; on ne lui donnait pas à manger plus de cinq ou six cents calories par jour, avait-elle calculé. À force, elle s'affaiblissait, elle sentait fondre sa masse musculaire, ses graisses étaient absorbées. En même temps, elle rétrécissait intérieurement, autour d'un noyau dur qu'elle sentait au plus profond de son être, mais auquel elle n'avait plus accès aussi aisément qu'autrefois ; c'était la partie d'elle-même qu'elle avait toujours considérée comme dominante, la Leanne agressive, désireuse de plaire, Leanne la bonne élève, la bonne chasseuse, Leanne le bon agent ; désormais, elle n'était plus que Leanne la survivante, muette, apparemment résignée, qui observait et attendait. Mais en vérité, elle organisait son esprit : la surface lui servait à jouer le jeu, à camper, prier et discuter pendant des heures et des heures jusque tard dans la nuit, à supporter la fatigue et la faim (elle savait exactement ce qu'ils lui faisaient subir ; elle avait appris énormément de choses concernant la manipulation mentale auprès d'anciens membres de sectes qu'elle avait rencontrés), à se laisser enjôler et à écouter la Vérité ; mais une autre partie de son esprit, cachée, était réservée à la tâche qu'elle devait accomplir, à noter mentalement tout ce qu'elle voyait, en attendant de pouvoir l'écrire quelque part et le transmettre en douce. Car dans l'immédiat, tout ce qu'elle pouvait faire, c'était attendre et veiller à protéger cette partie de son esprit, pour être prête à agir.

D'une certaine façon, inattendue, jamais elle ne s'était sentie aussi proche de l'idéal que Guts avait tenté de lui instiller. Celui-ci était toujours émerveillé par l'énergie avec laquelle elle pourchassait le gibier et repérait les traces ; c'était ça qui la rendait heureuse et la faisait courir, le nez au ras du sol, pour chercher des empreintes ou des taches de sang, aussi vieilles soient-elles. Il s'émerveillait, mais il secouait la tête. Tu n'as aucune patience, lui disait-il. Or, la patience est la première qualité d'un chasseur. L'agressivité, la résistance et la force sont des atouts, mais dans tous les cas, je mise sur le chasseur patient. Elle secouait la tête et continuait d'avancer ; il secouait la tête et la suivait. Maintenant, à sa grande surprise, elle s'apercevait qu'elle était capable d'attendre, simplement.

Depuis qu'elle était arrivée ici, elle n'avait pas vu Père. Elle n'avait vu aucune arme militaire, ni Calvin, ni Joe Curtis, et, hormis quelques secondes passées avec Tonnecliffe, parfois, elle n'avait aucun contact avec le monde extérieur. Pourtant, elle acceptait d'attendre. Car elle était à l'affût dans le sanctuaire de sa proie. La vraie façon de chasser. C'était un état d'esprit qu'elle n'avait jamais connu, et elle sentait le pouvoir grandir en elle.

Les femmes sentaient ce pouvoir. Leanne était une sorte de prophétesse, affirmait-on ; certaines femmes l'avaient entendu dire. Malgré tout, elles n'hésitaient pas à la rudoyer dans leur enseignement. Les cours avaient lieu trois fois par jour, pendant juste une heure ou deux parfois, ou alors pendant six ou sept heures d'affilée. Durant certaines de ces sessions triquotidiennes, qui accueillaient maintenant six femmes en plus de Leanne (parmi lesquelles se trouvait Chris, la fille qui l'avait conduite jusqu'ici), elles s'asseyaient nues sur des fourrures pour discuter et prier. Rapidement, Leanne cessa d'éprouver de la gêne, et pour finir elle n'y pensa même plus.

Les séances étaient toujours intenses et chargées en émotions ; les femmes étaient à ce point excitées par le pouvoir et la résistance de Leanne — et par la jalousie qu'elle leur inspirait — qu'elles se jetaient sur elle, la tiraient par les cheveux, la griffaient ou bien la rouaient de coups, jusqu'à ce que Jennifer intervienne pour les repousser et plaquer Leanne contre son corps obèse et chaud, le temps que les autres se calment et battent en retraite.

Parfois, elles l'acculaient verbalement, l'accusant de nourrir de fausses motivations, de ne pas chercher la Vérité, mais plutôt de poursuivre un but matériel, ou bien elles faisaient en sorte qu'elle déforme les leçons. « C'est le monde qui nous intéresse », disait-elle. « Non, c'est la terre qui nous intéresse », répliquaient les femmes en chœur. « Tu as laissé le monde derrière toi. »

Mais parfois, elles la couvraient de tant de compliments, avec une telle ferveur, que Leanne pleurait. Dans ces moments-là, son esprit semblait s'ouvrir véritablement, comme si le sommet de son crâne s'était écarté pour absorber toute la sagesse de toutes les tribus de tous les âges, comme si elle était un récipient, un conduit reliant les dieux des tribus à la terre elle-même. Elle tombait par terre et sanglotait, à bout de souffle, devant ces femmes simples et ridées, qui ignoraient tout des bombes et du trafic d'armes, qui ne vivaient que pour leur foi et leurs enfants, pour la terre, les unes pour les autres.

Et chose étonnante, incroyable, Leanne en vint à les aimer. Comme elle avait aimé certaines femmes de sa réserve, comme elle aimait ces forêts et ces montagnes, le gibier et le poisson au goût sauvage qu'elles mangeaient.

Pourtant, elle était insatisfaite, mais une fois encore ce n'était pas à cause de sa mission, de son passé ou même de Calvin. Au milieu de cette région, la plus sauvage de toutes, dans ce camp où l'on apportait des animaux tués à la chasse et d'énormes saumons capturés dans une rivière située au-delà de la crête, Leanne ressentait le désir impérieux de coller son nez sur le sol et d'avancer ainsi en suivant les pistes du gibier, sur les rives des cours d'eau, de courir comme elle ne l'avait pas fait depuis presque vingt ans.

C'était tout cela, l'amour et le contentement, et cette merveilleuse, terrible attente, qui était le plus inattendu. Leanne ne savait pas comment réagir face à toutes ces choses, puis vint un jour où elle ne comprit plus très bien ce qui lui arrivait.

Le temps passait ; l'air devint de plus en plus vif, les nuits franchement froides. Au lever du jour, la croûte de givre qui recouvrait l'herbe et la boue persistait toute la matinée. Leanne marchait pieds nus de sa tente à la fosse d'aisance masquée par des couvertures, en savourant cette brûlure ; elle s'accroupissait et respirait la vapeur qui montait de ses déjections.

Mais son inquiétude grandissait.

— J'ai peur que vous ne soyez pas prêtes à affronter l'hiver, dit-elle aux femmes. Je sais bien que vous avez déjà vécu dans la nature, mais pas aussi loin de tout, et pas dans des tentes. Ici, l'hiver risque de vous tuer.

— Notre Mère la Terre nous protégera.

— Notre Mère la Terre exige votre respect, répondit Leanne. Or, vous ne lui en témoignez aucun.

Ainsi, l'élève commençait à enseigner. Ayant entendu les paroles de Leanne, une des femmes sortit discrètement de la tente et traversa le terrain boueux jusqu'à la petite cabane située à l'orée du bois.

Le lendemain, dans la tente chauffée, les femmes qui bavardaient et riaient s'interrompirent brusquement. Sentant un courant d'air froid, Leanne leva la tête et découvrit un homme, qui tenait le rabat de la tente levé. Il portait une veste en cuir, tannée et cousue de manière grossière, ouverte. Il était grand, avec une taille fine et des cheveux poivre et sel en bataille qui se dressaient sur sa tête comme des cornes. Ses lèvres étaient épaisses, son menton large et fendu profondément. Il avait une épaisse barbe d'un jour. Dans l'ensemble, songea Leanne, ce n'était pas un homme très séduisant, exception faite des yeux, bleus et éclatants, qui pénétraient en elle avec une force qu'elle n'avait jamais ressentie, lui semblait-il. Guts avait un regard puissant, lui aussi, mais très différent. Ses yeux étaient marron-noir, délavés, ils ne vous transperçaient pas. Ils parlaient, ils caressaient. Ces yeux bleus dans lesquels elle se plongeait ne parlaient pas ; ils ordonnaient, ils imposaient, et ils semblaient voir des choses qu'il vaudrait mieux ne pas voir.

— Je suis Père Amon, déclara-t-il, en ne regardant qu'elle.

— Vous laissez fuir la chaleur, lui répondit-elle.

Elle enfila sa veste, quitta le cercle des femmes et rejoignit Père dehors.

Il ne pleuvrait pas aujourd'hui, elle le sentait. Le soleil était haut dans un ciel bleu comme un diamant. Loin, très loin tout là-haut, à 15 kilomètres et un million d'années-lumière, un avion effectuant la liaison Seattle-Tokyo laissait derrière lui une traînée de vapeur blanche, seul nuage dans tout ce bleu. L'atmosphère charriait cette morsure automnale des possibilités, cette brûlure du changement que connaissent bien les écoliers, et que ressentent encore les adultes, quand ils s'y autorisent.

— Marchons, dit Amon.

Il se tourna vers l'extrémité ouest du camp et le canyon qui descendait vers l'océan, plus loin. Leanne le suivit.

33

Ce fut Calvin, avec sa façon calme et discrète de marcher à travers les broussailles, au point que le bruit ne dérangeait même pas certains animaux, qui, avançant largement devant, dénicha un point d'observation privilégié au sommet d'une crête fortement boisée, d'où il pouvait contempler le camp du Kenai et les Amonites. Lorsque Kari et Joe le rejoignirent enfin, Calvin s'était éloigné de la crête et leur faisait signe de se baisser et de ne pas faire de bruit. Il avait repéré, leur dit-il, un homme en combinaison verte, perché dans un arbre, à une centaine de mètres de là, entre eux et le camp. Le type en question était équipé d'un matériel de transmission, précisa Cal ; il avait des écouteurs, une sorte d'émetteur et une lunette télescopique reliée à une caméra posée sur un pied.

— Les fédéraux, commenta Kari. Ce n'est pas la première fois qu'ils viennent nous observer.

— Le problème, c'est qu'il n'y a plus rien à observer, dit Cal. Toutes les portes sont ouvertes, des affaires traînent dans la boue. C'est ce que je craignais après tes coups de téléphone. Viens voir.

Kari et lui avancèrent jusqu'au bord de la crête, à quatre pattes, pendant que Joe attendait, accroupi dans l'herbe.

Quand ils revinrent, Kari était livide.

— Tout le monde a disparu, dit Calvin. La maison est vide. Ils ont dû se faire embarquer.

— Non, ils n'ont pas été arrêtés, dit Kari. Ils sont partis.

— Où ça ? demanda Joe, mais il connaissait la réponse.

Kari lui avait parlé du nouveau Sanctuaire, dans les montagnes Aléoutiennes, le long de la péninsule de l'Alaska, à des centaines de kilomètres au milieu de nulle part.

— On ferait mieux de déguerpir d'ici vite fait, dit Cal. Les copains de ce type doivent rôder dans les parages, au cas où des gens du camp auraient décampé dans les bois.

— Impossible de repartir par où on est venus, dit Joe.

— Exact. On va continuer vers le sud jusqu'à ce qu'on tombe sur une autre rivière. On la suivra. Tôt ou tard, elle croisera la route. De là, on pourra continuer, en bagnole ou autrement.

Alors qu'ils se mettaient en marche, Joe entendit Kari sangloter discrètement. Elle pleura presque toute la journée.

Cette nuit-là, dans la tente, Kari ne lui dit pas un mot. Elle ouvrit simplement les fermetures à glissière de leurs sacs de couchage et les assembla pour former un grand lit à deux places, puis elle l'embrassa, avec force. Sa bouche avait le goût du dentifrice et de l'eau sauvage du Kenai. Méthodiquement, elle les déshabilla tous les deux et rampa sur lui, sans le laisser bouger. Elle lui plaqua les mains le long du corps jusqu'à ce qu'elle soit repue de baisers, ce qui sembla durer au moins une heure ; après quoi, elle prit une des mains de Joe pour la faire glisser sur son ventre et entre ses cuisses. Serrant deux de ses doigts dans sa main, elle les frotta contre elle, jusqu'à ce que, parcourue de tremblements, elle se laisse aller contre lui.

Au bout d'un moment, la main de Kari abandonna son entrecuisse pour glisser vers celui de Joe, trouva son sexe et le serra si fort qu'il sursauta. Alors, elle commença à le frotter contre sa fente, avec une lenteur terrible tout d'abord, puis en accélérant, et finalement, plaquant son pubis contre le ventre de Joe, elle le fit entrer en elle.

Elle noua ses bras autour de son cou et remua sur lui, de plus en plus fort et vite ; désormais, leurs deux corps s'entrechoquaient bruyamment.

Plaquant sa bouche sur celle de Joe, elle lui souffla son haleine chaude dans les poumons, l'inspira de nouveau, puis la recracha en lui, ses lèvres soudées aux siennes, et ainsi de suite jusqu'à ce qu'ils échangent des bouffées d'air inutile, en de petits halètements. Joe avait la tête qui tournait ; le vide lui broyait la poitrine. Mais sous la sensation de vertige, sous la brûlure, il sentit naître le plaisir ; il se dressa plus profondément en elle, et finalement, se libéra avec une telle force, pendant un si long moment, qu'il dut lutter pour ne pas perdre connaissance, jusqu'à ce que Kari détache enfin sa bouche de la sienne, pour laisser entrer l'air froid et fertile.

Un peu plus tard, quand ils eurent repris leur souffle, Joe sentit les traces mouillées sur le visage de Kari ; les gouttelettes de sueur s'étaient regroupées au creux de sa gorge, formant une petite flaque.

— Le danger, dit-elle, quand je te reçois en moi, c'est que j'oublie presque. Presque.

Du pouce, Joe fit glisser la sueur rassemblée dans le cou de Kari, sur sa poitrine, et l'étala avec sa main.

— Il faut que tu la retrouves, dit-il. J'en ai parlé à Cal. On t'aidera. C'est différent maintenant.

— À cause de l'enfant ?

— Pas seulement.

— Quoi d'autre ?

— À cause de nous, toi et moi.

— Raconte.

— Je viens de le faire.

— N'empêche, dit-elle, je me demande si tu ne devrais pas plutôt penser à fuir.

— On peut tout aussi bien fuir là-bas que n'importe où ailleurs. On proposera un échange : l'or contre Eloise.

— Vraiment ?

— Et après on repartira.

— Joe... (Elle enfouit son visage contre le sien ; il sentait sa respiration.) Joe, Joe, Joseph...

— Mais la route est longue. Je ne sais pas comment on va faire.

— Je connais un type, dit Kari. J'ai entendu parler de lui. Un négociant en saumon nommé Johnny Johnson ; il possède un bateau ravitailleur de trente mètres, basé à Ninilchick, à seulement une trentaine de kilomètres d'ici. Il traitait régulièrement avec Père, il achetait et revendait une partie de sa pêche, il transportait des vivres pour la Famille et des gens aussi. J'avais entendu dire que, le moment venu, Père envisageait de se servir de Johnny, entre autres, pour nous conduire tous au nouveau Sanctuaire.

— Pourquoi nous aiderait-il ?

— Je ne sais pas s'il le fera. Mais il n'a jamais été membre de la Famille. Juste un commerçant qui cherche à gagner du fric.

C'était presque la mi-octobre. Le temps qu'ils atteignent la Sterling Highway, deux jours plus tard, qu'ils trouvent à Ninilchick le dénommé Johnny Johnson, à qui ils donnèrent cinq mille raisons de les conduire à Kodiak City, à 250 kilomètres au sud-ouest, où il pourrait refaire le plein de carburant avant d'effectuer encore 150 kilomètres en direction du nord-est, en franchissant le détroit de Shelikof, jusqu'à un certain endroit de la péninsule de l'Alaska, le temps que Johnson prépare son bateau pour ce dur voyage, et qu'ils pénètrent enfin dans les eaux de l'estuaire de Cook pour commencer la traversée, un mois s'était écoulé depuis le jour où ils s'étaient enfuis de Juneau.

34

Ce premier jour de promenade, Leanne et Père restèrent tous les deux muets jusqu'à ce qu'ils aient dépassé les tentes et pénétré dans les bois à l'entrée du défilé, juste avant qu'il ne plonge vers le rivage. À cet endroit, bien qu'ils soient entourés de sapins touffus, s'étendait une sorte de plateau rocailleux dégagé qu'ils escaladèrent et d'où ils apercevaient l'océan, et plus loin encore, à l'horizon, les montagnes de l'île de Kodiak.

— Ils viendront de là-bas, commenta Père en désignant les sommets lointains.

— Hein ?

— De Kodiak. C'est là qu'ils débarqueront.

— Qui ?

Avec une petite grimace d'amertume, Père secoua la tête.

— Tu t'es montrée forte, tu as fait preuve de talents et de connaissances remarquables, et plus important encore, d'une grande capacité d'assimilation et d'adaptation. Même si j'ai l'impression qu'il s'agissait moins d'apprendre que de retrouver des choses que tu connaissais déjà. Alors, je t'en prie, ne gâche pas tout avec les mauvais mensonges.

— À quel sujet ? demanda Leanne. Je suis venue de Fairbanks. Mon père travaillait sur les plates-formes...

Père secoua la tête en faisant la moue, et il contempla le large.

— Très bien, dit-il. Parfait. N'en parlons plus.

Il redescendit du plateau rocailleux.

— Que voudriez-vous que je dise ?

— Je veux que tu cesses de me mentir et que tu sois honnête. C'est bien ce que tu attends de moi, non ? L'honnêteté. Tu voudrais que je te donne des informations, pour tes petits copains. D'accord, je t'en donnerai. Mais surtout, je sens que tu es à la recherche d'une véritable honnêteté. Tu veux savoir qui je suis réellement, ce que j'ai en moi qui pousse ces braves gens à endurer de telles épreuves, simplement parce que je le leur ai demandé. Tu crois, tout au fond de toi, que peut-être je possède un peu de sagesse, et tu cherches la sagesse, Leanne. Plus que tout, tu veux entendre quelqu'un te dire des paroles sages. Je crois que ça ne t'est pas arrivé depuis longtemps.

— Taisez-vous.

— Je te dirai tout ce que je sais. Je me mettrai à nu devant toi. Je te donnerai même ce que veulent tes amis. Mais en échange, je te demande de laisser tomber ce déguisement bidon.

— Et le fait de m'enfermer dans une pièce noire pendant une semaine ? Et la petite voix que j'entendais ? J'appelle ça du bidon, moi aussi.

— Des astuces, dit-il. Des petits jeux idiots que l'on utilise pour purger les esprits en cas de besoin. En vérité, ce n'était pas tant pour toi que pour les autres, qui devaient assister à cette mise en scène. Quant aux voix, c'est toi qu'il faut remercier, véritablement. Personne d'autre n'était au courant, et surtout pas les femmes qui t'ont prise sous leur aile. Et quand tu leur as parlé de ces voix, elles ont été très impressionnées. Elles sont convaincues d'avoir une authentique sainte dans leurs rangs ; c'est pour ça qu'elles sont si dures avec toi. Elles t'aiment.

— Moi aussi, je les aime.

Leanne fut choquée de s entendre faire cet aveu.

— Je sais, Leanne. Nous en reparlerons plus tard, quand tu auras réussi à être franche avec moi.

— Je suis franche !

Père tourna les talons et fit plusieurs pas en direction du camp, puis s'arrêta, comme traversé par une idée subite.

— Tu sais quel est le problème ? demanda-t-il. La foi. Tu n'as pas foi en moi, pas encore.

— Foi en quoi ?

— Foi en ce que je suis. En ce que je sais. Car vois-tu, c'est à partir de là que tout débute. Tant que tu n'auras pas la foi, tu n'apprendras rien, tu ne progresseras pas sur le plan de la connaissance. Voilà donc ta première leçon : aie foi en Amon Ka'atchii. Tu comprends ?

— Non.

— Normal. Je vais t'expliquer : tu as peur que je sache qui tu es réellement, mais tu refuses de me l'avouer, car tu n'es pas convaincue d'avoir été percée à jour avant même de débarquer ici, et tu ne veux rien dévoiler. Alors, tu ne cesses de mentir. Or si tu avais foi en moi, tu me croirais sans hésiter quand je te dis que je sais tout sur toi. Mais comme tu n'as pas la foi, tu réclames des preuves. Tu attends que je te donne un signe infaillible prouvant que je sais réellement qui tu es. Souviens-toi de ce que dit le Christ dans Luc, chapitre 11 : « C'est une génération mauvaise, elle réclame un signe. »

Leanne ne le quittait pas des yeux ; la colère, la confusion et l'espoir grandissaient simultanément dans sa poitrine, et elle n'aurait su définir ses sentiments pour cet homme, ce cinglé des armes, ce mystique. En revanche, elle savait que ces sentiments ne ressemblaient pas à ceux auxquels elle s'attendait. Elle aurait voulu le mépriser, avoir de pitié pour lui. Or, quoi qu'elle éprouve, ce n'était certainement pas ça.

— Tu as un choix à faire, dit-il. Soit tu commences à avoir foi en moi, et tu me crois quand je dis que je sais qui tu es. Ou bien tu n'as pas cette foi, et tu me réclames un signe pour prouver que je sais qui tu es.

— Je suis celle que je prétends être, un point c'est tout.

— Il te faut un signe, donc. Le Christ a fait la même chose, tu sais. Il a fustigé les gens qui lui réclamaient des preuves, puis il les leur a données, en rendant la vue à des aveugles, et ainsi de suite. C'est ce que j'aime chez lui. Il figure au nombre des six prophètes majeurs. Mais bon, c'est d'accord. Parce que j'ai peur que le temps nous soit compté, et que nous avons un tas de choses à aborder, je veux bien exaucer ton désir.

Il la regarda fixement, les bras croisés sur la poitrine. Leanne s'assit sur le rocher, les jambes repliées sous elle, et sentit que ses doigts essayaient de s'enfoncer dans la pierre, tandis qu'elle attendait. En retenant son souffle.

— Ben Regis, dit Père.

Leanne sentit ses yeux s'écarquiller. Elle le vit sourire.

— Ben est l'image du type sympa, le mari et le père idéal, dit Père. Il te manque ? Il est venu fureter vers chez nous, pour toi, après le drame de Cœur d'Alene, pendant que tu pourchassais des ombres sur la côte. Ça t'évoque quelque chose ? Qu'est-ce que tu préfères, l'alcool, le tabac ou les armes ? Moi, j'ai un faible pour les armes, comme tu l'as sans doute deviné. Tu crois que je suis un cinglé des armes, comme ces pauvres ploucs des milices isolationnistes, ces connards auxquels vous avez affaire dans l'Idaho. Eh bien, tu te trompes. Je recherche des armes, car des gens essaient de me tuer. Suis-je paranoïaque ? Peut-être. Mais je n'en serai pas moins mort s'ils parviennent à m'atteindre, ce qui risque de se produire s'ils pensent que je n'ai pas de quoi me défendre.

— C'est justement pour cette raison qu'ils vont venir, dit-elle. À cause des armes !

— Ah, toujours le même vieux dilemme, hein ? Qui précède qui ? L'œuf ou la poule ? La défense ou l'agression, la menace ou la paranoïa ? Combien de mes compagnons devront être massacrés par tes amis avant que vous ne commenciez enfin à comprendre, vous tous, que nos récriminations sont légitimes, que nous sommes persécutés comme l'ont été les juifs, les musulmans et les pauvres chrétiens de l'ancien temps ? Et même ces pathétiques Davidiens égarés. Hein, Leanne ? Combien de personnes tuées par tes amis ? Et la prochaine fois, combien de mes enfants ?

Elle ne trouvait rien à dire.

— Allons, ça suffit pour aujourd'hui. Tu as eu

ton signe. Tu sais maintenant que je sais, et j'espère que nous allons arrêter ce petit jeu. Tu es une femme adorable, terriblement intelligente et déterminée. En outre, il y a longtemps que je n'ai pas rencontré une personne dont l'esprit est aussi proche de la terre. J'espère que tu le sais, et j'espère que tu ne continueras pas à le gâcher.

Il s'éloigna de quelques pas et s'arrêta de nouveau.

— Au fait, je te ferai un cadeau demain.

Sur ce, il tourna les talons et disparut parmi les arbres.

Le lendemain, deux hommes qu'elle ne connaissait pas entrèrent dans sa tente pour lui dire de se préparer ; ils partaient chasser et elle devait les accompagner. Elle sauta de joie. Jennifer l'aida à s'habiller, en lui rendant les vêtements chauds avec lesquels elle était venue jusqu'ici, mais qu'elle n'avait pas revus depuis son arrivée.

On ne l'autorisa pas à porter une arme, et elle devait marcher lentement, car elle était affaiblie par les privations, mais elle suivit les deux hommes dans le canyon, en passant devant le petit plateau rocailleux où elle avait discuté avec Père, jusqu'au rivage de leur crique, où un baleinier, un gros bateau en bois de six ou sept mètres de long, totalement nu, à l'exception d'un gros moteur hors-bord, d'une paire de rames et de quelques gilets de sauvetage, était ancré à environ cinq mètres de la plage. Les hommes soulevèrent sur leurs épaules une corde qui était attachée sur la grève, et repartirent en tournant le dos à l'océan, afin de tirer le bateau vers la terre.

Pendant ce temps, Leanne regarda autour d'elle. Un peu plus loin à l'intérieur de la crique, un bateau de pêche commercial — le plus petit des deux chalutiers appartenant à la Famille, mais Leanne ne pouvait pas le savoir —, mouillait à côté d'une autre embarcation tout en bois, plus petite encore. Sur la plage, en retrait, elle remarqua une sorte de hangar découvert sous lequel étaient entreposés des fûts portant les mentions : *kérosène*, *essence* et *pétrole*. Elle s'était justement demandé où ils stockaient leur carburant, n'ayant vu aucun baril à l'intérieur du camp.

Après avoir chargé le matériel, ils se mirent en route, traversant d'abord, dans le bourdonnement du moteur, l'étroit bras de mer, pour contourner ensuite un grand promontoire, là où la longue barre rocheuse qui bordait l'ouest du camp s'achevait enfin, tombant à pic dans l'océan. Dès lors, la côte de l'Alaska tout entière sembla s'ouvrir devant eux.

Leanne était assise au milieu du bateau, face au vent. Elle pouvait à peine respirer. Le vent lui cinglait le visage et inondait ses yeux de larmes. Des aigles d'Amérique les observaient, perchés dans les arbres nus. Des groupes de petits canards noir et rouge parsemaient la surface de l'eau ; ils s'envolaient quand passait le bateau, décrivaient un cercle dans le ciel et se reposaient sur l'eau. Un des hommes tapota le bras de Leanne et lui montra une petite créature qui flottait sur le dos, pas très loin du bateau, et semblait les regarder passer.

— Une loutre de mer, hurla-t-il pour couvrir le bruit du vent et du moteur.

Leanne vit qu'elle tenait quelque chose, un poisson ou un coquillage, entre ses pattes minuscules, plaquées sur son ventre.

Ils naviguèrent pendant presque une demi-heure, lentement, en longeant la côte. Les pentes boisées se jetaient directement dans l'eau, mais de temps à autre, elles accueillaient une petite grève rocailleuse, semblable à celle qu'ils venaient de quitter.

Leanne ignorait où ils allaient, et ce qu'ils cherchaient, jusqu'à ce que l'homme qui tenait le gouvernail ralentisse, et que l'autre homme désigne une de ces plages, au loin. Là, dans cette ouverture au milieu des bois, parmi les pierres noires et blanches, elle distingua des taches brunes et beiges. Des cerfs.

— À cette époque de l'année, ils descendent pour se nourrir. De varech. Ils viennent en hardes.

À mesure qu'ils approchaient de la côte, elle commença à apercevoir distinctement chaque animal ; elle en dénombra ainsi plus de vingt. Lorsqu'ils ne furent plus qu'à une centaine de mètres du rivage, le pilote coupa le moteur, et l'autre homme tendit un fusil à Leanne.

— Tiens-toi prête. On y est presque. Il y a déjà une balle dans le canon.

Elle s'agenouilla sur le plancher du bateau, épaula le fusil et abaissa le cran de sûreté. Les cerfs s'étaient arrêtés de brouter pour les observer, mais aucun ne fit mine de décamper sur les pentes escarpées qui se dressaient derrière. Leanne choisit un petit mâle légèrement en retrait dans la pente, qui se tenait de profil, et le coinça dans la lunette. Mais elle avait oublié qu'elle se trouvait sur un bateau. Bien qu'il ait quasiment cessé de bouger, il continuait de tanguer sur les vagues. La détente était extrêmement dure, et Leanne tira une cartouche qu'elle entendit à peine et qui partit trop haut. Elle vit jaillir une gerbe de terre à quelques dizaines de centimètres de la tête de l'animal. Celui-ci fit un bond, courut sur quelques mètres, puis s'immobilisa de nouveau pour regarder ce qui se passait. La harde tout entière demeura immobile ; ils n'avaient jamais vu d'êtres humains, ni de bateaux, n'avaient jamais entendu de coups de feu.

— Encore, ordonna un des deux hommes.

Cette fois, Leanne retint son souffle et s'obligea à se détendre, à bouger en même temps que le bateau, à adopter le rythme des vagues, en regardant l'animal monter et descendre dans la lunette, afin de tirer au moment où le bateau entamait sa descente, et où le viseur passait au-dessous de l'épaule du cerf. La détonation résonna parmi les rochers, et l'animal s'effondra en roulant sur lui-même, dans un entrelacs de pattes et de bois, jusqu'aux éboulis tout en bas. Immédiatement, dans le dos de Leanne, un autre fusil cracha et un deuxième cerf, sur la grève celui-ci, s'effondra.

— Continue ! lui cria l'homme.

Elle fit glisser une troisième balle dans le canon, visa, tira et manqua de nouveau sa cible.

— Merde ! dit-elle.

Toute la harde s'était maintenant enfuie ; les cerfs gravissaient la colline, à la suite du plus grand mâle. Le moteur rugit et le bateau approcha du rivage.

— Il y en a qui vont rester, hurla un des hommes. Continue à tirer.

Il avait raison. Leanne avisa une biche qui était revenue sur ses pas, poussée par la curiosité, et juste au moment où la proue du bateau atteignait la rive et s'immobilisait, elle visa et tira de nouveau, tuant l'animal d'une balle dans la gorge. L'autre homme tira à son tour, abattant un quatrième animal. Maintenant, toute la harde avait disparu de l'autre côté de la crête.

— Quatre, commenta l'homme qui pilotait le bateau. Pas mal. On aurait pu en tuer six, mais c'est pas mal.

Leanne tremblait. Son cœur cognait dans sa poitrine. Elle sentait toutes les odeurs : l'iode de la mer, le poisson et le varech séché sur les rochers, l'odeur cuivrée du sang frais de l'animal, la sueur de ces deux hommes. Elle sentait dans son haleine le saumon et la moutarde qu'elle avait mangés ce matin au petit déjeuner, et elle sentait les montagnes elles-mêmes, avec leurs cimes recouvertes de glaces, et les collines d'herbe brune aux arbres nus à feuilles caduques, avec leurs bosquets de sapins qui ondulaient vers eux.

— Tu as déjà chassé de cette façon ? lui demanda l'homme qui se tenait derrière elle, celui qui avait tiré.

— Non. J'ai l'habitude de chasser en montagne. C'est du boulot.

— Ça aussi c'est du boulot. Il faut nourrir une cinquantaine de personnes. Allons-y.

Après avoir débarqué, ils s'aperçurent qu'un des cerfs bougeait encore. En les voyant approcher, l'animal se remit debout et tenta de fuir en chancelant. Le pilote le saisit par les bois, le plaqua au sol et lui coinça le cou sous sa grosse botte. Il sortit un pistolet calibre .22 de sa veste, pointa le canon vers le sol, détourna le visage pour se protéger les yeux et tira une balle dans la tête de l'animal. Tout redevint silencieux dans cet espace rocailleux et nu, à l'exception du vent qui s'abattait sur eux.

Le temps que Leanne étripe un des cerfs, les deux hommes avaient dépecé et chargé à bord les trois autres bêtes. L'un d'eux vint l'aider à traîner la dernière dépouille sur les pierres et à la hisser sur les autres.

Pendant le chemin du retour, elle était tellement épuisée qu'elle crut qu'elle allait s'endormir, mais elle ne voulait manquer aucune odeur, ni le vent, ni les embruns glacés sur son visage, ou le spectacle des montagnes brunes boisées, des aigles, des loutres de mer et des canards. Elle ne voulait pas en perdre une miette.

Le lendemain de l'expédition de chasse, Père rejoignit Leanne, tandis qu'elle lavait du linge dans le torrent. Elle se leva lorsqu'il approcha, bien qu'il ne lui ait pas dit un mot. Debout devant elle, il prit son visage entre ses mains épaisses et la regarda au fond des yeux, au fond de son esprit, de son âme.

— Tu es au paradis, tu sais, dit-il.

— Oui. Merci pour hier.

— Je ne t'ai rien donné. Tu nous as aidés. Nous avons besoin de nourriture.

— Je sais. Je vous en donnerai encore.

Il la regarda un peu plus longuement ; aujourd'hui ses yeux étaient particulièrement éclatants, bleus et pénétrants. Puis il lâcha son visage. Mais avant qu'il ne s'en aille, elle le retint par la manche.

— On est bien ici, dit-il. C'est tout.

Elle acquiesça et le regarda s'éloigner.

Ayant parcouru cinq ou six mètres, il s'arrêta et se retourna. Quelque chose avait changé sur son visage durant ces quelques secondes, mais Leanne n'aurait su dire quoi, jusqu'à ce qu'il se retourne.

C'étaient les yeux, se dit-elle. Quand il s'était retourné vers elle, ils n'étaient plus bleus, mais marron foncé, ternes et doux, entourés de rides qui n'existaient pas auparavant. Elle connaissait ces yeux ; c'étaient les yeux de son vieil ami Guts.

L'agent Tonnecliffe, unique contact de Leanne avec le monde extérieur, comprit que quelque chose avait changé lorsqu'elle manqua un premier rendez-vous qu'ils avaient décidé, puis deux autres rendez-vous successifs. Tout d'abord, il pensa qu'elle avait des ennuis avec Père, et qu'elle était retenue prisonnière. Ou bien peut-être qu'elle s'était blessée, d'une manière ou d'une autre. Tonnecliffe et ses collègues étaient au courant de ses parties de chasse, ils en avaient même filmé certaines.

Mais une sentinelle la vit se promener, non loin de l'arbre mort où ils s'étaient vus pour la première fois. Quand Tonnecliffe apparut devant elle, comme la première fois, il fut surpris de constater qu'elle ne s'arrêtait pas. Elle lui jeta un simple regard, le frôla et revint vers le camp.

— Leanne ?

Comme elle ne tournait pas la tête et continuait d'avancer, il la suivit et la retint par le bras.

— Hé, qu'est-ce qui se passe ?

— Rien. Pourquoi se passerait-il quelque chose ?

On n'a plus de vos nouvelles.

— Il n'y a rien à dire, agent Tonnecliffe. Sauf

ceci... (Elle se dressa sur la pointe des pieds, se pencha vers lui, en collant son visage contre le sien, et murmura :) Rentrez chez vous. Vous tous. Il n'y a rien pour vous ici.

— Leanne...

Elle avait déjà disparu dans les broussailles. Il lui courut après, essayant de repérer ses traces, de guetter le bruit de ses pas. C'était un spécialiste de la surveillance en milieu sauvage, raison pour laquelle on l'avait affecté à cette mission, évidemment. Malgré tout, il ne parvint pas à la retrouver. Elle s'était évanouie, à croire qu'elle n'était même pas venue par ici, comme une sorte de fantôme.

Leanne continua de chasser avec les hommes du camp, leur enseignant ce qu'elle savait. Ils traquèrent les troupeaux d'élans et de caribous qui migraient pour l'hiver vers des zones proches du camp. Après avoir tué les bêtes, ils les dépeçaient, les découpaient et transportaient les quartiers de viande et les peaux sur leurs dos. C'était un travail difficile, épuisant, mais elle avait le droit de manger davantage maintenant qu'elle subvenait aux besoins du groupe.

Là, dans le nouveau Sanctuaire, Père reprit son enseignement. Il avait négligé ses disciples pendant trop longtemps, et il se devait à eux, expliqua-t-il à Leanne qui, en l'absence de Deacon, était devenue sa confidente. Les discussions pouvaient durer une heure ou bien trois ou quatre heures ; elles avaient lieu généralement le soir, un jour sur deux en moyenne.

Pendant que les adultes écoutaient, les enfants jouaient autour d'eux, à chat ou au football, ou bien ils couraient dans tous les sens, sans but.

Au début, Leanne ne sut si elle devait croire qu'elle avait réellement vu les yeux de Père changer, ou si son esprit lui jouait des tours. Finalement, elle se confia aux autres femmes, et celles-ci lui affirmèrent que la chose s'était déjà produite. Elles lui parlèrent des stigmates, quand des marques de clous apparaissaient dans les mains de Père, qui se mettaient à saigner pendant qu'il prêchait. Certaines l'avaient vu de leurs propres yeux.

Le temps passait, et il s'était bientôt écoulé plus d'un mois depuis son arrivée ; les choses semblaient faites pour durer ainsi, éternellement, comme si rien ne devait changer. Ils étaient le peuple de la Famille, de la Terre, ils vivaient leur vie et ne demandaient rien de plus.

35

Rick et l'agent fédéral Mark Truong, désigné pour l'accompagner et le surveiller, observaient un petit Cessna monomoteur depuis que celui-ci avait émergé entre les montagnes pour virer vers la minuscule piste cendrée à proximité de leur campement. Le vent était fort aujourd'hui, et plusieurs fois, les ailes de l'avion branlèrent violemment au cours de l'approche, avant que le pilote ne parvienne à stabiliser l'appareil pour se poser.

— Un envoyé du ministère de la Justice, commenta Truong.

— Pour quoi faire ?

— Ils veulent avoir un observateur sur place. Vous comprenez..

— Qu'est-ce que ça veut dire, pour moi ?

Truong haussa les épaules.

— Il est au courant.

Rick regarda l'avion faire demi-tour sur la piste, puis un homme en descendre ; Truong lui serra la main et prit sa valise. Presque aussitôt, un pick-up rouge tout cabossé, conduit par un indigène, arriva. Truong et le fonctionnaire de la justice s'installèrent à l'avant ; Rick monta à l'arrière, sur le plateau, avec les bagages, mais il s'en fichait. Le temps ne s'était pas encore gâté, et l'air était agréable.

Ils logeaient dans les petites cabanes d'un camp de pêche, non loin de l'embouchure de la Karluk River, près du village indigène de Karluk, à la pointe nord-ouest, quasiment dépeuplée, de l'île de Kodiak. Bien que faites en contre-plaqué et meublées de manière spartiate — deux vieilles chaises, des lits en bois avec des matelas en mousse, et deux réchauds à gaz —, elles se louaient 250 dollars par nuit, car en octobre, le saumon argenté remontait encore le courant, et pour de nombreuses personnes, la Karluk River était un des six plus beaux coins de pêche au monde. Chaque année au mois de juin, quand débutait la saison, expliqua le propriétaire à Truong, une douzaine d'hommes d'affaires français venaient passer un mois dans ces cabanes. En comptant l'hébergement, la nourriture et le transport, l'addition dépassait parfois les 50 000 dollars.

Mais pour Truong et les autres agents, c'était surtout l'endroit le plus stratégique, sauf à se trouver sur la péninsule elle-même. Or, les instructions émanant du ministère de la Justice étaient formelles : rester invisible et ne faire peser aucune pression sur la Famille ; les Amonites devaient ignorer qu'on les surveillait. C'est pourquoi on avait envoyé trois spécialistes des missions de surveillance dans la forêt autour du nouveau camp, pour espionner, filmer et enregistrer. L'un d'eux, Al Tonnecliffe, ancien officier de marine, aujourd'hui agent du FBI à Anchorage, avait réussi à entrer en contact avec Red Feather.

D'ici, les agents superviseurs avaient une vue directe sur les montagnes Aléoutiennes, de l'autre côté du détroit de Shelikof. Le Sanctuaire se trouvait juste en face, sur la rive opposée. Ils ne pouvaient pas l'apercevoir, évidemment, il était à plus de 30 kilomètres, mais les transmissions par radio et fax cellulaire, émanant des observateurs, étaient claires comme de l'eau de roche. En outre, cet endroit leur permettait de s'approcher relativement près, tout en restant en contact avec un semblant de civilisation.

Rick comprenait la raison de leur présence ici, mais il n'aimait pas l'île de Kodiak, comparée au reste de l'Alaska. Il n'y avait pas de conifères, et par conséquent, à la fin de l'été, toute l'île prenait la couleur brune calcinée de l'herbe séchée et des feuilles mortes. Et dans cette partie isolée, qu'il ne connaissait pas, où même les montagnes étaient lointaines, ils n'étaient entourés que par de vastes étendues de végétation marécageuse, due au gel permanent du sol qui empêchait l'eau de s'évacuer. Résultat, l'eau stagnait pendant des années, l'herbe et les broussailles poussaient à travers et au-dessus, pour finir par former une couche si dense qu'on pouvait marcher dessus. Généralement. Mais il fallait toujours porter des cuissardes pour se déplacer, car tout à coup, alors que vous avanciez tranquillement, votre pied passait à travers le tapis de végétation, dans l'eau glacée qui stagnait en dessous, et vous vous retrouviez mouillé jusqu'au genou, ou même pire.

Sans arbre pour la border, la rivière avait un aspect étrange : rien ne distinguait ses berges du vide qui l'entourait. Ce n'était qu'une cicatrice marron et bleu sur le visage ondulé et vierge de kilomètres de toundra. Difficile de croire que cet endroit était une des stations de pêche les plus recherchées au monde.

Rick en avait marre de tout ça. Toute cette nature. Il mourait d'envie de sentir la chaleur du bitume.

À bord du pick-up, Truong fit un topo à l'attention de l'envoyé du ministère de la Justice, qui n'était autre que le conseiller particulier de madame le ministre.

— Vous lui faites confiance ? demanda ce dernier, en parlant de Rick.

— Absolument pas, répondit Truong. Je considère chacune de ses paroles comme un pur mensonge. Il nous ment depuis le début, depuis Spokane. Quand nous avons débriefé l'agent Red Feather à Juneau, elle était convaincue que c'était lui, et non Joe Curtis, le responsable du carnage de Cœur d'Alene.

— Et vous pensez qu'elle a raison ?

— Je ne sais pas quoi penser, répondit Truong. Il n'y a aucun moyen de le savoir. Et peut-être qu'il vaut mieux ne pas le savoir pour l'instant. En tout cas, on est sûrs qu'il est impliqué. Mais les deux autres le sont aussi.

— Ce type est quand même prêt à nous aider ?

— Il cherche à sauver sa peau, rien de plus. S'il pense que ça peut arranger ses affaires, il le fera.

— J'hésite, avoua le conseiller. Avec ces fanatiques, on ne peut jamais deviner ce qu'ils ont dans le crâne.

— Ce qu'on ne peut pas deviner, dit Truong,

c'est ce qui va se passer quand il se retrouvera en présence d'Amon. Dans l'immédiat, je pense que Rick Agullana a tiré un trait sur l'Amonisme. Changera-t-il d'avis une fois de retour ?

Truong haussa les épaules, laissant la question en suspens.

Ce soir-là, après un dîner à l'extérieur, composé de steaks de saumon, de poulpe en vinaigrette et de pattes de crabe, cuisinées par une femme de Koniag qu'avait engagée le propriétaire du camp, les hommes — outre Rick, Truong et le conseiller particulier du ministre de la Justice, il y avait là des agents expérimentés appartenant aux équipes d'intervention spéciale du FBI et de l'ATF (c'était l'agent spécial du FBI qui prendrait la direction des opérations s'il fallait investir le camp des Amonites) et un enquêteur militaire du CID —, tous ces hommes firent circuler une bouteille d'alcool de prune. Ils étaient assis autour d'un feu de camp.

Ils se passèrent également le *Washington Post* de la veille, apporté par le conseiller particulier, où figurait en première page l'information selon laquelle des missiles antiaériens de l'armée avaient été dérobés dans une base militaire de l'État de Washington, et certains de ces missiles se trouvaient maintenant entre les mains d'un groupe de fanatiques religieux qui pourraient projeter de s'en servir pour commettre des actes terroristes. Un encadré précisait que les compagnies aériennes enregistraient d'ores et déjà un nombre dramatique d'annulations. Les agents avaient évoqué la question au cours du dîner, essayant de déterminer d'où venait la fuite, et ses conséquences concernant leurs plans.

— Quelqu'un vous a parlé de nos projets ? demanda le conseiller particulier à Rick.

— On m'a juste dit que je devais identifier les armes ou le bateau, répondit Rick.

Il avait l'estomac en feu à cause de la nourriture ; sorti de l'hôpital depuis juste une semaine, il était loin d'être remis de ses blessures par balles du mois dernier, et il devait faire extrêmement attention à ce qu'il mangeait. Le poulpe en vinaigrette ne figurait certainement pas sur la liste des aliments autorisés.

— Il y a eu un petit changement, déclara Mark Truong. Vous savez que nous surveillons les lieux, mais nous n'avons toujours pas repéré les armes, ni le bateau. Nous n'effectuons pas de vols de reconnaissance, pour ne pas les faire fuir. Notre but, c'est d'intercepter les armes. Nous voulons capturer Amon, ainsi que Joe Curtis, qui n'a pas encore été repéré lui non plus. Nous avons besoin de renseignements : où sont tous ces gens ? Sont-ils attendus ? Et si oui, quand ?

Rick haussa les épaules.

— Vous pourriez essayer de le savoir, dit Truong.

— Hein ? Je ne sais pas ce...

— Nous envisageons de vous envoyer là-bas, déclara le conseiller particulier. Nous pourrions vous installer un petit émetteur, quelque part dans la forêt.

— Vous allez me lâcher dans la nature ?

— Vous ne vous enfuirez pas, dit Truong. Ce qui compte, c'est qu'en nous donnant des tuyaux, vous nous aiderez à éviter une fusillade, et de nous prendre un de ces foutus missiles dans le cul. Parce que si jamais ils nous canardent avec un de ces trucs-là, ce sera très mauvais pour votre arrangement.

— Mon arrangement ? Hé, minute...

— On craint moins de vous voir fuir que de vous voir retourner du côté de la Famille, expliqua le conseiller particulier. Vous pourriez chercher à les protéger. En nous racontant des salades. Alors, laissez-moi vous dire ceci : même si c'est votre intention, même si Père réussit à se réintroduire en douce dans votre tête, souvenez-vous que la meilleure façon de protéger ces gens, et vous-même, c'est de nous tenir informés de ce qui se passe. Comme ça, personne ne sera blessé. Croyez-le si vous voulez, c'est le but de ma mission : protéger les vies humaines. Pas de massacre, ni de suicide collectif.

— J'ai déjà conclu un arrangement avec...

— La condition, c'est que vous nous apportiez votre entière coopération, dit le conseiller privé. Si nos hommes se font tirer dessus, c'est que vous ne nous aurez pas aidés. Et vous le paierez cher. Je peux vous l'affirmer, non pas à titre de flic, mais en tant qu'avocat du ministère de la Justice. Croyez-moi : si je m'occupe de votre dossier, vous le sentirez passer.

— Et si j'apprends rien, hein ? Ils vont bien se douter que je joue les mouchards. Je peux pas me pointer là-bas, mine de rien. Ils savent bien que j'ai été arrêté.

Truong reprit la parole :

— On inventera une histoire. Et vous êtes un pro, Rick. Vous trouverez une astuce.

Le conseiller particulier but une gorgée d'alcool de prune et joua avec une branche dans le feu.

— Ça sent rudement bon par ici, commenta-t-il. Je ne suis pas un fou de la vie au grand air, mais ici, c'est différent comme endroit. Et ce crabe, alors ! Croyez-moi, il m'est arrivé de payer deux cents dollars dans des restaus de Washington pour des repas qui n'arrivaient pas à la cheville de celui-ci. Ah, putain, on est bien ici.

— Pour quelques jours, répondit Truong. Je n'aimerais pas y vivre.

— Je suis allé à Land's End, dit le conseiller privé, vous savez, l'endroit d'où sont partis les pèlerins, le point le plus à l'ouest de l'Angleterre. Là-bas, tout ce qu'on aperçoit, ce sont des collines d'herbe sèche et des milliers de kilomètres d'océan conduisant vers le Nouveau Monde. On a un peu la même impression ici. Seulement, il n'y a plus rien là-bas, devant nous, plus de Nouveau Monde. Uniquement le début de l'ancien. Vous savez où on est ici, ce qu'on voit ?

Il attendit. Personne ne répondit.

— C'est le bout, messieurs. Le vrai bout du monde.

Le lendemain, ils reçurent par fax des photos et un rapport émanant de Tonnecliffe. Truong le lut et le passa directement au conseiller particulier qui, dès qu'il l'eut terminé, se saisit d'un téléphone cellulaire pour appeler Washington. Une fois sa conversation achevée, il déclara :

— Nous avons deux jours au maximum pour envoyer Rick. Messieurs, il va falloir désormais compter sur nos couilles.

L'agent de l'ATF prit connaissance à son tour des documents, avant de les réexpédier à Washington, au district de Seattle, et au bureau local de Boise dans l'Idaho, où on les transmit à l'agent en chef Ed Simmons. Simmons contacta à son tour un de ses agents, Ben Regis, pour lui faire voir les documents.

Les photos montraient Leanne Red Feather et Père Amon. Sur l'une d'elles, on les voyait se promener au bord de l'eau, enlacés. Sur une autre, ils marchaient seuls dans les bois, main dans la main. Sur une troisième photo, prise on ne sait comment à travers la vitre de la cabane où vivait Amon, on distinguait Red Feather couchée sur ce qui semblait être le lit d'Amon.

— Elle joue son rôle, dit Ben avec optimisme, en levant les yeux vers Simmons.

Ce dernier secoua la tête.

— Elle a coupé tous les ponts. Elle a dit aux agents de s'en aller.

— Peut-être était-elle surveillée par la Famille. On la suivait, et elle le savait. Elle était obligée de se couvrir.

— Ils pensent qu'elle couche avec lui, Ben. Elle a craqué, voilà tout. Elle a commencé à écouter son baratin. Vous savez bien que ce n'est pas la première fois que ça se produit. Difficile de lutter contre ces conneries. Peut-être même qu'ils la droguent. On n'en sait rien.

— Mais quand même, Leanne ?

— Elle était avertie, c'est vrai. Mais ça ne veut pas dire qu'elle pouvait mieux résister.

Simmons n'avait pas besoin de rappeler à Ben le cas de l'agent fédéral infiltré dans la secte de Waco, un homme d'expérience qui s'était introduit dans la communauté de David Koresh quelques mois auparavant, qui avait été retiré juste avant le premier assaut donné par l'ATF, et qu'il avait fallu ensuite déprogrammer et soigner pendant six mois. Son effondrement mental avait d'ailleurs en partie conduit au massacre.

— Elle est hors du coup désormais. Même si elle reprend contact avec nous, on ne pourra pas se fier aux renseignements qu'elle nous transmettra. Au mieux, ce sera de la désinformation. Le FBI va expédier Agullana aujourd'hui. Ils pensent que, lui au moins, jouera franc-jeu dans son propre intérêt. S'il apprend quelque chose, il transmettra. Si Curtis tente de rejoindre le camp seul, ils l'arrêteront ou ils l'élimineront. Une force d'intervention se tient prête au cas où le bateau serait repéré avant d'atteindre le camp. Ils le prendront d'assaut, et après, soit ils se contenteront de le réquisitionner, soit ils le feront couler.

— Et si les armes arrivent jusqu'au camp, malgré tout ?

Simmons haussa les épaules, en faisant la grimace.

— Comment savoir ?

— Et Leanne ?

— À supposer qu'elle survive, elle aura besoin d'aide.

Ben regarda Simmons et leva les sourcils, pour poser la question évidente. Simmons acquiesça.

— Ils n'ont pas fini de constituer l'équipe d'intervention. Je vous ai mis sur la liste, alors préparez votre attirail. L'opération se déroule sous le contrôle du FBI, mais ils savent qui vous êtes, par rapport à Leanne. Je pense qu'ils feront appel à vous s'ils réussissent à l'atteindre. Ou peut-être même qu'ils se serviront de vous *pour* l'atteindre. Je ne sais pas. Mais pour l'amour du ciel, soyez prudent, d'accord ?

Ben hocha la tête.

— Vous prenez l'avion aujourd'hui. Grouillez-vous de rentrer chez vous pour vous préparer. On vient vous chercher à 3 heures.

Ben partit en courant.

36

Le lendemain matin, très tôt, des photos satellite de la côte qui s'étendait de chaque côté du Sanctuaire (gracieusement envoyées au colonel Rozsa par la National Security Agency) révélèrent qu'un bateau ravitailleur ayant quitté la ville de Kodiak et faisant route vers le sud-ouest, au milieu du détroit de Shelikof, en direction, semble-t-il, des îles Aléoutiennes, s'était approché à moins de 2 kilomètres de la côte de la péninsule de l'Alaska, à 20 kilomètres à l'est du Sanctuaire. Moins d'une heure plus tard, les observateurs postés sur la péninsule avaient repéré le bateau en question et transmis des photos fortement agrandies et des enregistrements vidéo au poste de commandement à Kodiak. Aucun chalutier n'avait été aperçu dans le secteur, et ce bateau ravitailleur ne se comportait pas de manière habituelle : il longeait la côte, s'arrêtait, puis repartait lentement. Autrement dit, il cherchait quelque chose.

Quand, en milieu d'après-midi, il s'approcha à moins d'un kilomètre du rivage, à 5 kilomètres du camp, une équipe d'intervention, réunie sur la base des garde-côtes à Kodiak, décolla à bord de deux hélicoptères. Par ailleurs, des navettes des garde-côtes convergèrent vers le bateau, de manière à arriver sur place en même temps que les hélicoptères.

Tonnecliffe et les deux autres agents avaient quitté les bois qui entouraient le camp et étaient descendus jusqu'au rivage, afin d'observer le bateau avant et pendant l'assaut, au cas où les personnes se trouvant à bord parviendraient à mettre un canot à l'eau avant que l'embarcation ne soit arraisonnée.

Pour parcourir les 20 kilomètres de terrain sauvage et montagneux, succession de végétation si dense qu'elle devenait infranchissable et de formations rocheuses à l'aspect lunaire, il aurait fallu plusieurs jours. Mais malgré un séjour prolongé sur le bateau ravitailleur, ils étaient toujours en forme, aussi bien physique que mentale, après leur mois passé dans le Kenai, et quand Joe imposa une allure soutenue, Kari et Cal le suivirent.

Ils avaient accosté quelques heures plus tôt, un peu avant 4 heures du matin, à bord d'un petit canot pneumatique propulsé par un moteur électrique quasiment silencieux. Ils étaient arrivés trempés, car bien que la mer soit calme, ils avaient failli chavirer plusieurs fois. Ils avaient enfilé des vêtements secs, dégonflé le canot pour l'enterrer, ainsi que le moteur, leurs vêtements mouillés et les 200 onces d'or rescapées des 370 onces initiales. Aux premières lueurs du jour, ils avaient déjà parcouru cinq kilomètres, à la lumière de la lune, en longeant le rivage.

Finalement, il était quatre heures de l'après-midi lorsqu'ils atteignirent la crête derrière laquelle, à en croire la carte que leur avait remise le capitaine du bateau, se trouvait le nouveau Sanctuaire.

Père diffusait son enseignement. La cinquantaine de membres de la Famille restants, ceux qui avaient accompli le pèlerinage, s'étaient rassemblés au centre de la clairière quand il les avait appelés. Ils ignoraient pour quelle raison, et ce qui n'allait pas, mais chacun sentait qu'il se passait quelque chose.

— Nous allons bientôt affronter notre dernière épreuve, la plus importante, conclut Père, les yeux fermés et les bras tendus vers le ciel. Bientôt, quoi qu'il arrive, nous n'aurons plus à nous battre. Bientôt, nous pourrons nous reposer dans cet ultime Sanctuaire. Notre odyssée touche à sa fin, mes chers fidèles, mes amis. Vous seuls avez eu assez de courage, et d'énergie, pour venir jusqu'ici. Et vous allez être récompensés.

Cinquante visages continuèrent à le regarder fixement, le temps de comprendre qu'il avait terminé. Alors, tous les fidèles se détournèrent pour achever les tâches qui devaient être effectuées avant le dîner, récompenses ou pas.

C'est pourquoi la plupart d'entre eux ne virent pas immédiatement l'homme et la femme qui étaient apparus au sommet de la ravine qui montait du rivage. Mais une fillette les aperçut, et s'exclama « Maman ! ». Elle courut vers la femme, qui s'était agenouillée et écartait les bras pour accueillir la petite fille.

Cinq hommes et femmes armés de fusils constituèrent le comité d'accueil, une fois que Père, sorti de sa transe, réintégra ses pensées et prit connaissance de la situation. Il ordonna que les intrus soient conduits dans la prison en contreplaqué.

Mais Kari, qui tenait Eloise dans ses bras, déclara :

— Nous ne sommes pas seuls, Père. Et nous avons caché l'or. Si vous voulez le récupérer, laissez-nous partir. C'est un échange très simple. Votre or contre ma fille.

— C'est ma fille à moi aussi, répondit Père en approchant d'elle.

Jusqu'à présent, il était resté en retrait.

— Je sais, dit Kari. Mais tel est le marché. Je veux repartir avec elle. En échange, je vous donne l'argent.

— Tu penses que j'échangerais un de mes enfants contre de l'argent ? Tu me considères comme un monstre maintenant ?

— Non, non... bredouilla Kari. (Sa voix tremblait, elle baissa la tête.) Non, Père. Je suis désolée. Je ne voulais pas présenter les choses de cette façon. Je ne dis pas que vous devez la vendre. Je dis que je veux récupérer ma fille, et je veux m'en aller. C'est mon seul enfant. Vous en avez tellement.

— Tous aussi précieux à mes yeux.

— Je sais. Je sais. Mais le moment est venu pour nous de nous en aller. Je vous en prie, pas d'affrontement. J'ai fait tout ce que vous m'aviez demandé, y compris cette tâche impossible. Je suis allée jusque là-bas, Père, avec Rick. Je l'ai laissé me faire tout ce qu'il voulait, comme vous l'aviez ordonné. J'ai transporté l'or, je lui ai obéi.

Est-ce ma faute si les choses ne se sont pas déroulées comme prévu ? J'ai continué malgré tout. Je suis revenue jusqu'ici avec ce qui reste de l'argent. Je l'ai rapporté.

— Et en cours de route, tu as perdu ta spiritualité. Je le vois dans tes yeux.

Kari se tourna vers Joe, avant de revenir sur Père. Elle acquiesça.

— À cause de lui ? demanda Père en désignant Joe.

— Oui. C'est un homme fort. Il a sa propre spiritualité.

La mâchoire de Père se crispa.

— Peu importe, de toute façon. Là où nous risquons tous de finir, l'or ne vaut rien. Le combat nous a rejoints, Kari, et nous ne pouvons que nous battre. Tout l'or du monde ne peut plus rien pour nous désormais.

— Que voulez-vous dire ?

Comme pour répondre à sa question, une voix jaillit de la pénombre de la forêt.

— Hé, reculez, vous autres ! Je vous tiens tous en joue. Lâchez vos armes !

Les hommes et les femmes munis de fusils se retournèrent brusquement en direction de cette voix, et un coup de feu retentit immédiatement. Ils entendirent la balle siffler au-dessus de leurs têtes. Sur un signe de Père, ils déposèrent leurs fusils par terre.

Calvin avança alors dans la clairière, avec la crosse du 7 mm Magnum appuyée contre l'épaule. Toute la Famille l'observait.

— Je veux que vous laissiez Kari repartir avec sa fille, déclara-t-il. Après, on fout le camp et on vous laisse travailler.

Et cela aurait sans doute pu se passer ainsi, si

un homme, qui se tenait légèrement à l'écart du groupe principal, ne s'était agenouillé, n'avait dégainé son .357 et ouvert le feu, furieusement, sur Calvin, qui entendit les balles s'enfoncer dans les broussailles autour de lui.

Calvin fit pivoter son fusil, et lorsqu'il entrevit, dans la lunette, l'éclair vert de la chemise de l'homme, il tira de nouveau. La balle lui traversa le bras.

L'homme poussa un grand cri, un seul, et s'effondra.

— Je ne plaisante pas, déclara Calvin. Hé, Joe...

Joe ne, répondit pas, de crainte de faire peur à la femme aux cheveux noirs qui s'était faufilée au milieu des arbres afin d'approcher de Calvin par-derrière. Celui-ci réagit seulement lorsque la femme lui enfonça le canon de son arme dans le dos, en disant :

— Je suis désolée, Cal. Mais tu vas devoir lâcher ton fusil.

Joe trouvait cela étrange ; cette femme avait quelque chose de familier. Et malgré la distance, il voyait bien sur le visage de Calvin que celui-ci n'en croyait pas ses oreilles, comme s'il était victime d'une hallucination provoquée par le stress, le voyage et la mauvaise alimentation, les semaines d'isolement, les semaines de cauchemar à revoir l'hélicoptère dégringoler dans le détroit de Gastineau, avec sa sœur à bord, car il l'avait conduite à sa mort.

Calvin sourit.

— Vous êtes vachement doués, vous autres, dit-il.

— Lâche ton arme, ordonna la femme.

— Ouais, vraiment doués. La voix est parfaite.

Cette façon insupportable, et chiante, de donner des ordres aux gens. (Il sourit et secoua la tête.) On peut dire que ça vous connaît les jeux de l'esprit.

Il éclata de rire, jusqu'à ce que la femme lui assène un coup sur le crâne avec la crosse de son arme, tendrement presque, pour ne pas lui faire trop de mal, juste de quoi l'assommer, pour le désarmer et lui sauver la vie, il ignorait ce dont ces individus étaient capables avec des armes, et ils n'hésiteraient pas à le liquider à la première occasion.

Joe, lui, ne put qu'assister à la scène. Quand Calvin se retrouva à terre, Joe se tourna vers Père, tendit les mains, côte à côte, et déclara :

— Je m'appelle Joseph.

Après avoir enfermé Joe et Kari dans la prison en contre-plaqué, et placé Calvin sous la surveillance de Leanne, la première réaction de Père fut de brancher l'émetteur à ondes courtes qui se trouvait dans sa cabane afin de contacter un certain opérateur à Kodiak. Cet homme sortit ensuite de chez lui pour aller trouver les membres d'équipage d'un bateau baptisé *Voyageur*, arrivé au port quelques jours plus tôt. Le message émanant de Père était le suivant : « Aigle. Trois de pique », ce qui signifiait : décollage à 3 heures du matin.

Père se savait observé jour et nuit. Il savait que si les agents fédéraux n'étaient pas encore au courant, ils ne tarderaient pas à apprendre que Joe Curtis, l'individu tant recherché, était arrivé au Sanctuaire. Ce qui augmentait encore les probabilités d'un assaut. Père ne pouvait que prier pour qu'ils attendent demain matin. Car d'ici là, il aurait un petit quelque chose pour accueillir les envahisseurs.

La dernière surprise de cette journée consternante mais inévitable, survint en fin de soirée, à la tombée de la nuit, lorsque Rick Agullana apparut à l'orée du camp, le visage creusé par son calvaire mais propre et en bonne santé. Trop propre et en bonne santé. Trop repentant. Arrivé trop facilement.

Quelqu'un frappa à la porte de la cabane de Père pour lui annoncer la nouvelle. Père prit quelque chose dans une de ses malles. Sans dire un mot, il traversa la clairière en direction de Rick qui attendait.

— Salut, Père. Ça faisait un bail, hein ? Vous allez pas le croire. Ils ont intercepté le bateau et ils m'ont emmené avec eux pour identifier la cargaison, mais j'ai sauté dans un canot et...

Père sortit son poing de sa poche. Rick tressaillit, mais Père ne tenait dans sa main que des pièces en or, qu'il jeta violemment, et qui frappèrent la poitrine de Rick avant de s'éparpiller sur le sol.

— Trente pièces, déclara Père. Elles devraient être en argent, mais hélas, je n'ai que de l'or sous la main.

Le rapport concernant l'inspection du bateau ravitailleur, qui transportait uniquement des provisions que le capitaine affirmait vouloir déposer au Sanctuaire, en se rendant à Dutch Harbour, arriva au ministère de la Justice à 22 h 30, heure de la côte est. Le lendemain après-midi, ils apprirent que Rick Agullana, que Père avait chassé dans les bois au lieu de l'emprisonner, avait contacté l'agent Tonnecliffe pour l'informer que Joseph Curtis se trouvait déjà dans le camp, mais depuis un jour seulement, enfermé dans la prison de Père.

— J'ai parlé aux deux secrétaires d'État, déclara le ministre de la Justice, en faisant allusion à ceux du Trésor et de la Défense.

Dans son bureau étaient réunis son assistant, le directeur et le directeur adjoint du FBI.

— Notre position reste valable, déclara-t-elle. Joseph Curtis n'intéresse que nous. Les militaires n'ont aucune raison de se soucier de son sort.

— Je ne pense pas que le problème soit Curtis, déclara le directeur du FBI en prenant le *Post* pour le lancer au milieu de la table. (Ils l'avaient tous déjà lu, évidemment.) Il paraîtrait maintenant que les missiles ne seraient pas acheminés vers le camp. Et qu'Amon pourrait contacter des personnes extérieures chargées de les déployer ailleurs.

— Qui a lancé ces conneries ? demanda l'assistant du ministre.

Le directeur adjoint du FBI répondit :

— Le DITAC, le centre d'analyse et de renseignements sur les menaces intérieures. Enfin c'est ce qu'on a entendu dire. À sa tête se trouve le colonel Johnson Rozsa, une espèce de crack. C'est lui qui supervise tout, par le biais du CID. Il conseille les huiles. Il fait pression en faveur d'une attaque du camp, pour éliminer Amon. Tout ça, ce sont ses scénarios.

Le directeur adjoint désigna le *Post*.

— Encore un de ces connards qui prédisent l'apocalypse et qui n'ont plus rien à faire depuis la chute du mur, commenta l'adjoint du ministre.

Celle-ci sourit.

— Nous sommes sur le territoire des États-Unis, dit-elle ; si jamais ils envisagent simplement d'agir de manière indépendante, j'alerte le Président et ils vont le sentir passer. On ne doit pas laisser cette nouvelle pression médiatique infléchir notre position. On continue d'attendre. On évite l'affrontement à tout prix, à moins que d'autres civils soient en danger. Et on récupère les armes. Après, il sera toujours temps de s'occuper de Père Amon, de Joseph Curtis et de celui qui a abattu l'hélicoptère.

— Quoi qu'il arrive, dit le directeur du FBI, au moins, il n'y a pas ces putains de caméras de télé là-bas.

Et il ajouta :

— Pardonnez mon langage, madame.

Après cette réunion, durant le court trajet jusqu'à leurs bureaux, le directeur du FBI et son adjoint échangèrent quelques mots.

— Elle a la solution, dit ce dernier. Puisque l'armée veut le liquider, qu'ils le fassent. Comme ça, on n'est pas impliqués, et le problème est réglé. J'ai moi-même une demi-douzaine de types sur place qui se sont portés volontaires pour s'en charger.

Le directeur acquiesça.

— Cet endroit est loin de tout. Je ne plaisantais pas au sujet des caméras de télévision. Ça nous laisse un tas de possibilités.

La discussion s'était maintenant déplacée dans le bureau du chef d'état major des armées, le général Gene Hargrave. Il disposait d'un coin salon très confortable, séparé du coin travail, à côté d'une baie vitrée. Le général Parkins était assis dans un fauteuil près de la fenêtre. Le colonel Rozsa avait pris place dans un canapé en cuir rouge, à l'autre bout duquel était assis Hargrave, au-dessus de qui personne n'avait eu vent de cette idée de fuite à la presse. L'information s'était arrêtée là.

— Il y a eu au moins un effet, commenta Hargrave avec un petit sourire crispé. Le Secdef chie dans son froc. (Le général faisait allusion, bien évidemment, au secrétaire d'État à la Défense.) On s'est bigophoné six fois depuis hier soir. Mais ce qui l'inquiète le plus, c'est toujours de savoir d'où est venue la fuite, comment ç'a pu se produire. (Cette fois le général laissa échapper un ricanement.) Le connard. La Maison Blanche et lui sont submergés par les journalistes.

— Mais est-ce que ça marchera vraiment ? demanda Rozsa.

— Oh, ça marche déjà. Peu importe maintenant qu'il existe ou non des preuves d'une menace d'activité terroriste, colonel. Nous sommes confrontés à une crise de type médiatique, la pire de toutes. Comme nous le savons tous, ça change radicalement les gens. Le Secdef serait quasiment prêt à tout pour y mettre fin, immédiatement.

Rozsa sourit.

— En tout cas, ça n'a pas ému le ministre de la Justice. Elle continue à privilégier l'observation, au détriment de l'action. Je lui ai parlé personnellement. Je lui ai fait comprendre, une fois de plus, qu'avec les mandats en suspens, elle n'avait pas d'autres questions à considérer. Elle m'a rétorqué qu'il y avait un tas d'autres questions à considérer, dont la moins importante était justement ces mandats. (Hargrave haussa les épaules.) Le CID est sur place. Ils nous tiennent informés. Si ça se transforme finalement en assaut, nous participerons à l'opération. Les fédéraux seront obligés de réclamer notre aide. C'est comme la guerre dans la jungle, là-bas. Aucun système de soutien. Il va falloir balancer des gars, avec juste ce qu'ils peuvent porter. J'ai dit que nous serions ravis de donner un coup de main.

— Avez-vous songé, comme nous en avons discuté, à envoyer des hommes sur place ? demanda Rozsa en allant droit au but. Pas le CID. Je parle d'une équipe d'infiltration, disons six hommes...

Hargrave fit un petit geste de la main.

— On y a réfléchi. J'en ai même parlé au Secdef. Il a failli se trouver mal, mais je peux vous affirmer qu'il y pense. Le problème, c'est qu'il ne peut pas donner son accord, on le sait bien. Évidemment, le président ne le peut pas non plus, même s'il le voulait. Si ça se fait, ce doit être une action unilatérale, officieuse. Totalement clandestine. Le genre d'opération que nous n'avons pas montée dans ce pays depuis longtemps. Parce qu'en définitive, il s'agit tout bonnement d'envoyer une équipe de tueurs.

Rozsa approuva d'un hochement de tête la franchise du chef d'état-major. Il est vrai qu'il n'était pas arrivé à ce poste en faisant dans la dentelle. Parkins, lui, écoutait, les mains croisées sur les genoux, une expression lointaine sur le visage.

— Inutile de s'emmerder avec les missiles, déclara Rozsa. Ils ne sont pas récupérables. Il suffira de les envoyer au fond de l'océan.

Le général Hargrave acquiesça, les yeux fixés sur son tapis persan importé.

— Et dans ce coin paumé, ajouta Rozsa, qui pourrait le savoir ? Qui pourrait le voir ? Le FBI a bien quelques hommes sur place, mais on peut les repérer par l'intermédiaire du CID. On peut agir et repartir avant que ça sente le roussi. Ensuite, ils pourront faire toutes les suppositions qu'ils veulent. Personne n'a besoin de savoir.

— À dire vrai, déclara le général Parkins, prenant la parole pour la première fois, je suis prêt à parier que le FBI nous aiderait.

Hargrave se tourna vers Parkins, avant de revenir sur Rozsa.

— Nous n'en sommes pas encore là, messieurs, dit-il. Mais ça ne peut pas faire de mal d'élaborer un plan, n'est-ce pas ?

— Ce serait plus prudent, mon général, dit Rozsa.

— Dans ce cas, pourquoi ne pas choisir Fort Lewis comme base ? Premièrement, c'est là que sont les Forces Spéciales. On pourra expédier quelques hommes sur la côte. En outre, il y a une certaine symétrie dans ce choix, puisque c'est à Lewis que tout a commencé, n'est-ce pas ?

Rozsa et Parkins acquiescèrent tous les deux.

— J'appellerai personnellement le général Shaw, ajouta Hargrave. Tout ceci est strictement top secret. Nul en dehors de ce bureau ne doit être mis au courant sans mon autorisation formelle. Et soyez bien conscients qu'il s'agit simplement d'éventualités pour l'instant, rien de plus.

— Oui, mon général, répondit Rozsa.

Parkins resta muet.

Nous possédons des photos satellite détaillées de toute la zone. Nous allons choisir avec soin un stratège pour mettre au point l'assaut. Je veux que vous me serviez d'agent de liaison personnel, colonel. Pas de courrier, pas d'ordres écrits. Échanges verbaux uniquement. (Sur ce, Hargrave se leva.) C'est tout pour l'instant. Bonne journée, messieurs.

Rozsa et Parkins saluèrent.

37

Il faisait bon à l'intérieur de la petite cabane tout en bois de Père, où régnait une odeur à la fois humaine et sauvage. Elle se composait d'une pièce unique, avec au fond une alcôve au plafond surbaissé servant de chambre. Père servit à Leanne une boisson chaude et légèrement alcoolisée qu'elle n'avait jamais goûtée, avec du pain et de la viande. Elle avait faim. Assis devant elle à la table en bois brut, Père la regardait manger.

Il était tard, presque minuit, et Leanne venait de quitter sa tente où, quelques minutes plus tôt, elle était avec Calvin, soignant sa blessure à la tête tout d'abord, lui expliquant ensuite par quel miracle elle était encore en vie, et comment elle avait atterri ici, pour finalement se disputer avec lui, une fois de plus, quand elle avait commencé à lui parler de Père et de la Famille d'une manière qu'il n'appréciait pas, quand il constata qu'elle s'était très bien adaptée, visiblement, à sa vie ici, et quand il se souvint que c'était elle qui l'avait assommé.

Pour finir, Cal s'était endormi, et Leanne l'avait laissé seul. Père ne semblait pas préoccupé par Cal, ni désireux de venger l'homme qu'il avait blessé ; c'étaient Joe et Kari, ainsi que sa fille, qui étaient enfermés dans la prison.

En se dirigeant vers la cabane de Père, Leanne avait remarqué que des gens s'affairaient dans le camp. Elle avait entendu les bruissements des corps, les grincements et les raclements des outils et des matériaux, les bruits sourds des objets que l'on soulève et repose. Mais elle ne voyait pas grand-chose. Ils travaillaient sans lumière. Et à cette heure, l'éclat de la lune était masqué en grande partie par la paroi rocheuse à l'ouest.

À proximité de la cabane de Père, les bruits de cette agitation nocturne étaient couverts par le bloc électrogène, qui avait toujours fonctionné avec modération jusqu'à présent, mais qui, constata-t-elle, ne cessait de tourner depuis l'arrivée de Cal et des autres.

Père posa les mains à plat sur la table quand Leanne eut fini de manger.

— Ils ne viendront pas uniquement pour le récupérer, vous savez, dit-elle.

Père haussa les sourcils, faisant comme s'il ne comprenait pas le sens de cette remarque.

— Joseph Curtis, précisa-t-elle, car elle n'avait pas envie de jouer. Ils ne prendraient pas autant de risques seulement pour lui.

— Pourquoi me parles-tu de ça ?

— De toute évidence, vous préparez quelque chose.

Il haussa les épaules.

— Quelque chose que j'ignore ?

Nouveau haussement d'épaules.

— Très bien, dit-elle.

— Je vais te dire une chose, Leanne. Une mise en garde, en quelque sorte. Je viens d'y penser.

Je veux que tu m'écoutes. Je veux que tu te souviennes de ce que je dis.

Il attendit. Elle acquiesça.

— Tu commences tout juste à découvrir qui tu es réellement. Mon conseil est celui-ci : ne sous-estime jamais le pouvoir de celui dont tu as besoin.

Et voilà, il ne dit rien de plus. Ils restèrent assis là, à se regarder, et Leanne esquissa un sourire en songeant à une autre de ces sentences floues auxquelles il l'avait habituée.

— Je ne peux pas dire que je comprenne réellement ce que ça veut dire.

— Je t'ai demandé de te souvenir, pas d'interpréter.

Un homme ouvrit la porte de la cabane. Apercevant Père et Leanne assis à table, il marmonna quelques mots d'excuse et fit demi-tour pour s'en aller.

— Non ! dit Père. Viens. Nous n'avons pas le temps de respecter les convenances.

L'homme entra et se dirigea vers un coin de la cabane, où trois petites caisses en bois étaient empilées, à côté de la radio, et il en souleva une.

— On est à court, déclara l'homme.

Père acquiesça et se leva.

— Tu m'excuses ? dit-il en s'adressant à Leanne, et il sortit à la suite de l'homme.

Leanne resta assise un moment, à attendre, et comme Père tardait à revenir, elle se leva à son tour et s'approcha des deux caisses restantes qui, lui semblait-il, étaient déjà là auparavant, mais couvertes peut-être. En outre, la pile était bien plus haute initialement, se disait-elle ; il y avait peut-être cinq ou six caisses.

Alors, elle regarda dans l'une des deux dernières ; le couvercle en bois glissa sans peine dans les rainures. À l'intérieur étaient alignées des barres de plastique dur, couleur vert olive, légèrement incurvées, concaves d'un côté, convexes de l'autre. Le côté concave, remarqua-t-elle, était fait dans un plastique plus souple. Elle souleva une de ces barres, surprise par son poids, et découvrit les attaches métalliques à une des extrémités, servant à fixer des câbles ou des pinces. Elle savait de quoi il s'agissait. Les caisses contenaient également des petits détonateurs manuels et des câbles de connexion.

Elle avait remarqué précédemment — accrochés à des clous sur le mur de la cabane, derrière lequel ronronnait le bloc électrogène, ce même mur au pied duquel étaient empilées les caisses — quatre interrupteurs électriques en cuivre, numérotés dans l'ordre et reliés à des fils qui passaient à travers une fente entre les rondins. Elle les avait remarqués, sans toutefois s'interroger sur leur utilité, étant donné que le bloc électrogène fonctionnait rarement.

Avisant une lampe torche près de la table, elle sortit. Sur le côté de la cabane, près du bloc électrogène, elle découvrit que les fils étaient reliés à un boîtier électrique rudimentaire, relié à son tour au générateur, et d'où partait un certain nombre de fils isolés de toutes les couleurs, dont un faisceau de deux centimètres de diamètre qui serpentait sur le sol, vers le devant de la cabane.

Leanne était surprise de voir tous ces fils. Tout d'abord, elle ne comprit pas à quoi ils pouvaient servir. Elle suivit le cheminement du faisceau, jusqu'au pied de la cabane où il était planté, avant de se disperser à travers le camp, dans tous les sens. Leanne constata qu'un grand nombre de fils, qui semblaient aller par deux, avaient été enterrés pour être invisibles dès qu'on s'éloignait de la cabane.

Père ayant disparu, elle arracha un couple de fils du sol et le suivit à travers le camp, jusqu'au bout, c'est-à-dire devant une des tentes. Sous des touffes d'herbe brune entassées pour servir de camouflage, les fils étaient reliés à deux de ces barres en plastique incurvées qu'elle avait découvertes dans la cabane, dressées sur des petites pattes en bois, et attachées dos à dos, les côtés concaves pointés dans deux directions opposées, le premier vers les tentes, le deuxième vers le centre du camp. Malgré la faible lumière ambiante, Leanne aperçut un autre amoncellement de touffes d'herbe un peu plus loin, et encore un autre, au centre de la clairière celui-là.

Soudain, avec la sensation physique de se réveiller d'un long rêve merveilleux, elle comprit.

Joe savait que les événements s'enchaînaient de plus en plus rapidement dehors, dans la nuit, pour conduire vers le chaos. Mais ici, à l'intérieur de cette cabane obscure qu'ils appelaient une prison, alors que Kari et sa fille dormaient sur le lit pliant, il se sentait enveloppé, au-delà de sa façade de calme et de rationalité habituelle, par une paix, une sorte de quiétude.

Peu après minuit, il entendit quelqu'un ouvrir le verrou et la porte. Il ne voyait pas grand-chose dans le noir. Puis une voix lança :

— Hé, l'ami !

— Cal ?

— Je suis avec Leanne, répondit Cal. On vient vous libérer. Elle savait où Hitler planquait la clé.

— Chut, dit Leanne. Asseyez-vous tous les deux.

— Leanne est paniquée tout à coup, dit Cal. Elle a enfin compris que ce type était givré.

— Ferme-la, Cal, dit-elle.

Joe s'accroupit, en prenant appui d'une main sur le plancher.

— Nous avons beaucoup de choses à nous raconter, dit-il.

— Oui, répondit Leanne en s'agenouillant à ses côtés. J'ai découvert...

— Attends un peu, dit Calvin. Joe Curtis, Leanne Red Feather. Je crois que vous n'avez jamais été réellement présentés.

Ils s'assirent en tailleur sur le plancher, pendant que Kari et Eloise dormaient.

— Il va bientôt se passer quelque chose, déclara Leanne. Père sait de quoi il s'agit. Il se prépare en ce moment même, cette nuit. Mais le problème n'est pas là. Il possède des mines Claymore. Plusieurs caisses, une cinquantaine ou une soixantaine en tout.

Elle décrivit ce qu'elle avait vu, l'emplacement des fils.

— Il a branché les mines sur le bloc électrogène, dit Joe. Toutes sur le même interrupteur peut-être.

— Non, quatre, dit Leanne.

— Ça veut dire quoi ? demanda Cal.

— Généralement, ces mines sont déclenchées par un détonateur manuel, expliqua Leanne. On peut éventuellement en faire sauter deux ou trois à la fois. Mais branchées de cette façon, en supposant que les voltages et les ampérages soient bons, ils pourraient toutes les faire exploser en même temps.

— Et faire beaucoup de victimes, ajouta Joe.

— En cas d'attaque, dit Leanne. Les agents fédéraux débarquent ici en cherchant du matériel lourd, des mitraillettes et des missiles, et au lieu de ça, Père a prévu de leur tendre un piège avec de vieilles mines Claymore. Comme un énorme pied de nez. Mais que va-t-il se passer s'il tue un groupe d'agents ? Et qu'est-ce qui va arriver à ces gens qui sont dans les tentes ?

— C'est ça que je ne comprends pas, dit Joe. C'est une sorte d'opération suicide ?

— Il enverra certaines personnes dans les bois, dit Leanne. Mais tous les autres, y compris les enfants, seront ici. Et qu'ils soient tués par les mines ou au cours d'une expédition punitive, ils trouveront la mort d'une manière ou d'une autre. (Elle baissa la tête.) Nom de Dieu, il aurait pu négocier une échappatoire, une fois de plus. Il aurait pu livrer quelques hommes. Et même s'il était foutu, il aurait pu encore... nous protéger.

Sa phrase s'acheva dans un murmure.

— Écoutez-moi, dit Joe.

Il expliqua à Calvin le principe d'une mine Claymore, qui n'était rien d'autre, en réalité, qu'un ensemble de balles en acier enveloppé d'explosif C-40 et enfermé dans une enveloppe en plastique qui, en explosant, déchiquetait tout sur son passage, dans un rayon de vingt à trente mètres. Il demanda à Leanne de lui décrire toutes les choses que Père avait apportées ici, matériel, vêtements, armes... tout ce qu'elle se souvenait avoir aperçu, dans la cabane ou ailleurs.

Soudain, un grondement s'éleva et déchira le tissu de la nuit. Kari se réveilla, et tous les quatre se précipitèrent au-dehors, en même temps que tous les membres de la Famille, pour voir s'illuminer tout à coup, au centre du camp, une rangée de projecteurs installés au sol.

Rien d'intéressant n'ayant été découvert à bord du bateau ravitailleur, l'agent Tonnecliffe décida de dormir avant de débuter sa nuit de veille solitaire.

Il aimait monter la garde de nuit, ici, dans cette forêt, où, loin de la pollution de toute lumière artificielle, une simple allumette qui s'enflamme était visible à des centaines de mètres. Il aimait les bruits nocturnes de la nature sauvage, les cris des oiseaux de proie parfois, le craquement des branches quand un gros animal passait à proximité, conscient de sa présence sans aucun doute. Et il aimait aussi approcher beaucoup plus près du camp, à deux ou trois cents mètres, du moment qu'il prenait soin d'éviter les sentinelles envoyées par Père.

Ces derniers jours, l'éclat de la lune avait été particulièrement vif et, en début de soirée, il pouvait voir au loin. Il avait pris position à l'est du camp, sur la crête, et du haut de son poste d'observation, même si ces gens travaillaient sans aucune lumière artificielle, il constata que le niveau d'activité avait augmenté. Il entendit les bruits d'abord, avant de distinguer les mouvements, du côté nord dans un premier temps, puis autour de la cabane de Père, et plus vers le centre du camp, finalement. Malgré tout, même avec la lumière de la lune, et plus tard, une fois la lune disparue, quand il sortit sa lunette à infrarouge, il ne parvint pas à distinguer ce qu'ils faisaient.

Quoi qu'il en soit, vers deux heures et demie,

la nuit était devenue noire comme de l'encre et tout mouvement avait cessé à l'intérieur du camp. Tonnecliffe s'était alors installé confortablement pour s'autoriser un petit somme. Il se réveilla soudain en constatant que le bruit et les déplacements avaient repris dans le camp, de manière plus spectaculaire cette fois. Il reconnut le bruit caractéristique de l'acier qui frappe l'acier et installa de nouveau sa lunette à infrarouge sur le pied pour regarder.

Apparemment, ils construisaient quelque chose de plat, et ils avaient l'air pressés.

Il les observa pendant encore une minute avant d'être frappé par l'évidence ; et presque au même moment, il entendit le moteur d'un petit avion qui approchait au-dessus de l'estuaire. Alors il comprit.

À l'aide de sa radio, il alerta le poste de commandement de Kodiak pour annoncer :

— Ils ont installé une piste démontable. L'avion arrive. En ce moment même !

Et les hommes de Kodiak, à l'écoute de la radio, entendirent en fond sonore le bruit d'un petit avion qui approchait à basse altitude, très vite, très près. Tonnecliffe vit surgir les lumières au-dessus des arbres, avant d'être aveuglé par les projecteurs qui s'allumèrent tout à coup le long de la piste démontable.

L'avion décrivit un cercle, avant de plonger à une vitesse stupéfiante entre les deux rangées d'arbres, vers une bande de métal lisse, pas plus large qu'une camionnette, et posée sur le tapis bosselé d'herbes enchevêtrées et de terre. Tonnecliffe regarda l'appareil atterrir sur ce ruban brillant et s'arrêter en dérapant. Il s'était toujours demandé comment ces types pouvaient se poser sur des trucs pareils, et de nuit par-dessus le marché. Mais il connaissait des pilotes en Alaska qui avaient accompli des exploits auxquels personne ne croirait.

Pendant ce temps, les deux autres agents l'avaient rejoint sur la crête.

— Putain, c'est quoi ?

— J'ai percuté trop tard, dit Tonnecliffe. J'ai merdé. Le temps que je comprenne que c'était une piste, l'avion avait atterri.

Il consulta sa montre. Il était trois heures passées.

Les agents fédéraux virent un homme descendre de l'appareil et ceux qui l'entouraient le serrer dans leurs bras ; ils virent Père l'accueillir à son tour en l'étreignant et en l'embrassant sur le front. Ils virent les autres hommes de la Famille décharger de lourdes caisses qui se trouvaient à l'arrière de l'avion.

— Ça y est, ils l'ont fait, annonça Tonnecliffe dans sa radio. Je répète, Kodiak, les armes sont arrivées au Sanctuaire. Les armes sont là.

La réponse fut brève :

— Reçu. Terminé.

Ils comprenaient maintenant pourquoi Père était si occupé ce soir, ce qu'il préparait. Après que Kari fut retournée se coucher avec Eloise, Joe et Cal accompagnèrent discrètement Leanne jusqu'à sa tente, où elle leur dit :

— Les agents pourraient débarquer dès demain matin. Nous n'avons peut-être pas plus de temps.

Joe leur fit part d'un plan qui avait pris forme dans son esprit, un scénario qui nécessitait que chacun tienne son rôle. Après quoi, il ajouta :

— Une dernière chose. Où j'en suis avec le FBI ?

— Rick travaille pour eux, dit Leanne. J'ignore quel marché il a conclu, mais je ferai tout mon possible. Le moment venu, s'ils débarquent ici — et je pense qu'ils vont le faire — je leur donnerai mon opinion. J'ignore si ça suffira à faire pencher la balance, vu la situation, mais j'essaierai.

— Je m'en tirerai peut-être, ou peut-être pas, dit Joe. Mais si je m'en tire, que deviendra Kari ?

— J'y ai pensé, dit Leanne.

— Quoi ? demanda Cal.

— Si Joe est disculpé, qu'est-ce que ça implique ?

Joe avait compris depuis longtemps ce que cela impliquait : Kari devenait coupable, automatiquement. Au bout du compte, l'un d'eux seulement, dans le meilleur des cas, pouvait rester libre. Si Joe s'était fait piéger par Rick, il s'était fait piéger par Kari également ; c'était la seule façon d'expliquer comment tout cet attirail avait échoué dans cette chambre de motel à Seattle.

— J'aimerais écrire deux lettres, déclara Joe. La première à mon frère, pour lui léguer ma voiture et tout le reste, que je vous demanderai de poster dès que possible. Pour la seconde, j'aurai besoin de votre aide, pour faire ça bien.

Plus tard, quand ils eurent fini de rédiger les lettres, Leanne dit :

— Écoutez bien, le plus important. Si c'est sur vous que ça tombe pour finir, prévenez tout le monde, faites-leur bien comprendre que la solution, c'est de ne pas résister. Si jamais quelqu'un résiste, et surtout, si quelqu'un ouvre le feu, ça va très mal se passer. Mentez-leur, dites-leur que le message vient de Père, faites ce que vous devez faire. Simplement, si vous le pouvez, faites en sorte qu'ils comprennent bien ça.

Cal et Joe regagnèrent la prison en douce. Mais avant d'y arriver, Joe arrêta Cal et dit :

— Juste entre nous.

— Quoi ?

— Tu regardes autour de toi. Et ensuite, tu te dis que tu vas te retrouver en ville, en prison.

— Ouais, je connais ça, répondit Cal. Mais moi, je savais que je n'y moisirais pas. Sans ça, je crois que j'aurais préféré mourir, si c'est ce que tu veux savoir. Et quitter cet endroit pour me retrouver dans leurs trous à rats puants... Je pourrais pas.

Joe acquiesça.

— Tu sais comment j'imagine la mort ? dit Cal. Blanche et silencieuse. Comme ici dans un mois.

Les deux hommes se regardèrent, et un flot de pensées passa entre eux.

— Hé, l'ami, dit Cal en prenant le bras de Joe et en le serrant fort. On s'est payé une sacrée cavale, hein ? Et je me plais ici. On fera ce que tu décides.

— Je crois que j'ai une idée.

— Je m'en doutais.

38

À la fin octobre, dans le sud de l'Alaska, les jours ne différent pas encore terriblement, dans leur longueur, de ce que peuvent connaître d'autres parties du pays. Ils commencent certes à raccourcir, et le soleil ne se lève jamais avant 8 heures, mais rien de comparable avec les journées de quatre heures, de 11 heures du matin à 3 heures de l'après-midi, qui viendront avec le mois de décembre. Quoi qu'il en soit, quand Leanne rejoignit Père dans sa cabane, où se trouvait déjà Omaha, à 7 heures, il faisait encore nuit noire dehors. La cabane était éclairée par une lampe à pétrole accrochée au plafond.

Père lui présenta Omaha comme son second, maintenant que Deacon n'était plus de ce monde.

Leanne acquiesça, puis s'adressa à Père.

— Que puis-je faire pour aider ?

Elle ne l'avait pas revu depuis qu'il s'était absenté au milieu de la nuit.

Il était assis à la même table. Il observa Leanne quelques instants, jugeant et décidant, puis il demanda :

— Que veux-tu faire ? Tuer des agents de l'ATF ?

— C'est ce que vous voulez ?

— Tu le ferais ?

— Vous me le demanderiez ?

Omaha ne put s'empêcher de rire. Il ne connaissait pas cette femme, et il était surpris de l'entendre s'adresser à Père de cette façon, et plus surpris encore de voir la réaction de Père.

— Je pourrais négocier..., dit-elle.

— On ne veut pas négocier.

— Où avez-vous placé des hommes ?

— Partout, dit Père. Dans tous les coins. Deux au sommet de la paroi rocheuse ; le premier muni d'une arme de gros calibre, l'autre d'un fusil automatique. Derrière nous, dans les collines, il y a un homme tous les cinquante mètres, armé d'un fusil. Même chose de l'autre côté, sur la crête. Et le long du périmètre sud également. Nous avons même des hommes un peu plus loin, avec des radios portables. On est au courant de tout.

— J'ai repéré un endroit, en venant ici, que vous devriez voir, je crois. Je ne vous en ai jamais parlé.

— Pourquoi maintenant ?

Leanne haussa les sourcils.

— L'heure a sonné, non ? C'est la fin.

— Exact, dit-il. C'est la fin. Tu penses qu'ils vont débarquer aujourd'hui.

— Oh, je pense qu'ils sont sans doute déjà là, quelque part, Père. Je pense qu'ils ont débarqué quand cet avion a atterri. Ils attendent qu'il fasse jour.

Il acquiesça.

— C'est pourquoi je veux vous montrer ce que

j'ai vu là-bas. Un système de surveillance. Il faudrait l'enlever dès maintenant.

— Accompagne-la, dit Amon à Omaha.

— Je veux que vous veniez vous aussi. Je voudrais votre avis. Je pense que vous devriez voir ça.

Père l'observa de nouveau en grattant son menton pas rasé.

Il sait, se dit-elle. Mais il avait besoin de savoir ce qu'elle manigançait. Il était trop intelligent pour refuser.

— C'est loin ? demanda-t-il.

— Non. Vous allez être surpris. C'est juste derrière cette cabane, à peine cent mètres dans les bois.

— Quoi ?

Elle confirma d'un hochement de tête.

— Et tu n'as pas eu l'idée de m'en parler avant ?

— J'essayais de maintenir une certaine façade. Et puis, pendant un moment ils ont cessé de l'utiliser. Mais ils ont recommencé. Je suis allée vérifier hier.

Père continuait à l'observer. Il était blême, ses yeux eux-mêmes paraissaient ternis, moins pénétrants qu'à l'accoutumée. Leanne était mal à l'aise de penser qu'il était en train de la juger, de prendre une décision ; peut-être même se demandait-il ce qu'il allait faire d'elle. Il voyait en elle, Leanne le savait. Face à lui, elle était transparente, et tout ce qu'elle avait dit à Joe et Rick était inscrit sur son visage ; il n'avait qu'à lire.

Malgré tout, il déclara :

— Dépêchons-nous, alors. Omaha, attends-moi ici. Ne laisse entrer personne. Ne réponds à aucune question.

Père enfila sa veste en peau et sortit dans la nuit, laissant à Leanne le soin de le suivre, en faisant comme s'il avait été ébranlé par cette révélation, comme s'il ne connaissait pas depuis le début l'existence de cet arbre et des observateurs.

Joe attendit un instant dans la prison avec Kari et Eloise.

— Que va-t-il se passer ? s'enquit Kari.

Joe secoua la tête.

Vous allez rester ici toutes les deux.

Elle noua ses bras autour de son cou et appuya son visage contre lui.

— Maman ? dit une petite voix sous les couvertures. T'en vas pas.

— Je ne m'en vais pas, ma chérie.

— Me laisse pas.

— Non, mon cœur. Jamais.

Ils attendirent. La fillette se rendormit. Peu de temps après, Cal réapparut.

— Ça y est, elle l'a fait sortir, annonça-t-il. On a intérêt à se grouiller.

Joe se leva. Kari lui tint la main quelques secondes, puis le laissa partir.

Dans une salle de commandement de la base militaire de Fort Richardson, située au bord de la Glenn Highway, juste au nord d'Anchorage, Johnson Rozsa était assis seul en compagnie d'un commandant nommé Garfield. Affecté à la base de Fort Lewis dans l'État de Washington, ancien du Viêt-nam, de la Grenade et du Golfe, Garfield dirigeait les Forces Spéciales. Il avait roulé sa bosse et combattu. Il n'avait jamais fait partie des lèche-culs, même après avoir gravi les échelons de la hiérarchie. Il avait toujours voulu rester sur le terrain, pour bouger, comme il disait. Participer. Personnellement, Garfield avait tué soixante-quatre hommes. Sans compter le tableau de chasse des soldats placés sous ses ordres.

Rozsa venait d'avoir une conversation téléphonique avec le lieutenant Bliss au Pentagone qui, bien qu'il ne sache pas où se trouvait exactement le colonel, servait encore de contact direct entre lui et le CID. Après s'être entretenu avec Bliss, Rozsa appela Hargrave sur une ligne hautement confidentielle et échangea avec lui quelques phrases de dialogue codées. En raccrochant, il annonça à Garfield :

— Ils ont réussi à faire venir les missiles dans le camp. Vous vous rendez compte ? Malgré la surveillance de tous ces agents fédéraux.

Garfield éclata de rire.

— En route pour Egegik maintenant, nous allons prendre position. Il est encore possible que la Justice décide de passer à l'action, auquel cas nous signalerons notre présence et participerons à leurs opérations. S'ils préfèrent continuer à attendre... eh bien, disons que, d'une manière ou d'une autre, le soleil ne se couchera pas sur les Stinger.

Garfield salua et quitta la pièce.

La ville d'Egegik était située sur la péninsule de l'Alaska du côté de la mer de Béring, plus ou moins en face du camp des Amonites. Le pilote qui transportait l'escouade de Garfield s'en servirait comme point de repère pour traverser l'océan en direction de la communauté d'Amon, où, dès les premières lueurs du jour, à un peu plus d'un kilomètre en amont, les hommes sauteraient en parachute, se regrouperaient et continueraient à pied, sans craindre d'être repérés, estimaient-ils, étant donné que la plupart des forces fédérales étaient toujours rassemblées sur le bateau ravitailleur arraisonné hier, ou bien de l'autre côté du détroit, à Kodiak.

Rozsa surveillerait les opérations à partir de la petite pièce de commandement de la base militaire, dont, excepté lui-même et Garfield, seuls le commandant de la base de Fort Lewis, le général Shaw, et les généraux Parkins et Hargrave, au Pentagone, savaient qu'elle était occupée.

Père tenait la lampe électrique. Il suivit Leanne jusqu'au vieil arbre mort, là où elle avait vu Tonnecliffe pour la première fois. Arrivée devant l'arbre, elle s'arrêta, posa la main sur le tronc sans écorce, et dit :

— Expliquez-moi d'abord une chose. Pourquoi venir jusqu'ici, supporter les frais et les épreuves, perdre la moitié de votre famille, uniquement pour commettre un suicide ?

— C'était donc ça ? demanda Amon. Un sermon ? Désolé, je n'ai pas le temps, Leanne. Je m'en vais.

— Non, attendez !

Leanne avait glissé la main à l'intérieur du tronc. Père lui braqua le faisceau de la lampe dans les yeux, l'aveuglant.

— Parlez-moi, dit-elle.

— Du suicide ? Aucun de nous n'a envie de mourir.

— Alors je dois en déduire pour la première fois que vous êtes un imbécile. Car si jamais les agents fédéraux débarquent, et si vous réagissez comme je le devine, vous savez aussi bien que moi ce qui va se passer.

— Nous sommes venus ici pour trouver une maison, Leanne. Pas pour mourir, même si aucun d'entre nous ne redoute la mort. J'avais espéré, de tout mon cœur, que les autorités nous ficheraient enfin la paix.

— J'ai essayé de les convaincre. Mais pourquoi a-t-il fallu que vous fassiez venir les armes jusqu'ici ? C'était la meilleure façon de faire rappliquer les autorités.

— Elles seraient venues de toute manière.

— Non, c'est faux.

— Tu as perdu tout sens de la réalité, Leanne. Et ta clairvoyance. Ils sont en route depuis longtemps.

— Ils veulent juste récupérer ces saloperies d'armes, et Joe Curtis.

— Non, c'est moi qu'ils veulent. Et toi aussi. Et Omaha. Le pauvre Rick et la pauvre Kari. Et ensuite, quand ils nous auront tous eus, ils décideront qu'il leur faut aussi le reste de la Famille. Ils nous tueront, ou ils nous enfermeront, et voilà. Encore un peu de ménage de fait. Tu crois vraiment que si j'allais les voir pour leur remettre les armes et ton ami Joe, ils repartiraient ? Franchement, tu es devenue crédule.

— Je suis sûre qu'ils s'en iront.

— Non. Mais ils ne nous auront pas non plus. Aucun de nous. Nous resterons libres, d'une manière ou d'une autre.

— Père...

— Mieux encore, quand ils viendront nous chercher, ils seront libérés eux aussi.

— Amon...

— Tu peux partir si tu le souhaites, Leanne.

(Il continuait de braquer la lampe sur son visage, pour qu'elle ne puisse pas le voir.) Marche jusqu'à l'océan, ils t'apercevront sur la plage ; ils nous observent. Ils te ramèneront, ils te feront subir un traitement, quelque part, ils te laveront le cerveau. Dans un an environ, tu seras comme neuve.

— Je ne vous laisserai pas tuer tous ces gens.

— C'est toi qui vas les tuer. Toi et tes amis. Voilà des années que vous essayez de les tuer.

Elle ressortit sa main du tronc creux et brandit non pas une arme, comme il s'y attendait, mais un sac plastique hermétique contenant un petit appareil muni d'un bouton et d'une lumière qui rougeoyait, surtout quand la lampe électrique de Père s'éteignit, faisant tournoyer des lumières étincelantes devant les yeux de Leanne, dans la nuit.

Cal conduisit Joe dans la tente de Leanne, où elle avait caché leur fusil, et d'où ils apercevaient la cabane de Père. Une lumière brillait derrière l'unique fenêtre de devant. Tandis qu'ils observaient la cabane, personne n'y entra et personne n'en sortit. Des hommes et des femmes passaient devant, mais la porte resta close. Lorsque la voie sembla dégagée, Cal adressa un signe de tête à Joe. Pliés en deux, ils foncèrent vers la cabane.

Joe frappa à la porte. À l'intérieur, quelqu'un demanda :

— C'est pour quoi ?

— Dépêchez-vous ! dit Joe.

— Pourquoi ? J'ai pas le droit d'ouvrir.

— C'est Père. Il a des ennuis.

Joe entendit une barre se soulever, regarda la

porte s'entrouvrir, et se jeta brusquement sur le battant, de tout son poids. Emporté par son élan, il trébucha à l'intérieur, et se retrouva couché sur un individu, un Noir qui lui martelait le crâne et le dos à coups de poing. Les yeux fermés, Joe se contenta de tenir bon, jusqu'à ce que Cal appuie le canon de son fusil sur la tête du Noir, en disant :

— On se calme.

L'homme obéit.

Cal avait refermé la porte et remis la barre en place ; ils étaient seuls tous les trois.

— Comment tu t'appelles ? demanda Cal.

— Omaha.

— Très bien, Omaha. On va parler affaires. Je te conseille fortement de nous aider ; sinon, je te bute. Parole. Ça fait un moment que je meurs d'envie de faire sauter la cervelle à quelqu'un d'ici. Alors, c'est bien compris ?

— Oui, oui, dit Omaha.

Il était toujours allongé par terre. Après s'être relevé et épousseté, Joe s'était approché des interrupteurs sur le mur ; il les examinait.

— Touchez pas à ça ! lança Omaha. Vous ne savez pas ce que c'est.

— Il va comprendre très vite, répondit Cal. Je parie que vous avez envoyé des gars dans les bois avec les armes, pas vrai ?

Omaha répondit par un haussement d'épaules.

— Tu joues ta vie, dit Cal. Je plaisante pas. Ne me fournis pas de prétexte.

— Oui.

— Avec les M-60 ?

— Quelques-uns.

— Combien ?

— Euh... Six hommes avec des M-60. Dix ou douze avec des M-16.

— On peut les contacter ?

Omaha ne répondit pas, mais il jeta instinctivement un coup d'œil vers le bureau, sur lequel étaient posés deux émetteurs radio différents.

— Lequel ? demanda Cal.

— Celui du dessus, dit Joe. La CB. On ne peut pas utiliser des ondes courtes à trop faible distance. Elle est sans doute déjà réglée sur le bon canal. Il faut que je sorte pour inspecter les branchements.

Ayant déniché une lampe électrique, il entrouvrit la porte avec prudence pour vérifier que personne ne les guettait, et il sortit.

— Et les missiles ? interrogea Cal.

— Ils sont ici, répondit Omaha. Dehors. Dans des caisses.

— Les trois ?

— Oui.

Le bloc électrogène se tut brusquement. Omaha leva les yeux vers la lampe fixée au plafond, mais ne bougea pas. Au bout de quelques secondes, le bloc électrogène redémarra, et Joe revint.

— O.K., dit-il.

— Tu es sûr ? demanda Calvin.

Joe acquiesça.

— On a l'impression qu'ils sont toujours branchés, mais j'ai tout déconnecté.

— Quoi ? s'exclama Omaha. Qu'avez-vous fait ?

— Bien, dit Cal. Omaha, mon ami, tu as un rôle capital à jouer maintenant. Si tu es à la hauteur, tu décrocheras sûrement un prix. Sinon...

(Cal souleva le canon du fusil.) Je veux que tu te serves de la radio pour demander à tous tes petits camarades armés de revenir.

— Hein ?

— Dis-leur de rapporter leurs armes. Explique-leur que Père a ordonné que chacun attende dans sa tente, jusqu'à nouvel ordre. Pigé ? Personne ne doit tirer le moindre coup de feu, en aucun cas. Point.

Omaha s'esclaffa.

— Vous croyez qu'ils vont m'écouter ?

— Je crois que tu sauras les convaincre. Dis-leur que Père s'est absenté pour faire une chose importante, et que ce sont ses ordres.

— Où il est, d'ailleurs ?

Cal haussa les épaules.

— Il ne reviendra pas, c'est tout ce que je peux te dire.

— Oh, Seigneur, fit Omaha. Vous êtes des agents fédéraux, ou un truc comme ça ?

— Sûrement pas, répondit Cal. Moi, je suis un ancien détenu en liberté surveillée. Et ce type, là, c'est le célèbre Joe Curtis, il figure en bonne place au palmarès des personnes recherchées par le FBI.

— Merde alors.

— Et toi ? demanda Joe. Quand tu auras passé tes appels radio, si tu nous racontais un peu qui tu es, ce que tu as fait, et avec qui. Ce genre de trucs.

— Vous parlez sérieusement ?

— Oui.

— Pourquoi vous voulez savoir tout ça ?

— Pour récolter des informations, dit Cal. On pourra peut-être les échanger.

Quand les yeux de Leanne se furent réhabitués à l'obscurité, elle découvrit Père, toujours debout devant elle, à quelques pas. Pourtant, elle pensait qu'il serait reparti.

— N'appuie pas tout de suite sur le bouton, dit-il.

— C'est déjà fait.

— Depuis combien de temps ?

— Plusieurs minutes. Pourquoi n'avez-vous pas fui ?

Elle connaissait la réponse. Elle comprit qu'il savait depuis le début ce qu'elle avait l'intention de faire en venant ici, c'est-à-dire le livrer aux autorités, car elle était convaincue que cela sauverait les vies de tous ces gens qui, autrement, allaient mourir au cours de la fusillade. Alors, pourquoi avait-il accepté de venir ? se demandait-elle. Si facilement, comme ça ; il l'avait accompagnée dans la forêt, dans la nuit, à l'endroit où elle devait le trahir. Peut-être que, en définitive, il ne pouvait supporter de voir mourir les membres de sa Famille, même s'il était persuadé qu'ils mourraient, quoi qu'il arrive. Ou peut-être avait-il décidé, finalement, que Leanne avait raison.

— J'ai prié, dit-il, en réponse à ses interrogations muettes. Après t'avoir vue.

— Et qu'avez-vous appris ?

Il ne répondit pas.

— Fuyez, dit-elle. Pendant que vous le pouvez. Allez-vous-en. Cachez...

— Je vous le déconseille, lança une voix surgie de l'obscurité. (Leanne reconnut celle de Tonnecliffe.) Nous avons des lunettes à visée nocturne et des armes automatiques. Je veux voir vos mains.

— Tuez-moi, dit Père.

— Non ! hurla Leanne. Ne faites pas ça !

— Pourquoi dis-tu « Ne faites pas ça » ? C'est déjà fait, Leanne. Tu as décidé ce qu'il fallait faire, et tu as agi. Comme tu l'as toujours fait, comme tu le feras toujours. Mais j'ai de la peine pour toi, en pensant à ce que tu vas endurer. Moi, je rentre.

Elle vit Père s'éloigner, dans la direction du camp.

— Arrêtez-vous ! s'écria Tonnecliffe.

— Tu devrais venir avec moi, Leanne, dit Père.

Elle le vit sortir quelque chose de sous sa veste et le pointer sur elle.

— Non ! hurla-t-elle.

Convaincue que Père lui avait tiré dessus, qu'il l'avait tuée, dans un geste ultime, car elle avait vu le feu jaillir du canon de son arme, Leanne se sentit tomber, ses jambes se dérobèrent sous elle, le sol sembla l'attirer, et elle le heurta violemment, la tête la première ; des étincelles et des lumières s'allumèrent dans sa tête, son cerveau tournoya sous l'effet du choc, alors que le bruit de la détonation lui parvenait seulement maintenant.

Elle entendit un deuxième coup de feu, après sa chute, provenant des bois celui-ci, à dix ou quinze mètres, estima-t-elle. Elle se redressa, juste à temps pour voir Père s'effondrer.

Elle attendait la douleur, mais comme rien ne venait, hormis un élancement au niveau de la mâchoire, elle comprit qu'on ne lui avait pas tiré dessus, finalement. Quelqu'un l'avait plaquée au sol, pour l'écarter de la trajectoire de la balle. Et elle comprit, grâce à l'odeur et à la façon dont ce quelqu'un continuait à la tenir, en lui enserrant les bras, la clouant à terre, pour l'empêcher de ramper vers Père, essayant de lui protéger la tête, tandis que de redoutables éclairs blancs jaillissaient de tous côtés, elle comprit de qui il s'agissait.

Dans la lumière, elle entrevit le corps immobile de Amon, sa tête rouge de sang. Elle détourna la tête. Derrière elle, elle découvrit le visage de l'homme qui l'avait projetée à terre, le visage de Ben. L'espace d'un instant, ils se regardèrent et échangèrent avec les yeux un millier de paroles de chagrin, de regret, de gratitude et d'amour.

— Je suis allé jusqu'à Kodiak, dit Ben. Mais ils n'ont pas voulu me laisser partir à ta recherche. Comme s'ils pouvaient m'en empêcher.

— Je serais morte sans toi, dit Leanne. (Elle caressa le visage de Ben.) Tu le sais déjà.

Une main se plaqua sur la bouche de Leanne. Elle ne pouvait plus respirer. Elle sentit qu'on lui tirait les bras en arrière et qu'on lui passait les menottes, avant de l'entraîner, rapidement, brutalement, à travers la nuit. Les agents fédéraux ne faisaient que suivre le protocole, mais malgré ce mauvais traitement, elle sentit la présence de Ben ; il était là pour la rassurer, veiller sur elle, s'assurer qu'on ne lui ferait plus aucun mal à partir de maintenant.

39

Omaha venait juste de brancher la CB et de contacter la première sentinelle quand ils entendirent les coups de feu.

— C'était quoi ça ? demanda la femme qui se trouvait au sommet de la colline, armée d'un M-60.

— C'était Père. Ne vous inquiétez pas, murmura Cal, et Omaha répéta ces paroles dans le micro.

— Qu'est-ce qu'on est censés faire ? demanda la femme.

— Redescendez. Regagnez vos tentes, dit Omaha. Surtout, ne vous faites pas remarquer. Aucun mouvement. Aucun bruit. Aucun coup de feu. C'est compris ?

— Mais...

— Ne discute pas. Transmets les ordres à ceux qui sont avec toi, et obéissez.

— Bravo, Omaha, dit Cal. Ta vie fait peut-être partie de celles que tu viens de sauver.

Pendant ce temps, Joe fouillait dans les trois malles que Père avait apportées avec lui du Ke nai. Il cherchait tout ce dont ils pourraient avoir besoin, et fut stupéfait par ce qu'il découvrait.

À Kodiak, les agents fédéraux reçurent un message de Tonnecliffe qui changea tout : « Nous avons Red Feather. Amon est mort. »

Après que le conseiller particulier eut appelé directement le ministre de la Justice pour l'informer, l'agent spécial du FBI, responsable de l'opération, transmit le message à l'équipe d'intervention qui se trouvait toujours à bord du bateau ravitailleur dans le détroit de Shelikof, transformé en une sorte de base de lancement flottante, au large du Sanctuaire.

Le ministre de la Justice avait ordonné le *stand-by* dans l'attente de nouvelles informations en provenance de l'équipe de surveillance : la Famille se préparait-elle à se défendre ? les armes appartenant à l'armée étaient-elles localisables ? un suicide collectif était-il à redouter ?

Tonnecliffe leur fit parvenir un second message : ils avaient entendu un avion approcher tout près du camp, à basse altitude. Apparemment, l'avion avait ralenti de manière nette pendant une minute, avant d'accélérer et de repartir. Le FBI ou l'ATF avaient-ils entrepris des manœuvres sans l'en avertir ? Se pouvait-il que les Amonites attendent un autre avion ? En outre, tous les membres de la Famille qui étaient postés dans les bois, avec des armes, semblaient abandonner leurs positions pour rentrer.

— C'est quoi, ce bordel ? se demanda le conseiller particulier à voix haute.

Il rappela le ministre de la Justice et dit ensuite aux autres agents responsables :

— On ferait bien d'aller sur ce foutu bateau.

Quelques minutes plus tard, les garde-côtes leur faisaient traverser les eaux agitées du détroit de Shelikof.

Alors que le ciel s'éclaircissait, Cal et Joe allèrent chercher Kari et Eloise dans la prison, où ils enfermèrent Omaha à la place. Ils entendaient les Amonites, des hommes et des femmes, qui revenaient de la forêt pour retourner sous leurs tentes, conformément aux ordres.

— Que se passe-t-il ? demanda Kari.

— Chut, fit Joe. Il faut se cacher.

— Et après ? lui demanda-t-elle. Tu t'en iras ? Tu iras vers le nord ?

Joe secoua la tête.

— Nous, on ira avec toi.

Il la regarda, et dit :

— Venez.

Rozsa, qui avait été informé, via le CID et le lieutenant Bliss, de l'essentiel des ordres émanant du ministère de la Justice — à savoir se tenir prêt, mais ne pas bouger — prit une décision unilatérale. Cela allait à l'encontre de ses ordres, étant donné que les agents fédéraux se tenaient au large, prêts à envahir le camp, et étant donné que l'opération aurait pu être menée de manière plus ou moins légale et régulière, surtout depuis la mort d'Amon, mais Rozsa flairait une solution plus rapide et plus satisfaisante : Amon disparu, ses disciples nageraient en pleine confusion. Il suffirait de s'emparer des Stinger. Il n'avait qu'à se servir. Il informa Garfield, qui se trouvait sur le terrain, environ cinq cents mètres au nord du camp des Amonites, des derniers développements, et lui ordonna d'agir unilatéralement.

Calvin conduisit Joe, Kari et Eloise jusqu'à une petite découpure au pied de la falaise, une sorte de caverne peu profonde, un endroit dont lui avait parlé Leanne, masqué par de gros éboulis et invisible du camp.

Cal et Joe se regardèrent longuement. Ce serait la dernière fois avant que tout soit terminé, d'une manière ou d'une autre. Mais au moment où Cal faisait demi-tour pour regagner le camp, quelqu'un se dressa devant l'entrée de la grotte, et lança :

— Alors, quoi de neuf, les amis ?

Rick leur souriait. Il avait l'air mal en point ; il avait dormi dans les bois, avec juste quelques couvertures que quelqu'un lui avait données. Ses cheveux étaient emmêlés, sa peau crasseuse, ses yeux cernés. Il avait besoin de se raser, et il empestait. Il adressa une grimace à Joe et Kari.

— Ça faisait un bail, hein ? C'est l'heure de régler les comptes. Et la liste est longue.

— Je te cherchais, toi, dit Cal.

— Qui es-tu ? demanda Rick.

— J'ai un message pour toi.

En disant cela, Cal bondit sur Rick, le projetant à terre. Les deux hommes roulèrent sur le sol, mais il ne fallut pas longtemps avant que Cal passe son bras autour du cou de Rick et serre violemment.

— Écoute-moi bien. Il nous reste environ une minute avant d'entrer dans une zone de bordel maximum. Si tu cherches des histoires à ces gens-là, tu te fous toi-même dans la merde. Ils sont ton billet pour la liberté.

— Quoi ?

— Tu veux bien m'écouter et venir avec moi ? Leur foutre la paix ?

Cal serra un peu plus fort encore.

— O.K., dit Rick.

Cal le laissa se relever. Rick regarda une dernière fois Joe et Kari, puis tourna les talons et s'en alla. Cal le suivit.

Tandis qu'ils s'empressaient de regagner le camp, Cal dit :

— Joe a tout avoué. Les meurtres à Cœur d'Alene, le transport des armes jusqu'ici, le kidnapping de Kari, le vol de l'or. Tout, noir sur blanc, devant un agent de l'ATF.

— Mon cul.

— Non, c'est la vérité, connard. C'est sa tactique. Si tu as un peu de cervelle, tu le laisseras faire.

— Pourquoi il ferait un truc pareil ?

— Tu pourrais pas comprendre. Fais-moi confiance. Et ne sois pas idiot. Planque-toi dans une tente, et ferme ta putain de grande gueule.

Plus tard, alors que le soleil déchirait l'horizon de l'océan au sud-est, l'agent chef du FBI, qui se trouvait maintenant à bord du bateau ravitailleur, reçut un appel radio de Tonnecliffe.

— Vous avez envoyé quelqu'un d'autre là-bas ?

— Personne pour l'instant, répondit le responsable du FBI.

— Je vous ai dit que tous les Amonites rentraient au bercail. On les a comptés. Mais on a repéré de nouveaux déplacements au nord du camp ; on chope un truc dans les micros. Aucune information visuelle pour le moment, mais on dirait un groupe d'hommes.

Le conseiller particulier transmit l'information au ministre de la Justice, et pendant qu'il enfilait son gilet pare-balles en Kevlar, il déclara :

— Grouillons-nous.

40

De leur cachette au pied de la paroi rocheuse, à travers un interstice entre deux grosses pierres, Joe s'aperçut qu'il pouvait voir une partie de ce qui se passait.

Et ce qu'il vit, peu de temps après que le jour fut totalement levé, ce fut cinq hommes qui surgirent des bois comme par enchantement, derrière la prison et la cabane de Père. Ils n'étaient pas sortis des bois, ils s'étaient comme matérialisés, le visage peint de traînées grises, noires et vertes, les couleurs de la forêt, avec des fusils à la main, des ceintures chargées de munitions, coiffés de casques munis d'écouteurs et de micros fixés à l'extrémité de petits bras articulés, devant leur bouche.

Mais le camp était mort. Rien ne bougeait. Il n'y avait aucun bruit. Les rayons du soleil commençaient à frapper les toits des tentes en toile blanche, et les cinq hommes échangeaient des regards, en attendant qu'il se passe quelque chose. Ils regardaient dans la direction de Joe, mais au-dessus de lui. Il perçut alors un bruit, au sommet de la paroi rocheuse, et comprit qu'il y avait un autre homme là-haut, qui les observait, allongé à plat ventre avec un fusil, sans aucun doute.

Les cinq hommes pénétrèrent un peu plus avant dans le camp, s'arrêtant pour inspecter les cabanes, la plus petite tout d'abord, fermée par un verrou, l'autre ensuite, ouverte et apparemment vide (deux hommes jetèrent un rapide coup d'œil à l'intérieur), et ils s'avancèrent dans la clairière bordée par les tentes. Abandonnant leur posture semi-accroupie, ils se regardèrent de nouveau.

Et soudain, ils captèrent des mouvements, à l'autre extrémité du camp, au sud, à l'entrée du canyon qui descendait vers l'océan, au moment où un autre groupe d'hommes apparaissait, en tenue de camouflage et armés eux aussi.

Les cinq types du premier groupe se jetèrent à terre, fusils pointés.

Les nouveaux venus, Joe en dénombrait une demi-douzaine, s'agenouillèrent, prêts à ouvrir le feu également.

Puis une voix venue du haut de la falaise, celle de l'homme que Joe avait entendu, s'écria, à travers un mégaphone :

— Plus un geste ! Lâchez vos armes !

Une autre voix, amplifiée par un mégaphone elle aussi, venant des arbres à l'entrée du défilé, s'exclama :

— Nous sommes des agents fédéraux. Veuillez vous identifier immédiatement.

Les cinq hommes couchés au centre du camp se regardèrent une fois de plus. Aucun d'eux n'ouvrit la bouche, car tous, sauf un, avaient reçu pour ordre formel de ne surtout pas révéler leur identité. Finalement, l'un d'eux murmura un

« merde », se leva, en laissant le canon de son arme basculer vers le sol. Les quatre autres l'imitèrent.

Les agents fédéraux s'approchèrent des hommes dans le camp, chaque groupe observait l'autre, sans baisser les armes.

Dans son poste de commandement de Fort Richardson, Rozsa beuglait dans son micro.

— Qu'est-ce qu'il se passe, bon Dieu ? Répondez, Grizzly !

— Euh, colonel... répondit la voix de Garfield, grêlée de parasites. Nous avons une petite discussion avec une demi-douzaine d'agents fédéraux, qui ont débarqué ici de manière un peu... inattendue.

Rozsa lâcha le bouton de transmission, se leva et se rassit aussitôt.

— Oh, Seigneur, dit-il. Bordel de merde !

Au ministère de la Justice, un peu plus tard, en apprenant la découverte faite par les agents fédéraux, madame le ministre n'hésita pas un instant, elle ne dit pas un mot. Elle décrocha un téléphone bleu, spécial, installé dans son bureau, qui établissait directement la communication sans qu'il soit nécessaire de composer le numéro.

Quand une voix d'homme répondit en disant simplement « Oui ? », le ministre dit :

— Il faut que je lui parle immédiatement.

— Un instant, madame.

On la fit patienter, pendant que l'homme allait chercher son patron, le Président, qui était encore essoufflé, car il revenait de son jogging

Le commandant Garfield s'expliquait :

— On nous a dit que vous ne deviez pas intervenir. C'est quoi ce bordel ? Ça vous prend souvent de changer d'avis comme ça ?

— Mais qui êtes-vous, nom de Dieu ? demanda un des agents.

— Commandant G.T. Garfield. U. S. Army. On nous a envoyés en soutien, au cas où vous auriez besoin de renforts si vous interveniez.

— Quels renforts ? Vous venez de dire que vous ne vous attendiez pas à nous trouver là.

— Euh, en fait, il nous a semblé entendre quelque chose. On est venus jeter un œil.

L'agent du FBI, qui n'était autre que Tonnecliffe, se retourna vers la forêt et fit un geste de la main. D'autres agents apparurent, ainsi que plusieurs hommes qui ne portaient pas de tenue de camouflage, mais de simples vêtements de montagne.

Parmi eux se trouvait une femme habillée à la manière des Amonites, une tunique et d'épais collants gris, sous une veste en peau. Les menottes aux poignets, elle était emmenée par un seul agent, avec qui elle échangeait parfois quelques mots, de manière décontractée. Il s'agissait, bien évidemment, de Ben Regis et de sa vieille collègue, Leanne Red Feather.

— Alors quoi, dit Garfield, le militaire. Où ils sont passés, nom de Dieu ?

— Vous avez inspecté les tentes ? demanda Tonnecliffe.

Garfield le regarda, et soudain, il releva le canon de son arme, imité en cela par ses hommes.

Mais avant qu'ils ne puissent entreprendre leur inspection, une autre voix s'éleva, sur le seuil de la cabane de Père.

— Hé, les gars !

Une douzaine d'armes automatiques se braquèrent sur Calvin. Leanne poussa un grand cri.

— Nooon !

Mais Cal avait levé les mains. Les hommes purent constater qu'il n'était pas armé.

— Que ce soit bien clair, dit Cal. On vous filera tout ce que vous êtes venus chercher. En échange, on demande un peu de considération. Avant que vous me demandiez qui je suis pour négocier avec vous, laissez-moi attirer votre attention sur quelque chose. Regardez bien autour de vous, dans le sol. Allez-y, examinez ces petites conneries que vous apercevez.

Un des hommes de Garfield l'avait déjà fait.

— Des mines Claymore, commandant, dit-il.

— Oh, putain...

Le fait que tous ces soldats des forces spéciales et ces agents fédéraux du FBI et de l'ATF, à la recherche de marchandise de très haute technologie volée, se retrouvent ainsi dans une embuscade, piégés par un truc aussi rudimentaire et démodé que des mines Claymore, de simples bombes auxquelles étaient fixés des projectiles en acier — une arme que n'importe quel gamin pouvait confectionner dans son garage —, était porteur d'une ironie qui n'échappa à aucun d'eux. Garfield revécut l'époque où les sapeurs viêt-congs s'introduisaient la nuit dans les campements américains entourés d'un cercle de mines Claymore braquées vers l'extérieur, et les retournaient vers le camp, si bien que lorsque les Viêt-congs attaquaient au matin, et que les soldats américains déclenchaient les mines, ils se retrouvaient pulvérisés. Garfield éprouvait la même sensation de ridicule à cet instant.

Cal enchaîna :

— Il y a une cinquantaine de petits joujoux comme ceux-là branchés autour de vous, bande de gros malins. Et quelque part, quelqu'un nous observe, avec un interrupteur dans la main. Si jamais il se passe quoi que ce soit, si un de vos tireurs d'élite que vous avez placés là-haut sur la crête, ou dans les arbres, ouvre le feu par exemple, la personne en question fait tout sauter. Ou si l'idée vous prenait de foncer vers la forêt tout à coup. Vous seriez transformés instantanément en pâté pour les ours.

« Ce n'est pas tout. On a également installé une caméra vidéo sur pied. Il y a un petit émetteur et un relais planqués dans les bois. On émet en direct jusqu'à Kodiak de l'autre côté du détroit. Si on le désire, messieurs, tout ça peut passer sur les chaînes nationales aux infos de ce soir.

Calvin savait que c'était ce dernier mensonge, qui lui était venu à l'esprit quelques instants plus tôt, qui les empêcherait d'agir. Quelles armes pouvait-il réellement utiliser contre un tel déploiement de force ? Les mines Claymore, qui les auraient tous tués, lui y compris, avaient été désamorcées par Joe de toute façon. Les M-60 étaient cachés derrière lui, sous des bâches, dans la cabane. Mais ça, la couverture médiatique, il savait que ça les rendrait dingues.

Il vit soudain les hommes des deux groupes vociférer dans leurs micros ou leurs radios. Après quoi, ils commencèrent à battre en retraite.

— Oh, oh, dit-il, ne partez pas, je vous prie. Vous n'atteindrez jamais la forêt.

Ils se figèrent. Ils le regardaient. Nul n'osait bouger.

— Et soyez gentils de braquer vos armes ailleurs.

Les canons s'abaissèrent.

— Bien, dit Cal. Qui commande tout ce cirque ?

Un des hommes en civil s'avança.

— Je représente le ministre de la Justice du gouvernement des États-Unis, déclara-t-il.

Il s'agissait du conseiller particulier en personne.

— Parfait, dit Calvin. Voici le topo : on vous rend la grosse artillerie, les missiles Stinger, les M-60, et tous les M-16 qu'on peut récupérer, mais il en manquera. Les autres armes qui sont ici, on les garde. Je vous refile également l'homme qui a commis les meurtres dans l'Idaho. L'agent Red Feather a déjà recueilli ses aveux complets et signés.

— Joseph Curtis ?

— Exact.

Le conseiller particulier se retourna vers Leanne et Ben Regis il hocha la tête. Ben ôta les menottes de Leanne, et celle-ci sortit de sa poche de jean une feuille de papier. Quelqu'un la porta au conseiller particulier, qui la lut.

— Il a également participé au transport des armes ?

— Oui.

— Et les autres ?

— L'un d'eux est mort à Juneau. Un autre est enfermé dans cette petite cabane là-bas. Vous pourrez l'emmener en partant. Les autres n'étaient que des types embauchés.

— C'est Curtis également qui a kidnappé la fille ?

— Oui.

— Pourquoi ?

— Aucune idée. Il faudra lui poser la question.

— Où est-il ?

— Caché. Il se rendra quand vous serez tous repartis au large, et quand tout le monde sera en sécurité. Il veut être certain d'en finir une bonne fois pour toutes.

— Comment pourra-t-il se rendre si on est au large ?

— En bateau ? suggéra Cal. Il doit y en avoir un par ici.

De leur cachette, Kari réussissait à capter les paroles de Cal, suffisamment pour comprendre. Elle agrippa Joe par le devant de sa chemise.

— Qu'est-ce que j'ai entendu ? Ça veut dire quoi ?

Il plongea son regard dans ses yeux, sans rien dire. Il attendit, en l'observant, tandis que l'évidence se faisait jour en elle peu à peu, tandis qu'elle réfléchissait et devinait comment cela allait se passer, tandis qu'elle comprenait qu'il leur avait offert la liberté, à elle et Eloise, en se sacrifiant.

— Pourquoi fais-tu ça ? demanda-t-elle.

Il continua à la dévisager, ses yeux surtout, car il voulait pouvoir s'en souvenir, quel que soit le temps qu'il lui restait à vivre.

— Mais je te veux ! dit-elle. J'ai besoin de toi maintenant

— Non. Tu as besoin d'elle.

Elle... la fillette qui dormait encore, dans un des duvets qu'ils avaient emportés.

— Et Kari Downs ? demanda le conseiller particulier.

— Elle est ici. Sa fille et elle repartiront avec vous. Si vous voulez recueillir sa déposition, pas de problème.

— Peut-être qu'elle sait pourquoi Curtis l'a kidnappée. J'ai cru comprendre qu'ils sont devenus amis par la suite.

— Je crois qu'il a été gentil avec elle. Des fois, c'est important.

Le conseiller particulier acquiesça.

— Oui, sans doute.

Il ne posa pas d'autre question, car tout à coup, il n'avait aucune envie de découvrir une anomalie dans la belle logique de l'histoire qu'on lui racontait, une faiblesse dans le récit. Il voulait y croire, très fort, conclure cet arrangement et en finir. C'était un marché équitable. Il regarda autour de lui les hommes armés, et les Amonites qui commençaient à sortir de leurs tentes. Et il hocha la tête, comme si tout s'arrangeait au mieux, pour lui et pour eux aussi.

— Le corps d'Amon est juste là, derrière moi, dans la forêt. Voulez-vous le reprendre pour l'enterrer ici ?

Les membres de la Famille acquiescèrent.

L'agent spécial du FBI avança d'un pas, et déclara :

— Il nous faut les armes qui ont été acheminées jusqu'ici, et il nous faut Rick Agullana.

— Il se terre quelque part dans les parages, dit Cal. Vous le voulez maintenant ou plus tard ?

L'homme haussa les épaules. Le conseiller particulier lui glissa quelques mots.

— Envoyez-le-nous avec Curtis, dit le responsable du FBI.

Cal sourit.

— C'est vous qui décidez.

Les hommes et les femmes empilèrent les armes, M-16 et M-60, au centre de la clairière entre les tentes. Les soldats se chargèrent des missiles Stinger entreposés dans leurs caisses, près de la cabane.

— On ne pourra pas repartir sans Curtis, dit le conseiller particulier.

— Il vous rejoindra. On n'a aucune envie de vous voir revenir par ici.

— Je n'ai aucune envie d'y revenir.

Joe regarda Kari et Eloise sortir de la petite caverne main dans la main et regagner le camp. Leanne fut autorisée à les rejoindre, pour aider Kari à emballer quelques affaires dans un sac à dos. Après quoi, les deux femmes s'éloignèrent bras dessus bras dessous ; Kari pleurait, et Eloise lui tenait toujours la main. Joe se dévissa le cou pour les suivre du regard le plus longtemps possible.

Et il vit les agents fédéraux et les soldats, dont certains portaient les armes confisquées, leur emboîter le pas. L'un d'eux tenait Omaha, qui avait les menottes aux poignets.

Joe ne sortit de sa cachette qu'une fois certain qu'ils étaient partis, et pas avant d'avoir fait ses adieux dans sa tête.

Cal attendait.

— Vite, vieux. On a encore du pain sur la planche

41

Certains membres de la Famille accompagnèrent Cal jusqu'au rivage pour voir le canot en bois emporter Joe et Rick vers le bateau ravitailleur et les vedettes des garde-côtes ancrés à trois ou quatre cents mètres au large. Le canot avançait lentement, comme s'il répugnait à accomplir ce trajet.

Calvin fit des signes en agitant la main au-dessus de sa tête.

Rick était assis à l'avant, où il n'aurait pas dû se trouver, car son poids représentait une entrave. Mais tout le monde s'en fichait maintenant.

Joe était assis près du moteur, pour piloter. Ils quittèrent la crique qui abritait le Sanctuaire, dépassèrent la paroi rocheuse gelée qui plongeait dans la mer, pour déboucher dans des eaux plus vastes, où les attendaient les bateaux.

Le moment était venu. Joe sortit un briquet de sa poche et se pencha en avant. Rick ne comprenait pas ce qu'il pouvait bien fabriquer.

Comme dans un rêve, Rick vit Joe enfiler une sorte de capuche noire sur sa tête. Il le vit lui adresser un grand sourire, comme un dément. Une fois de plus, Rick regretta de ne pas avoir tué Joe quand il en avait eu l'occasion. Et voilà que Joe disait au revoir en faisant des signes de la main.

Il souleva une toile goudronnée qui dissimulait un matériel quelconque, au centre du bateau, et la jeta par-dessus bord. Ce n'était pas du matériel, constata Rick, mais des bidons d'essence.

De nouveau, il observa Joe, qui semblait reculer, s'éloigner.

Soudain, de la fumée monta du fond de l'embarcation, la fumée épaisse, âcre, opaque, d'une bombe incendiaire destinée à provoquer l'aveuglement et la confusion. Mais Rick, lui, continuait à voir, car la fumée soufflait en arrière, dans le sens contraire de la progression du bateau, engloutissant Joe.

Dans toute cette fumée, le monde semblait devenir flou sur les côtés ; cet océan, cette terre, ces montagnes, tout cela faisait désormais partie d'un paysage imaginaire que Rick n'avait jamais vu. Son regard revint aux deux bidons d'essence, sur lesquels on avait scotché deux mines Claymore. Il vit les fils qui dépassaient des mines, et il leva de nouveau les yeux vers Joe, sans le voir, sans voir où menaient les fils. Et à cet instant, ce détail lui parut capital.

Il s'imagina sautant sur Joe, arrachant les fils, plongeant par-dessus bord. Mais à partir du moment où Joe alluma la mèche de la bombe, tout se passa si vite que Rick n'eut pas le temps de réagir.

Il tourna la tête vers l'eau froide, très froide. Il en avait marre du froid.

Il pensa : c'est ce qu'on ressent quand on sait qu'on se fait tuer. Car en cette minuscule fraction de seconde, il comprit. Mais, comme si la main de Dieu elle-même s'abattait pour le gifler, il ne put que fermer les yeux.

Sur le pont du bateau ravitailleur, Kari et Eloise, Leanne et Ben, Mark Truong, le responsable du FBI et le conseiller particulier du ministre de la Justice, avaient tous les yeux fixés sur le bateau, qui avait atteint le point intermédiaire entre le rivage et l'endroit où ils se trouvaient, quand une fumée jaunâtre s'en échappa tout à coup.

— C'est quoi ça ? cria quelqu'un, mais personne ne répondit.

Ils virent alors le bateau se transformer en un champignon jaune-orange de dix mètres de haut, éclatant. Tous se figèrent ; ils cessèrent de respirer, ils n'échangèrent pas un regard, pas un commentaire, il n'y eut pas un cri devant cette explosion. Elle paraissait si lointaine, un simple éclair aveuglant et fugitif.

C'est seulement après plusieurs secondes, lorsque la déflagration roula à la surface de l'eau et vint les frapper, avec le son et son souffle modéré — un mouvement dans l'air, une bouffée de chaleur, peut-être —, lorsque apparut une fumée plus noire, plus grasse, plus mortelle, qu'ils réagirent, avec des « oh », des grognements, des « Mon Dieu » murmurés.

L'explosion ne fut pas intense. Elle ne les fit pas vaciller, ni trembler. Et une fois le choc initial passé, il n'y avait plus grand-chose à voir les débris enflammés d'une embarcation en bois, quelques lambeaux de plastique et de Nylon colorés flottant à la surface de l'océan.

Rick et Joe avaient disparu.

Kari poussa un long cri et tomba à genoux. Eloise la regarda, et se mit à pleurer elle aussi.

Appuyée contre Ben, Leanne restait muette, en se mordant le poing. Il avait passé son bras autour de ses épaules. Leanne se souvint alors que, dans sa poche, elle transportait une lettre de Joe destinée à Terry Curtis, et elle comprit que Joe savait depuis le début que cela se terminerait ainsi ; il avait rédigé cette lettre comme son testament, ses adieux.

Les agents fédéraux échangèrent quelques mots à voix basse. Mais en vérité, il n'y avait plus rien à dire.

42

Au ministère de la Justice, après que le conseiller particulier eut rapporté les faits dans les détails, son public, composé de madame le ministre, de son adjoint et du directeur du FBI, se contenta de secouer la tête, sans rien dire, en imaginant à quel point les choses auraient pu plus mal tourner.

Pour avoir osé débarquer dès qu'il avait appris l'existence de mouvements suspects dans les bois, pour s'être opposé à la force d'intervention unilatérale de l'armée, chose qu'il n'avait pas prévue, bien évidemment, mais qui s'était produite malgré tout, le conseiller particulier s'attira la profonde gratitude du ministre, qui le lui répéta plusieurs fois, et celle du président également. Le moment venu, il saurait en retirer de substantiels bénéfices politiques, non pas sur un plan national, médiatique, mais de manière bien plus importante, dans les couloirs feutrés, sous la forme d'un nom prononcé d'une certaine manière, au cours d'un déjeuner, suivi d'un hochement de tête approbateur.

Le cadavre de Rick Agullana avait été repêché

dans l'océan où on l'avait découvert flottant et brûlé, peu de temps après l'explosion. Celui de Joe Curtis, en revanche, ne fut pas retrouvé immédiatement, et la décision fut rapidement prise de ne pas poursuivre les recherches. Le ministère de la Justice referma donc le dossier de cette affaire, à l'exception de l'inculpation et de la condamnation de DeMore Knight surnommé « Omaha » qui, après avoir raconté pendant plusieurs jours ce qu'il avait fait et vu, conclut un arrangement avec le juge, d'après lequel il accomplirait au moins trois ans d'une peine de quinze ans de prison pour recel de biens gouvernementaux et participation à un trafic d'armes.

On découvrit que le testament de Père Amon Ka'atchii, déposé chez un avocat d'Anchorage, léguait la propriété du Sanctuaire, ainsi que les bateaux et les droits de pêche, collectivement, à tous ses enfants, dont aucun n'était désigné nommément.

Le colonel Johnson Rozsa prit sa retraite six mois plus tard, après vingt-neuf ans de service. Il aurait aimé rester encore un peu, gravir quelques échelons supplémentaires mais, bien que cela ne lui fût jamais spécifié ouvertement, sa réaction excessive face à la menace des missiles Stinger, l'envoi de l'escouade commandée par Garfield alors que la mort d'Amon était annoncée, l'affrontement des soldats avec les agents fédéraux, des soldats qui étaient tombés dans une embuscade grossière, avant qu'on les conduise jusqu'aux navettes des garde-côtes, tout cela provoqua des mouvements de tête réprobateurs et des moues critiques chez certaines personnes influentes. Il fallait que Rozsa endosse une partie des responsabilités pour l'embarras, la réaction et les sévères réprimandes du président lui-même, et la démission surprise du chef d'état-major des armées. C'est pourquoi le colonel Rozsa fut mis sur la touche.

Terry Curtis décrocha un boulot de chauffeur routier pour une boulangerie industrielle de Detroit et parvint à payer les loyers de l'appartement de son frère, pendant plusieurs années, jusqu'à ce qu'il puisse effectuer le premier versement pour un petit pavillon. Il se marierait et aurait un enfant, un fils, et ses relations avec ses parents se renforceraient au fil du temps.

En outre, Terry et ses parents n'avaient jamais cru un seul instant aux affirmations du FBI ou des journalistes concernant les actes soi-disant commis par Joe, dans l'Idaho et ailleurs. Tout d'abord, le père de Joe rejeta la faute, alternativement, sur les sectes, les communistes ou la folie, mais les années passant, il en vint à développer une théorie complexe selon laquelle le gouvernement lui-même se serait servi de son fils pour masquer un scandale militaire. Il devint le membre bruyant d'un groupe d'activistes antigouvernementaux de Dearborn, et il participa à des meetings ainsi qu'à des stages d'entraînement de la célèbre milice du Michigan.

Kari et Eloise Downs habitèrent pendant plusieurs mois dans l'appartement vide de Leanne Red Feather à Boise. Elles ne retournèrent jamais vivre dans la famille de Kari à Sacramento, même si elles allèrent y passer plusieurs jours, quelques mois après leur retour d'Alaska, et y retournèrent de temps à autre.

Finalement, Kari s'installerait à Durham en

Caroline du Nord, après avoir rencontré et épousé un pilote divorcé de la compagnie Delta Airlines. Là, elle rejoignit une église presbytérienne fréquentée par la middle-class et devint un des piliers de la congrégation. Elle mit au monde deux autres enfants, deux filles, et lorsque celles-ci furent un peu plus âgées, elle voyagea de plus en plus, à travers le monde, séjournant aussi bien dans un berceau de l'histoire, que dans des lieux lointains et exotiques, en emmenant ses trois filles chaque fois qu'elle le pouvait. Celles-ci deviendraient de véritables femmes du monde, la tête bien faite et riches d'expériences magnifiques.

Toutefois, Kari ne retourna jamais en Alaska.

Au cours des années suivantes, Leanne retournerait dans le Nord pour voir son frère, de temps à autre, à Kodiak ou à Anchorage. Mais avant cela, elle dut subir d'abord un programme psychiatrique intensif, afin de l'aider à surmonter cette expérience. Ne s'étant jamais sentie « programmée », la notion de « déprogrammation », tombée en désuétude d'ailleurs, ne lui inspirait qu'indifférence. On lui avait attribué une gentille et jeune psychiatre nommée Dorothy Fender, qui semblait se borner à écouter les histoires de Leanne. Elle secouait la tête très souvent, elle souriait et disait des choses comme « stupéfiant » ou « incroyable ». Leanne fut libérée après trois mois ; elle dîna alors avec Ben Regis pour lui faire ses adieux. Le lendemain, elle apportait sa lettre de démission à Ed Simmons, qui essaya de se lever pour lui serrer la main, mais ne parvint pas à s'extraire de son fauteuil.

Leanne se rendit ensuite dans le Montana et

passa quelque temps dans la réserve des Têtes-Plates, au nord de Missoula, près de la ville d'Arlee, à écouter les enfants principalement, dont certains connaissaient encore quelques mots de salish, et qui semblaient ravis de parler avec elle.

Cependant, elle ne renonça pas pour autant à courir après les gens. Très rapidement, quelqu'un, qui avait eu vent de son passé, vint la trouver pour lui demander de retrouver sa fille disparue. Ce serait ensuite un mari qui avait fichu le camp. Ou bien une compagnie d'assurances qui avait besoin d'un enquêteur expérimenté pour vérifier quelques demandes de remboursement douteuses. Et ainsi de suite.

Au cours de son travail, elle croisa un jour, à San Francisco, le chemin d'un détective privé nommé Roy Jameson. Il leur fallut à chacun un petit moment pour se reconnaître. Après quoi, Jameson l'invita dans un bon restaurant pour qu'elle lui raconte toute l'histoire.

Le jour où le bateau explosa, les hommes et les femmes qui avaient assisté à la scène avec Calvin le regardèrent, lorsque la boule de feu s'éleva dans le ciel, pour voir sa réaction. Mais celui-ci se contenta d'esquisser un sourire, et de consulter sa montre.

Quelques heures plus tard, il était de retour sur la plage et contemplait l'océan, accroupi. Une fois de plus, plusieurs membres de la Famille étaient descendus avec lui. Apparemment, se disaient-ils, il attendait quelque chose, mais ils ignoraient quoi. Ils allaient et venaient, s'asseyaient avec Calvin un petit moment, puis regagnaient le camp, tandis que d'autres venaient prendre leur place. Il n'était jamais seul.

C'est à quinze heures seulement, soit quatre heures après l'explosion, que Cal se précipita soudain dans l'eau, jusqu'aux genoux. À ce moment-là, ceux qui étaient avec lui virent un objet noir flottant à la surface de l'eau se lever devant leurs yeux.

Un homme. Alors qu'il marchait vers la plage, il ôta sa capuche, laissant apparaître des cheveux blonds et des yeux très pâles, couleur argent.

Je m'étais caché dans les rochers, là-bas, dit-il en prenant pied sur le rivage. Jusqu'à ce que les bateaux repartent.

Les hommes et les femmes le regardaient comme s'il s'agissait d'un fantôme. Personne ne disait rien.

— C'est moi, Joe, dit-il, mais Calvin lui plaqua sa main sur la bouche et l'étreignit avec vigueur.

Il profita de cette embrassade pour lui murmurer à l'oreille :

— Joe Curtis est mort. N'oublie jamais ça.

L'idée leur avait été inspirée par le spectacle supposé de la mort de Leanne dans l'explosion de l'hélicoptère. Vous sombrez dans l'océan, et vous êtes mort pour toujours — si vous le souhaitez.

Dans une des malles de Père, ils avaient découvert une vieille combinaison de plongée, usée, mais toujours étanche, qui apporta la touche finale à leur plan. Cette combinaison suffisait à protéger Joe de la froideur de l'océan lorsqu'il sauta par-dessus bord, avant d'appuyer sur le détonateur qui déclenchait l'explosion des mines Claymore. Mais malgré les cinq mètres de fil qu'il s'était octroyés, il n'avait parcouru que deux ou trois mètres sous l'eau quand il appuya sur le bouton. Une distance suffisante pour protéger sa vie, mais pas pour échapper à toutes les conséquences de l'explosion. Le choc l'assomma quelques instants, mais fort heureusement, il remonta vers la surface et eut la présence d'esprit de sortir la tête hors de l'eau pour respirer. Toutefois, Calvin remarqua qu'une de ses oreilles saignait

— Ça va ?

— Je t'entends. Mais ça fait un mal de chien.

Joe ne le savait pas encore, mais son tympan avait été définitivement endommagé.

Calvin se tourna vers les gens qui l'accompagnaient.

— Voici l'homme qui vous a sauvé la vie.

Dans le camp, assis devant un immense feu, au centre de la clairière, couvert d'hématomes et d'éraflures infligés par l'océan, enveloppé dans une peau d'élan, sec et réchauffé maintenant, plein d'énergie, il se sentait étonnamment bien, exception faite du sang qui continuait de couler de son oreille, et d'un léger grésillement dans sa tête qu'il reconnut comme le signe annonciateur d'une de ses migraines, une affliction qui ne le quitterait jamais.

Mais une seule chose lui paraissait digne d'intérêt à cet instant :

— Il va bientôt neiger, déclara-t-il.

Les gens autour de lui se turent pour l'écouter. Il n'avait pas dit grand-chose depuis sa réapparition, et ils étaient curieux. Il semblait vivre à l'intérieur de lui-même, à la manière d'un autre homme qu'ils avaient admiré.

— En s'y mettant tout de suite, on pourrait

bâtir deux ou trois autres cabanes rudimentaires d'ici un mois. Et l'année prochaine...

Il haussa les épaules. Avec des outils supplémentaires, du meilleur matériel, en remettant les bateaux de pêche en activité, pour gagner de l'argent et acheter des provisions, rien ne lui semblait irréalisable ici. Il savait même où trouver de l'or pour l'investissement de départ.

Il regarda autour de lui, les femmes et les hommes, les enfants qui jouaient dans la boue non loin de là, le feu et les tentes, la forêt et le ciel crépusculaire, émerveillé de songer que les gens avaient vécu ainsi autrefois. Il se dit que ce pouvait être une longue vie : apprendre de nouvelles techniques de survie, mais enseigner également à ces gens la manière de bâtir cet endroit, de construire avec leurs mains des habitations solides comme le roc, qui dureraient plusieurs générations, malgré les rudes hivers, d'entretenir les outils et les machines dont ils avaient besoin, comment faire en sorte que tout cela fonctionne, d'une façon qu'ils n'avaient sans doute même pas encore imaginée.

REMERCIEMENTS

Tout d'abord, je remercie Roger et Marcia Rom, de Kodiak en Alaska, hôtes généreux et amateurs de Cuervo sachant cuisiner d'excellents poissons, car sans leur invitation, cette histoire aurait pris une autre direction avant même de commencer. Roy Jones, propriétaire de l'Amook Lodge à Larsen Bay en Alaska, nous a permis d'apercevoir une des dernières terres vierges du globe, tout comme Brice Crowell, qui nous a conduits au-delà du portage de la Kurlak River et nous a dévoilé quelques merveilles de la toundra. Je les remercie également l'un et l'autre.

Merci aussi à John Boening et au département d'anglais de l'université de Toledo, qui m'ont offert un accès illimité à leur bibliothèque et à l'incroyable réseau Internet ; merci à Tom Barden et à son épouse, Rayna Zacharias, amis, guides littéraires et fournisseurs d'idées depuis longtemps. Ils sont intervenus dans ce livre encore une fois, et leur patte est visible d'un bout à l'autre.

J'ai découvert le poème de Richard Hugo qui sert d'épigraphe à ce roman dans l'introduction de William Matthews pour le recueil d'essais autobiographiques de Hugo, *The Real West Marginal Way* (Norton, copyright Ripley S. Hugo, 1986). Le dernier vers de cette strophe, souligne Matthews, figure sur la tombe de Hugo dans le cimetière St Mary à Missoula.

J'adresse des remerciements tout particuliers à ma triade de lecteurs-critiques de première ligne : mon épouse, Lisa ; mon directeur littéraire, Leslie Schnur ; et mon agent, Gail Hochman, sans oublier mon frère Scott Holden, ancien de la Navy, chercheur itinérant et vérificateur de faits de classe internationale, qui a consacré de nombreuses heures à ce livre, principalement pour exhumer des données et des statistiques concernant l'armement militaire.

Pour finir, j'aimerais citer plusieurs spécialistes et techniciens, afin d'exprimer toute ma gratitude à ces personnes qui, grâce à leur savoir collectif et à leur désir de le faire partager, ont permis à ce récit d'atteindre un certain niveau de crédibilité. Il s'agit de Margaret Noe, ancienne adjointe du procureur à Lenawee County dans le Michigan ; Brett Holden, poète, spécialiste des armes et presque thésard ; Bill Swonger et son Cessna Skylane, et enfin, même si beaucoup de choses lui sembleront impossibles dans cette histoire, Gary Clinton, détective privé, ex-agent du Bureau des Alcools, Tabacs et Armes à feu, conteur incurable, et excellent romancier par ailleurs.

DU MÊME AUTEUR

Aux Éditions du Rocher

ROUTE POUR L'ENFER, roman.

Aux Éditions Plon

LA RIVIÈRE DU CHAGRIN, roman.

PARUTIONS FOLIO POLICIER

1. Maurice G. Dantec — *La sirène rouge*
2. Thierry Jonquet — *Les orpailleurs*
3. Tonino Benacquista — *La maldonne des sleepings*
4. Jean-Patrick Manchette — *La position du tireur couché*
5. Jean-Bernard Pouy — *RN 86*
6. Alix de Saint-André — *L'ange et le réservoir de liquide à freins*
7. Stephen Humphrey Bogart — *Play it again*
8. William Coughlin — *Vices de forme*
9. Björn Larsson — *Le Cercle celtique*
10. John Sandford — *Froid dans le dos*
11. Marc Behm — *Mortelle randonnée*
12. Tonino Benacquista — *La commedia des ratés*
13. Raymond Chandler — *Le grand sommeil*
14. Jerome Charyn — *Marilyn la Dingue*
15. Didier Daeninckx — *Meurtres pour mémoire*
16. David Goodis — *La pêche aux avaros*
17. Dashiell Hammett — *La clé de verre*
18. Tony Hillerman — *Le peuple de l'ombre*
19. Chester Himes — *Imbroglio negro*
20. Sébastien Japrisot — *L'été meurtrier*
21. Sébastien Japrisot — *Le passager de la pluie*
22. Pierre Magnan — *Le commissaire dans la truffière*
23. Jean-Patrick Manchette — *Le petit bleu de la côte Ouest*
24. Horace McCoy — *Un linceul n'a pas de poches*
25. Jean-Bernard Pouy — *L'homme à l'oreille croquée*
26. Jim Thompson — *1 275 âmes*
27. Don Tracy — *La bête qui sommeille*
28. Jean Vautrin — *Billy-ze-Kick*
29. Donald E. Westlake — *L'assassin de papa*

30. Charles Williams	*Vivement dimanche!*
31. Stephen Dobyns	*Un chien dans la soupe*
32. Donald Goines	*Ne mourez jamais seul*
33. Frédéric H. Fajardie	*Sous le regard des élégantes*
34. Didier Daeninckx	*Mort au premier tour*
35. Raymond Chandler	*Fais pas ta rosière*
36. Harry Crews	*Body*
37. David Goodis	*Sans espoir de retour*
38. Dashiell Hammett	*La moisson rouge*
39. Chester Himes	*Ne nous énervons pas!*
40. William Irish	*L'heure blafarde*
41. Boileau-Narcejac	*Maléfices*
42. Didier Daeninckx	*Le bourreau et son double*
43. Sébastien Japrisot	*La dame dans l'auto avec des lunettes et un fusil*
44. Jean-Patrick Manchette	*Fatale*
45. Georges Simenon	*Le locataire*
46. Georges Simenon	*Les demoiselles de Concarneau*
47. Jean Amila	*Noces de soufre*
48. Walter Kempley	*L'ordinateur des pompes funèbres*
49. Tonino Benacquista	*Trois carrés rouges sur fond noir*
50. Dashiell Hammett	*Le faucon de Malte*
51. Hervé Jaouen	*Connemara Queen*
52. Thierry Jonquet	*Mygale*
53. Auguste Le Breton	*Du rififi chez les hommes*
54. Georges Simenon	*Le suspect*
55. Emmanuel Errer	*Descente en torche*
56. Francisco Gonzáles Ledesma	*La dame de Cachemire*
57. Raymond Chandler	*Charades pour écroulés*
58. Robin Cook	*Le soleil qui s'éteint*
59. Didier Daeninckx	*Le der des ders*
60. Didier Daeninckx	*La mort n'oublie personne*
61. Georges Simenon	*L'assassin*
62. Howard Fast (E.V. Cunningham)	*Tu peux crever!*
63. Maurice G. Dantec	*Les racines du mal*
64. René Barjavel	*La peau de César*
65. Didier Daeninckx	*Lumière noire*
66. Chester Himes	*La reine des pommes*

67.	Sébastien Japrisot	*Compartiments tueurs*
68.	James Crumley	*La danse de l'ours*
69.	Marc Villard	*La porte de derrière*
70.	Boileau-Narcejac	*Sueurs froides*
71.	Didier Daeninckx	*Le géant inachevé*
72.	Chester Himes	*Tout pour plaire*
73.	Sébastien Japrisot	*Piège pour Cendrillon*
74.	Pierre Magnan	*Les charbonniers de la mort*
75.	Jean-Patrick Manchette	*L'affaire N'Gustro*
76.	Jean-Bernard Pouy	*La belle de Fontenay*
77.	A.C. Weisbecker	*Cosmix Banditos*
78.	Raymond Chandler	*La grande fenêtre*
79.	Pierre Magnan	*Les courriers de la mort*
80.	Harry Crews	*La malédiction du gitan*
81.	Michael Guinzburg	*Envoie-moi au ciel, Scotty*
82.	Boileau-Narcejac	*Le bonsaï*
83.	W.R. Burnett	*Quand la ville dort*
84.	Didier Daeninckx	*Un château en Bohême*
85.	Didier Daeninckx	*Le facteur fatal*
86.	Didier Daeninckx	*Métropolice*
87.	Pierre Magnan	*La maison assassinée*
88.	Pierre Magnan	*Le mystère de Séraphin*
89.	Jean-Patrick Manchette	*Morgue pleine*
90.	Georges Simenon	*Les inconnus dans la maison*
91.	Stephen Humphrey Bogart	*Le remake*
92.	Mark McShane	*Les écorchés*
93.	Boileau-Narcejac	*Terminus*
94.	Jérôme Charyn	*Les filles de Maria*
95.	Robin Cook	*Il est mort les yeux ouverts*
96.	Georges Simenon	*L'homme qui regardait passer les trains*
97.	Georges Simenon	*Touriste de bananes*
98.	Georges Simenon	*Vérité sur bébé Donge*
99.	Georges Simenon	*Le cercle des Mahé*
100.	Georges Simenon	*Ceux de la soif*
101.	Georges Simenon	*Coup de vague*
102.	Boileau-Narcejac	*Carte vermeil*
103.	Boileau-Narcejac	*Celle qui n'était plus*
104.	Boileau-Narcejac	*J'ai été un fantôme*

105. Chester Himes — *L'aveugle au pistolet*
106. Thierry Jonquet — *La bête et la belle*
107. Pierre Magnan — *Le secret des andrônes*
108. Pierre Magnan — *La folie forcalquier*
109. Pierre Magnan — *Le sang des atrides*
110. Georges Simenon — *Le bourgmestre de Furnes*
111. Georges Simenon — *Le voyageur de la toussaint*
112. Jean-Patrick Manchette — *Nada*
113. James Ross — *Une poire pour la soif*
114. Joseph Bialot — *Le salon du prêt-à-saigner*
115. William Irish — *J'ai épousé une ombre*
116. John Le Carré — *L'appel du mort*
117. Horace McCoy — *On achève bien les chevaux*
118. Rendell-Simpson — *Heures fatales*
119. Thierry Jonquet — *Mémoire en cage*
120. John Sandford — *Froid aux yeux*
121. Jean-Patrick Manchette — *Que d'os*
122. James M. Cain — *Le facteur sonne toujours deux fois*
123. Raymond Chandler — *Adieu, ma jolie*
124. Pascale Fonteneau — *La puissance du désordre*
125. Sylvie Granotier — *Courier Postume*
126. Yasmina Khadra — *Morituri*
127. Jean-Bernard Pouy — *Spinoza encule Hegel*
128. Patrick Raynal — *Nice 42e rue*
129. Jean-Bernard Reboux — *Le massacre des innocents*
130. Robin Cook — *Les mois d'avril sont meurtriers*
131. Didier Daeninckx — *Play Back*
132. John Le Carré — *L'espion qui venait du froid*
133. Pierre Magnan — *Le secret de la violette*
134. Georges Simenon — *Marie du port*
135. Bernhard Schlink/ Walter Popp — *Brouillard sur Mannheim*
136. Donald Westlake — *Château en esbrouffe*
137. Hervé Jaouen — *Hôpital souterrain*
138. Raymond Chandler — *La dame du lac*
139. David Goodis — *L'allumette facile*
140. Georges Simenon — *Le testament Donadieu*
141. Charles Williams — *La mare aux diams*
142. Boileau-Narcejac — *La main passe*
143. Robert Littell — *Ombres rouges*

144. Ray Ring — *Arizona Kiss*
145. Gérard Delteil — *Balles de charité*
146. Robert L. Pike — *Tout le monde au bain*
147. Rolo Diez — *L'effet tequila*
148. Yasmina Khadra — *Double blanc*
149. Jean-Bernard Pouy — *À sec*
150. Jean-Jacques Reboux — *Poste mortem*
151. Pascale Fonteneau — *Confidences sur l'escalier*
152. Patrick Raynal — *La clef de seize*
153. A.D.G. — *Pour venger pépère*
154. James Crumley — *Les serpents de la frontière*
155. Ian Rankin — *Le carnet noir*
156. Louis C. Thomas — *Une femme de trop*
157. Robert Littell — *Les enfants d'Abraham*
158. Georges Simenon — *Faubourg*
159. Georges Simenon — *Les trois crimes de mes amis*
160. Georges Simenon — *Le rapport du gendarme*
161. Stéphanie Benson — *Une chauve-souris dans le grenier*
162. Pierre Siniac — *Reflets changeant sur mare de sang*
163. Nick Tosches — *La religion des ratés*
164. Frédéric H. Fajardie — *Après la pluie*

Composition Nord Compo.
Impression Société Nouvelle Firmin-Didot
à Mesnil-sur-l'Estrée, le 4 septembre 2000.
Dépôt légal : septembre 2000.
Numéro d'imprimeur : 52241.

ISBN 2-07-041076-5/Imprimé en France.

92016